兵、北の関ヶ原に消ゆ

前田慶次郎と山上道牛

近衛龍春

角川文庫
23634

目次

第一章　北条襲来

編笠を冠り、杖をつき、黒い衣を身に纏った老僧が佇んでいた。

(思いのほか寒いの。あの時は昂っていたので気づかなかった。逆に暑いような気もした)

南の白鷹山の上のほうは薄らと白く染まっていた。

周囲は鬱蒼と樹木が生い茂り、空が見える場所もあまりないので昼間でも暗い。街道と呼ぶにはあまりにも細く、山中の獣道と言ったほうが正しいのかもしれない。道の名は狐越街道という。山形から白鷹山辺りまでは西に、同山を越えたあたりから南西に走る道である。

前年、熾烈な追撃戦が行われた激戦地は、あまり人の往来もなく静かなもので、鳥の囀りが和ませる。だが、耳をすませば鳥の鳴き声が喧噪に聞こえてくる。

所領を侵された最上兵がそれまでの恨みを晴らし、恩賞を得るため我先にと群がってくる。老僧は具足に身を固め、朱柄の鑓を手に奮戦した。一番、後方、いわゆる殿軍を担っているので敵は入れ替わり立ち替わり襲ってくる。何度、突き伏せても敵は湧いてきた。

「これでは埒があかぬ」

水野藤兵衛重俊、薙塚理右衛門、宇佐美弥五左衛門、藤田守右衛門ら、いわゆる朱柄の四人衆ですら敵に押されている始末である。

朱柄を許されるのは家中で一人。勇猛な証でもあるが、直江勢には六人がいた。

そんな中、朱柄の薙刀を振い、生き生きと戦っている武士がいた。山上道牛である。

「最上の兵もたいしたことがない。左様な及び腰で儂が討てるか。刺し違えるつもりでかかってまいれ」

道牛は突き出される鑓を弾き、一振りで敵の首を刎ねる。朱柄は最初からのものか、敵の鮮血なのか判らぬほど真っ赤に染まっていた。

「前田氏、首をいくつ取れるか、賭けようではないか」

敵を斬り上げながら道牛は言う。

「面白い。勝ったらなにが貰える？」

慶次郎も負けじと敵を突き倒して応えた。

「都の傾城屋を三日三晩貸し切っての豪遊ではいかがか」

傾城屋は遊廓の別名でもあった。

「大名なみの禄がないと払えぬの。生きて帰るには、それほどの功が必要ということか」

横からの鑓を躱して慶次郎は告げる。敵は正面だけではなく、茂みの中から躍り出ては仕掛けてくる。のみならず、矢玉も具足を掠めた。

「そういうことじゃ。一人で一千二百ずつ討てばいいだけのこと」

簡単そうに道牛は言うものの、すでに朱柄の四人は敵に呑み込まれていた。さらに追撃の軍勢には伊達家の重臣・留守政景を大将とする五千の兵も参じていた。敵は無尽蔵である。

これに対し、殿軍は本軍を逃すために踏み止まるのが役目。ある意味、捨て石でもある。逃げるわけにはいかない。だが殿軍は慶次郎らの新参者ばかりなので、忠義心が乏しい。大半の兵が逃亡していた。

「山上氏、動きが鈍くなったぞ。寄る年波には勝てぬか」

さすがの道牛も押される場面があった。

「なんの、遅い敵に合わせているだけじゃ。前田氏こそ具足の傷が増えているのではないか」

二人は互いに叱咤激励しあい、敵を倒した。

いくら豪の者でも限界はある。次第に敵に押され、ついにその姿が見えなくなった。

「山上氏！　山上！　道牛！」

慶次郎は叫ぶが返事はなかった。

「前田殿、まだ戦いはこれから。戦いながら退きましょう」

大将の直江兼続が言うので、慶次郎も従わざるをえなかった。

「彼奴は殺しても死ぬような輩ではない。山上氏、米沢で待っておるぞ。傾城屋を貸し切ってやるから、生きて戻れ」

大音声で叫んだ慶次郎は、直江兼続らと後退した。

（一年も経つと、痕跡など綺麗さっぱり消えてなくなるものじゃな）

道や周辺の草木は血に塗れ、腥い臭気が漂っていたが、これらを全て雨や雪が洗い流し、あるいは草木が吸いとったのかもしれない。紅葉は始まっていた。

慶長六年（一六〇一）十月一日のことである。

感傷に浸っていると、人の気配を感じた。

「似合いませぬな。やはり貴殿は赤が似合う。僧衣などはなおさら」

背後を振り返ると六尺豊かな偉丈夫がいた。

「そなたこそ、『愛』の前立ての兜はいかがした。内府に牙を抜かれたか」

慶次郎は笑みで答えた。内府とは内大臣・徳川家康のこと。

「しばし隠しておきませぬと。なにせ、某のせいで所領を七割五分も減らされましたゆえ」

「そなたのせいではあるまい」

「いや、軽はずみに敵の策に乗り、喧嘩を売ってしまった責は某にござる。のらりくらりと躱せばよかったと後悔しております」

頭を掻きながら偉丈夫は言う。

「そなたらしくもない。されど、直江状は胸が空いたぞ。全国に三百余の大名がおり、太閤に恩のある者も数多いようが、内府に挑戦したのは上杉主従だけだからの」

「よしてくだされ。内府が某を悪者にせんと、あらぬことを書き加えたようにござる。こののち徳川の世となれば、後世、捏造された書が正式な書として残されることになります。愚か者の烙印を押されるのでございましょう。末代までの恥にござる」

と言いながら偉丈夫は迷惑そうな顔をしてはいなかった。

「まあ、そなたの書が日本の歴史を変えたかもしれぬの。なかなか出来ぬことじゃ。して、ここへは？」

「多くの者の命を失いました。年に一度ぐらいは頭を下げてもいいのかと。前田殿は？」

「戦うことでしか生きる意味を見出せぬ老いた牛との約束があっての、果たすために来たのじゃが、恥ずかしいのか、姿を見せぬ」

慶次郎には道牛が死んだとは思えなかった。

「左様な形では山上殿も戸惑いましょう」

「そうかの。そういえば、退却の前、稲荷神社の化身の白狐が現われ、道案内をしたゆえ狐越街道を選んだと、おぬしは申したのう。真実か」

「嘘も方便」

正式には、仏の嘘を方便と言う、とされている。

「武士の嘘を武略。土民百姓ごときは可愛いものか。お陰で儂はこうして息をしておる。そなたには感謝せねばの」

「某のほうこそ。されば一献つき合っていただけますか」

「傾城屋でか。山上氏のぶんもの」

「随分と高い一献になりそうですな」

両方の頬を上げた偉丈夫は断りはしなかった。

それから二人は船を使って上洛。

直江兼続は十月四日、都で連句会を開催し、慶次郎も参じた。

一

緑が眩しく、薫風香る爽やかな午後、山上藤七郎氏秀は上野の厩橋から一里（約四キロ）ほど東に位置する上泉館にいた。同館は新陰流の祖・上泉伊勢守秀綱（のちの武蔵守信綱）の居館である。

館内にある道場には多数の門弟が訪れ、兵法（剣術）の稽古に努しんでいた。上泉旧臣ばかりではなく、近隣の大名に仕える家臣たちもおり、常陸の鹿嶋神宮に続く関東における武芸者、修行者が集まる聖地となりつつあった。

道場の床は土間であるが、綺麗に掃かれているので、皆、裸足である。氏秀は小袖に袴姿で手には撓竹を持ち、八相の構えをした。

八相の構えとは撓竹を立てて右手側に寄せ、左足を前に出して構えた形である。この構えを正面から見ると前腕が漢数字の「八」の字に配置されていることから名付けられたという。

撓竹とは細く割った竹を束ね、鞣した牛馬の革袋で包みこんだもので、鍔はなし。現在の竹刀の原型である。真剣は言うに及ばず、木刀で打ち合えば怪我どころか死者が続出する。止めれば止める癖がついて実戦では役に立たない。撓竹は本気で打ち合えるように上泉秀綱が考案したものであった。

相対するのは上泉門下の高弟で秀綱の親戚になる原沢左右衛門重信である。撓竹を手にする重信は右足を僅かに出して剣尖を静かに下げた。これを無形の位と言う。新陰流では太刀を構えるという心を嫌い、構えを位と言っている。一つの構えに固まらず、敵の動きに応じて千変万化できる余裕を持つためでもあった。

互いのつま先の距離は一間（約一・八メートル）ほど。

「はじめ」

上座で腕組みをする、師範代とも言える神後伊豆守宗治が開始の号令をかけた。

「おりゃーっ！」

六尺（約百八十センチ）豊かな氏秀は、聞くや否や気合いもろとも右足を一歩踏み出して袈裟がけに撓竹を振う。

原沢重信は自身の左に一足動いて躱し、氏秀の右手首の少し上を撓竹で打ち据える。

「まだまだ」

剣道で言えば原沢重信が籠手打ちで一本取ったことになるが、氏秀は構わず地稽古（試合稽古）を続ける。

（戦場では筋金入りの籠手を着けておるゆえ、太刀では切れぬ）

氏秀はあくまでも実戦を想定して稽古をしており、道場の中の勝ち負けなどには興味がない。

「どりゃーっ！」

雄叫びをあげ、氏秀は胴を左から右に払う。原沢重信は自身の斜め右後ろに半歩下がり、払い終わった氏秀の左胴を打った。

（左胴など守る必要はない）

今は小袖姿であるが、戦場では胴丸や腹巻を着用し、さらに脇差を左腰に差すので刀の柄が左脇を守ることになり、あえて防御する必要はない。

「うりゃーっ！」

氏秀は右下から逆袈裟で振り上げると原沢重信は半歩左に後退して氏秀の右手首を打つ。構わず氏秀は左袈裟で右下に振り下げる。重信は表情を変えずに氏秀の左胴を打つ。

「でえーっ！」

先ほどよりも大きく撓竹を振り上げた氏秀は、馬鹿の一つ覚えのように袈裟がけに振り下げると、原沢重信は綺麗な抜き胴で氏秀の腹を打ち、氏秀の左に抜けた。

（戦場では胴丸が我が腹を守ってくれるわ。好機）

即座に氏秀は打ち終わった原沢重信の背後に左の片手切りをし、左の首の付け根を捉えた。

（勝った）

首の付け根の部分は兜の鞍が守っているが、短いものが多い。長くとも首をある程度自由に動かすために鉄板を紐で繋ぎ合わせているので脆く刀でも切れる。相手が足軽ならば陣笠なのでがら空きでもある。

道場内の約束事では先に打ったものの勝利であるが、氏秀は戦場を想定しているので関係ない。氏秀は口許に笑みを作った。

「止め」

神後宗治が声をかけ、互いに礼をして下がった。氏秀が満足した表情をしているので、原沢重信は不快げであった。

その後、氏秀は別の高弟の広瀬新蔵とも試合稽古を行った。五度相対し、氏秀は新蔵に籠手と胴をとられた。道場内での勝敗では明らかに新蔵が勝利しているが、氏秀は一度だけ新蔵の背後から脇下を払い上げることができた。脇下は具足、甲冑でも守り切れぬ場所である。

原沢重信も広瀬新蔵も氏秀が勝利したような顔をしているので、不満そうな面持ちをしている。他の門下生と同等ならば、お前は負けたのだと厳しく言い放っているかもしれないが、氏秀は曲がりなりにも山上城主なので遠慮しているのかもしれない。

「こたびは某がお相手致そう」

名乗り出たのは神後宗治である。宗治は上野・箕輪城主の長野業政の重臣で、暇を見つけては上泉の道場に顔を出していた。

「されば鑓でお相手願おう」

時は乱世なので、新陰流は兵法（剣術）のみならず、鑓や打ち物（手裏剣）さらに組技（捕手術、のちの柔術）なども行う総合格闘術であった。

「承知致した」

応じた神後宗治は壁に架けられていた鑓を取り、氏秀に一本渡した。道場内なので柄の長さは一間半（約二・七メートル）ほどの短鑓である。稽古用の鑓は先端の金属が取り除かれ、代わりにたんぽあるいは牡丹と呼ばれる布を丸めたものが括りつけられていた。それでも当たれば、かなりの痛みを伴うので、撓竹のように安易に打たせるわけにはいかなかった。

氏秀は石突と呼ばれる尻の部分から一尺（約三十センチ）ほどのところを右手で摑み、左手は右手から三尺を握り、左足を前に肩幅に開き、腰を三寸ほど落とし、中段で構えた。神後宗治もほぼ同じ構えで氏秀を見据えた。

両者の穂先の間合いは半間ほど。互いのつま先の間隔は一間半。長物を手にしているので、撓竹の間よりも遠いものの、得物が長いだけに、一歩踏み出して突けば届く距離にあった。

長年、新陰流を修行している神後宗治は動かず、氏秀の攻撃に合わせようと、攻めてくるのを待っている。対して氏秀の目的は新陰流の奥義を極めるためではなく、あくまでも戦闘の訓練である。戦場でじっくりと戦っている暇はない。敵が動かないならば、自身が動いて敵を動かし、勝利に結びつけるための道場訪問である。

氏秀は小刻みに鑓を繰り出しながら、少しずつ間合いを詰めていく。神後宗治はまだ体に届かないので、大きく動かない。そのうちに距離が縮まると、柄で弾きだした。

乾いた樫(かし)の音が響く中、氏秀は迷うことなく接近した。本気で突いてくると判断した神後宗治は氏秀の目の高さに穂先を上げた。一般的には平上段(ひらじょうだん)あるいは青眼(せいがん)と呼ばれる構えである。

「おりゃーっ!」

神後宗治が動こうが動くまいが関係ない。いけると確信した氏秀は躊躇(ちゅうちょ)なく鑓を突き出した。

氏秀の攻撃に合わせ、神後宗治は撓竹を振るように穂先を中段まで下ろすと、両者の鑓の柄が重なった。宗治の鑓は氏秀の鑓を外に弾きながら真直ぐに伸び、氏秀の鳩尾(みぞおち)を捉えた。新陰流・合撃(がっし)の鑓版である。

「うぐっ!」

突きを受けた氏秀は体が前のめりに折れつつも鑓を繰り出した。氏秀の鑓の穂先は神後宗治の脇下と鎖骨の間に当たった。

(上出来)

苦悶(くもん)の中で氏秀は満足した。道場内での約束事では神後宗治の勝利であるが、戦場では胴丸をつけているので、そうそう鑓が胴丸を突き破ることはない。対して、氏秀の穂先が捉えた場所は具足の隙間である。戦場ならば新陰流の猛者(もさ)に重傷を負わせたことになる。

但し、現実は厳しい。神後宗治ほどの手練(てだれ)に突かれたので、動くことができなかった。

「これは」

氏秀を心配しながら、神後宗治らは入口に向かい、深々と立礼をした。

姿を見せたのは上泉館の主・伊勢守秀綱であった。氏秀も立礼をしようとしたが、苦しくて体が動かない。腰を落としたまま目礼した。

「はははっ、よいよい。無理をなされるな。さすがの山上殿も伊豆守の突きを喰らっては、すぐに立ち上がれまい。〈郷に入っては郷に従う〉という諺もある。当所（目的）は他にあろうとも、道場内の稽古は道場内の約束事に従わねば体がもちませぬぞ」

好々爺よろしく上泉秀綱は鷹揚に言う。やはり氏秀の思惑を見抜いていた。

「ただ、漫然と稽古をするよりもいいと思いましての」

苦しみを堪えながら、氏秀は答えた。

「貴殿が戦場での戦いを想定していることは尤もなこと。確かに具足は刃を防いでくれるが、隙間に刃を滑り込ませることは可能。僅かな傷でも血は流れ、それが元で気を失い、死に至ることは珍しくはない。それゆえしっかりと間合いを読み、刃は躱されよ」

距離を見極めることは新陰流の極意の一つでもある。

「具足を厚く致そう。因みに、いかほど血が流れると気を失うものでござるか」

「まあ、人によりけりじゃが、血の気が多い山上殿でも五合（約九百ミリリットル）ぐらいだと言われておる。一升（約一・八リットル）流れた時は終いじゃと」

「されば日頃は血になるものでも喰うておきましょう」

「思案は変わらぬらしい。まあ、暫し休息なされよ」

温和な表情で上泉秀綱は勧める。

氏秀は厚意に応じ、上泉秀綱ともども道場の外にある縁に腰を並べた。

「源内殿は息災か」

目の前の萌えた葉桜を愛でながら上泉秀綱は問う。源内は隠居した氏秀の父である。

「健やかにござる。そういえば、見なれぬ者たちは相模（北条）からまいった者でござるか」

上泉道場は開かれており、誰が修行に来ても上泉秀綱は門戸を開いて受け入れているが、氏秀は監視されていると見ていた。

「そう敵視なされるな。今では儂も北条家の親戚」

諭すように上泉秀綱は言う。秀綱は『地黄八幡』の闘将として有名な相模・玉縄城主・北条綱成の従妹を後妻に迎え、子も生していた。因みに亡き前妻は北条家に小田原を追われた大森氏の末裔で式部少輔泰頼とされているので、皮肉な巡り合わせとなっていた。

上泉秀綱は城主の嫡子と生まれながら兵法に惹かれ、愛洲移香斎久忠に弟子入りして陰流の秘奥を伝授され、これに独自の工夫を加えて新陰流を創設した。

天文二十一年（一五五二）正月、関東管領の上杉憲政は小田原の北条氏康に攻められると、長尾景虎（のちの上杉謙信）を頼って越後に逃亡した。関東管領とは、関東公方の執事として政治を任されている職であるが、今は両職とも有名無実となっている。

関東管領を追い出した北条氏康は、関東の地を席巻し、南上野の諸将を次々に配下に加えた。当初、本家の大胡高繁と共に北条氏に抵抗した上泉秀綱であるが、圧倒的な軍勢を有する北条家の前にはいかんともしがたく、天文二十四年（一五五五）、遂に城を開き降伏した。

勢いに乗る北条家は瞬く間に周囲を麾下に加え、厩橋城主の長野道安・道賢親子や那波城主の那波宗元らも北条家に臣下の礼をとっていた。

北条家に下った上泉秀綱は土居を崩し、堀を埋め、本丸を居館として残し、敵対しないことを誓うことで許され、二ノ丸を道場に作り替えて、兵法の道を追求することにした。

上泉秀綱の武勇を惜しむ北条氏康は、北条氏への仕官を求めたものの、秀綱は高齢であることと兵法の道を追求することを理由に断り、代わりに嫡子の秀胤を仕えさせた。

上泉氏は大胡氏の支族であり、山上氏も共に藤原秀郷の子孫で、藤姓足利氏（源姓の足利氏とは別系統）の一族であった。二人は遡れば同族ということになる。

「今の暮らしに満足なされてござるか」

道場の門下生が差し出した白湯を呑みながら、氏秀は問う。

「北条家の軍門に下ったことを蔑まれるか」

「左様なことはござらぬ。ただ、以前、伊勢守殿は、決して戦いを望むものではないが、避けられぬとあらば戦うもやむなし、と仰せになられたかと」

「確かに避けられぬとあらば、戦わざるをえない。儂が一介の武士であれば存分にという思いもなくはない。されど、小なりとも領主であれば、家臣、領民の身を思案するのが第一。『孫子』曰く、〈強なれば、これを避けよ〉も兵法のうちと存じた次第。お陰で今、こうして貴殿と話をすることができる」

「こののちも武士の意地は示されぬおつもりか」

忸怩たる思いで決断したことは窺えるが、若い氏秀には物足りない。

剣聖と謳われた上泉秀綱が北条家の親戚となった。氏秀には取り込まれたとしか思えない。

「戦は個人の闘いとは違う。四方八方から矢玉が飛び、味方が放った矢で命を落とすこともある。我らの主は管領殿であったが、我らは見捨てられた。滅びを覚悟で忠義を尽くす必要もあるまい。管領の示した年貢は半々。対して北条の年貢は四公六民。民百姓は北条の仕置を喜んでおる。民が安心して暮らせるようにするのが武士の務め。意地を上廻るものがある」

経験は少ないかもしれないが、貴殿も城主ならば判るであろう、と上泉秀綱は語りかける。

「されば、戦に参じぬ伊勢守殿は、なにゆえ兵法を修行なされておる？」

「さあ、それが判らぬゆえ続けておるのやもしれぬ。確かに兵法は人斬りの技。されど、相手が手練だと判れば、ならず者でもそうそう仕掛けてはくるまい。さすれば刀を抜かずして事を収めることができる。これこそ究極の兵法。あるいは活人の兵法とでも言おうかの」

「活人の兵法でござるか。乱世で生かすには難しいようにござるの」

　氏秀には刺激が少ないので同意できない。

「確かに。されど、諦めた段階で達成することは叶わず。何度躓き、失敗を繰り返しても、己を信じて当所に向かえば、必ず道が開けるものと儂は信じておる」

「極められそうでござるか」

「こればかりはなんとも。ただ、極意と奥義は違う。刀の太刀筋を読み、どう躱し、どう攻めるというものであれば、我が弟子たちでも極められよう。難しいのは奥義のほうじゃな」

　嚙み締めるようにして上泉秀綱は言う。

「いかようなものでござるか」

「先に申したとおり、相手に刀を抜かせぬこと。抜かせてしまったのならば、相手がどのように攻めてきたとしても斬らずに対処できること。あえて申せば、眠っている時、無意識に痒いところを掻くようなものであろうか」

「随分と歳月のかかりそうな道のりでござるの」

　抽象的すぎるので、氏秀には、あまり響かなかった。

「先人たちは奥義を追い求めながら寿命をまっとうしていったのではなかろうか。極めるには人の一生では短過ぎるのかもしれぬ」

名人にして遠廻しに無理と言わしめる兵法の奥義に氏秀は興味を持てなかった。

（敵に下った者の言い分とは、かようなものか。儂は戦わずに降伏するような真似はせぬ）

上泉秀綱との会話で氏秀は決意を新たにした。

「さて、伊勢守殿には申し訳ないが、相模の者たちを叩き伏せさせて戴きますぞ」

体の痛みもおおかた回復したので縁を立ち、道場に向かった。

時に弘治二年（一五五六）の初夏であった。

二

周囲の山々が鮮やかな色彩に染まった十月初旬、氏秀は山上城から半里（約二キロ）ほど北東に位置する不二山（標高約二百八十六メートル）の麓で狩りをしていた。

狩りにもさまざまな種類があるが、城主が行うものは、予め家臣を狩り場近くの林や草むらに潜ませて獲物を追い立てさせてからするのが普通である。遊興ではある一方、戦国時代は領主が領内を探索する意味や、家臣を差配する軍事訓練の側面のほうが強くなっていた。

「今日はどれほどの獲物を捕れるかの」

栗毛の駿馬を撫でながら氏秀は言う。

氏秀が待つ間、山上家の家臣と領民たちが打ち物を鳴らし、竹を縦に裂いたもので地面を叩き、獲物を遠くから追い立てていた。そこへ物見が走り寄って跪いた。

「申し上げます。鹿を追い囲みました」

「重畳至極」

歓喜した氏秀は即座に駿馬に飛び乗り、鐙を蹴った。

茂みを抜け、二町ほど北に進むと開けた野原があり、追い立てられた牡の鹿が一頭いた。晩秋に交尾期を迎える牡鹿は気が立っている。その鹿は全長一間（約一・八メートル）ほどで、重さは二十七貫（約百一キロ）ほどもあろうか。突かれれば内臓まで達しそうなほど立派な角を生やしていた。

鹿は氏秀を見ても逃げようとしなかった。氏秀の後方にいる家臣が少ないせいか、そちらが突破口と見ているのかもしれない。

「勇ましいではないか。儂に挑んでくるか。鑓を」

氏秀は馬を下り、鑓を要求した。

「危のうございます」

通常、狩りは弓で行うもの。側近の小野兵右衛門が諫める。

「山上の城主が鹿から逃げたとあっては周辺の敵に嘲られよう」

鹿角は英雄の証。鹿角の脇立をつけた兜をかぶる武士は、佐竹常陸介義重、山中鹿介幸盛、本多平八郎忠勝、真田左衛門佐信繁（幸村）など勇士揃いである。勿論、氏秀も。

短鑓を手にした氏秀は、鹿の周囲にいる家臣に手を振った。

途端に家臣たちは打ち物を鳴らし、竹を縦に裂いたもので地面を叩く。驚いた鹿は追い立てられ、音のしない氏秀のいる南に向かって疾駆してきた。

「来たな」

左足を前に腰を落として身構えた氏秀には、鹿角の武将が突撃してくるように見えた。

「こたびは兜はかぶっておらぬが同じ鹿どうし。いずれが強いか勝負じゃ」

氏秀の求めに応じるかのように、鹿は鋭利な角を向けて突進し、遂に氏秀と接触。

「うりゃーっ！」

氏秀は下から鑓を掬い上げるように繰り出し、見事、鹿の喉元を突き刺した。体の大きな鹿なので真上とまではいかぬものの、氏秀は勢いを利用し、鑓を刺したまま宙で弧を描くように抛り、地に倒れたところで更に鑓を抉り込ませ、とどめを刺した。

「もう二、三頭仕留め、今夜は皆にも鹿肉を披露致そう」

満足感に浸りながら告げたところへ、城に在していた角田三左衛門が走り寄った。

「急ぎ、お戻り下さい。北条軍が上野に接近しております」

跪いた角田三左衛門は、息を切らせて報せた。

「なに、北条が!?」

それまでの笑みが一瞬で消え、氏秀の表情は険しくなった。

即座に狩りを中止し、氏秀は山上城に帰城した。

山上城は赤城山南麓の低い舌状丘端に築かれた丘城で、東西に九十三間半（約百七十メートル）、南北三百五十七間半（約六百五十メートル）の細長い地形に北から北郭、本丸、二ノ丸、三ノ丸と並び、周囲に腰郭、帯郭を配し、西に空堀を備え、東は天神川を西は鏑木川の支流が流れて天然の惣濠としていた。

本丸の主殿には主だった家臣が十数人居並び、上座には父の源内が強ばった顔で座していた。

山上氏は足利高綱に始まり、上野の勢多郡山上保を領し、山上氏を称したとされている。南北朝時代に一族は分裂し、足利尊氏方に属した山上十郎公秀が氏秀の祖とされている。氏秀は山上氏の中でも支族の藤七郎正秀の家系であった。同家は戦乱の中で本家の嫡子が途絶え、または下克上の倣いに従って城主の地位を摑むことになった。

長享元年（一四八七）に勃発した長享の乱で桐生佐野氏に攻められて一度は所領を失うものの、同じ桐生の横瀬氏（のちの由良氏）の後ろ楯を得て復領し、以後、横瀬氏に帰属した。

横瀬氏は主家の新田岩松氏にとって代わり、さらに北条家を利用して関東管領上杉家からの独立を画策していた。

転機が訪れたのは天文十年（一五四一）秋で、武蔵深谷の上杉憲賢、上野那波の那波宗俊、同厩橋の長野賢忠、武蔵忍の成田親泰、上野桐生の佐野助綱らが横瀬泰繁を攻撃。これを期に山上氏と善氏は厩橋の長野賢忠に属するようになった。

同二十一年（一五五二）三月、北条氏康が関東管領の上杉憲政を平井城から追うと、周辺の上野衆は挙って北条家に従属。当時、憲政の麾下に属していた横瀬泰繁は、憲政の重臣である箕輪城主の長野業政と手を結び、反北条家の立場にあったので、山上氏は善氏と共に横瀬氏に帰参している。

氏秀は山上源内の嫡子として生まれ、名は照久、氏成、総勝、輝氏、綱勝とも伝わり、誕生年は諸説あるが、享禄四年（一五三一）説をとれば二十六歳ということになる。

弟の藤五郎氏吉は上座に近い位置に腰を下ろしていた。

当主の氏秀は首座に座り、重臣の糸井太郎衛門に向かう。

「申せ」

「武蔵に在していた北条軍一万が、上野の厩橋に入り、北へ進む気配を見せております」

糸井太郎衛門は緊張しながら言う。長野道賢は北条麾下。道賢は賢忠の孫である。

「箕輪ではなく、当城にか」

「判りませぬが、囲まれてからでは遅うございますゆえ」

「さもありなん。金山と膳は？」

金山城は横瀬成繁の居城で、膳城は山上城から七町少々（約八百メートル）南西に位置しており、善備中守宗次の居城である。山上氏は近い隣領の善氏と行動を共にすることが多かった。

「両城へ使者を送っております。まだ返答はありませぬ」

「左様か。箕輪（長野氏）、白井（長尾氏）、唐沢山（佐野氏）にもの」

矢継ぎ早に命じた氏秀は改まって家臣たちに目を向ける。

「一万か。さて、我らはいかにすべきか、老若上下の隔たりなく忌憚ない意見を申せ」

氏秀の意志は決まっているが、家臣たちに意見を言わせるのも必要であった。

「畏れながら申し上げます。半月も城に籠れば赤城颪が吹き荒み、温い相模の地に慣れた小田原兵は寒さに耐えられませぬ。城に引きつけて戦うべきかと存じます。さすれば上野の味方も参じ、さんざんに追い討ちをかけられましょう」

徹底抗戦を主張するのは家老の鏑木主計である。

「なにを申す。当家は掻き集めても五百がいいところ。対して敵は万余の兵。しかも当城は要害ではない。囲まれれば一日と持つまい」

城の様相にもよるが、寄手にとって三倍で同等、五倍で優位とされている。二十対一では勝負にならない。反論したのは一族衆の山上藤九郎である。氏秀は藤九郎の妹を正室にしていた。

「されば藤九郎殿は戦わずに降伏しろと申すか」

鏑木主計が険しい顔で問う。

「これまで当家は山内、横瀬、長野と力ある者に従ってきた。これが北条になるだけのこと。忠義だてする家は横瀬のみじゃが、横瀬とて北条に屈するかもしれぬ。無駄な争いは避け、流れに身を任せることがお家を守る術というもの」

　山上藤九郎は鏑木主計にというよりも氏秀を説得するような言い方であった。

「山内、横瀬、長野いずれも上野の者じゃが、北条は他国。しかも氏素性も知れぬ、どこぞの流れ者が、乱世のどさくさに紛れて大名にのし上がった家でござろう。承服できぬな。貴殿も将門公を討った藤原秀郷の子孫であるはず」

　この頃、北条家の始祖の早雲は、北関東では素浪人から大名になったと伝えられていた。

「乱世なれば出自は関係ない。貴い血で刀槍が防げるならば、かように世は乱れておるまい」

　あくまでも冷静な山上藤九郎である。

「畏れながら、厩橋の北条が北に兵を進めれば、当家より先に膳城を囲むことになります。膳城から救援を求められた時、殿はいかがなされるおつもりですか」

　水を差すかのように糸井太郎衛門が氏秀に尋ねた。皆の視線が氏秀に移る。

「善家とは苦楽を共にしてきた。頼まれれば後詰に向かうも吝かではない」

「善家も集められる兵は当家とさして変わりありません。後詰は焼け石に水でござる」

　山上藤九郎は反対する。善家の石高は一万二千九百石とされている。籠城時、百石で五人の兵を集めたとしても六百四十五人。膳城も山上城同様の丘城なので、一蹴されるのは予想に難くはなかった。

「とはいえ見捨てることは同じ勢多（郡）の武士としてはできまい」

氏秀としても苦しい胸の内である。

「されば膳城が戦わずに開城すれば、これに倣われますか」

縋るような顔つきで山上藤九郎は問う。

「まだ決めておらぬ。それゆえ皆の思案を聞いておる。続けよ」

氏秀は改めて家臣たちに意見を求めた。大半は戦わずに恭順の意思を示すことであった。

夕刻には使者が戻った。金山の横瀬成繁は徹底抗戦、膳の善宗次も成繁に従う。箕輪の長野業政、白井の長尾憲景、唐沢山の佐野豊綱も支援するというものだった。

「我らだけ下れば腰抜けと嘲られる。戦の準備を致せ。さて、どう戦うかのう」

横瀬成繁がどれぐらいの援軍を出すか示さなかったので、一抹の不安はあるものの、氏秀は喜んで家臣たちに命じた。

翌日から籠城準備が開始された。空堀の底を深く掘り、出た土を十塁の上に重ねて盛る。周囲には逆茂木を置く。これは鹿の角のようにした茨の枝を敵に向けるものである。

「これでいかほど敵を防げようか」

作業の指揮を執りながら、氏秀は言う。

「おそらく半日。敵に強烈な打撃を与えるには、川が激流にでもならねばなりますまい」

弟の藤五郎氏吉が希望的なことを口にする。

「ほう、面白きことを申す。されば天神川の上流に堰を築き、頃合を見て落とさせれば濁流となって寄手を押し流そう」

氏吉の一言は、氏秀にとって思わぬ助言となった。

「川の水を溜める水瓶がありませぬ」

「半里ほど北の童沢には湿地が広がっておる。そこなれば溜めておけよう」

「されば、早急に塞き止めさせます」

即座に氏吉は氏秀の前から下がっていった。

「申し上げます。北条家の使者として上泉常陸介（秀胤）殿がまいられました」

山上家の家臣たちが籠城準備をしている最中、糸井太郎衛門が報告する。

「左様か。北条も本腰を入れてくるようじゃの。すぐにまいる」

氏秀は頷いて本丸に向かった。

主殿の下座には上泉秀胤が座していた。

「久しゅうござるな」

首座に腰を下ろした氏秀は、秀胤に笑みを向けた。

「ご無沙汰してござる」

上泉秀胤は笑みを返さない。旧知の間柄でも今は敵味方。けじめをつけていた。秀胤は上泉秀綱の嫡男で、この年二十七歳。降将が周囲の城主を説きに来ることは珍しくはなかった。

「その顔からすれば、降伏を説きにまいられたか」

「お察しのとおり。お屋形（北条氏康）様は、下れば本領を安堵すると仰せになられておる」

「降伏の呼び掛けは城を囲んでからするものと思っていたが、どうやら違うらしい。厩橋に兵を置き、使者を遣わして下さんとするとは、破竹の勢いで版図を拡大する北条家にしては、随分と弱気じゃの。あるいは儂を舐めておるのか、横着をしているのか」

氏秀は愚弄されているようで憤りを覚えた。

戦国の武士は血に飢えているわけではない。兵を移動させれば、兵糧、武器なども携えねばならず、手間がかかる。戦になれば勝利しても死傷者は出る。兵の大半は農地耕作者なので、失えば経済を支える者が減り、実入りも減る。慰労金も払わなければならない。可能ならば、武将たちは威圧して降伏させたいと考えている。実際には戦いたくないのが、本音であった。

「伊勢守殿は城主ではなくなり、上泉家の城もなくなった。本領を安堵されてものう」

「上野に静謐が齎されれば、城がなくともよいのではござらぬか」

「丸腰になったあとでは、小田原の言いなりになるしかなくなる。それでは先祖に申し訳が立たぬ。遡れば同じ藤原の血を引く貴殿とは、思案が違うようでござるの」

犬にはならぬ、と氏秀は覇気を示した。

「城兵全て討ち死にさせる所存か」

「相模、武蔵の兵で首塚を築くつもりでござる」

氏秀の言う首塚は、兜首三十三をもって一つの首塚を指していた。

「左様か。説得を聞き入れられず、残念にござる。儂は帰城して構わぬのでござるか」

太刀は主殿に入る前に従者に預けるのが礼儀。それでも脇差は腰に差しているので、なにかあれば切りかかる、と隙のない上泉秀胤である。

「貴殿とは戦場で相対したいゆえ。前線に姿を見せられような」

「無論、そのつもり」

「されば安心。道場ではできぬ戦いを楽しみにしてござる」

「こちらも。さればこれにて」

一礼した上泉秀胤は笑みを返して主殿を出ていった。

「もはや後戻りはできなくなった。一両日にも北条は仕寄せ（攻め）てまいろう。用意を急がせよ」

高まる闘争心を抑えながら、氏秀は糸井太郎衛門に命じた。さらに、北条家の降伏勧告を拒否したことを金山の横瀬成繁に報せ、援軍の要請も行わせた。

三

翌日の夜明け前、氏秀の寝室の隅に影が姿を見せた。

「ご無礼致します」

「蛇ノ目か。左様か。今日か」

しゃがれた蛇ノ目の声で氏秀は目を覚ました。

「仰せのとおりにございます。昼前には仕寄せてまいります」

信濃と国境を接する上野の吾妻郡は峻険な山岳地帯で、多数の忍群が在している。蛇ノ目はそのうちの蝶と言われる一族の男で、代々山上家に仕えていた。

忍びは雇い主にもあまり素性を明らかにしないので、蛇ノ目の年齢は不詳だが、皺のないあさ黒い肌の張り具合から察して氏秀と同世代である。小柄だが胸板は厚い。角張った顔立ちをしている。目が細く、唇は薄い。月代は剃らず、髷を固く結び、灰色の小袖と茶袴を身に着けていた。

「ご苦労。引き続き、敵の様子を報せよ」

告げると部屋から人の気配は消えた。

(今日、存亡をかけた戦いをすることになるのか)

近いうちにとは覚悟していたが、当日になってみるとあまり実感が湧かない。恐怖感があるわけでもなく、焦りもないので、氏秀は戸惑った。

(敵が多すぎるからか。戦えば多数の死者が出るのじゃ。かようなことではいかんな)

氏秀に降伏する意思はない。自身の尻を叩き、起き上がった。

即座に朝餉の用意をさせた氏秀は、餓えていたかのように口の中に掻き込んだ。

(もしかしたら、これがこの城で喰う最後の飯になるやもしれぬのじゃな)

万余の敵を相手にするので、十分に考えられることである。感慨深いことであるが、じっくりと味わっている暇はない。食べ終わった氏秀は、すぐさま陣触れをさせた。

朝靄で白む中、山上領内に戦鼓が打ち鳴らされた。籠城の準備をしているからとはいえ、家臣たち全てを城内に入れていたわけではない。まだ兵糧の搬入の途中でもある。領内は狭いので、報せを聞けば半刻(約一時間)ほどで入城できるということもあった。

周囲に在する家臣たちは続々と登城してきた。裏切り防止のため、元来は重臣たちの妻子を人質として城に置くものであるが、あまりにも兵力差があり過ぎるので、あえて氏秀は人質を取らず、治外法権ともいえる寺社に逃れさせていた。

家臣が参集する中の辰ノ下刻(午前九時頃)、糸井太郎衛門が氏秀の前に罷り出た。

「ほぼ集まっておりますが、藤九郎殿らの姿が見えませぬ」

北条軍に下るであろう、と糸井太郎衛門は目で訴える。

「左様か。されば、やっておかねばならぬな」

想像はしていた。氏秀は立ち上がり、本丸の北に隣接している北郭に向かった。

北郭は女子の生活の場所である。平素は二十数人が在しているが、大軍が迫るとあって若い女子など半数ほどは城から退出させている。残っているのは食事役と正室の藤姫の身の周りの世話をする比較的、年齢が高い者たちであった。

「これは」

氏秀が部屋に入ると、床の間に置かれた熊野神社の御朱印への戦勝を祈願していた藤姫が気づいて振り返った。十代の藤姫は少女の面影を残した愛らしい丸顔をしている。

「そのままでよい」

手で制した氏秀は上座に腰を下ろす。藤姫は向き直る。

「物見の報せでは、じきに北条の大軍が仕寄ってまいる。そこでじゃ。女子衆は一旦、城の外に退避させることにした。そなたは暫し、藤九郎の許に避難致せ」

努めて鷹揚に氏秀は告げた。

「兄上の許に？　兄上は城に籠らぬのですか」

すぐに藤姫は察し、怪訝な表情で問う。

「まあ、そういうことじゃ。それゆえ、そちは藤九郎の許に戻るがよい」

「お断り致します。わたくしは山上城主の山上藤七郎氏秀に嫁いだ身。兄が主命に背いたからといえ、わたくしまで背いたと思われては迷惑です。兄とはたった今、縁を切ります」

気丈に藤姫は言いきった。

「そなたを疑ってはおらぬが、両家違えた場合、女子は実家に戻るのが常。敵に廻った家の女を置いたまま戦端を開けば、儂は質を取らねば戦えぬ臆病者と嘲られる。多少でも儂への情があるならば、そなたも武家の女子として、儀礼に倣え」

「されど……。よもやこれが今生の別れにはなりますまいな」

藤姫は不満そうに問う。

「こればかりは神仏の知るところ。北条を追い返せば、再び会うことも叶おう。息災での」

冷めた口調で告げた氏秀は立ち上がった。

「お待ちください」

藤姫に呼び止められ、氏秀は立ち止まった。

「わたくしを娶ったこと、後悔なさっておられますか」

氏秀の言葉に情を感じられなかったのか、藤姫は問い質す。

山上家は狭い領内で同族争いをしていたので、氏秀と藤姫の結婚は政略だった。

「悔いてはおらぬ。そなたが当城にまいったお陰で僅かながらも和平が保たれた。我が心も和むことができた。そなたには感謝しておる。それゆえ身を大事にの」

告げた氏秀は歩みだした。

「まだ話は終わっておりませぬ。殿は敵に突き入って討ち死にする覚悟ではないのですか」

「戯けたことを。死を恐れはせぬが、死を望む思案はない。恐れるのはなにもせずに朽ちていくこと。まあ、万余の敵が仕寄せてくるのじゃ。つまらぬ心配をすることはない。我が世を存分に謳歌させてもらえそうじゃ」

笑みで答えた氏秀は、藤姫の侍女に目を向ける。

「揚羽、頼むぞ」

「畏まりました」

答えた揚羽という侍女は、蛇ノ目の妹で藤姫の身辺警護役を務めていた。

（儂から離れれば幸せに暮らせよう。達者での）

愛しい妻に対し、氏秀は心の内で別れの言葉をかけた。

氏秀が部屋を出ると、廊下に控えていた糸井太郎衛門が平伏したまま室内の藤姫に向かう。

「藤九郎殿の許に戻られましたら、藤九郎殿から殿に対して、北条家に降伏を勧めるよう進言なさってください。殿の気質からして、自ら口になされるお方ではありませぬ。藤姫様にしかできぬことにございます」

懇願した糸井太郎衛門は、すぐに氏秀の後を追った。

「これで心置きなく戦えるのう」

氏秀は清々しい気持のまま歩を進めた。

主殿に戻った氏秀は黒糸威の具足に身を固め、改めて兵を数えさせた。

「三百ほどにございます」

すまなそうに糸井太郎衛門は報告する。それだけ北条の大軍は脅威であり、山上藤九郎一族の離反による影響は大きいことが窺えた。

「左様か。怪しい輩がおらぬゆえ、返り忠（裏切り）を心配することがなくなった。戦は兵の多寡ではない。源九郎義経が平家を撃ち破れたのは、詭道（欺き）であり、神速であったからじゃ。我らはこれに倣い、敵を攪乱して勝利する」

宣言したのち、氏秀は横にいる父の源内に目をやる。

「某は藤五郎（氏吉）と共に敵を俄攻（急襲）にする所存。留守のことをお願い致します」

「任せよ。存分に敵を蹴散らしてまいれ」

源内は応じ、励ました。

「申し上げます。北条は膳城に入ったようにございます」

物見が報せた。

「膳が下ったか。抵抗した様子はあったか？」

「戦いは行われなかったようにございます」

「左様か。賢い選択やもしれぬが、それゆえ上野の兵は腰抜けと侮られるのじゃ。同郷の者を討ちたくはないが、これも武家の倣いで致し方ない。我らと敵対すること、後悔させねばの」

吐き捨てた時、近習が三方を持って現われた。上には干し鮑、勝ち栗、結び昆布が載せられている。鮑は打ち鮑と呼ばれ、打って、勝って、喜ぶという験に因んだもの。武将の出陣には欠かせない。特に敵は山上軍の三十五倍にも増えたので、目に見えぬ拠り所は欲しかった。

氏秀は験に左右される武将ではないが、あくまでも形と割り切っている。氏秀は干し鮑から順に一摑みずつして口に入れ、酒で胃に流し込んだ。

「上野兵の強さを天下に示そうぞ！」

覇気ある声で叫び、氏秀は床几を立って盃を床に叩きつけた。

「おおーっ！」

盃の破片が飛び散る中、家臣たちは鬨で応えた。

闘志漲る空気を割き、氏秀は大股で主殿を出る。家臣たちも続く。足を踏み出すごとに具足が擦れる。自然界にはない、人が戦いのために作った具足の無機な音が昂揚させてくれる。

氏秀は胸が高鳴って仕方なかった。

（いかほど敵を討てるかのう）

本丸の外に出ると、栗毛の駿馬が曳かれており、既に漆が輝く鞍が載せられていた。

氏秀は研かれた鐙に足をかけて跨がると、愛馬は共に暴れることを望んでか、嬉しそうに嘶いた。

「先祖代々伝わる我らが領地を侵さんとする者は打ち払うのみ。いざ、出陣！」

決意を咆哮し、氏秀は漆黒の馬鞭を正面に振り下ろした。

「おおーっ！」

鬨を上げた家臣たちは大谷治右衛門を先頭に山上城の大手門を潜っていった。

城を出て少し南に進んだところで氏秀は弟の氏吉に向かう。

「決して無理をするな。こたびは軽い一当てじゃ。真の戦は城に引き付けてからのこと」

「承知致しました」

頷いた氏吉は、百の兵と共に東に進んだ。氏秀は西に馬脚を向けた。

寡勢の山上勢は素早く移動できるが、万余の兵を擁する北条軍は緩慢である。

山上城への道幅は一間ほどと狭く、兵は二列で進むのがいいところ。徒の兵は刀を腰に差すので、前後の間隔は詰めても二尺（約六十センチ）ほどは必要となる。とすれば軍列の長さは二十七町半（約三キロ）にも及ぶ。膳城を出た先頭が山上城に到着した時、まだ北条氏康本隊は城から出立できていないことになる。氏秀はこの軍勢を東西から挟撃するつもりである。

奇襲なので家臣には旗指物は持たせていない。氏秀は兎川の西の土手に兵を隠し、敵を待った。半刻ほどして北条軍の先陣を担う、玉縄北条家の綱成が姿を見せた。『地黄八幡』の旗指物が晩秋の風に翩翻と靡いている。氏秀らから二町（約二百十八メートル）ほどの距離である。

戦いは近いので氏秀は鹿角の脇立を備え、獅嚙の前立をつけた兜をかぶった。

「まだじゃ。焦るでないぞ」

敵が少しでも北進すれば、それだけ山上城が危うくなるが、奇襲壊乱を成功させるには確実に横腹を衝く必要がある。氏秀は自身の逸る気持を抑えるように言った。

北条勢は城で叩くつもりである。氏秀は二陣に照準を合わせていた。一千ほどの玉縄勢が目の前を通過したところで俄に慌ただしくなった。

「藤五郎（氏吉）め、待ちきれなかったか！」

憤りながら氏秀は吐き捨てた。氏吉には注意したものの、闘争心を抑えきれずに暴発することは珍しくない。ただ、傍観してはいられない。挟撃しなければ氏吉勢は粉砕されてしまう。

「味方が戦いを始めたゆえ、予定が早まった。敵は弱兵。多勢でも恐れることはない。我らは討ち放題じゃ。上野兵の強さを敵に示す時。かかれーっ！」

「うおおーっ！」

氏秀の下知に家臣たちは大音声で応え、勇んで土手を乗り越えた。このところ雨は降っていないので兎川の水位は低く、流されるようなことはない。山上勢は勢いよく水飛沫を上げて渡河し、北条軍に接近した。敵は氏吉勢に注意を引かれているので、氏秀には好都合でもあった。

一町ほどに接近した。漸く北条軍も西の氏秀勢に気づきだした。一町はなんとか弓の有効殺傷距離内に入るが、大概の者では敵を仕留めるにはやや遠い。具足、甲冑などを身に着けていればなおさらである。それでも十分に威嚇にはなる。

「弓衆、放て！」

最前線に立つ氏秀は怒号し、関根弥十郎ら弓衆に一斉射撃を行わせた。二十数本の矢は青空に弧を描いて北条勢に襲いかかる。陣笠や胴丸に弾かれた矢もあるが、数本が剝き出しになった足軽の首や足に刺さり、死傷させた。

「西にも敵じゃ！」

北条綱成麾下の大道寺周勝が大声で叫び、三百ほどの兵が氏秀勢に向き直るが、軍列は長く延びていて防御の態勢はとれていない。

「敵は鈍い。構わず射倒せ！」

戸惑う北条勢に対し、氏秀は続けて命じた。弓衆は休まず矢を放ち、敵を死傷させている。膳城が戦わずに開城したこともあり、山上城も包囲すれば降伏すると思っていたのかもしれない。北条軍は奇襲を受けることを想定していなかったことが、氏秀らにとっては功を奏した。

「弓衆、早う用意致せ」

大道寺周勝は催促するが、焦りもあって北条勢の弓衆は弦張りに手間取っていた。

危険を伴う移動でなければ、通常、弓衆は弓に弦を張ることはない。張るまでには少々時間がかかる。さらに最近、出廻ってきた鉄砲は、弓よりも発射するまでに時間がかかる。大道寺勢は手に持つ鑓や刀で躱そうとするばかりである。

弓の不意打ちでも十分に効果を上げているが、氏秀は満足できなかった。

「今が好機じゃ。我に続け！」

怒号するや氏秀は鐙を蹴った。家臣が矢を放つが、氏秀は背から射貫かれることを恐れない。刀身三十三寸（約一メートル）、柄も同じ長さの薙刀を右肩に担いで駿馬を疾駆させる。この薙刀は蛤刃のように厚みがあるので六百七十匁（約二・五キロ）と重いものの、剛腕の氏秀には普通の兵が大刀を握るのと同じ程度であった。

氏秀の突進に対し、大道寺勢の数人が鑓を構えて待ち受ける。

「おりゃーっ！」

躊躇することなく、氏秀は突撃する。左右から鑓が繰り出されるものの、穂先に抉られるよりも早く敵中に突き入り、自身の右にいる敵を切り払う。剃刀のようにすっぱり切れる刃ではないが、剛力の氏秀が薙刀を振うと、一刀で鑓の柄が切れ、敵の首が飛んだ。

「まだまだ」

切り払った氏秀は、次の敵をそのまま下から斬り上げる。薙刀を片手で使用しているので、敵の手鑓の間合いと同等に遠間からの攻撃が可能である。剛力に加え、遠心力が伴い、胴丸が裂けるとともに腕が胴から斬り離れた。

「喰らえ！」

薙ぐと大根でも切ったかのように首が地に転がり、首の付け根から血柱が上がり、宙を朱に染めた。

「相模の者どもは、兵一人も止められぬのか」

水車を横に廻したように薙刀を振り廻すと、首が物と化して地に落下した。

「焦るな。数人が一組になって鑓で突け」

大道寺周勝は大声で命じ、家臣たちも応じるが、氏秀は隊形が整わぬうちに馬を駆けさせ、南に向かう。中央から隊列を左右に押し退けるようにして走り、敵を仕留めていく。氏秀が通った西側は多数の骸が転がった。

主の氏秀に倣い、家臣の須永栄左衛門、深沢利右衛門、山形喜右衛門、藪塚孫左衛門なども、傍若無人に敵中を駆け廻り、大道寺勢を血祭に上げた。

「殿、そろそろ戻りませぬと」

糸井太郎衛門が諫めた。

「そうじゃな。貝吹け」

氏秀は命じ、撤退の法螺貝を吹かせた。即座に山上勢は退却にかかる。

「追え。逃すでない！」

大道寺周勝は叫び、反撃の追い討ちをかけさせる。

氏秀は兎川を越えたところで、怒号した。

「放て！」

命令を受けた山上勢の弓衆が土手から姿を見せて矢を放ち、追ってきた大道寺勢を射倒した。

「俄攻は成功じゃ」

氏秀は満足の体で帰途に就く。氏秀らは数十人を死傷させ、味方の死者は数人であった。

玉縄勢は氏秀勢を追ってこなかったものの、氏吉勢は鈴木二郎三郎らに急襲を察知され、氏秀勢ほどの効果は上げられず、追撃を受けていた。城で顔を合わせた氏吉は、這々の体で逃れてきたといった様相であった。

「申し訳ありませぬ。敵に悟られました」

氏吉は詫びる。百人ほど率いた氏吉が帰城させた兵は半数ほどに減っていた。二十余人が討たれ、それ以外は逃亡したという。

(我が武功は藤五郎を囮にしたようなものになったの)

奇襲の成功について、氏秀は諸手を上げて喜べるものではなかった。

城に籠る兵は二百数十になった。

(さて、この兵で、どれほど戦えるかのう)

劣勢は必至であるが、氏秀には暗い気持はない。熾烈な戦いを楽しみにしていた。

「さて、布陣じゃが」

主殿に主だった者を集め、氏秀は改めて指示を出した。

一番南の南郭は氏秀、その北の三ノ丸に板橋又右衛門、二ノ丸に大谷治右衛門、本丸は弟の藤五郎氏吉、一番北の北郭に父の源内を配置した。大手虎口が南郭の南端にあるので、氏秀自身が最前線を守ることにしたわけである。

（いつでもまいるがよい。屍の山を築いてくれる）

人殺しを嬉しいと思う感覚はないが、力の限り戦うのは武士の倣い。本丸から南を眺め、氏秀は敵の接近を心待ちにした。

四

「援軍はまだ来ぬのか。当城が落ちれば、次の標的は自が城になるのが判らぬのか」

本丸の主殿で鏑木主計が苛立ちながら吐き捨てる。

金山の横瀬成繁、箕輪の長野業政、白井の長尾憲景、唐沢山の佐野豊綱は支援を約束してくれたが、氏秀らはまだ援軍の姿を確認できなかった。

「まあ、落ち着け。そのうちまいろう」

上座から鷹揚に氏秀は宥めるが、内心では援軍はないという認識でいた。

（後詰はあるまい。皆、我が身が可愛いもの。我らの動向を窺いながら、下る時機を探っているのやもしれぬな。他家を当てにしても始まらぬ。こたびは我らのみで戦うしかなかろう）

冷めた感情を持っているが、家臣たちの士気を下げるので、氏秀は口にしなかった。

「畏れながら、逃亡している兵がいるようにございます」

小声で糸井太郎衛門が伝える。

「左様か。物見に出ているのであろう。捨ておけ」

寛大に氏秀は対応した。この期に及び、見せしめのために逃亡兵を斬れば、迷っている者たちは身の危険を感じて反撃してくるかもしれない。そうすれば敵と戦う前に家臣と戦うことになる。これではとても大軍を相手に戦にはならない。なまじ城内にいて敵を引き込まれるよりも、城の外に出て行かれたほうが、氏秀としては有り難かった。

帰城して半刻ほどした時、物見が本丸の主殿で休憩をとっている氏秀の前に跪いた。

「申し上げます。敵がまいりました」

「左様か。こたびはさらに手痛い目に遭わせてやらねばの」

笑みを浮かべた氏秀は床几を立った。すぐに兜を持った小姓の山崎隼人が後を追い、家臣たちが続く。櫓に上って周囲を見廻すと、色とりどりの旗指物がところ狭しと立てられていた。

「まだ万余には足りぬが、ようもここまで集まったものじゃの。当城始まって以来のことではなかろうか。儂も認められたものじゃな」

城下を埋め尽くす敵を眺め、氏秀は他人事のようにもらした。既に城下は敵が隠れられぬように焼き払っている。その周囲は刈り入れが終わった乾いた田が広がっていた。

「暢気なことを申している場合ではありませぬ。未だ後詰もなく、城は普請途中で、さらに逃げ場所もない。我らだけで戦わねばならぬのですぞ」

鏑木主計が窘める。

「主計、諦めよ。文句を言っても兵は増えぬし、城も堅固にはならぬ。かくなる上は、いかに戦い、いかに死ぬかが大事。敵の首の数、そちには負けぬ」

糸井太郎衛門が氏秀を気遣って、鏑木主計に言う。

「望むところ。酒一樽でどうじゃ」

「ああ、儂が負けたら浴びるほど呑ませてやる」

二人とも覚悟は決めているようである。

「そちたちは討ち死にするような口ぶりじゃが、儂は死ぬつもりなどさらさらない。確たる根拠はないがの。まあ、悔いのないように戦うのみ。さすれば道も開けようぞ」

「はい」

周囲にいる側近たちは、氏秀の言葉に頷いた。

氏秀は遣いを送り、持ち口を固め、安易に出撃しないように命じ、自身も南郭に移動した。同郭は最前線となるので八十ほどの兵が籠っていた。

午ノ下刻（午後一時頃）、降伏勧告を伝える使者が訪れた。

「脅しには屈せぬ。城が欲しくば、刀鑓にて取りにまいれ」

使者を城内には入れず、氏秀は大手櫓の上から伝えた。

追い返された使者が帰陣して間もなく、周囲に野太い法螺の音が響き渡った。

「いよいよ来るか」

開戦を報せる音を聞き、氏秀は次第に、えもいわれぬ力が漲ってくることを感じた。

敵は四方八方から猛然と迫って来る。山上勢はそれぞれ敵に向かって身構えた。大手門のある南は、移動途中で攪乱された大道寺周勝である。

「先の屈辱、晴らすは今ぞ。押し立てよ！」

大道寺周勝は怒号し、軍配を振り下ろした。

途端に戦鼓、陣鉦（じんがね）が打ち鳴らされ、多数の兵が踏み出す音が地響きとなって押し迫る。蟻の集団が甘味な柿にでも群がるようであった。

「佐兵衛（さひょうえ）に報せよ」

開戦の瞬間を目の当たりにした氏秀は、糸井太郎衛門に命じた。

「承知致しました」

応じた糸井太郎衛門は、即座に狼煙（のろし）を上げさせた。

合図を見た天野（あまの）佐兵衛は半里ほど北の堰を切って落とした。童沢の湿地に溜めていた水は一気に天神川に流れ込み濁流と化した。

（これでいかほどの敵を押し流せようか）

多少なりとも氏秀は期待した。

これまで上流で塞き止めていたこともあり、山上城東の天神川は踝（くるぶし）程度の水深しかなかったので、寄手は無警戒のまま渡河して城攻めをしていた。

堰を切ってから、山上城の東では、最初は少しずつ水嵩を増す程度であったが、四半刻（約三十分）とかからずに濁流となり、焦げ茶色の龍と化して川を這う。

「鉄砲水じゃ」

突如、うねりを見せた天神川を見て、寄手の兵は驚愕した。

てっぽうという言葉は鎌倉時代から存在し、その頃は炸裂兵器（当時の手榴弾）の震天雷を指していた。これが種子島に伝わった鉄砲（押さえられていたものが一気に飛び出すもの）と重なって、戦国時代頃から川の洪水は鉄砲水と呼ばれるようになったという。

水位は腰の高さでも、激流となった川中に立っていることは難しい。渡河途中にいた者たちは次々と流されていった。数十名が川に呑み込まれた。

いずれにしても鉄砲水により、一時的に城東の寄手を分断することができた。

「これでいかほど足留めができる？」

「半刻（約一時間）ほどでございましょう。今少しの日にちがあるか、大雨でも降っていれば川の水を溜めておくことができたかと存じます」

残念そうに糸井太郎衛門は答える。

「さもありなん。それでも東は泥濘となり、敵の動きは緩慢になろう。ほかに集中できる。二ノ丸、三ノ丸には、決して打って出ず、矢で押し返せと申せ」

命じた氏秀は眼前の敵を直視した。

南郭に兵を向けるのは大道寺勢。川の決壊を受け、直接的な被害は出なかったものの、暫し様子を窺っていた。第二弾がないと確信した大道寺周勝は、改めて攻撃の下知を出した。

「進め！」

命令を受け、まずは楯を持った兵が半町ほどまで前進して楯の壁を築き、弓衆が並んで弦を弾くと南郭に向かって三百余の矢が宙を黒く染める。一瞬、鳥や魚が集団で移動するように見えるが、まぎれもなく絶命させることのできる武器である。山上勢は直ちに身を隠して反撃する。

時折、乾いた轟音を響かせるのは、関東でも目にするようになってきた鉄砲である。

天文十二年（一五四三）、ポルトガルの商人によって種子島に鉄砲が伝えられ、翌年には国内で生産が行われるようになった。これが日本史の通例であるが、『北条五代記』によれば、「玉滝坊という山伏……（中略）、鉄砲と伝う物、唐国より永正七年（一五一〇）、初めて渡り……（中略）一挺買って氏綱公へ進上す」と記されている。

また、『甲陽軍鑑』をはじめ諸書にも大永年間（一五二一～二八）には伝えられたとある。鉄砲は通例よりも早く日本に入ってきていた。

人差し指一本を動かすだけで矢よりも速く、しかも遠くから敵を倒す貴重な武器は、戦国の武将ならば誰でも大量に欲するところであるが、鉄砲は一挺で足軽一人を三年分雇えるという高価なもの。しかも火薬は国内生産できず、輸入品なので和泉の堺との付き合いがなければ手に入らない。鉄砲は高嶺の花の代物であった。

「鉄砲など簡単には当たらぬ。落ち着け」

氏秀は自ら弓を持ち、鉄砲が放たれたほうに向かって矢を射た。火縄銃は銃身の中に螺旋を切っておらず、弾丸も丸く鋳造したものなので空気抵抗もあり、極めて命中率は低かった。さらに連射はきかず、手慣れた者でも玉を装塡して放つまでに二十秒ほどを要した。

発射するまでに手間のかかる鉄砲であるが、音は城兵を畏縮させる。加えて矢は見えるが鉄砲の玉は見えず、いきなり櫓に当たって木片を弾き飛ばすので、城兵を驚かせた。

多勢の攻撃は凄じいもので、南郭の山上勢が三十本放つと、十倍の矢が返ってくる。元来、遠間の戦は城方が優位であるが、圧倒的な兵数に押され、攻撃力が低下する。

「臆するでない。よく狙え」

家臣たちの攻撃の手が止まるので、氏秀は注意するが状況は変わらない。その間に少しずつ寄手は前進してくるので、矢の勢いも増してくる。

(このままではいかぬな)

兵の多寡で押しきられてしまうのでは降伏を蹴った意味がない。氏秀は櫓を降りて騎乗した。

「打って出る。弓衆以外は我に続け。押し出せ!」

氏秀が獅子吼すると城門が開かれた。氏秀は鐙を蹴って砂塵を上げ、家臣たちも続く。

城門の前には土塁はない。寄手はこれを避けて左右の土塁を上ろうとしていたところであった。山上勢は寡勢なので、大道寺勢とすれば城兵が城から出撃してくるとは予想していなかったのか、氏秀らを目にして焦っていた。

「蹴散らせ！」

抜き放った薙刀を右肩に担ぎ、氏秀は移動途中の敵に向かって、真一文字に突き入った。

「喰らえ！」

正面の敵が鑓を突き出すよりも早く氏秀は薙刀を振り下ろした。鑓の柄と共に氏秀は敵を両断。鮮血が宙に噴霧される中、氏秀は次の敵に向かう。

北条軍は大軍でも密集しているので、うまく広がって氏秀を包囲、あるいは鑓衾（やりぶすま）を作って進撃を阻止することができなかった。

「北条は数だけの腰抜けか！　儂を止める者はおらぬのか」

氏秀は一刀で敵を斬り捨てて、大道寺勢の鼻先を駆け廻り、骸の数を重ねた。家臣たちも主（あるじ）に倣い、臆することなく敵中に突き込んで奮戦する。

「彼奴（きゃっ）は大将。彼奴を討てば我らの勝利。恩賞は思いのままぞ。早う討ち取れ！」

大道寺周勝は大声で家臣たちの尻を叩くが、寄手は氏秀に傷一つつけることができない。

「汝（うぬ）らごときに討たれる山上氏秀ではないわ」

次々に突き出される鑓を躱し、あるいは弾き、氏秀は案山子のように寄手を斬り倒す。敵に討たれるというような危機感は氏秀には微塵もなかった。

「退け」

多少なりとも北条軍の動きを止め、攪乱に成功したので、氏秀は退却にかからせる。

「逃げるか山上。討ち漏らすな！」

氏秀に声をかけたのち、大道寺周勝は家臣たちに檄を入れる。

「討ちたくば早う追いつけ」

薙刀を振り廻し、追撃にかかる敵を斬り払いながら氏秀は敵を後に城に向かう。撤収したのちは城門を固く閉ざし、引き付けた大道寺勢に対し、弓を一斉に放たせ、死傷者を続出させた。

開戦から半刻が過ぎようとしていた。

「周囲の様子は？」

「どこも似たような状況にて、敵は土塁にへばりついております」

糸井太郎衛門が答えた。

「左様か。敵の部将の二、三人も討ち取らねば状況は変わらぬのう。今一度、打って出るぞ」

再び騎乗した氏秀は、勢いよく馬腹を蹴って城外に出撃した。

「望みどおり出張ってやったぞ！」

「敵大将じゃ。こたびは逃がさん。その首貰った！」

氏秀が剛勇でも、討てば恩賞にありつけると、寄手は臆せずに殺到する。

「左様なへっぴり腰で儂を討てようか」

馬上の氏秀は薙刀を振い、突き出される鑓ごと敵を斬り捨てる。鑓を斬り上げて薙ぎ、弾いて斬り払う。氏秀は同じ場所に留まっておらず、疾駆させながら敵を血祭に上げていた。

「山上殿、勝負を所望」

色糸威の具足に身を固め、二間柄の鑓を手に上泉常陸介秀胤が現われた。

「漸く骨のある男が出てきたの。望むところじゃ」

手練相手に騎馬も薙刀も不利。笑みで応えた氏秀は馬を下り、手綱を小姓の大竹新九郎に渡し、代わりに二間柄の鑓を受け取った。

「手出し無用。横槍を入れた者は味方でも容赦なく斬る」

周囲に釘を刺した上泉秀胤は、左足を前に半身となって中段の位を取った。

「実戦は道場稽古とは違うぞ」

氏秀も左足を前に出すが、体は正面に向けている。鋭利な穂先が向けられてはいるが、具足を身に着けているので、体は守ってくれる。実戦は攻撃あるのみ。と氏秀は信じていた。

「その言葉、そっくりお返し致そう」

上泉秀胤は気負うことなく、氏秀が仕掛けるのを待っていた。

「どうだか」

劣勢の城主としては、じっくり相手を見ている暇はない。氏秀は躊躇なく間合いを詰める。五間以上も離れていたが、既に互いの身体までの距離は二間半ほどに達している。どちらかが踏み込んで突きを入れれば穂先が体に到達するであろう。

狙うところは喉元の一点。垂れと胴の間に隙間ができる。上泉秀胤も同じかもしれない。

「ふん」

短い気合いとともに氏秀は鑓を突き出した。判っていたのか、上泉秀胤は自身の左に弾き、氏秀に鑓を突き入れる。やはり実戦では籠手打ちなどはしてこなかった。

「甘い」

上泉門下の原沢重信や神後宗治よりも優れていると言われる上泉秀胤をしても、命をかけた実戦では踏み込みは道場よりも浅くなる。氏秀も弾いて再度、突き出した。

(道場稽古と違うは、こっちも同じか)

相手は上泉伊勢守の後継者。相打ちを覚悟で攻撃だけするわけにはいかなかった。もしかしたら穂先が胴を突き破るかもしれないという懸念が氏秀にもある。

互いに鑓を突き、弾き、躱す。まだ、氏秀の穂先は上泉秀胤に届かないものの、氏秀の具足には小さな傷が増えていた。秀胤は手練を相手にした抜き身の鑓の戦いに適応している。

(具足に掠ったとて儂を仕留められるものではないわ)

細かな技能では上泉秀胤に一日の長がある。氏秀も承知の上であるが、戦場は別物という強い意識を持っている。

「とう!」

度胸を決め、氏秀は余力を残さずに踏み込み、喉元を突いた。

上泉秀胤も氏秀の覚悟を知ったのか、合わせるように突き出した。電光石火の鑓が途中で重なった。氏秀の鑓は秀胤の鑓に弾かれて自身の左側に流れていく。秀胤が行ったのは、鑓を使った新陰流の合撃という技である。このままでは神後宗治の時のように突き抜かれてしまう。

(させるか)

氏秀は途中で突きを止め、流されないように踏ん張った。その間にも秀胤の鑓は伸びてくる。氏秀は左肩を前に半身になると、秀胤の穂先は氏秀の胴を捉え、そのまま右側に弾かれた。鑓にしても太刀にしても標的に対して直角に突けば、思いのほか貫くことは簡単であるが、角度が広がると、力は半減してしまうものである。

「どうじゃ!」

秀胤が即座に鑓を引く間、氏秀は左手一本で鑓を突き出した。氏秀の穂先は秀胤の脇下と鎖骨の間を捉えるかに思われたが、さすがに秀胤は手練。すかさず体を捻り、胴の上の部分に当てて、氏秀同様に直撃を躱した。それでもしっかりと胴に傷は刻まれた。

「なかなか」

簡単にはいかぬな、と言おうとした時、家臣の山本権八郎（やまもとごんぱちろう）が背後に近づいた。

「申し上げます。北郭が落ちました」

「左様か。して、父上はいかがした？」

いずれは、と思っていたが、予想よりも早かった。氏秀は改めて兵力の差を実感した。

「本丸に逃れられました。それと、三ノ丸が西から破られそうにございます」

「それはまずいの」

三ノ丸が落ちればその南に位置する南郭は孤立し、南北から攻められ、氏秀は本丸に戻ることもできなくなる。

「聞いてのとおり。こたびの勝負、一度預けておきたい。命あれば、再び相対する所存」

氏秀は上泉秀胤に礼を尽くして告げる。

「承知致した。存分に働かれよ。本丸での戦いの相手が儂になるやもしれぬが」

「楽しみにしておる。されば」

軽く一礼した氏秀は騎乗すると、追い縋る敵を振り払いながら城南の戦場を後にした。

南郭に戻ると、既に敵の侵入を許していた。二十数人もおり、続々と敵は増えていた。

「南郭は捨てて、本丸に戻れ！」

命じた氏秀は三ノ丸にと進んだ。同地にも敵はいた。

「くそっ、兵の多寡はどうにもならぬのぅ」

吐き捨てながら、氏秀は敵を斬り倒し、北の二ノ丸に達した。同地は辛うじて持ちこたえているものの、敵が殺到するのは時間の問題であった。

「いかほど残っているか」

「本丸には二十人ほどゆえ、総勢八十ほどかと存じます。討ち死には半数。あとは……」

傷だらけの具足を身に着けた糸井太郎衛門は、逃亡した、と言いかけて言葉尻を濁した。

「左様か。皆、引き上げさせよ。最後の戦いをせねばならぬ」

二ノ丸が落ちれば本丸は裸も同然。氏秀も決断しなければならなかった。

氏秀の命令で家臣たちは二ノ丸に戻ってきた。生き残る兵全員を収容させれば、敵の侵入を許してしまうので、苦渋の選択でもあった。氏秀の周囲にいる家臣たちは、多勢を相手に奮戦し、刃を潜り抜けてきたことが明白。満身創痍の体であった。

疲労困憊していても、闘争心を失っている者はいなかった。

「今一度打って出る。動けぬ者は休んでおれ」

告げると、へたり込んでいた家臣たちは鑓を杖に立ち上がった。

「痴れ者め」

愛情をこめて氏秀は家臣たちを労った。

騎乗した氏秀が二ノ丸の城門の前に立つと、閂が外され、城門が開かれた。

「命を惜しまず、名を惜しめ！　我に続け！」

大音声で叫ぶや氏秀はまっ先に出撃した。

「おおーっ！」

山上勢は氏秀の覚悟に鬨で応えると、主に続く。

「儂は山上氏秀じゃ。我と思わん者はかかってまいれ！」

怒号した氏秀は、群がる寄手を薙刀で斬りまくる。従者の首取りが追いつかないほどである。

氏秀は敵中を縦横無尽に疾駆し、屍の山を築いていく。疲労すると一旦、二ノ丸に戻って酒で喉を潤し、再び鐙を蹴る。帰るたびに味方が減っているのを実感するが、次の出撃が最後になるかもしれないと、氏秀は努めて気にせず砂塵をあげた。

南郭を破棄してから三度目の出撃を終えて戻ると、家臣たちは三十人ほどに減っていた。そんな中でも氏秀は一人で二十数人を斬り捨てていた。

「殿、ここは我らがお支え致します。その間に……」

傷だらけの糸井太郎衛門は、剣戟を響かせながら訴える。「本丸にて潔い最期を」とでも言いたいに違いない。

「なにを申す。まだ儂は戦える。いや、戦い足りぬ。今少し踏ん張れ」

二人を同時に斬り倒しながら氏秀は切腹を否定する。この戦いが最期と思っているせいか、疲労感はまったくない。信じられぬほど体が躍動しているので、これを止めさせられるのは不本意この上ない。死ぬまで戦い続けたいのが願望であった。

「畏れながら、殿は城主にて、首を渡しては末代までの恥となりましょう」

「安堵致せ、今、儂を討てる者などはおらぬ」

未だ二ノ丸の戦いでは上泉秀胤の姿を見ることができなかった。

「ご注進！　もう二ノ丸も支えられませぬ」

二ノ丸守将を務めていた大谷治右衛門が進言する。

「楽しき刻とは短いものじゃな」

失意を覚えた時、近くで「ダーン」と乾いた音がした。その刹那、氏秀の被る兜の左の脇立が吹き飛んだ。氏秀は反応できなかった。

「北条、汚し！」

奇襲、夜襲など公然と行ってはいても、白兵戦をしている最中、飛び道具は使わないという暗黙の了解が戦国の武士にはある。これを破られ、氏秀は血が逆流するほどの忿恚を感じた。

北条軍にすれば、氏秀一人に数十人の死傷者を出されている。想定以上の損失に、正々堂々と武士の戦いをさせているわけにはいかなくなった、というのが本音であろう。

「敵は優位にも拘わらず、手段を選びませぬ。どうかお戻り下さい」

糸井太郎衛門が必死に懇願する。

（このままでは、儂は名もなき足軽の鉄砲に命を奪われるやもしれぬのか）

厳しい現実を認識した途端、激昂する血が冷めていった。

「治右衛門、後は任せた」

大谷治右衛門に命じ、氏秀は本丸に向かった。といっても切腹するためではない。敵を本丸に引き付けて、最期の戦いをするためである。

「おおっ、氏秀か。早うに北郭を失い、申し訳ない」

本丸に戻ると、氏秀の顔を見た父の源内が詫びる。

「いえ、僅かな兵しか残せなかったこと、お詫び致します」

頭を下げた氏秀は樽から柄杓で掬った酒で喉を潤し、一息吐いた。

「申し上げます。二ノ丸も破られ、本丸だけになりました」

血と汗と泥にまみれた糸井太郎衛門が報告する。

「左様か。兵はいかほど残っておる？」

「五十ほどかと存じます」

「それだけいれば、今一度、面白き戦いができそうじゃの」

もう一杯酒を呑み、氏秀は立ち上がった。

「待て、そちは城主の身でありながら討ち死に致す所存か」

「望みはせぬが、それが結果なれば致し方なきこと。腹切る思案はござらぬ」

「されば、残る城兵全てを道連れにするつもりか」

氏秀にとって、それればかりが悩みの元である。

「今からの投降など認められますまい。某の腹一つで助けられましょうや」

「敵も、これ以上の手負いを出したくはあるまい。やってみる価値はあろう」

父の説得に、氏秀の心は降伏に傾きだしたものの、すぐに欲望が打ち消した。

「降伏するならば、端（はな）から敵対したりはしませぬ。某は戦うことだけが好きなようで、城主には不向き。某を主にもった家臣たちを不憫（ふびん）には思うが、こればかりは曲げられません。詫びは黄泉（よみ）で致しましょう。残り少ない命、存分に楽しませて戴きます。されば」

源内に告げた氏秀は主殿を出ようとした時、大谷治右衛門が跪いた。

「申し上げます。藤九郎様が北条の使者としてまいられました」

「藤九郎が？　今さらなに用じゃ。差し出す首などない。追い返せ」

氏秀は不快感をあらわに吐き捨てた。

「畏れながら、どうも違うようにございます。とにかくお会いなされてはいかがでしょうか」

お願いしますのでお会いくださいい、と大谷治右衛門は懇願口調で進言する。

「氏秀、一族の使者ぞ。話だけでも聞くが筋。場合によっては、助けられる家臣も出てこよう。よもや全兵に死を強要するつもりではあるまいの」

渡りに舟、とでも言いたげな源内である。

「左様なつもりはござらぬが、つまらぬ切腹をさせられるのはご免。まあ、父上が申すならば、敵の口上だけでも聞きましょう」

面倒ではあるが、氏秀は源内の顔を立てて応じた。

ほどなく藤九郎が主殿に姿を見せた。先ほどまで氏秀の義兄だった武将である。

氏秀は追い込まれていることもあるせいか、藤九郎の態度が尊大に見えた。

「久しいのう。儂は忙しい。手短に申せ」

乱世において主家を見限るのは珍しくない。氏秀はあえて責めようとはしなかった。

「既に察しておられよう。もう、十分に戦ったはず。このあたりで降伏なされてはいかがか」

「まだゆえ具足を脱いでおらぬ。そうじゃ、家臣の中には城を出たがっている者もおる。それらを連れて出て行け。儂は一人になっても降伏はせぬ。儂一人でも十数人は道連れを作れる。特に、そちなどは良き輩（ともがら）になりそうじゃ」

一族であるがゆえに、氏秀は旧臣の勧めには応じる気がしなかった。

「遠慮致す。それに、氏秀殿が降伏せぬ限り、城兵の助命は認められぬ、とお屋形（北条氏康）様は仰せになられておる」

「変わり身の早さが生き残る術か」

北条氏康のことを、お屋形様と言った藤九郎の言葉が、氏秀に皮肉を口にさせた。

「家を残すのが武家の倣い。家臣、領民を守るのが領主のはず」

最初から勝負の行方は判っていながら、武士の意地だけで多数の家臣を死なせたお前は領主でもなく武将でもなく、足軽大将程度の戦人（いくさびと）でしかない、と藤九郎は氏秀を切って捨てる。

「的を射ているのやもしれぬが、ここまで来たからには、最後まで上野武士の意地は貫く所存。残る家臣も覚悟していよう。早々に立ち帰り、そちのお屋形様に申すがよい」

強い口調で氏秀は言い放った。

「早まられるな。お屋形様は、氏秀殿が膝を屈すれば、城兵のみならず氏秀殿の命も助けると仰せになられておる」

「なんと！」

氏秀より先に声を発したのは源内だった。

「これはまた可笑しきことを申すもの。あと一押しで城は陥落させられるはず。これをせずして儂を騙し、虜にして辱めを受けさせた挙げ句、斬る所存か。剣呑、剣呑、その手には乗らぬ。管領殿の子息は無惨にも斬首されたそうではないか」

父の態度に氏秀は憤りながら言う。

関東管領の上杉憲政が越後に逃亡したのち、北条氏康は幼い憲政の子供を捕らえ、斬らせている。敵大将の子は生かしておいては災いとなるので仕方ない、乱世の厳しい処置であった。

「管領様はお屋形様の降伏勧告を蹴った上で逃亡されたゆえ、残された子息は名目上の当主、跡継ぎということになる。致し方ないことでござろう。古河の公方（義氏）様は健在」

古河公方は関東公方とも呼ばれ、都の将軍家を補佐しながら関東を支配する役目を任じられており、関東管領の上位に位置づけられていたが、時の流れの中で勢力を失った。勢いを増した北条氏康は古河公方になるはずだった足利藤氏を廃嫡し、天文二十一年（一五五二）、甥にして婿である足利義氏を第五代の古河公方として存続させた。

「傀儡には都合がいいゆえの」

「いずれにしても、お屋形様は信義を守られておる。あとは氏秀殿の決断次第」

「決断か。とっくに決断しておる。儂は敵には下らぬ。帰陣して左京大夫（氏康）に申せ」

藤九郎を残し、氏秀は主殿を出た。

「お待ち下さい」

廊下に足を踏み入れようとした時、糸井太郎衛門をはじめ末端の家臣までが中庭に跪いた。

「殿の心中、お察し致しますが、生きる術があるならば、これに賭けるべきかと存じます」

哀訴さながらに糸井太郎衛門は諫言する。

「そういうことか……」

さすがの氏秀も語尾を濁した。糸井太郎衛門らが藤九郎に調略されたとは思っていないが、おそらくは地獄で仏にでも出会った心境なのであろう。先ほどあった闘争心は挫けたような表情をしている。命乞いもやむなし、そんな面持ちである。

「勝負は時の運。敗れる時もございます。ここは鎌倉（源頼朝）殿を見習い、一時下って、再起を果たされてはいかがでしょう」

平安時代末期、伊豆に蟄居させられていた源頼朝は治承四年（一一八〇）、平家打倒に挙兵するも、相模の石橋山の戦いで敗れ、安房の国に逃亡。同地で再起を図り、やがては平家を倒し、鎌倉幕府を開いたことは、つとに有名である。

（鎌倉か、頼朝は石橋山で降伏してはおるまい。それに儂は将軍になれるような武士ではない。目指すならば九郎義経じゃが、皆に闘志がなくなった今、儂一人で敵中に切り込むしかないの。決して山上城を衣川館にはせぬ）

平家討伐で活躍した源義経は兄の頼朝に疎まれ、奥州平泉に逃れるが、頼朝の圧力に屈した藤原泰衡に攻められ、衣川館で自刃したという。

「畏れながら、殿なれば、今でも敵の二、三十人を斬ることは容易でございましょうが、お命を失えば、これ限り。生きてさえあれば満足のいく戦いができるのではありませぬか」

大谷治右衛門も止めだてする。

さらに源内も主殿を出て背後から声をかける。

「氏秀、そちが敵を何十人斬ろうが、死は確実。出撃するならば儂は腹を切ろう。されど、そちが降伏すれば、儂のみならず、ここにいる皆が助かるやもしれぬ。それでも行く気か」

「嫌な言い方をなさいますな。生に固執すれば、恥を晒すのみですぞ」

「敗軍の将じゃ。既に恥は晒している。確かにそちは城主には向いておらぬやもしれぬ。戦うことが好きなれば、生に固執するしかない。城主なれば、大いに恥を晒して皆を助けてみよ」

源内の言葉は氏秀の罪の意識を煽りたてる。さらに藤九郎が続く。

「藤姫も心配してござった」

「離縁した女子のことは申すな。それほど皆が儂に恥辱を受けさせたいならば、受けてやろう。藤九郎、左京大夫の許に連れて行け」

忿恚をあらわに氏秀は言い放った。

(左京大夫に会うことが叶えば討つこともできる。戦は敵大将を討ったほうが勝ちじゃ)

機会はある。寡勢が多勢に勝つには奇襲、急襲もありだと氏秀は考える。無論、騙しも。

氏秀はまだ敗北したとは思っていない。氏康に引見されることを楽しみにした。

第二章　城無しの闘将

一

　騎乗した氏秀が山上藤九郎と共に山上城を出ると、先ほどまで激戦を繰り広げていた北条軍の兵たちは、怒りと驚きの目を向けて近づいてくる。

「待ちおろう。其奴、我らに渡せ」

　髭を蓄えた長身の侍が山上藤九郎に命令口調で言う。さんざんに朋輩が討ち取られたので、氏秀に忿恚の念を燃やしているのも頷ける。それに、恩賞首であることは変わりなかった。

「こちらのお方は、お屋形様の下知でお連れ致す。邪魔だて致せば罪に問われようぞ」

　藤九郎は胸を張って答えた。

「お屋形様じゃと？　新参の分際で偉そうに申すな。汝とて其奴と同族であろう」

　長身の侍は藤九郎を蔑んだ。

「怖じ気づいて間際に返り忠した輩じゃ。構わぬ、一緒に討ち取ってくれよう」

頬傷のある肉厚の侍が加わった。

苦渋の選択の上で北条家の麾下になっても、譜代の家臣たちにすれば、信用できない他所者といった認識しか持てないようである。信用を得るには、まだ歳月と戦功が必要。それまでの間は、まさに命を賭けて忠節を示すしかなさそうであった。

（鞍替えの先も茨の道か）

藤九郎には憤っていたが、哀れに思えたせいか腹立ちも少々和らいだ。代わりに北条家の家臣に怒りの鉾先が向く。

「戦の最中では近づけぬが、下ろうとする者には強気に出るか。汝らのような輩を内弁慶、あるいは虎の威を借る狐とでも申すのか。儂が雑魚に黙って討たれると思うてか」

薙刀は置いてきているが、腰には刀身二尺八寸（約八十五センチ）の太刀を佩いている。兜も脱ぎ、具足も外しているが、氏秀は周囲の敵に負ける気はしなかった。

「面白い、此奴を討ち取れ！」

途端に十数人が氏秀に鉾先を付ける。

「止めよ。北条の名を汚すな」

大音声で割って入ったのは上泉常陸介秀胤であった。

「ちっ。ここにも、新参がおったわ」

舌打ちをする長身の侍であるが、さすがに剣豪相手に勝負する度胸はないようである。

氏秀は一言、礼を言おうとすると、上泉秀胤が制す。

「礼には及ばぬ。漸く楽しき戦いをする相手と出会えたのに、失いとうないだけじゃ。もし、貴殿が斬首されることがあればお屋形様に頼み、さしの戦いをお許し戴く所存」

告げた上泉秀胤は口許に笑みを作る。

「儂も同じ。楽しみにしておる」

笑みで答えた氏秀は、藤九郎と共に馬脚を進めさせた。

北条氏康の本陣は膳城から五町（約五百五十メートル）ほど北東の八幡神社に置かれていた。膳城から出なくとも、山上城を攻略できたであろうが、兵の士気を高める意味もあった。

鳥居を潜ると境内には北条家の家紋である相州鱗が染められた陣幕が張られていた。

「腰のものを渡せ」

降将として、当たり前のことを守備兵に求められた。

「相模の者は臆病者が多いようじゃ」

陣幕の中に聞こえるように言い、氏秀は太刀を北条家の家臣に預けた。

「もう一本」

兵は脇差も要求する。

「太刀や大刀は敵を斬るためのものじゃが、脇差は自が腹を切るためのもの」

氏秀は拒否するが、兵は首を横に振る。

「汝が腹を切るや否やはお屋形様が決めること」

早く渡せと兵は催促する。これに合わせて周囲の兵も鑓を身構えた。

(一人を脇差で斬って鑓を奪い、陣幕の中に雪崩れ込めば……ちと難しいの)

おそらく脇差の柄に手をかければ、周囲から串刺しにされるに違いない。

(丸腰でも、まずは敵大将の前に出ることが肝要)

僅かな可能性に賭けて、氏秀は脇差を渡し、丸腰のまま陣幕を潜った。

中に入ると、その前には楯を机にしたものが並べられ、床几が椅子のように置かれていた。上座の中央には面長の武士が座しており、左右には重臣たちが腰を下ろしている。

陣幕に沿って鑓を持つ兵が十数人居並んでいた。

藤九郎は楯机から二間ほど離れた地で立ち止まり、氏秀に跪くように促した。

降将なので、当然のごとく床几などは用意されない。氏秀も承知の上である。

(楯が邪魔じゃの)

氏秀は間合いを計り、首座を睨みながら地べたに胡坐をかいた。

「これなるは山上城主の山上藤七郎氏秀でござる」

恭しく藤九郎が首座の武将に報告し、隣の氏秀に顔を向ける。

「お屋形様じゃ。ご挨拶をなされよ」

命乞いをしろ、とでも言いたげな藤九郎である。

(戯けめ。儂が左様な卑屈なことをすると思うてか)

立ち上がったと同時に二歩地を蹴って楯机を飛び越えて敵大将の喉笛を握り潰せるか、氏秀はその丁度よい瞬間を計ることばかりを思案していた。

「儂に届きそうか」

氏秀よりも先に首座の主が話しかけた。面長で端整な顔だちをしている。髭は薄く、目は二重で切れ長、鼻筋もとおり、顎に肉はついていない。長身痩軀で、戦国の荒武者というよりも、都の公家が武家に預けられて育ったといった感じの武将。北条氏康である。

北条氏康は戦国の三大梟雄の一人とも言われる北条早雲の嫡孫として誕生した。小田原の北条氏は鎌倉幕府の執権を務めた北条家の血筋ではなく、早雲の嫡子の氏綱が、関東支配を円滑にするために名乗った、あるいは便宜上、血筋の女子の婿になって称するようになったとも言われている。

始祖となる早雲の出自は諸説あるが、一般的には備中に生まれ、都で申次衆となった伊勢新九郎盛時が若き頃の早雲と言われている。早雲は足利八代将軍義政の弟・義視の近士として仕えていたが、応仁の乱で都は荒廃し、義視と共に伊勢に逃れた。その後、早雲は妹が嫁いでいる駿河の今川家を頼り、同家で信頼を得て駿河・駿東郡の興国寺城と富士下方十二ヶ郷を与えられた。同城を拠点に早雲は伊豆に進み、堀越公方の茶々丸を追って同国を掌握。さらに早雲は大森藤頼を追放して相模の南端の小田原城を攻略した。

二代目の氏綱は早雲の跡を継いで相模を平定して武蔵にまで版図を広げ、三代目の氏康は天文十五年（一五四六）、河越の夜戦で古河公方・関東管領連合軍を撃破して武蔵を掌握し、管領の上杉憲政を追って南上野までを取得した。『小田原記』には「文武を兼ね備えた大人物で、一代のうちに何度も合戦したが、負けたことがない」と記されている。氏康は駿河の今川家、甲斐の武田家と三国同盟を結んでさらに関東に版図を広げている最中であった。

「お歴々がいなければ容易きこと」

見抜かれたので、氏秀は悪びれることもなく言ってのけた。

「やる前から言い訳か？　それゆえ我らの前で地べたに座っておる」

北条氏康に代わり、右隣に座す筆頭家老の松田憲秀が蔑んだ。こちらは髭の濃い武士である。

「言い訳などした覚えはない。事実を申したのみ」

自尊心が強い氏秀は、滾る感情を抑え、冷静を装いながら答えている。

「左様か。遠慮せずともよいぞ」

松田憲秀は挑発するように言う。氏秀の助命を望んでいないのかもしれない。

「時機を見計らっておるゆえ、安心されよ」

「面白いことを申す。敵将ながら抜群の働きをしたそうじゃな」

匹夫の勇、とでも言いたげな北条氏康である。

「小城の主ゆえ」

「かようなことは最初から見えていたであろう」

無駄な戦をしおって、と北条氏康は吐き捨てる。

「勝負は水もの。遠き厳島では寡が多に勝利したと聞く」

前年の天文二十四年（一五五五）、三千を率いる毛利元就は安芸の厳島で二万を動員する陶晴賢に勝利して日本国中を驚愕させた。その後、元就は中国地方に覇を築きはじめていた。

「汝が毛利右馬頭（元就）のような知将に並ぶと？」

北条氏康が口許に笑みを作ると、周囲も嗤笑する。

「一対一ならば負けはせぬ」

「汝は我が家臣（上泉秀胤）にすら勝てぬではないか。それに大将とは采を握るものにて、鑓刀を手にするものではない。それゆえ城が落ちたこと判らぬか」

次元の低い男だとでも言いたげに、北条氏康は首を傾げた。

「的を射ているのやもしれぬが、大領の主と小領の主では違う」

大軍を采配したことがないので、氏秀にはそうとしか答えられない。

「我が祖父（早雲）は身一つで大名となった。見苦しい言い訳じゃの」

「儂はまだ若い。生きてさえあれば道は開けよう」

「そちの命など我らに握られておるではないか」

口の減らぬ輩だ、と松田憲秀が腹立たしげに言う。

「やはり騙し討ちにするか」

「約定ゆえ助けて遣わす。但し、山上領に戻ることは許さぬ。どこぞにでも行くがよい」

「いいのか？　儂は再び嚙みつくぞ」

助かった、という思いよりも、再び戦えると、氏秀の闘志は湧く。

「存分にまいるがよい。次は容赦せぬ」

北条氏康には、氏秀など眼中にないらしい。

「かような無礼な輩に信義など必要ございませぬ。首を刎ねるべきかと存じます」

松田憲秀はあくまでも反対する。

「構わぬ。野良犬など、なにほどのことはない。今は勢多郡を押さえることが肝要」

既に北条氏康の視線は山上領の先にある横瀬氏に向けられているようであった。

「次に相対するまでに、野良犬の牙は研いでおこう。せいぜい気をつけるがよい」

負け犬の遠吠えに聞こえるかもしれないが、氏秀は本気である。決意表明にも似た捨て科白を残した氏秀は氏康の前から立ち去った。

（ついに宿無しになったか）

北条軍の本陣を出た氏秀は、愛馬を前にして困惑した。側には従者の吉蔵が一人いるばかり。

（儂は皆に謝ることも、最後の指示を出すこともできぬのか。なんと情けなき城主か。いや、城を失った男じゃ。なまじ顔を合わせぬほうがよいのかもしれぬ。無謀な戦を始めて城を落とされ、己一人だけ助かり、行方を暗ました身勝手な男ゆえ、愛想をつかし、新たな主に忠節を尽くせるの）

自身のことは楽観的に思案できても、家臣たちには罪の意識を覚える。氏秀は自虐的になることで、罪悪感から逃避した。

（まあ、悔いても、後戻りはできぬ。城にも戻れぬとあれば、こののちいかが致すかのう）

途方に暮れてもいられない。立ち直るのが早いのは、氏秀の長所でもある。

（もはや独り身の儂じゃ。浪人となっても構わぬが、北条に挑むとすれば、一勢がいる。これを作るには山賊でも纏めるしかないが、果たしてうまくいくかのう）

牢人は元武士のこと、浪人はならず者のことを指す。

（無理じゃな。山賊を叩き伏せることはできても、北条家に挑むような志の高い者がいるとは思えない。一人というわけにもいかぬ。とすれば、いずれかに寄食するしかないか）

忸怩たる思いはあるが、現状を認識すれば、選択肢は限られている。喰っていかねば再起することもできない。仕方ないことであった。

（横瀬からは見捨てられた。頼んでも許されまい。上野の者は難しいやもしれぬの）

山上城に迫る北条軍の中に、上野武士の旗指物が多く見えたものである。

（とすれば、儂も管領家に倣うか……。されど、容易く越山できるものではない）

越山とは越後と上野の境にある三国峠を越えて越後の者が上野に出て来ることを言う。越後は守護代の長尾景虎が制し、義に篤いとも聞くが、簡単に行動できるものではなかった。

（甲斐の武田は北条と盟約を結びし間柄。下総に伝手はなし。とすれば下野じゃな）

下野・足利の長尾当長や同・唐沢山の佐野泰綱・豊綱親子とは、反北条連合軍として盟約を結び、対峙したことがある。

（長尾家か佐野家なれば受け入れてもらえよう）

今は他家を頼るほかない。氏秀は決断して足利に向かって愛馬に騎乗した。

「儂は宿なしぞ。そちも山上に戻ったらどうじゃ。藤九郎は蔑ろにすまい」

氏秀は馬上から轡を取る吉蔵に話しかけた。

「すぐ城主に返り咲きましょう。殿の才は某がよく存じております。それに、某がいなくなれば、殿が討った首を誰が拾うのです。某がいればこそ、殿を後世に伝えられるのですぞ」

吉蔵は笑みを返す。小柄で額が狭く、深く長い横皺が二本あるので猿に似た顔つきである。武勇とは無関係の者であるが、すばしっこくて小才が利く。側にいると便利な男であった。

「悪名になりそうじゃの」

「毎日、美味なものを腹いっぱい喰わして戴ければ、良き伝わり方を致しましょう」

「無理ゆえ大悪党を目指すか」

頰を上げた氏秀は馬脚を進めた。

足利長尾氏の足利城は膳城から七里（約二十八キロ）ほど南東に位置している。同城は中仙道を見下ろす両崖山（標高約二五〇メートル）の山頂を中心に築かれた山城で、深い堀切に守られていた。

「これなれば、そうそう落ちることはあるまい」

麓から遠目に見た氏秀は安心感を覚え、吉蔵を城に向かわせた。

下馬した氏秀は、道端の石に腰を下ろして待っている時、背後に人影を感じた。

「なに奴……」

即座に氏秀は振り返った。一瞬、背筋が寒くなったが、顔を見て安堵した。

「蛇ノ目か。いかがした？　残念ながら、もはやそちを雇う銭は今の儂にはないぞ」

「承知しております。糸井殿ら、殿のご家臣たちは藤九郎様に仕えるようになりました」

「左様か。藤九郎なれば無謀な賭けはすまい。皆も落ち着いて暮らせよう」

報せを聞き、少しは胸の閊えがとれたような気がした。

「父上たちはいかがした？」

「城を出る支度をしておりました。持ち出しが許されたのは荷車一台分にございます」

「身一つだけではないのが、せめてもの救いか。皆、儂のせいじゃの」

改めて氏秀は責任の重さを痛感した。皆、途方に暮れているに違いない。

「揚羽(あげは)は藤姫と一緒か？」

「仰せのとおり。お陰様で喰うに困らなくなりました。お礼を申し上げます」

蛇ノ目は頭を下げた。氏秀には厳しい皮肉にも聞こえた。

「なにもしてやれぬのに、きつい申しようじゃの。そちも、そちほどの腕があれば雇い先は数多(あまた)あろう。儂のことなど忘れ、早(はよ)う主取りするがよい」

氏秀は太刀の紐(ひも)を解き、蛇ノ目に差し出した。

「いえ、それは殿が北条との戦いに佩く太刀。某(それがし)ごときが受け取れるものではありませぬ」

丁重に拒んだ蛇ノ目は改まる。

「先の戦に長尾家も北条勢に兵を出しております。おそらく受け入れられることはありますまい。もし、許されれば、殿は騙し討ちに遭うものと思われますよう」

このたびの戦いから約一月(ひとつき)後の十一月七日、北条氏康は足利の長尾当長の名代として出陣した小野寺長綱(おのでらながつな)に対し、労を謝して助宗(すけむね)作の太刀を贈っている。

「左様か。足利の長尾もか。佐野はいかがじゃ？」

「佐野家の旗指物は見なかったかと存じます」

蛇ノ目が答えた時、吉蔵が戻った。

「申し上げます。長尾家では、殿をお預かりできぬと、申しておりました」

猿顔を申し訳なさそうに顰(しか)め、吉蔵は報告する。

「左様か。断るとは、多少でも誠実なところがあるらしい。されば佐野に向かおう」

氏秀は頷き、足利を出立した。蛇ノ目は音も立てずに立ち去った。

二

山上城を失ったのち、氏秀は気になっていたことがある。

「儂は人の心証が悪い。寄食させてもらうには、形ばかりでも出家したはうがいいかの？」

佐野氏が居城とする唐沢山城に向かう最中、氏秀は馬を曳(ひ)く吉蔵に話しかけた。

「某の意見を聞くなど、誤りの極み。どうぞ、ご自身の考えどおりになさいますよう」

まだ、出家など早いと思っているのか、吉蔵は首を横に振る。

「儂は城を奪われた身じゃ。そう畏(かしこ)まることもない。まあ、気楽にいこうぞ」

身一つとなったこともあり、氏秀は外見も含め、こだわるものが薄れていった。

足利城から四里（約十六キロ）ほど北東に位置している佐野領に到着した氏秀らは、唐沢山城西の春日岡(かすがおか)に建立されている惣宗寺(そうしゅうじ)に入った。天台宗で佐野氏と縁(ゆかり)の深い寺でもある。

暫(しば)しの逗留(とうりゅう)を申し出ると、住職の天宥(てんゆう)和尚は快く応じてくれた。

「ついでに、剃髪したいのじゃが、剃刀と盥を所望」

氏秀が懇願すると、天宥和尚は喝食に命じて、すぐに用意してくれた。

「されば、切ります」

主の氏秀よりも従者の吉蔵のほうが緊張していた。

「髪はいいが、頭は切るなよ」

気持を和らげようと氏秀が冗談を口にすると、吉蔵は息を呑んで髪に剃刀を入れた。

ぼとりと髷が回廊の床に落ちた。

(これで儂は武士でなくなるのか？　左様なことはない。すぐにでも戦える)

当分、髷が結えなくはなるが、氏秀にはさしたる心境の変化はなかった。

四半刻(約三十分)もすると、氏秀は僧侶のごとく坊主頭になった。

(これでよい)

月代は忠義の証でもある。他家に寄食して月代を剃れば、その主に忠節を尽くすと宣言することにもなる。ならば坊主頭のほうが精神的に楽であった。

「ようお似合いです。いっそ、本腰を入れて入信なされてはいかがか？」

天宥和尚が笑みを浮かべて勧める。山上氏秀ほどの剛勇を入信させたとあれば、周囲から崇められ、寄進も増えると期待しているのかもしれない。

「煩悩を捨てる気はござらぬ。されど、剃髪したゆえ、出家号ぐらいは名乗る所存」

「よき号を思案なされてか？」

「丑年生まれの儂が我が道を行く。丑の字は合わぬゆえ牛に替え、道牛と致そう。牛のごとく我が道を邁進する所存でござる」

誰が仏門になど入るか、と氏秀改め道牛は宣言口調で告げた。

「当分、仏の道とは関わりがなさそうですな」

呆れ顔の天宥和尚であった。

剃髪したのち、道牛は吉蔵を唐沢山城に送り、寄食の申し出をさせた。

佐野家には山上家の一族がかなり前から存在していた。佐野家当主の豊綱から十七代遡る俊綱の弟・降綱は山上五郎を名乗っていた。また、二代前の当主の越前守秀綱は家訓の中で、詳しいことは山上美濃守に聞けと書き残していた。

既に佐野家の山上一族は衰退しているが、一門として重職に就いていたのも事実。道牛は寄食できることを期待していた。

半刻ほどして吉蔵は佐野家の家臣の高瀬縫殿助を伴って戻ってきた。

道牛は寺の一室を借り、高瀬縫殿助と応対した。頼む側なので道牛は下座についた。

「お初にお目にかかる。山上道牛でござる。嘗ては貴家と同陣致したが、今はかような体たらく。北条と戦うにあたり、なにとぞ一陣の端に加えて戴きたく、罷り越した次第にござる」

両手をつき、道牛は懇願した。道牛の志は高いので、頭を下げたからとはいえ、自尊心を捨てたとは思っていない。これも出家号を名乗ったせいか、全て目的のためである。

「佐野隼人佐豊綱が家臣・高瀬縫殿助にござる。山上殿のご高名は予々伺ってござる。先の戦でも活躍なされたのに、出家されたとは驚いてござる」

剃り上げた道牛の頭を見ながら高瀬縫殿助は言う。

「心機一転、貴家の下で戦う意志のあらわれと受け取って戴きたい」

今はまだ、家臣になるとは言いきれないが、麾下に属すと気持を切り替えたのは本心である。

「左様でござるか。当家としては貴殿のような剛勇の帰属は歓迎致す。北条の行いは目に余る。必ずや下野にも兵を向けてこよう。頼りにしていると主は申してござる」

「忝ない。これで喰い逸れることがなくなった」

足利の長尾家では失敗しているだけに、道牛としても一応安堵した。

「ただ一つ。申し訳ござらぬが、家中には貴殿の高名に嫉妬し、疎んじている者がござる。まずは捨て扶持程度しか与えられぬのも事実である」

「承知してござる。最初から我が禄高は戦場での働きにて賜る所存じゃ」

想定の内である。道牛は不快には思わなかった。

佐野家への帰属を許された道牛は、天宥和尚に礼を言い、惣宗寺を後にした。

唐沢山城は、足尾山系の南端に位置する唐沢山（標高二四七メートル）に築かれ、西を秋山川が守っている。八つの城郭からなる城は北に向かって「く」の字を描く形をし、西に大手、東に搦手と登り口も少なく、攻めづらい城である。

（これなれば、万余の兵とも十分に戦える）

北条軍を引きつけて叩き伏せることができると、道牛は胸を躍らせながら大手門を潜った。現状では佐野家の兵数で北条の大軍と野戦をするのは難しかった。

案内されて本丸の主殿に足を運ぶと、上座には当主の豊綱と隠居した泰綱がおり、一段下がったところに嫡子の昌綱、さらに柴宮行綱、久賀利綱、中江川高綱らの一門衆。藤岡清房、富士秀正、赤見伊賀守、大貫定行、竹沢定冬、津布久明豊の重臣がいた。

道牛は首座から三間離れた主殿の中央に座し、両手をついた。

「ご尊顔を拝し、恐悦至極に存じます。山上道牛にございます」

「重畳至極。豊綱じゃ。山上城での戦い、聞いておるぞ」

鷹揚に豊綱は言う。丸顔で色白。薄い髪でなんとか髷を結っている。髭、鬚、髯ともに生やしているが、体質なのか薄かった。佐野氏は藤原鎌足から続く名門で、豊綱は始祖から数えて三十七代目の当主となる。この年五十三歳になる。

河越の夜戦が行われた時、佐野氏は関東公方・管領連合軍の麾下として参じたことから大敗北を喫し、多数の家臣を失っている。道牛の申し出は願ってもないことであろう。同戦では、佐野家に仕える山上一族が殿軍のような形となり、多くが命を落としたという。

この頃、佐野家は北条家に対して微妙な立場をとっていた。表向きは古河公方の足利義氏に従うという形をとり、その実、北条一族の長老・宗哲に一千貫分の年貢を上納しっていた。いわば大軍に攻め込まれないための保険料である。勿論、快く思ってはいなかった。

「面目次第もござらぬ」

豊綱は褒めたつもりであろうが、道牛は陥落させられたことを思い出して不快である。

「聞けば、降伏した時、北条左京大夫（氏康）の前に跪いたとか。よう無事でござったな」

密偵として城に来たのか、と大貫定行が道牛の左側から疑念に満ちた目を向ける。

「お疑いか」

小さな器だ。仮に密偵ならば、うまく利用すべきであろうと、道牛は見返した。

「陥落寸前の降伏で助命されれば、誰でも疑うと思うが」

「されば、いかがなされる所存か？」

「身の潔白を、いかに晴らすかが重要なのは、新参たる貴殿のほうではないのか？」

お手並み拝見といった口調で大貫定行は投げかける。

「されば」

言うや道牛は自身の右に置く太刀を摑むふりをし、即座に左側に踏み出し、片膝立ちのまま袈裟がけに大貫定行を斬る真似をした。

「！」

まさか当主の前で、仕官を求める者が重臣に斬りかかってくるとは思いもよらず、大貫定行は避ける反応を示すこともできず、ただ顔を強ばらせた。少しして道牛がなにも手にしていないことを知り、我に返った。

「殿の御前でなんたる愚行か！」

少々狼狽えた声で大貫定行は顔を赤くして激怒するが、道牛は笑みを浮かべている。

「儂が北条の意を受けていれば、まっ先に儂を疑った貴殿を斬っていた。まあ、忠節は戦場にてお示し致す所存でござる」

大貫定行に告げた道牛は、豊綱に直って伝えた。

道牛の行動は、お前こそ北条家への内通者ではないか、という意味にも取れるので、主殿の場を重苦しくさせた。

「期待しておるぞ」

磊落な表情で豊綱は声をかける。

「北条との戦いで首塚を築いたというのは真実か？」

嫡子の昌綱が、興味津々といった目を向けて問う。道牛より年上の二十八歳である。父の豊綱によく似た丸顔である。体毛の薄さも父譲りのようだった。

「さすがに誇張でございましょう。数十の敵は斬り捨てましたが、負け戦ゆえ首を取っている暇はありませんでした」

「誰も見ておらぬゆえ、己を売り込むためには過大に申すものにござる」

今しがた威嚇されたので、大貫定行が反論する。

「貴殿を相手に試しても構わぬが」

「やめよ。これよりは同じ家中じゃ」

二人を制した豊綱は、改まって道牛に視線を注ぐ。

「城下に首塚を築くこと、楽しみにしておる」

「尽力致す所存にござる」

「当分、喰える程度の捨て扶持しかやらぬ。禄は働きに応じて決めるがよいな」

ほかの家臣の手前、けじめは必要。豊綱は道牛を最初から優遇はしなかった。

「承知しております。励む所存にございます」

敗将が思いのほか簡単に寄食できただけで満足である。

（これも何百年か前に分かれた山上一族のお陰じゃな）

道牛は先祖に感謝するばかりであった。

さしあたって道牛が与えられた屋敷は城下の南はずれにある赤坂のさびれた一軒家。惣宗寺よりもさらに南に位置している。

（夜露が凌げ、空腹が満たされればよかろう）

不満はなかった。

城主から臨時雇いの一兵になった道牛は、常に登城しなければならないわけではない。日の出と共に起床し、軽く兵法（剣術）の稽古をして一汗流し、吉蔵が用意した朝餉を取る。一息吐いたのち、弓、鑓の訓練をすると午後になる。天気のいい日は近くの秋山川で釣りをし、時には惣宗寺に出向いて天宥和尚と囲碁を打つ、悠々自適な日々を過ごしていた。

　父の源内や弟の藤五郎氏吉なども佐野家に寄食したいという旨を豊綱に伝えたところ、許されたので、道牛を頼って佐野を訪れた。上下合わせて十数人。ぎりぎり減らした数であった。

　豊綱への挨拶ののち、赤坂の屋敷で僅かな肴と酒を手に宴が開かれた。

「再び、殿と戦えること光栄にござる」

　家臣の渡辺源八が嬉しそうに言う。

「山上家を再興致しましょうぞ」

　同じく戸根田主膳が笑みを浮かべて告げる。

「戯けた輩どもじゃ」

　慕ってきた家臣たちになにもしてやれず、道牛は心苦しいばかりであった。

「捨てる神あれば拾う神あり、といったところか」

　居留できる地ができ、源内は安堵の表情を見せた。

「皆が賛成しているわけではありませぬ」

　大貫定行らの顔を思い浮かべ、源内の椀に酒を注ぎながら道牛は言う。

「隠居の身でありながら、人に縋らねばならぬとは、そちたちに申し訳ないの」

　悔しげに源内はもらす。

「なんの。出陣太鼓が鳴りさえすれば、絶対に必要と言われるようになってみせます。屈辱はそれまでの辛抱。まあ、気楽に過ごされませ」

道牛は楽観的に思案していた。

「そなたがいると心強いが、おそらく奉公するということは予想よりも辛きことになろう。戦陣に立っても、独断で戦うことは叶うまいぞ」

「思案は城主がすること。我らは、ただ目の前の敵を討つ。それだけにござる」

余計なことに気を廻さなくていいので、道牛は安らかな心地であった。

「藤姫が、一緒にまいりたいと申して来たが、今少し落ち着いてからにせよと伝えておいた」

「それは忝のうございます。できるならば、儂のことなど忘れ、新たな将に嫁げと言って戴けたら、もっとようございましたが」

今、道牛が生き長らえているのは、藤姫から兄の藤九郎への口添えがあったことも影響している。藤姫には感謝しているが、辛うじて飢えを凌ぐ身のところに、なに不自由なく育った姫が来ても心身共に疲弊するばかり。再婚を考えることが藤姫の幸せだと道牛は考えていた。

「明確に伝えるのは、そなたの役目じゃぞ」

「承知しております」

これればかりは気が重かった。

人数が増えたので喰うだけでも困難。そこで氏吉は周囲に田畑を開くことを申し出ると、城北の田沼の地の使用を許された。そこで、源内らは田沼に移り住み、道牛は再び吉蔵と二人になった。

山上一族は城主から半士半農の寄食侍にまで落ちたことになる。屈辱でもこれが敗残の武士の厳しい現実である。道牛には意地があるので、ひもじくても鍬を手にすることはなかった。

三

暇ができると、道牛は近くの惣宗寺に出向くことが多い。例のごとく縁側で天宥和尚と囲碁を打っていると、佐野氏の『左三つ巴』の家紋が印された輿が到着して、女子が降りた。

即座に道牛の目は女子に張りついた。

「それはダメにござるぞ」

道牛が石を打ったのち、天宥和尚が指摘する。ダメとは囲碁用語で、白石と黒石のどちらにも囲まれていない場所に打つことである。

「あの姫君のことか？」

道牛の目は女子から離れない。歳の頃は十四、五歳といったところ。少女の面影を残した丸顔の面差しが藤姫と重なっているからかもしれない。

「どちらも、と申しておきましょう。豊綱殿の娘・倉子様にございます」

十四歳になる倉子は侍女に手を引かれて本堂の前を歩いていく。既に道牛らの存在には気づいており、天宥和尚に軽く会釈をして、墓のある裏に向かった。惣宗寺は佐野家の菩提寺ではないが、一族の墓は幾つも建立されていた。

「豊綱殿に、かような姫君がおられたのか、母親似なのかのう」

端整な横顔から後ろ姿を眺め、道牛はもらした。

倉子が戻ってきたので、天宥和尚は一室に通し、茶を振る舞った。道牛も同席している。

「お坊様方は、優雅な日々を過ごされておるのですね」

茶を口にし終わった倉子は、もの怖じせずに言う。

「これは手厳しいですな」

天宥和尚は道牛の頭を見て苦笑する。剃った道牛の髪は、まだ五分（約十五ミリ）と伸びていなかった。ただ、気の毒に思ったのか、和尚は道牛を弁護する。

「こちらは僧ではありません」

「承知しております。山上道牛様にございますな」

「あまり食い物がよくないゆえ、髪の伸びが悪いらしい」

捨て扶持しか貰っていない、と道牛は遠廻しに不満をもらす。

「宿無しには有り難い扶持ではないですか」

遠慮なく倉子は言う。これで佐野家の面々が道牛をどのように思っているか窺える。

「感謝してござる」

「宿老方はさておき、父や祖父は道牛殿を頼みにしておられます」

「期待に応えられるよう励む所存でござる」

当主親子が認めてくれているならば、道牛としては満足である。

「道牛様は先の戦で首塚を築かれるほどの活躍をなされたとか。是非、お聞かせください」

目を輝かせて倉子は問う。

「姫は戦に趣きを持たれてか？」

「はい。朝に夕に、薙刀や弓の稽古をしております。父もわたしが男子なれば佐野家も安泰と申されておりました。男子に生まれなかったことが口惜しゅうございます」

「戦場は姫が思っているほど楽しい場所ではなく、命の奪い合いをする地獄にござる。鑓や刀で斬り合えば首が飛び、腕が千切れ、足が切断される。血は止めどなく流れ、腹から臓腑が飛び出すことも珍しくない。目の前の敵にばかり気をとられていると、背後から矢が飛んできて命を落とすことも多々ござる。近年では鉄砲があるゆえ、さらに敵は遠間から仕掛けてくる。戦いの場に身を置かねばならぬ男子より、女子に生まれ、命をのちに繋ぐことこそ、崇高な人の道、と申せば坊主らしいかのう」

倉子の顔がこわばったので、道牛は頭を撫でながら話の後半を和らげた。

「道牛殿には奥方がおられたと聞きますが、なにゆえお連れなさらぬのですか？」

「落城のおり、女子を実家に戻すのは武家の倣い。喰うや喰わずの身で、別れた女子を呼ぶような真似はできますまい」

藤姫の顔を思い出しながら道牛は答えた。

「扶持が増えたら？」

「仮にも城主の正室であった女子。扶持を食む者の許にはまいりますまい」

これは道牛の希望でもあった。

「左様ですか」

安心した表情をする倉子だった。

数日後の夕刻、蛇ノ目が道牛の許を訪れた。

「藤姫様、一族の平六様の許に嫁がれることが決まりました」

「左様か」

静かに道牛は告げた。安堵したと同時に失意を覚えた。蟠りが消えたかに思えたが、大切なものを失った気落ちは否めない。

（全て儂が至らないばかりのゆえじゃな）

複雑な心境であるが、一区切りつけたのも事実。ただ、自責の念は消えなかった。

翌年の初夏、俄に唐沢山城が慌ただしくなった。北条家の麾下となっている館林の赤井照景、小泉の富岡秀信、那波の那波宗俊ら上野の国人衆が佐野領に向かって兵を進めてきた。佐野家が北条宗哲への上納分の年貢を納めなかったからに違いない。

即座に参集の声がかかり、主だった佐野家の家臣は登城したが道牛は屋敷にいた。髪は伸びたものの、道牛は月代を剃らず、総髪のまま髻を結っていた。月代は仕官の証である。道牛にはまだ佐野家の家臣として佐野に骨を埋める意識がないからかもしれない。

「なにゆえ城にまいられぬのですか？」

意外だといった表情で吉蔵は問う。まっ先に駆けつけるとでも思っていたのかもしれない。

「登城しても、食客の儂が評議に出られるわけでもなし。待たされて疲れるだけ。忠節を尽くすのは、城内ではなく戦場じゃ。出陣が決まれば催促が来よう。それまで寝ておればよい」

道牛は肘枕で横になり、陣触れされることを楽しみにした。

およそ一刻後、弟の氏吉の遣いが訪れ、道牛に登城命令が伝えられた。

「いよいよか」

むっくりと上半身を起こした道牛は、欠伸もろとも両手を大きく伸ばして立ち上がった。まだ具足に身を包むのは早い。黒糸威の具足は鎧櫃に入れて馬に積み、騎乗して城に向かった。

登城すると、既に数百の兵が参集していた。

佐野家の石高は、この当時明確にはされていない。のちに秀吉が太閤検地をした時、三万九千石とされている。一千石で二十五人を動員するとすれば、九百七十五人ということになる。まだ半分ほどしか集まっていないのは、兵の大半は半士半農で、それぞれの耕作地に在しているためである。登城している兵は城の周辺に所領を持つ者の家臣であった。

「遅うございますぞ」

道牛を見つけた氏吉は叱責する。既に具足で身を固めていた。

「今から左様に重い物を着けておると、いざという時、疲れて動けぬぞ」

城主の身から解放され、気楽な立場でいる道牛は余裕の体であった。

道牛ら山上一族は赤見伊賀守の下に付けられた。

「貴殿の活躍、楽しみにしておるぞ」

鷹揚に赤見伊賀守は声をかける。彫りの深い顔をし、ごつい体つきである。赤見城主の伊賀守は豊綱も一目を置く重臣の一人である。伊賀守の心中としても複雑であろう。道牛ほどの剛勇を麾下にできることは武門の誉れであろうが、扱いきれねば無能の烙印を押される。活躍を期待できる反面、評価を下げる危険も伴っている。痛し痒しというところかもしれない。

「承知してござる」

嘗ての格からいけば道牛のほうが遥かに上位であるが、新参者なので低姿勢で応じた。

出陣が決まったので道牛は黒糸威の具足に袖を通し、刀身二尺八寸（約八十五センチ）の太刀を腰に佩き、刀身三十三寸（約一メートル）の薙刀を愛馬に据え、吉蔵に二間柄の鑓を持たせた。

「待たれよ。勝手な振るまいは慎んでもらいたい」

赤見家の家臣・稲岡惣右衛門が注意する。

「不都合でも？」

なぜ文句を言われているのか、道牛には理解できなかった。

「騎乗のこと、誰の許しを得てのことか」

どの大名家にも軍を編制するにあたり軍役が定められている。足軽やそれ以下の兵は馬に乗ることは認められておらず、騎乗できる武士は小部隊を指揮する立場にある者であった。

勿論、稲岡惣右衛門も道牛が旧山上城主であったことは知っているはずであるが、食客となった以上は足軽以下の存在。軍役に従え、というのが惣右衛門の思案かもしれない。

「儂は物心ついた時より騎乗しておる。許しを得た覚えはないが、豊綱様は、我が戦いぶりを認めて麾下に加えられた。我が戦いは騎乗あっての戦いである！」

道牛は強い口調で言い返した。佐野家に対する今後の戦闘方針でもある。されど、僅かでも佐野家で扶持を食むならば、お屋形様が認められておるならば、我らに異議はない。

「左様か。お屋形様が認められておるならば、貴殿もお屋形様と呼ぶように改められよ」

腹立たしそうな表情で稲岡惣右衛門は言う。

「考えておく」

告げた道牛は騎乗して、ゆっくりと馬脚を進めた。

（確かに彼奴の申すとおりじゃが、元城主の儂に豊綱殿をお屋形様と呼べようか）

旧領に当主として復帰することを肚裡に置いているせいか、道牛は自尊心を捨てきれない。

（そのためにも戦功を上げねばの。これが始めの一歩じゃ）

道牛は意気揚々と唐沢山城の城門を潜った。

佐野軍は上野との国境となる渡良瀬川の前で停止した。周囲は羽田という地である。目前の川は北西から南東に流れ、川幅は広いところで六町半（約七百九メートル）ほどになる。足尾の雪解けで幾分水嵩は増しているかもしれない。

上野側では赤井照景、富岡秀信、那波宗俊ら上野の国人衆のほか、『地黄八幡』の旗指物が見えるので、玉縄の北条綱成も参陣しているようである。兵数は三千ほどである。

「山上に仕寄せてきた時より少のうございますな」

川西を眺め、弟の氏吉が悔しげにもらす。

「それでも、我らの六倍はおる。討ちがいがあるではないか」

道牛は口許に笑みを作った。

大軍でも、渡河時の防御力は弱まり、犠牲が多くでる。戦の常識なので、北条軍は簡単に兵を進めてこようとはしなかった。

「この分では睨み合いが続きそうですな」

「左様につまらぬことをするために出陣したのではない」

氏吉の言葉に憤り、道牛は赤見伊賀守の前に罷り出た。

「このまま敵の旗を見続けるつもりでござるか」

「多勢を擁していても渡河は不利。まして我らは寡勢。先に仕掛けるは愚策じゃ」

童でも判るであろう、と赤見伊賀守は吐き捨てる。

「兵を迂回させてはいかがか。よければ我らが渡河致そう」

「貴殿は元城主でも当家では新参。戦功を欲することは判るが、勝手な行動は慎んで戴く」

「我が戦いを楽しみにすると申したのは赤見殿でござろう。多勢の敵が本気で仕寄せてくれば、この兵では守りきるのは困難。敵が動く前に一当て喰らわせるべきでござろう」

急に怖じ気づいたのか、とはさすがに言えなかった。

「このまま睨み合いを続けたとしても、敵が疲れて退陣すれば、敵を追い返したゆえ、我らの勝ち。寡勢には寡勢の戦い方がある。これを踏み間違えば……」

所領を失うはめになる、とは道牛に対して赤見伊賀守も言えないようである。

「敵が日和見していてくれればよいが」

消極的な上役に落胆し、道牛は赤見伊賀守の前から下がった。

数日、対峙(たいじ)が続いているが、互いに川を渡ることはなかった。川幅が六町半もあり、弓や鉄砲を放っても届かないこともあって、無駄な行動は慎んでいた。

(つまらん。儂は川岸より敵を眺めるため、佐野家に来たわけではない)

北条家の麾下となった上野衆の旗を見ていた道牛は、怒りや悔しさが闘志と重なり、傍観していることができなくなった。

道牛は馬の鞍に架けていた鹿角の兜をかぶった。山上城の戦いで折られた鹿角の脇立は新たに作り直していた。

「限界じゃ」

兜の緒を締め道牛は騎乗し、肩に薙刀を担いだ。即座に吉蔵が鞘(さや)を外すと、新たな血を吸うことを喜ぶかのように、鋭利な刃が青く煌(きらめ)いた。

「そちたちは川岸に控えておれ」

渡辺源八や戸根田主膳、吉蔵らに命じた道牛は鐙(あぶみ)を蹴り、川中に馬を踏み入れた。

「戯け、勝手なことをするでない」

気づいた赤見伊賀守が慌てて止めだてするが、道牛は聞かない。

「ちと、物見にまいる。万が一のため、弓の用意をさせておかれよ」

背中越しに告げた道牛は浅瀬を通り、砂地となっている中洲へと進む。対岸は早川田と呼ばれている地で、正面には上野衆が陣を布いていた。

「あの兜は山上のものぞ。討ち取れ！」

道牛が佐野家で扶持を食んでいることは上野の国人衆には伝わっている。鹿角の兜を目にした上野衆の侍大将は道牛であることを確信し、叫んだ。

「望むところ。かかってまいれ」

中洲で馬脚を止めた道牛は、西に目をやり微笑んだ。

道牛を見つけた上野勢は、恩賞首を得るために、我先にと浅瀬の川中に飛び入り、疾駆した。中洲を目指して疾駆する騎馬は十余。その背後から鑓を持った足軽が三十余続く。

「左様な人数で儂が討てようか」

敵が近づいてくると、道牛も止めていた馬脚を進ませ、ついに中洲の際で接触した。

「喰らえ！」

馬上の敵に向かい、道牛は袈裟がけに薙刀を振い、斬り捨てた。

「ぐあっ！」

敵の長刀よりも道牛の薙刀のほうが長い。上野兵は血煙りを噴霧しながら水飛沫を上げた。

「次じゃ！」

降伏ののちの戦いということもあり、涌き上がる闘争心が制御できない。道牛は新たな敵を求めて馬腹を蹴り、血刃を振う。

「戯け、馬上で鑓は不利ということが判らぬのか」

道牛は突き出される馬上鑓を叩き落とし、返す刃で斬り上げる。血飛沫が宙を朱に染める中、既に次の敵に向かい、遠間から薙ぎ倒し、さらに鑓のように突き出して抉った。剛腕の道牛は片手で薙刀を扱い、一振りで敵の首や腕を飛ばす。勢いに乗る道牛は瞬く間に数人を斬り払ったものの、その間に足軽十人ほどに囲まれそうになっていた。

「そうはさせぬ」

完全に包囲される前に、道牛は一人を斬り捨てて自軍が在陣する東の川岸に向かう。

「逃すな！」

上野衆の侍大将が命じると、足軽や騎馬が砂塵を上げて道牛を追う。

「左様な鈍き脚どりで儂に追いつけようか」

追ってくる上野衆を嘲笑うかのように道牛は自陣へと向かう。

恩賞首を得ようと、上野衆は必死に追撃する。道牛はこれを見極めながら、岸から二十間（約三十六メートル）ほどに迫った時、愛馬にしがみつくように身を屈めて怒号した。

「今じゃ。放て！」

道牛の指示に応じ、赤見勢の弓衆十数人が一斉に弦を弾き、矢を放った。

「うがっ」

数人の上野兵は射られ、呻きをもらして渡良瀬川に倒れた。

「退け」

釣り出されたと知った上野衆の侍大将は慌てて退却命令を出すが、弓衆の射程内にある。赤見勢の弓衆は連射して上野衆を射倒した。

「追い討ちをかけよ」

小戦闘とはいえ、勝利を印象づけるために道牛は追撃を主張するが、赤見勢は誰一人、渡良瀬川に足を踏み入れようとしない。氏吉ら旧山上勢の十人余だけであった。

「止めよう」

赤見勢のみならず佐野軍全体が慎重というよりも退嬰的である。一人、奮闘する道牛は急に闘志が冷め、追撃を停止して川から上がった。

「勝手な真似をするなと申したであろう」

厳しい表情で赤見伊賀守が叱咤する。

「戦場では予想外のことは起こるもの。お陰で貴家の弓衆は敵を討ち取る功をあげた」

「一歩間違えば多くの犠牲を出した。こたびのことは軍法違反。罪に問われようぞ」

赤見伊賀守が告げた時、豊綱の使者が跪いた。

「申し上げます。お屋形様がお二方をお呼びです」

「覚悟致せ」

不快げに言い放ち、赤見伊賀守は本陣に向かう。道牛も続いた。

本陣に入ると、刺すような視線が向けられた。皆、険しい顔をしている。

これは小言ではすまないかもしれないと、道牛は豊綱の前に罷り出た。

「先の戦い、そちの思案か」

豊綱は赤見伊賀守に問う。

「某は止めましたが、山上殿が勝手に敵を挑発し、戦いを始めたのでござる」

自分は一切関係ないと、赤見伊賀守は保全に努めた。

「左様か。伊賀守の命令を無視したことは戴けないが、戦いぶりはさすが山上氏秀。いや道牛か。こののちも励むよう。但し、下知には従うように」

「承知致しました」

思いのほか豊綱が寛大だったので、道牛は戸惑いつつも頷いた。

ひとまず丸く収まったので、道牛は赤見伊賀守に、どうだ、と示威をしたりはしなかった。逆に伊賀守の方は、次になにかあれば、断罪に追い込んでやろうと、眉間に皺を寄せていた。

その後、弓を放ち合う小競り合いはあったものの、大きな戦いに発展することはなく、ちょうど麦刈りの時季となっていたので、双方、和睦の約束を交わして兵を退いた。

なにはともあれ、多勢と対峙して国境を侵されず、小戦闘で敵を討って兵を退かせた。

佐野家としては、まがうことなき勝利であった。

「えい、えい、おおーっ！　えい、えい、おおーっ！　えい、えい、おおーっ！」

鬨が三度上げられた。道牛としても満更ではなかった。

「こたびは、兄上の名を上げるだけの戦いになりましたな」

陣払いをしながら氏吉が言う。

「北条は上野衆を使うだけで、本腰を入れて仕寄せてはこなかった。山上の時と同じように、佐野家の兵の集まり具合などを調べるための、軽い一当てだったのやもしれぬ。次は本気で仕寄せてこよう。万余の兵を集められる北条のこと。激しい戦いを覚悟せねばなるまい」

恐れてはいないが、道牛は楽観視もしていなかった。

帰城すると、ささやかな酒宴が催され、敵を討ち取った道牛も末席に連なることを許された。

「こたびの働き、胸がすいたぞ。さあ、一献」

豊綱は大盃を道牛に渡した。

「有り難き仕合わせに存ずる」

無類の酒好きの道牛は、二本の酒瓶から一升（約一・八リットル）はども注がれた酒を喉を鳴らして呑み干し、さらにおかわりを要求した。当時の酒の大半は濾過されておらず、濁酒のようなもので非常にアルコール度も高かった。

「さすが山上道牛じゃ。当家にも須藤縫殿助という酒豪がおる。呑み比べをしてみるか」

「望むところでござる。某が勝ったならば褒美を戴けますか」

「よかろう。但し、そちが敗れたら、縫殿助の配下となるがよかろうの」

豊綱とて道牛を客将として扱うよりも、末端の一兵として戦わせたいようである。

「ご存分に」

自信満々に道牛は応じた。

ほどなく六尺豊かな須藤縫殿助が座に呼ばれ、大盃が用意された。

「儂は縫殿助に三貫文（約十八万円）」

「儂は五貫文（約三十万円）じゃ」

ほかにも続く。居並ぶ重臣たちは皆揃って須藤縫殿助に賭けはじめた。

「されば、同じ額を出世払いで某は某に賭け申そう」

勝てば二十五貫文（約百五十万円）貰える。道牛は闘志を燃やした。

互いになみなみと注がれた大盃を空けるたびに歓声が上がり、八杯目に入った時、須藤縫殿助が呑みきれずに半分ほどをこぼして倒れた。

（勝ったな）

確信した道牛は一気に嚥下（えんか）し、床に大盃を置いた。とても愉快である。

「見事じゃ道牛。褒美を取らすぞ。申してみよ」

須藤縫殿助が負けたので、豊綱は少々不快げに問う。

「されば、倉子様を所望」

道牛が進言した瞬間、和んでいた座が一瞬で凍りついた。豊綱の表情もこわばっている。

「戯れ言でござる。四、五日、存分に呑めれば本望にござる」

場の雰囲気を察知し、道牛は繕った。

「左様か。相応の路銀を与えよう。こののちは好きに致すように」

立腹しているのか、豊綱は告げると席を立った。

「新参者が祝いの席に呼ばれたにも拘わらず、わざわざお屋形様を怒らせることもあるまい」

豊綱が退席すると、諸将は道牛に皮肉をもらしながら後に続く。結局は道牛一人になり、酒宴はお開きになった。

（さもありなん。城を失った城主に、大事な娘をやれるわけはないの）

あわよくばという思いはあるが、結果は想像通りであった。豊綱にとって倉子は大事なものの象徴なので、返答によって道牛への評価が判る。酒宴を利用して、これを確認する意味もあったが、やはり豊綱は道牛を食客程度にしか考えていないらしい。道牛はその場で横になり、酒が残る酒瓶を引き寄せ、静かな宴を楽しんだ。

主君を忿恚させた道牛であるが、豊綱からの褒美と、重臣たちとの賭けに勝ったので、しばらく酒の量を気にせず呑めるようになった。

せっかくなので、城下にある傾城屋に出かけた。傾城とは、美人が色香で城や国を傾け滅ぼすという意味である。一般的には遊廓を指し、日本では応永四年（一三九七）、足利義満の時代には、京都の傾城町九条ノ里に開かれていたという。あからさまに遊女屋とは言えないので、女性が侍りながら酒を呑む場所とされた。酒を呑むだけの客もいるが、大半は褥の接待もするというのが暗黙の了解であった。以来、全国に傾城屋という名の店が多々確認されている。

佐野家は領内に遊廓を認めてはいないが、家臣、領民の息抜きのため、酒を呑む場所として黙認していた。

「さあ、そちたちも呑め」

城主ではないので、先のことを心配する必要はない。氏吉らは豊綱の家臣なので、吉蔵さえ喰わせられればよいことになる。道牛は両手に女性を侍らせ、酒を呷り、自ら歌い、舞った。

「銭、路銀は天下の廻りもの」

道牛は連日、傾城屋に通い、遊興を楽しんだが、四日目のこと。

「お会いしたいと仰せになられているお方が別室に控えておられます」

又三郎という少々怪しい店主が、いつもとは違って神妙な顔で道牛に小声で伝えた。

「儂に？　傾城屋で？」

誰なのか、まったく思い浮かばない。

（城や屋敷では会えぬ相手とすれば、重臣のうちの誰かがなにかを企てておるのか、あるいは敵からの誘いであろうか。敵ならば疑いを持たれようが、誰か判らぬのに追い返すわけにもいかぬ。まあ、敵ならば、酒の席でということにしておこう）

悩んでも仕方がない、道牛は応じることを又三郎に伝えた。

案内され、別室に移動し、戸を開いた時、道牛は一瞬、身を震わせ、我が目を疑った。

「倉子様か!?」

まさか傾城屋で城主の娘に会うとは思わず、道牛は戸惑った。

「恥ずかしゅうございます」

油皿の火が灯るだけの部屋で、倉子は含羞み、俯きながらもらす。

「これは失礼した」

慌てて道牛は部屋に入り、倉子の真向かいに腰を下ろした。

「かようなところにまいられてはまずかろう。お父上はご存じあるまい」

問うと倉子は、こくりと頷いた。

「道牛殿はわたくしを娶りたいと申し出られたとか。父上は反対なされたようですが」

「左様でござる」

さすがに酒の席のこととはいえない。

「それを酒代に替えられたとはいかなことです！」

女子にとって婚儀は一生の大事。倉子は声を荒らげた。

「いや、それは……」

倉子の勢いに押され、道牛は返答に困った。

「わたくしのことを好いておるならば、態度で示しなさい。山上道牛」

倉子は挑むように言う。乱世では優しい男や見目麗しい男よりも強い男が求められる。男勝りの倉子も同じであった。但し、戦闘よりも戦争に強い武将が理想であろうが。

「某は、なんとか酒が呑める身分。お父上に叱られましょうぞ」

挑戦されたので応じるのは吝かではない。一応、釘を刺してはおいたが。

「構いませぬ。好きになさいませ」

覚悟して忍んできたのであろう。度胸よく倉子は応じた。

「されば、一緒に地獄にまいりましょう」

据え膳喰わぬは男の恥。道牛は倉子の柔らかな手をとって抱き寄せ、唇を重ねた。

遠くで、どんちゃん騒ぎの声が聞こえる中、微かに倉子の甘やかな吐息がもれていた。


誰が報せたのか、倉子が道牛と傾城屋で密会したことは、すぐに豊綱の知るところとなった。激怒した豊綱は、即座に正室を失ったばかりの重臣・藤岡清房と倉子の縁談を決め、夏の前には嫁がせてしまった。城主の娘に手を出した道牛への処分はなされなかった。

（儂は女子に縁がないらしい。食客が城主の娘を娶れるわけもないか）

自虐的な言葉を肚裡でもらし、道牛は残り少ない酒を、ちびちび舐めるばかりであった。

その年の秋、久々に蛇ノ目が姿を見せた。

「珍しいの。いかがしたか？」

「藤姫様、姫君様をお産みになられました」

「女子は皆、それなりに幸せを見つけるものじゃのう」

己一人取り残されていると思った時、道牛の脳裏を疑念がよぎった。

「そちがわざわざ我が許にまいるということは、よもや……」

藤姫が産んだ女子は我が娘ではないか、と質問しようとしたが、さすがに声に出せなかった。

「某は揚羽に聞いた話をお伝えしにまいっただけにて、他意はございませぬ」

蛇ノ目は淡々と答えた。

「左様か。藤姫に似て、美しく育つとよいの」

そう言うしかない。誕生した赤子が道牛の娘であれ、それを広言しても現状の道牛では幸せにしてやれない。山上平六の娘として育つほうが幸福である。

ただ、自分の血がのちの世に残ったかもしれないと思うと、恐れるものはなにもないような気がした。現状では祝いの品を贈ることもできない。己が情けなくもあり、惨めでもある。

道牛は僅かな喜びと悔しさを噛み締めながら、赤子の成長を祈るしかなかった。

四

永禄元年（一五五八）五月、関東に新たな風が吹いた。

越後に逃れた上杉憲政の依頼を受け、越後の国主となった長尾景虎が動いた。景虎は関東管領の権威を復活させるため、会津の蘆名盛氏と手を結び、兵を関東に出陣させた。越後の兵が三国峠を越えて関東に出ることを越山という。

景虎の名代として兵を率いるのは上越国境にほど近い坂戸城主の長尾政景である。政景は景虎の姉の仙桃院を正室に迎えているので、景虎の義兄ということになる。

長尾政景は三千の兵を率いて越山すると、これまで北条に屈していた上野の国人たちは挙って鞍替えをして麾下に属すことを約束した。この中には横瀬泰繁や山上藤九郎らもいた。

政景の使者は唐沢山城にも訪れると、豊綱は快く応じた。

即座に豊綱は陣触れをした。

「あの時、北条に下っておれば、上杉方として独立できていたわけですな」

準備をしながら吉蔵が残念そうに言う。

「今さら申してどうなる。それに越後衆がいつまで関東にいるか判るまい。北条があっさり兵を引いたのは、よく判らぬ敵と正面から戦うことを危惧したゆえ。帰国を待っておるのであろう。その後、再び仕寄せてくる。同じじゃ」

後悔すれば激情が湧き上がるので、道牛は後ろを振り返らぬように心掛けた。

政景の号令に下総の結城政勝、下野の小山高朝兄弟も応じたが、下野の名門、宇都宮城主の宇都宮伊勢寿丸（のちの広綱）はこれを拒んだ。

宇都宮家は若き伊勢寿丸が家督を継いだばかりで、さらに一族の分裂や家臣どうしの対立などがあり、とても応じられる状況ではなかった。さらに、宇都宮家は北条氏康の傀儡ではあるが、関東公方の足利義氏に従っており、関東管領の上杉家とは一線を引いていた。そういった意味では佐野家と立場は同じである。

「我は管領様の意を受けた主・長尾景虎の名代。我が号令を拒んだということは、景虎ならびに管領様の下知を拒んだも同じ。宇都宮を討つ」

政景は命じ、上野から下野に兵を進めた。

越後、上野連合軍は宇都宮家麾下で壬生綱雄の壬生城を攻略し、多功長朝の多功城に兵を進めた。同城は唐沢山城から六里半（約二十六キロ）ほど北東に位置している。

「管領殿の復権は我らも望むところ。これより出陣致す」

先の上野衆との戦いとは違い、豊綱は昂っているようであった。

佐野勢九百数十の軍勢は意気揚々と多功城に向かった。

「勝ちが見込める戦じゃ。声も大きくなろう」

特別、思い入れがあるわけではないので、道牛は冷めていた。

「宇都宮家は足利家を通じて北条に後詰を頼み、挟み撃ちにする算段ではないでしょうか」

馬脚を進めながら、弟の氏吉が問う。

「考えられるの。越後勢は北条が来る前に落とすつもりであろう」

寄手の兵数だけを考えれば、可能かもしれないが、まだ実際に多功城を見たことがないので、道牛としては闘志はあっても軽々しいことは口にしなかった。

出立から二刻とかからず、道牛らの佐野勢は多功城に到着した。

多功城は宇都宮城の南の支城として位置づけられた平城であり、東の田川、西の姿川に挟まれた地に三重の堀を設け、二・八間（約五メートル）の土塁も備えていた。周辺は深田と湿地に囲まれているので、近づくのは困難であった。

大手門は西から外堀を渡る一本の大手道にあり、攻め口はその一箇所に限られていた。

城主は多功長朝で五百ほどの兵と籠っていた。寄手の接近を知った長朝は、宇都宮家に援軍の要請をすると城門を閉ざし、徹底抗戦の構えを見せた。

佐野勢は城の西に陣を布いた。下総、下野衆は西から北、上野衆は東。長尾政景は城の南に本陣を構えた。

「攻め口は一つか。これだけ周囲に水が豊富なれば、井戸が涸れることもあるまい。時期が時期ゆえ、兵糧攻めもままならぬ。総攻めすれば、かなりの犠牲を覚悟せねばならぬの」

兵糧攻めは食料よりも水を失って降伏する場合が多い。さらに一ヵ月後には稲刈りが始まるので、兵の多くは田に戻る。それまでに落とせなければ城攻めは失敗であった。思いのほか手こずるのではないか、というのが道牛の判断であった。氏吉は頷いた。

着陣と同時に豊綱は、長尾政景の許に出向いた。

「こたびの城攻めは同じ下野の我らにお任せ願いたい」

意気込む豊綱が申し出ると、長尾政景に許された。

帰陣した豊綱は家臣たちに向かう。

「有り難くも我らは先陣を賜った。この好機に応えられぬでは佐野の名は廃る。者ども励むのはこの時じゃ。命を惜しまず、名を惜しめ！」

豊綱は大音声で下知を飛ばし、先陣に赤見伊賀守を任命した。先の戦いで抜け駆けさながらに上野衆と交戦した道牛は赤見麾下から外され、豊綱本陣に留め置かれた。

「つまらん。戦場に来て傍観させられるとはのう」

「声が大きゅうござるぞ」

吐き捨てる道牛を氏吉は窘める。

「聞こえるように申したのじゃ。儂は飾りではない。遊ばせておいてなんの利がある？　磨り減るほどに酷使してこそ名将たるもの。かようなことでは失敗致すぞ」

憤懣をぶちまけるように道牛は言い放った。それでも前線に行けという命令は出されない。苛立ちはつのるばかりであった。

「かかれーっ！　臆せず進め！　佐野家の力を示すのじゃ！」

六月一日、赤見伊賀守は大声で命じた。

赤見伊賀守は麾下の兵に対して叱咤激励するが、大手門へ通じる大手道は狭く、城門に到着しても堅固で簡単には打ち破れず、多勢で圧倒することはできなかった。逆に城内から矢を射られ、多くの死傷者を出しながら後退を余儀無くされた。

「なにをやっておるのじゃ。替われ」

憤る豊綱は先陣を藤岡清房らに入れ替えて攻めさせるが、結果は同じで追い払われた。

「腑甲斐無い。儂が手本を見せてくれる」

我慢できず、豊綱は床几を立って佐野家の陣を出た。

「お待ちください。まずは我らにお任せください」

大貫定行らが止めるが、豊綱は聞かずに騎乗し、大手門に向かって鐙を蹴った。

「焦っておるの。かような攻め方では何度繰り返しても、うまくいくまい」

主君に引き摺られ、道牛らも前進するが、後方にいるので前には出ることができず、遠くから味方の戦いぶりを眺めるしかなかった。

「押し立てよ！　佐野家の武名を天下に示す好機ぞ。撃ち破れ！」

豊綱は大音声で命じ、最前線で軍配を振った。

当主の命令に応じ、家臣たちは死に物狂いで城門に突撃し、城門の蝶番を軋ませた。

「いいぞ。今少しじゃ。気合いを入れよ！」

見込みが出てきたので豊綱は声を嗄らして下命する。家臣たちも応えた。

佐野勢が劣勢を挽回しはじめた時、城内から放たれた矢が豊綱の喉を貫いた。

「ぐえっ」

苦痛の呻きをもらし、豊綱は愛馬から落下した。

「お屋形様！　退け。退くのじゃ」

大将が討たれれば軍は崩壊するのが常である。落馬した豊綱を目の当たりにした大貫定行は、絶叫した。定行の一言で、前線で戦っていた佐野家の家臣は、我先にと逃亡しはじめた。

すぐに報せは道牛にも伝わった。

「大変なことになりましたな、さあ、我らも逃げませぬと」

氏吉はこわばった表情で勧める。吉蔵も当然だといった面持ちで頷く。

「戯けたことを。城兵は僅か五百。寄手は十倍もおるのじゃ。敵は多少勢いに乗っても寡勢。打って出てきてくれるならば、これほどの好機はあるまい。前線に出るぞ」

道牛には撤退という考えは微塵もない。佐野兵が南東に退く中、一人城門に向かって進む。

「かようなことでは命が幾つあっても足りぬな」

溜息を吐きながら氏吉は道牛に従った。吉蔵や山上衆も肩を落としながら後を追う。

流れに逆行する武将が道牛の他にも一人いた。

「戯け！　邪魔だて致すな。父上の仇を討つのじゃ」

豊綱の嫡子の昌綱である。この年三十歳になる。

「お屋形様が指揮を執れぬ今、若殿が代わって兵を纏めねばなりませぬ。まずは一旦退かれ、状況を確認すること。仇討ちはその後の話です」

藤岡清房が必死に諫めているところに、道牛は出会した。

「おう、道牛か、これより父上の仇討ちを致す。同行致せ」

道牛を見た昌綱は明るい表情で同意を求めた。『佐野記』には「幼年の頃より材智人に越え、勇力絶倫なり。成長の後、軍略に秀で、殊に鎗術に妙を得、仁恵ありて民をあわれみ、近隣の諸将と和し、管領家（上杉家）を尊び、無二の志をあらはされけり」と昌綱のことが記されている。父同様に前線に出ることを恐れない武将であった。

「お志、感服仕りますが、大将は無闇に敵の矢面に立つものではござらぬ。まずは、我らにお任せあれ。昌綱殿に流れ矢が当たれば佐野の行く末は暗くなりまするぞ」

と道牛が説いた時、長尾家からの使者を伴い、竹沢定冬が跪いた。

「申し上げます。長尾殿より、兵を退くので陣をたたまれよ、とのことにございます」

竹沢定冬が、おののいた顔で告げる。

「宇都宮と足利の後詰が近づいているとのこと。ほどなく他家も下知に従われましょう」

長尾家の家臣樋口兼豊が報せた。

「このままでは挟み撃ちになります。若殿ご決断を」

大貫定行が促すと、昌綱は眉を顰めた。

「某が殿軍を務めましょう。早う退かれませ。ぐずぐずしていると敵が押し寄せますぞ」

殿軍は本隊を逃がすため、捨石になって戦う一番困難な役目である。道牛は進言した。

「左様か。任せたぞ道牛。我が家臣もそちに預ける」

困惑した面差しで昌綱は同意した。

「されば弓衆を所望」

「承知」

応じた昌綱は即座に移動しはじめた。

「なにも殿軍を申し出なくてもよかろうに。山上家の再興を諦めたのですか」

引き攣った顔で氏吉が言うと、吉蔵も信じられないと首を横に振る。

「豊綱様の容態は定かではないが、深手であることには間違いない。新参の我らが次代となる昌綱様の信頼を得るには身を賭して戦う以外になかろう」

道牛としては当然の判断である。

「そうではござるが……」

「文句を言ってる暇はない。思案を変えよ。敵は餓狼のごとく襲いかかってくるぞ」

煮え切らぬ氏吉の尻を叩き、道牛は愛馬を吉蔵に任せ、薙刀の鞘を外した。

そこに佐野家の弓衆が二十数人と足軽三十余人が到着した。

「道牛殿に従えと、若殿からの下知にてまいった」

三途の川を前にしたような心境か、弓頭の川田右近が暗い顔で言う。

「地獄にようこそ」

心中を察した道牛が冗談を口にすると、川田右近はますます表情を曇らせた。

横を通り過ぎる佐野勢が少なくなると、ほどなく多功勢の姿が見えはじめた。

「号令は貴殿に任せる。矢が放たれたのち、我らは敵に突撃して攪乱し、ゆるりと退く。されば敵は再び追い討ちをかけてこようゆえ、再び矢を放たれよ」

「承知致した」

白兵戦はせず、弓に徹すると川田右近の目が暗示していた。

道牛は外堀の西に仁王立ちとなった。多功勢はこれを蹴散らさねば追撃はできない。城へ通じる道が狭いことは守りに堅い反面、多勢が雪崩れのごとく出撃することも邪魔していた。

土埃が上がり、騎馬の地響きが近づいてくる。追撃ほど容易く敵を討てる時はない。多功勢は喜び勇んで道牛に向かってきた。

「来るぞ。油断するな」

道牛が山上衆に警戒を促した時、川田右近が号令をかけ、道牛の背後から矢が放たれた。矢は道牛の頭上を越えて飛び、走り寄せる騎馬二騎を倒し、その後ろの騎馬の脚を止めた。

「行くぞ」

即座に地を蹴り、敵に向かって大手道を疾駆する。その間にも矢で敵を足留めしていた。道牛が多功勢に近づくと、矢は止んだ。

「喰らえ！」

叫ぶや否や、道牛は薙刀を袈裟がけに振い、紺糸威の具足を身に着ける侍を斬り倒した。

「ぐあっ」

悲鳴と血飛沫があがる中、道牛は次なる敵に向かい、繰り出される鑓を叩き落とし、薙いで首を刎ねた。これに氏吉や渡辺源八、戸根田主膳らも続き、敵を数人討ち取った。

道が狭いので多功勢は兵の多さを生かせない。混乱しているので、敵は弓衆を使えず、道牛は遠くの敵を気にすることはなく、体力の続く限り、一人ずつ順番に敵を倒すばかりである。

道牛らが狭小地で奮戦していると、多功勢は東の搦手から兵を出し、北側を迂回して道牛らの背後を衝こうとしてきた。

「殿、新手です。挟み撃ちになります」

萌黄威の兵を斬り捨てた時、吉蔵が報せた。

「承知、退け」

道牛は氏吉や渡辺源八に命じ、自身は踏み止まりながら後退する。

「追え。一人残さず討ち取れ！」

う。

「汝らごとき輩に討たれるか」

　緋威の具足を着用する侍が叫び、鑓を手にする足軽衆が殺到する。

　再び道牛は踏み出して鑓の柄を両断し、手首を返すや足軽を斬り上げた。続けて鑓の柄ごと斬り落とし、返す薙刀で薙ぎ払い、瞬く間に三人を血祭に上げ、緋威の侍に向かう。

「命じるだけでなく、汝がかかってまいれ」

　足軽一人を突き伏せ、道牛は騎乗する緋威具足の侍を斬り払い、落馬させた。

「殿、早うせぬと」

「判っておる」

　吉蔵に催促され、道牛はさらにもう一人を斬り倒して退きにかかる。

「追え。山上を逃すな」

　萌黄威の具足を着ける侍は、傍若無人に戦う男が道牛であることを知っているようであった。

　そこへ弓衆が矢を放ち、敵を足留めするので、道牛は退きにかかる。

「儂もなかなか有名になったの」

　外堀を渡り、道牛は馬を受け取り、騎乗しながら言う。

「佐野家で鹿角の脇立の兜をかぶる勇者は殿しかおりませぬ。それより早う」

　迂回した多功勢が土埃をあげて接近する姿が視界に入っている。今にも全速力で逃げたい、と言わんばかりの吉蔵が尻を叩く。

「そう急かすな。焦ると命を落とすぞ。全兵討ち取る覚悟が必要じゃ」

ゆっくり後退しながら道牛は窘める。

「殿軍です。焦ろうが焦るまいが、生き延びることは難しいでしょう」

「命を捨ててかかれば恐いものはない。愚痴を申さず敵に備えよ」

道牛が吉蔵に告げた時、大手と搦手の兵が合流して迫った。

「放て！」

川田右近の号令が響き、矢が放たれる。多功勢も追撃の態勢が整ったので、殿軍にいる佐野勢の弓衆よりも多くの弓衆を揃え、射てきた。

「おっ」

飛んできた矢を薙刀で弾き、道牛は身構えた。

佐野勢は数で劣り、踏み止まっていることができなかった。

「退け」

躊躇なく道牛は命じた。殿軍の役目は玉砕することではなく、敵と長く戦いながら味方の軍勢を逃がすことにある。極力、消耗は減らさねばならなかった。道牛らは敵に穂先を向けながら、奥州道中（街道）を南に下がった。

「敵は押されておる。かかれーっ！」

萌黄威の具足を着ける侍が叫び、騎馬に続き足軽が進んでくる。

「好機」

多功勢が飛び道具を控えたので、待ってましたと道牛は飛び出し、足軽三人を斬り捨て、追撃軍の一勢を預かる萌黄威の具足を身に着けた侍を騎馬から斬り落とした。

「敵は弱兵じゃ。存分に討ち取るがよい」

配下を勇気づけながら、道牛は躊躇なく敵を斬り捨てる。阿修羅のごとき戦いぶりを示す道牛に多功勢は腰が引けるが、道牛は構わず薙刀を振い、首を刎ねた。

道牛に煽られて、山上衆も佐野家の旗本も狭い場所で奮戦している。道牛らが戦っている場所は奥州道中で、大手道より幾分広いものの、騎馬三頭は横に並べない。道の両側は茂みがある場所と開けたところが交互に続き、開けたところは田畑が目にできた。

狭い道での戦いなので、一兵の強さが勝るほうが有利に戦えた、今のところは。

「田畑を潰しても構わぬ。敵の横腹を衝け！」

紫糸威の具足を身に着ける侍が命じると、多功勢の弓衆と足軽は左右の茂みに割って入り、道牛らの側面を攻撃しようとしてきた。

「弓衆、敵の気配を感じたら、容赦なく射よ」

道牛は命じ、一人でも多くの敵を討つため、深入りしすぎと言われるほど敵中に踏み入って車がけ（右から左）に斬り廻し、逆袈裟で斬り上げた。

（横から仕寄せられるのはまずいの）

精強な軍勢でも横腹を抉られると崩壊する。まして殿軍の寄せ集めでは一蹴されかねない。

（一気に退くか。されど、追い討ちもまた大きく一勢を崩す元。いかがする？）

己一人の戦いをしているわけではないので、道牛は頭を悩ませた。

迷っている最中、多功勢の弓衆は道牛らの横に廻り込み、矢を放ってきた。

「ぐあっ」

昌綱の旗本が射られて倒れた。

佐野家の弓衆も茂みに向かって矢を放つが、多功勢は樹木を楯にしているので当たらない。脇からの攻撃を受けはじめると、注意が散漫になり、それほど鋭くない正面の敵の鑓突きを受け損じて負傷する佐野兵も出てきた。

「弓衆、構えよ。足軽は退け」

道牛は鑓を持つ兵を一斉に後退させ、弓衆に矢を放たせた。後ろに下がる時、一人が突き倒されて討たれたが、弓衆が敵二人を射ている。

（殿軍じゃ。ある程度の手負いは覚悟せねば、役をまっとうできぬ）

全兵を帰城させることは不可能。どこかで割り切るしかなかった。

「かかれーっ！」

弓衆が矢を放ったのちに、道牛は後退した道を逆に進んで敵を斬る。味方の攻撃を敵に受け止められると後退して矢を放つ。これを交互に繰り返した。

途中で道の両脇が開けているところでは、双方の足軽が鑓柄を弾き合い、突き合った。

そのまま奥州道中に戻らぬ者もいる。道牛らの味方は後退するごとに討たれ、一里半ほど南の小金井に達した時には弓衆と足軽は四分の三ほどに減っていた。

「ぐあっ」

背を見せた佐野家の兵が鑓で串刺しにされた。

「ただ、下がるな。攻めるために下がることを心掛けよ」

道牛は怒号し、佐野家の兵を討った敵を斬り捨てた。

近距離で逃げることに意識を置けば討たれるばかり。常に反撃できるように構え、隙を見ては突き入らねばならなかった。

小金井には西の唐沢山城方面に通じる脇道がある。騎馬は一騎しか通れない幅なので、一対一の戦いに持ち込める。行きも通ったので、おそらく昌綱もこの道を通過したはずである。

(これで敵は諦めようか)

最前線で薙刀を振いながら、道牛は思案した。脇道に入り一息吐けるかと思いきや、世の中甘いものではなく、しつこく追い掛けてくる。姿川を渡り、思川を渡っても状況は変わらない。味方は半分ほどに減っていた。

「よいか諦めるでない。諦めれば喜ぶのは死神だけぞ」

敵を斬り崩して返り血を浴び、朱に染まりながら道牛は獅子吼する。

多功勢にすれば、道牛さえ討ち取れば唐沢山まで一気に貫けると、執拗に挑んでくる。

い。

「儂を討ちたくば刺し違える気で来い」

陣笠ごと両断し、道牛は咆哮する。血を浴びた道牛は敵には赤鬼に見えたかもしれな
さすがに道牛の具足も傷だらけとなり、満身創痍の姿で唐沢山城の城下に達した時に
は、途中ではぐれた者も討たれた者もあり、味方は氏吉ら十人にも満たなかった。

二刻とかからず帰城できる距離にあるが、倍ほどもかかったことになる。

「なんとか生き残れたではないか」

僅かに笑みを浮かべながら言った道牛であるが、さすがに疲れがどっと出て、全身は
鉛のように重く感じた。口から出たことは冗談ではなく本音だ。

疲労困憊した吉蔵は反論する気力もないようであった。

城内に辿り着くと大貫定行らが出迎えた。

「ようご無事で。貴殿のお陰で我らは助かり申した」

「豊綱様は？　また昌綱殿は？」

「お二方とも主殿におられます……」

こわばった面持ちで大貫定行は言う。

「左様か。お会いしてもよろしいか。敵は近くまでまいっておる」

「それはもう。こたびの戦功第一の者。さぞ若殿もお褒めになられよう」

大貫定行に従い、道牛は主殿に向かった。

主殿に入ると、上座の一段高いところに豊綱が具足姿で横たわり、顔には白い布がかけられていた。その前に肩を落とした昌綱が胡坐をかき、周囲に重臣たちが居並んでいた。

「若殿、道牛殿でござる」

消沈している昌綱に大貫定行は声をかける。

「おう、道牛か。ご苦労であったの。そちのお陰で皆、かように帰城できた。天晴れじゃ」

「お褒めに与り、恐悦至極。豊綱様のことは残念でなりませぬが、落ち着くにはまだ早うござる。敵はもうすぐ城下に迫ります。そこででござる。昌綱殿は亡きお父上の具足を身に着け、城から打って出られませ。当主が敵に討たれるは末代までの恥となりましょう。昌綱殿は豊綱様の姿で戦陣に立ち、豊綱様は健在であると敵に触れられませ」

道牛は厳しい現実を突きつけねばならなかった。

「左様じゃの。父上、あとはお任せください」

豊綱の亡骸に手を合わせた昌綱は、家臣たちが脱がせた色々威の具足を着用した。

「父上の仇討ちを致す。出陣じゃ」

「おおーっ！」

昌綱の号令に重臣たちは鬨で応え、勇ましく主殿を出ていった。軍勢の中に川田右近がおり、道牛に苦笑いを向けるので、道牛もひとまず安堵して笑みを返した。

佐野軍は昌綱を先頭に出陣し、二十七町半（約三キロ）ほど南の犬伏で兵を止めた。やがて多功勢が南から接近してきた。距離は十町ほど。色々威の具足は多功勢からも目にできた。

「彼奴は討たれたのではないのか？」

「偽者であろう。確かに佐野の当主は討ち死にしたはず」

多功勢の兵は疑念に満ちた顔で言い合った。

「かかれーっ！」

昌綱は豊綱の軍配を振い、道牛らは喜び勇んで鐙を蹴った。

「彼奴は山上。兵は無傷。退け」

道牛を見た多功勢は踵を返して退却しはじめた。

十町ほども追うと、多功勢は渡良瀬川を渡って上野に入ったので、道牛らは馬脚を止めた。ほどなく昌綱も姿を見せた。

「我らは敵を退散させた。昌綱殿、鬨をあげられよ」

豊綱を失ったが、所領を守ったことは事実。道牛は昌綱に促した。

「鬨じゃ」

「えい、えい、おおーっ！　えい、えい、おおーっ！　えい、えい、おおーっ！」

暗くなりかけた梅雨空に鬨が響き渡った。

「道牛、こたびの戦いでそちは戦功第一。これより我が軍師になってくれ」

「有り難き仕合わせなれど、某は本陣で絵図を眺めるのは性に合い申さぬ。あくまでも戦場で殿のお役に立つ軍師であれば、有り難くお受け致します」

「承知した」

昌綱の下知により、微禄ながら道牛は側に仕えることになった。

佐野家の家臣の間では「死せる豊綱の具足が多功兵を走らす」と言い合ったが、豊綱の死は秘するとされたので公にはできず、陰で囁き合うばかりであった。

その後、多功勢は宇都宮勢と合流して上野の白井まで長尾政景を追った。長尾勢に従っていた上野勢は協力しなかったので、政景も打って出ることができなかった。これを岩付城主の太田資正が仲介して和睦を結び、長尾勢は越後に引き上げた。

「こたび当主の長尾景虎は参陣しておらぬ。様子見の軽い一当てだったのやもしれぬ」

報せを受けた道牛は告げた。

「軽い一当てでお屋形（豊綱）様は命を落とされたのでは、哀れではありませぬか」

吉蔵が残念そうに言う。

「人とはたった一本の矢で命を失うもの。それにしてもなかなか思い通りの戦いができぬの」

「十分に戦ったではありませぬか」

戦は辟易といった表情で吉蔵はもらす。

「我が戦いの理想は、勝敗を超越し、力尽きるまで戦うこと。左様な戦いができれば、いつ死んでも惜しくはない」

「無理です。軍師となった以上、勝つように戦わねばならぬはず」

「左様。まあそれも致し方ないの」

　求められれば否とは言えない道牛。なりゆきに身をまかせるばかりであった。

　このたびの多功城の戦いは佐野家にとっては負け戦。それでも道牛らが殿軍を守ったので、思いのほか犠牲は多くなかった。対して、多功家では石崎通季、野澤保辰、高木道重、祖母井吉胤、矢板長則、児山兼朝など名のある武士が討死しているので損失の大小は量り難い。

　ただ、佐野家は当主の豊綱を討たれているので、この損害はただならぬもの。当主が戦場で討たれたことはお家の恥。周知の事実となっているが、佐野家では豊綱は深手を負い臥せっていると触れさせた。佐野家には益せぬ多功城攻めとなった。

　長尾家から見舞いの使者もなかったので、佐野家は長尾家への不信感を募らせた。

第三章　景虎越山

　廊下を挟んだ真向かいの部屋から、昂揚させるような音色が聞こえる。琴の美しい旋律に三絃の浸透するような音、澄み切った笛、体の芯を叩くような太鼓の音が重なって胸を躍らせる。多くの芸人がいて、楽しげな笑い声も合わさり、まさに祭のようであった。

　前田慶次郎は二条の柳馬場という傾城屋、いわゆる遊廓にいた。

　一人で盃を口にしていると、廊下から声がかけられた。

「太夫をお連れ致しました」

　太夫とは律令制度における官位の称号で五位に相当する。この位を得れば殿上することも可能である。江戸時代でいえば大名に当たる地位で、当時は遊芸人の敬称に用いられた。

「百合太夫でございます」

　声とともに障子が開き、遊女が部屋の中に入ってきた。

　途端に白粉と紅が男を惹きつける馥郁たる香である。太夫を見た慶次郎は昂った。人気の百合太夫と顔を合わせるのは初めてのことであった。

赤い下着の上に桜色の小袖を纏い、白い百合の花を染めた朱の腰帯を巻いている。際どいところまで胸を開けているので、慶次郎の目を堪能させてくれる。

百合太夫は細面で目鼻だちが整い、紅く輝く唇が艶やかに映る。化粧をしているので年齢は定かではないが、二十歳ぐらいであろう。

部屋で端座した百合太夫は三つ指をついて挨拶をし、慶次郎の左の敷き物に腰を下ろした。なんとも言えぬ甘やかな香りが広がり、鼻孔をくすぐった。

慶次郎は静かに酒を飲んだのちに太夫と閨を共にすることもあれば、他の遊女のみならず、新造、禿までを呼んで祭さながらにどんちゃん騒ぎをすることもある。常にその時の気分次第である。自身で優雅な舞いを披露することもあった。

「前田慶次郎はんですな。お噂はかねがね」

笑みを湛え、百合太夫は告げる。

「ろくな噂ではなかろう」

慶次郎は叔父の前田利家を水風呂に叩き込み、利家の愛馬の松風を奪って前田家を出奔。豊臣秀吉に謁見した時には臆することなく畸形な髷の結い方で翻弄し、「天下御免の傾奇者」の諸号を与えられた武士である。

「随分と女子を泣かせるお人とか」

酒瓶をとって盃に酌をしながら百合太夫は言う。

「銭払いが悪くてか」

「好いてしまいはりましたんですやろ」

「かような店の女子は阿諛が巧みゆえ騙されぬようにせぬとな」

笑みを返し、慶次郎は酒を呷る。

「前田はんは、どの大名にも仕官できるのに、なんで仕官せえへんのどす？」

慶次郎は都で、上杉家の家宰を勤める直江兼続が朝鮮から持ち帰った書物の注釈をつけることを生業にしていた。

「良き大将がおらんでの」

誤魔化した時、向かいの部屋の音曲や声がさらに大きくなった。

「向かいさんは、随分と羽振りがいいようじゃな」

「随分とつけが溜まってはるお方で、それを一気に返しはるようです」

遊廓の常識で、太夫はほかの部屋の客のことは口にしないものである。

賑やかな部屋からは、「山上はん」という声が聞こえる。

「山上か」

慶次郎の記憶が蘇る。天正十年（一五八二）、本能寺の変ののち、上野、信濃で共に戦った剛勇がいた。山上道牛である。

（懐かしいの）

矢玉が飛び交い、敵が群がる中、いずれの場所も二人は最前線にいた。

「お知り合いですか」

「名前だけはの。いずこかの大名に仕官が決まったか」

旧知の仲とはいえ、部屋に乱入するのは不粋というもの。さらに、道牛は羽振りがよくなった。対して慶次郎はなけなしの銭で飲んでいる。他人の懐に集るのは情けない。

「さあ、よう知りまへん」

「左様な漢の羽振りがよくなるとは、また、世が乱れるということじゃの」

「物騒ですな」

百合太夫はしなを作り、艶やかな眼差しを向ける。

「物騒になると、そちたちは繁盛するか」

配下を持つような一廉の武将は、不浄のものと戦の前には女子を近づけぬものとされているが、明日をも知れぬ足軽などは、この世に思いを残さぬためと女子を求めるものである。但し、足軽が得る扶持では太夫は高嶺の花であった。

（山上がいずこかの大名に召し抱えられたか。されば、儂も禄を受けるか。されど、家臣というのものう。が、どこかに属さねば戦に出られぬ。いっそ、山上と。いや、それは情けない）

当主の候補だった慶次郎なので、誰かに仕官を斡旋してもらうのは自尊心が許さない。

（彼奴が声をかけるのを待つか）

直江兼続からの誘いを楽しみにするしかない。

「山上様、もうやめなはれ。お腹がよじれる」

なにをしているのか、周囲の者たちの笑い声が響く。慶次郎は気をとられた。

「いかがされました？　わたしがここにいるのに、隣が気になりはりますか」

「いや、戯けた己を蔑んでいただけじゃ」

言うや慶次郎は百合太夫を引き寄せ、唇を重ねた。

（結局、儂も山上も戦場でしか生きられぬ戯けということか）

陽気な道牛の歌い声を聞きながら、慶次郎は百合太夫を求めていった。

一

周囲では子供たちが凧を揚げ、羽根つきをして顔に墨を塗られている者もいた。

永禄二年（一五五九）元旦、佐野家の家臣は登城し、新当主の昌綱に年賀の挨拶をした。

前年、多功ヶ原合戦とも言われる多功城の戦いで討死した豊綱の死は黙され、対外的には傷を負って療養中としていた。当主が戦死することは武家の恥であり、周囲の敵を活気づかせることになる。佐野家としても隠さざるをえなかった。

「気楽な立場になったゆえ、寝正月といきたいところだったがのう」

身なりを正した道牛も本丸の主殿に向かう。

「軍師様におなり遊ばしたのです。致し方ありますまい」

従者の吉蔵が後ろを歩きながら窘める。

「軍師と申しても、さして実入りが増えたわけでもなし。厄介事が増えただけじゃ」

多功城の戦い以来、道牛はちょくちょく昌綱に呼ばれて過去の戦いを語った。

食客の身であった時は寝酒を楽しめたが、登城命令が出されているので無視できない。

道牛には迷惑な話で、愚痴は本音であった。

吉蔵は控えの間に入り、道牛は主殿に足を運ぶと、既に重臣たちが居並んでいる。柴宮行綱、久賀利綱、中江川高綱らの一門衆。藤岡清房、富士秀正、大貫定行、竹沢定冬、津布久明豊らであった。変わり種は僧が一人座していたこと。豊綱の三男にあたる天徳寺宝衍である。豊綱死去後、兄の昌綱を補佐するということで、評議の席にも顔を出すようになった。

その中で、いつも上位から二番目に腰を下ろす赤見伊賀守の席が空いていた。

(敵が仕寄せているとは聞いておらぬ。さればただの遅滞か)

気にかけながら道牛は末席に腰を下ろした。

新参者が重臣と同席するなど、おこがましい。重臣たちの目は蔑んでいた。

(やっかむぐらいならば、戦場で働け。今は乱世、譜代じゃと胡坐をかいておれば、あっという間にその地位を失うぞ)

亀裂が深まるので睨み返したりはしないものの、道牛は肚裡で吐き捨てた。

ほどなく新当主の昌綱が姿を見せ、一段高くなった首座に就いた。皆は平伏する。祖父の泰綱は病床にあって起きることができないという。

「新年明けましてお目出度うございます」

大貫定行が挨拶をし、皆が後に続く。本来は豊綱が死去した直後の正月なので、祝い事はしないものであるが、周囲に疑われてしまうため、喪に服しているわけにはいかなかった。

「重畳至極」

さすがに昌綱は「めでたい」と返さないが、鷹揚に挨拶を受けた。だが、不快そうである。

「伊賀守はいかがした。なにゆえ登城せぬ？」

既に報告は受けているであろうが、空席を見た昌綱は憤りをあらわに問う。

「使者を送っておりますゆえ、今暫くお待ち戴きますよう」

申し訳なさそうに大貫定行は言う。

「理由は判っているのであろう。遠慮のう申せ」

「いや、そこまでは……」

言いにくそうに大貫定行は言葉尻を濁した。

「道牛、そちなれば答えられよう」

昌綱の一言で重臣たちの視線が末座の道牛に集中した。

「某は麾下だったこともありますゆえ、某がこの場にいるのも気に喰わぬのかと存じます」

道牛も直接の言及は避けたが、理由は明白。多功城の戦いでは、多勢の先鋒を務めながら、敗走を余儀無くされ、しかも当主の豊綱は討死。その父の泰綱は重病で臥せっている。新参の道牛には戦場で好きにさせ、しかも軍師として評議の席にも出している。佐野家の未来を憂え、昌綱を見限ったというのが、道牛のみならず、皆の認識であった。

「つまり、儂の決定には従えぬということか」

「そうとは言いきれませんが、意見があるということにございましょう」

「意見があるならば、登城して申せばよかろう。できぬのは返り忠せんということじゃ」

言うほどに昌綱の感情は高まり、抑えがたくなっているようであった。

「まずは使者から返答を聞いたのちに致しましょう」

大貫定行が、なんとか宥めようと努力していた。

半刻ほどして遣いが赤見城から戻った。

「申し上げます。赤見伊賀守殿が申すには、もはや言葉で伝えることはない、と告げたのちに部屋から出られ、以降会うことはできませんでした」

「おのれ伊賀守め、儂を愚弄しおって。許さん。出陣じゃ。早急に陣触れ致せ！」

激昂する昌綱は荒らげた声で命じた。

「畏れながら、恐らく伊賀守も読んでおりましょう。我らが城を囲む頃には支度が整い、手ぐすね引いて待っているかもしれませぬ。今しばらく様子を見るがよろしかろうかと存じます」

感情に任せて出陣し、好結果を得られた例しがない。道牛は止めだてする。

「道牛らしくもない。一気に叩き伏せると申すと思っていたが」

「こたび昌綱様が指揮をされる最初の戦。出陣したからには失敗があってはなりませぬ。攻めあぐねて長対峙となったおり、泰綱様に万が一のことあらば、兵を退かざるをえなくなるやもしれませぬ。さすれば伊賀守を増長させることになります。確実に敵城を攻略するか、降伏させるためにも、兵略を練る必要があるかと存じます」

「……左様じゃの」

思うところがあったのか、昌綱は悔しがりつつも頷いた。

実際、赤見城は堅固なので、道牛は軍師として攻撃方法を思案しなければならなかった。

重苦しい空気の中で屠蘇が振るまわれ、参賀の挨拶は終了した。

「さすが、道牛。よう、思いとどまらせてくれた」

「松の内から具足に袖を通さずによかった」

昌綱が主殿から出たのち、諸将の安堵した声が漏れた。

「多少先延ばしにはなりもうしたが、そう遠い出陣ではござらぬ。陣触れがなされたのに、準備ができていませぬなどと言い訳をなされぬように」

重臣の中から背信者が出たのに、即座の出陣がなかったと喜んでいる危機感のなさが、腹立たしくてならない。道牛は注意を促して主殿を出た。

「宿老衆があれでは、軍師のお役目もご苦労なされますな」

背後に従いながら吉蔵が声をかける。

「判っているならば、いちいち申すな。それより、そちも思案しても罰は当たらぬぞ」

「某などは、とてもとても。それより、かような時、蛇ノ目がいたほうがいいのではないですか。側に置いても、殿の酒がなくなるわけでもありますまい」

「蛇ノ目か。そうじゃの。誰ぞに雇われておらねば、我が許にまいれと、渡りをつけよ」

吉蔵にしては良案。道牛は命じた。

十日を経ずして蛇ノ目は道牛の赤坂屋敷を訪れた。小柄なこともあるが、音を立てずに近づく身のこなしは、さすがに忍びである。年齢は不詳だが道牛とさしてかわらない。

「久しいの。雇い主はいかがした？」

「道牛様に呼ばれたと伝えましたところ、すんなり諦められました」

上野の山上家であろうが、義理の中に含まれる守秘義務でさすがに名前までは答えない。あえて道牛も追及するつもりはなかった。

「左様か。そちは赤見城で、佐野勢が仕寄せると触れてまいれ」

「敵にわざわざ報せるのですか」

蛇ノ目が応じる前に吉蔵が問う。

「そちには判らぬようじゃの。さればよい」

道牛はにんまりと北叟笑む。蛇ノ目は黙って頷いたまま屋敷を出ていった。

蛇ノ目は農民や商人に扮し、数日おきに佐野軍が攻めてくると触れて廻った。

「敵を油断させるためですか」

「まあ、そんなところじゃ。そのうちに疲れ、やがて、流言だと警戒が緩む。その時こそ、一気呵成に攻めたてて、城を攻略する。儂を評価した昌綱様のためにも必ず成功させるのじゃ」

他家の禄を食むからには、自身が城主であった時とは違う戦いもできねばならない。

道牛は戦人とは違う面白みを軍師に感じはじめていた。

蛇ノ目の流言によって、赤見伊賀守は慌てて領民を赤見城に参集して籠城の構えを見せ、敵の侵攻に備えた。だが、数日しても兵の姿はない。物見を出して探らせるが、まだ佐野家は出陣の用意をしていない。胸を撫で下ろした伊賀守は、改めて兵糧の運び入れなどをさせた。

準備をしていると再び流言が広がり、一旦、解放した領民を再び入城させるが、佐野軍に動きはない。安堵した赤見伊賀守は、厳戒態勢を解き、領民を平素の生活に戻す。

三度目の流言を耳にした赤見伊賀守は、領民に対し、すぐに入城できるように触れながら物見を放つ。物見が戻り、踊らされていることに苛立ちを見せるようになったという。

蛇ノ目が流言を触れると赤見伊賀守は物見を出す程度にとどめるようになっていた。

二月に入ると、領民はおろか赤見家の家臣たちも半数ほどしか登城しなくなった。

「今少しじゃの」

道牛はさらに警戒を緩ませるため、流言作戦を続けさせた。

二月の中旬、道牛は昌綱の前に罷り出た。

「そろそろ頃合です。一日で城を落としますゆえ、長対峙の準備はいりませぬ。重臣たちはそれぞれの屋敷で兵を整えさせ、亥ノ刻（午後十時頃）、登城させて下さい」

「あい判った」

昌綱は応じて重臣たちに触れた。

十六日、赤見伊賀守の放った物見は唐沢山城下を探って戻り、動きがないことを報告した。

十七日の亥ノ刻、唐沢山城に七百の兵が参集した。

「今宵、返り忠致した赤見伊賀守を討つ。いざ、出陣じゃ！」

「うおおーっ！」

昌綱の怒号に家臣たちは鬨で応じ、続々と大手門を潜っていった。

本来は青い月光が辺りを照らすはずであるが曇っているので暗い。夜襲には適している。道牛を先頭にした軍勢は最低限の松明に火を灯して赤見城を目指す。同城は唐沢山城から道なりに進んで一里半（約六キロ）ほど北西に位置している。

佐野軍は一旦、北に向かい、田沼から南に進路を変えて赤見城に達したのは半刻後のこと。

赤見城は本丸を中心に四つの曲輪が築かれ、南を除く三方は十三尺四寸（約四メートル）を超える土塁で守られ、その周囲を濠が囲む堅固な城であった。

道牛は大手のある南を除く三方面から兵を進ませるように昌綱に進言した。

「南が一番、仕寄せ易かろう」

「伊賀守は籠城できぬと判断すれば、近しい者と身一つで逃れましょう。さすれば兵を損せず城を落とせます。南から仕寄せれば、逃亡できぬと徹底抗戦になり、当家の手負いも数多出ます。ここは実を取るべきかと存じます」

通常ならば城下を焼き払い、敵地ならば残虐行為もやむなしであるか、佐野領内なので、道牛はなるべく無傷のまま赤見領を手に入れることも付け加えた。

「左様じゃな」

道牛の助言は受け入れられ、兵は南を除く三方から城に向かった。


「敵の夜討ちにございます」

「なに、小太郎（昌綱）めに欺かれたか！」

夜警から報せを受けた赤見伊賀守は跳ね起き、唾を飛ばして悔しがる。

「敵はいかほどか」

夜の衣を脱ぎ捨てながら赤見伊賀守は問う。

「兵はおよそ七百。南を除く三方から仕寄せております」

「なに、南を除く？　逃げられると見せかけ、小太郎は儂を虜にする気か」

「父上、早う敵が迫る前に逃れましょう。女、小者合わせて数十では勝負になりませぬ」

嫡子の赤見右衛門尉が駆けつけて勧める。

「虜になれば武家の恥ぞ」

「今なれば逃れられます。最悪の場合、某が楯になって父上を逃します」

「左様か。それにしても小太郎め、当主の身にありながら夜討ちをするとはのう」

慌てて袴を着けながら赤見伊賀守は吐き捨てる。

「おそらく軍師となった山上道牛の企てに違いありませぬ」

「道牛か。彼奴は佐野家のことなど思案しておらず、自身が戦いたいだけだということ、小太郎は戯けゆえ判らぬのじゃ。彼奴を召し抱え、軍師になどしたこと、必ず後悔する日がこよう。彼奴は佐野家に仇をなす輩じゃ。それまで生き長らえて、行く末を嘲笑ってくれよう」

赤見伊賀守は家族と僅かな供廻を連れ、城を捨てて南から逃亡した。家臣たちも倣う。

佐野勢が城内に突入した時は逃げ遅れた者が十数人残っているだけで、皆は降伏した。

昌綱は一兵も損ずることなく、赤見伊賀守を追い出し、赤見城を攻略した。

道牛は降伏した者から赤見親子の会話を聞かされた。

(儂は、ただ戦いたいために佐野家の禄を食んでいる。伊賀守の申すことは正しいが、それだけでもない。これが読めなかったゆえ伊賀守は城を失うことになったのじゃ)

自身も宿無しの身となった経験があるので、道牛は赤見伊賀守を愚弄することはできなかった。その赤見伊賀守は妻の実家のある常陸に逃れていった。

翌十八日、昌綱は赤見領での乱暴狼藉を禁止し、忠節を誓う者は佐野家の家臣として本領を安堵することを約束した。触れを聞いた赤見旧臣は続々と赤見城を訪れ、昌綱に跪いた。

数日で赤見領は安寧を取り戻したので、昌綱は赤見城を道牛に預けて帰途に就いた。赤見城は足利の長尾氏と接しているので、佐野家にとっては重要な地である。赤見城は佐野家が直に管理し、重臣たちが交代で城守を務めることになった。

このたびの働きによって道牛への信頼は多少なりとも増していた。

赤見城の攻略を知って安堵したのか、二月二十九日、病床にあった泰綱が死去した。

「そちの助言を聞いてよかった。さすが軍師じゃ」

悲しみに浸る昌綱は、道牛に労いの言葉をかけた。

この年の九月二十九日、佐野家は豊綱が死去した日と定め、盛大に葬儀を行った。佐野家から離反した赤見伊賀守などがいるので、真実はすぐに広まろうが、あくまでも武家の体面を守る必要がある。誰がなんと言おうとも、佐野家の公式見解とすることにした。

二

永禄三年（一五六〇）五月十九日。三河・遠江・駿河の太守今川義元は二万余の軍勢を率いて西上し、尾張の田楽狭間にて、僅か二千たらずの織田信長に討たれ、歯黒首を野に晒した。義元は甲斐・信濃を有する武田信玄、相模、武蔵を有する北条氏康と三国同盟を結んでいるので、少なからず関東の戦国史にも影響を及ぼすことになる。

この三国同盟と敵対する越後の長尾景虎が越山し、上野の明間、岩下、倉内（沼田）城を攻略し、九月二十八日、威風堂々厩橋城に入城した。

景虎は越後守護代・長尾為景の末子として誕生し、一時は林泉寺で禅の修行をしていたが、為景病死ののち家督を継いだ長男の晴景を助けるために還俗した。

十五歳で初陣を勝利で飾って以来、破竹の勢いで長尾家に対抗する勢力を駆逐し、十九歳の時には兄に代わって長尾家を相続し春日山に入城した。二十一歳の時には上杉定実が死去して、越後守護の上杉家は断絶したので、景虎は実質的な国主となった。

景虎は軍神である毘沙門天を信仰し、戦勝を誓って妻帯せず、また、聖将とも呼ばれ、武田信玄に追われた信濃の豪族を助けて川中島で三度戦い、北条氏康に追われた関東管領の上杉光哲（憲政の出家号）を助けて春日山近くの御館に住まわせていた。

また、景虎は二度目の上洛も果たし、足利十三代将軍義輝から、関東管領に就任する許可も得ている。大義名分を取得した景虎は満を持して越山した次第である。まずは上杉光哲が支配していた上野を北条家から取り戻し、さらに同家を討って管領の下に政を布くためである。

八千の兵を率いて越山した景虎が厩橋城に入ると、上野の殆どの武将が臣下の礼をとることになった。その中には山上藤九郎と同平六も参じて認められた。

報せは道牛の許にも届けられた。

「長尾殿は、じき関東管領になられるとか。とすれば藤九郎様は管領の直臣でございますな」

蛇ノ目を通じて知ったのか、吉蔵が勿体無い、といった表情でもらす。あの時、北条家に降伏していれば何事もなく、城主のままでいられたはずなのに、そう言いたいのであろう。

「過ぎたことじゃ。儂には蝙蝠のようなことはできぬ」

後悔しないと言ったら嘘になるが、道牛の性格上、北条軍と戦ったことは仕方のないことだと割り切っている。お陰で城主の座を失い、他家の禄を食むことも。

「佐野のお屋形（昌綱）様も帰属なされるのでしょうか」

「判らぬ。長尾の対応は中途半端で終わった。先だってはただ関東を騒がしただけに過ぎぬ。お陰で豊綱様は命を落とされた。佐野家としてはそう簡単には従えまい」

昌綱というよりも、道牛の本音であった。

「されど、北条と長尾（上杉）を敵に廻すわけにもいかぬかと存じます」

「そちは管領の麾下がいいみたいじゃの」

「一応、上野の出ですし、それに、北条が嫌だと申すならば、長尾しかないでしょう。万事が無事、平穏に過ごすため、寄らば大樹の陰、とも申しますゆえ」

誰しも安定を望む。道牛も理解するが、納得はできない。

「長尾が北条を討つか、立ち直れぬほど打ちのめすならばまだしも、憲政殿が上野に戻っただけではなにも変わるまい。長尾が居を上野に移すならば可能やもしれぬが、いずれは帰国しよう。重臣を置いていったとしても、北条の力を撥ね除けられるや否や判らぬ」

自身が北条軍に一蹴されているので、道牛は景虎が越山しても、あまり期待しなかった。

すぐに道牛は登城を命じられた。唐沢山城の主殿には重臣が集められ、評議が開かれた。内容は長尾景虎に従うかということで、皆は道牛と吉蔵の会話とほぼ同じことを言い合った。

佐野家が北条家と敵対しているのに、素直に応じられないのは、先の越山に対する丁寧な労いがないことが第一。豊綱討死に関しては否定しているので口に出せない引け目もあった。

なかなか結論が出ずに日にちばかりを費やした。

一方、長尾軍の越山を知った北条氏康は、すぐさま盟約を結ぶ武田信玄に牽制を依頼し、自身も十月には武蔵の松山城に入城して景虎に備えた。

要請を受けた武田信玄は自ら出陣して信越国境に近い上倉城を包囲した。ところが、なかなか攻略できないでいると、倉内、岩下、明間城の落城が報された。上倉城攻めでは景虎を帰国させられぬことを認識した信玄は、上信国境の碓氷峠に陣を張って牽制することにした。

関東の諸将は北条家と長尾家との間で揺れ動く中、この混乱を利用して再び佐野家から独立を目論む離反者が出た。事もあろうに、昌綱の妹の倉子が嫁いだ藤岡城主の藤岡佐渡守清房であった。先代の豊綱は娘を嫁がせるだけではなく加増までしたので、嫡子の昌綱としては見過ごすことはできなかった。

「我が妹を娶りながら主家に背くとは許し難し。陣触れを致せ！」

昌綱は深く眉間に皺を刻んで命じた。

（藤岡城か……）

さすがの道牛も気が引けた。藤岡清房の後室となった倉子とは肌を重ねたことがある。藤岡城を囲めば、清房も倉子を実家に戻すであろうが、倉子にすれば平素の暮らしを踏み躙られることには変わりない。武家の倣いではあるが、さぞかし恨みに思うことであろう。

（されど、当主が決めた以上、否とは言えぬ。城を落とすために尽力せねばの）

道牛は気持を切り替えることに努め、闘争心を煽り立てた。

「軍師としては、いかな兵術を立てる？」

評議の席で昌綱が道牛に問う。

「佐渡守は赤見城攻めにも参じておりますれば、同じ手は使えますまい。越後の多勢も厩橋にいることゆえ、日にちをかけて落とすこともできませぬ。ここは力攻めしかござるまい」

道牛が意見を述べると皆は、仕方ないと無言のまま頷いた。

「赤見のようにはいかぬならば、相応の手負いを覚悟なさらねばなりますまい」

　重い空気の中、大貫定行が口を開く。

「佐渡守の処分はいかがなさるおつもりですか」

　竹沢定冬も続く。

「彼奴次第じゃ。早々に降伏致せば寛容な処分もできようが、徹底して抗戦致せば、討ち取るのもやむなし。全ては佐渡守次第じゃ」

　意気込みつつも、早期の降伏を望む昌綱であった。

「畏れながら、左様な心づもりであれば油断が生じ、興聖寺（豊綱）様の二の舞いになりかねません。ここは心を鬼にして討伐する覚悟を示さねばならぬかと存じます」

　今、昌綱に死なれては困る。倉子のことを含め、自身を律するためにも道牛は注意を促した。

「承知の上じゃ」

　呑み込むように昌綱は言う。

「僭越ながら、城攻めをしている最中に、越後の兵に仕寄せられたらいかがなさいますか」

　大貫定行は諫めるような口ぶりである。

「その前に落とすしかござるまい。また、佐渡守が後ろ楯を頼ったのは、越後か相模か明確ではござらぬ。迷っている間に援軍を引き入れられては迷惑。まずは佐野家からの離反を許さぬことを示すが肝要。長評定をしている時ではござりますまい」

決意したからには躊躇は無用。道牛は催促する。

「そうであったの。さればすぐに出陣じゃ」

「おおーっ！」

決断した昌綱は命じ、重臣たちは鬨で応じた。

十月下旬、僅かな留守居を残し、昌綱は七百の軍勢を率いて唐沢山城を出立した。

「もしかしたら必要になるやもしれぬ。そちは小舟を調達して藤岡城近くに泊めておけ」

道牛は蛇ノ目に命じた。

藤岡城は唐沢山城から二里半と十町（約十一キロ）ほど南東に位置し、渡良瀬川の南に築かれていた。西は上野の館林と国境を接し、東は大きな湿地帯が広がっている。平城ではあるが、周囲に深堀を巡らせてあり、中泉城とも呼ばれているので水が涸れることはない。さすが平将門が築いた関東七ヶ城の一城に数えられるだけあって、攻めにくい城であった。

城に籠る兵は周辺の領民を含めて二百ほど。

昌綱は城から十町ほど南の城山に本陣を布き、津布久明豊と道牛を先陣として兵を進め、城に重圧をかけた。まずは、城攻めの常道どおり、降伏勧告を呼び掛けた。

「城を囲まれたぐらいで降伏するならば最初から城門を閉ざしておらぬ。鑓刀で話そうぞ」

後ろ楯を得たせいか、藤岡清房は豪気に突っぱねた。

「敵対致す時、女子を実家に戻すのが武家の倣いであろうが。質にとったまま戦うとは武家の風上にも置けぬ輩じゃ」

一緒に先陣を命じられた津布久明豊が憤って吐き捨てる。

(佐渡守が倉子様を帰さぬのか。あるいは倉子様が実家に戻るのを拒んだのであろうか)

武士の恥と非難されても、初老の藤岡清房が若く見目麗しい倉子を放したくないという想いは頷ける。また、倉子が清房を愛しているかは定かではないが、政略で強引に結婚させられた挙げ句、乱世の常だから実家に戻れと言われ、気丈な性格が拒否したことも考えられる。

(厄介じゃの)

道牛は藤岡清房が降伏しなければ火矢を射かけて燻し出すつもりであったが、倉子が逃げ遅れでもしたら取りかえしがつかないので火攻めはできない。思案を変えねばならなかった。

「津布久殿、大手口をお任せ致す。某は寡勢ゆえ別の口から仕寄る所存。そちらに兵を引き付けるゆえ、一気に城門を打ち破ってくだされ」

道牛は先陣を竹沢定冬に変更してもらい、残りの兵で城を囲むように昌綱に依頼した。自身は十数人の山上勢を率い、茂みを通って北側に迂回した。

北の堀幅は五間半(約十メートル)と、ほかの三方よりも幾分狭かった。

「仰せのとおり、渡良瀬川に舟を用意してございます」

「左様か。氏吉、舟を運んでまいれ」

道牛は弟の藤五郎氏吉に命じた。

渡良瀬川から藤岡城まで五町（約五百五十メートル）ほど。二人乗りの釣り舟なので、氏吉ら数人は縄がけして地の上を馬で引き、半刻（約一時間）ほどで運ぶことができた。

「ご苦労」

道牛は労いの言葉をかけ、舟を堀に浮かべた。

既に戦いは南の大手口で始まっていて、西と東からも堀の外から矢を射かけていた。北を守る城兵も道牛らの行動を注視しており、舟を浮かべるや否や土塁の上から矢を放つ。

「さすがに、我らだけでは難しいか」

山上勢で弓を持つ者は五人。掩護(えんご)射撃は焼け石に水状態である。

「誰ぞ、本陣に戻り、弓衆の後詰を求めてまいれ」

指示を出した道牛は城に目を向ける。

「されば始めるか」

薙刀(なぎなた)と楯を手にした道牛は吉蔵と一緒に舟に乗った。薙刀は舟に置き、右手で太刀を抜き、左手には楯を持つ。城方が放つ矢を楯で避け、太刀で切り防ぐ間、吉蔵が櫓(ろ)を漕(こ)いで進める。

「某もしっかり守ってください」

周囲で水飛沫が上がり、矢が頭上を掠める中、吉蔵は身を屈めながら舟を進ませる。

「水夫が安心して漕げる舟楯でも考案すれば、儲かるやもしれぬぞ」

矢を切り捨てながら道牛は言う。

「今、射られれば考案もなにもありますまい。おっ」

顔の真横を矢が通過し、吉蔵は慌てて身を躱した。途端に舟が大きく揺れる。

「戯け。大袈裟に動くな。堀に落ちれば弓の良き的になろうぞ」

注意をしながら舟の安定に努め、道牛は矢を切り防いだ。

手にする楯は蝟のようになっているが、道牛らは無傷のまま岸に達した。道牛が舟を降りると、吉蔵は楯に身を隠す。舟には縄が括りつけられているので、北側の岸に引き寄せられる。山上勢は順番に一人ずつ堀を渡る策であった。

城兵たちは道牛が堀を渡ったことを知るや、土塁の上から矢の雨を降らせてきた。

「ほかに堀を渡った者がおらぬのか」

藤岡勢の慌てぶりを見て、道牛は察した。

「されば、儂が一番乗りをさせてもらうか」

道牛は手にする鉄張りの陣笠で矢を弾き、土塁を上りだした。途端に先ほどよりも多くの矢が降り注いでくる。矢だけではなく、石や木片などもある。城兵も必死だ。

（これは、さすがに儂一人では躱しきれぬの）

矢や石が滝のように落ちてくるので、道牛はかろうじて防いでいた。このままでは遠からず的にされかねない、という時、山上勢の渡辺源八が堀を渡ったので、矢が分散しはじめた。

「これは思いのほか厳しい展開ですな」

陣笠で矢を防ぎながら渡辺源八が言う。

「今少しの辛抱じゃ。当家の兵が堀を渡り、弓の後詰がくれば突撃致す。それまで我慢じゃ」

自身に言いきかせるように道牛は告げ、土塁の下から飛び出したい感情を抑えていた。続けて戸根田主膳が渡堀した時、高瀬縫殿助、田沼山城守らが到着し、三十余張の弓が弓弦（ゆづる）を弾いた。矢は土塁の上に吸い込まれていった。

こうなれば城方の弓衆も道牛らだけに注意していられず、堀外の寄手に応戦せざるをえない。

「今じゃ。我に続け」

降る矢や石が減ったので、道牛は叫び、一気に土塁を駆け上がる。三間（約五・五メートル）ほどの土塁を越えるのに十を数える時間（秒）は必要なかった。

「喰らえ！」

土塁の上に立った道牛は薙刀を振り下ろし、弓衆の一人を両断した。

「近づけばこちらのもの」

自分が指揮官であることを忘れ、道牛は次々に敵を斬り倒した。刃が頬を掠め、矢が兜に当たっても躊躇せずに敵を屍に変えていく。斬るごとに鬱屈したものが晴れていくようであった。

道牛が土塁を越えたことで、堀の外にいた佐野勢も続々と堀を渡って城内に乱入した。藤岡清房はなんとか道牛を討ち取ろうと南の大手に配置していた精鋭を援軍に向かわせる。

これによって南は手薄になり、佐野軍の先陣が遮二無二突き進み、ついに城門を打ち破って三ノ丸に突撃した。

「儂に勝てる者が、この城にいようか」

道牛は腰曲輪の中を縦横無尽に斬り進み、ついに本丸の前に達した。

「ここからが本番じゃ」

本腰を入れて本丸に斬り入ろうとした時、藤岡清房は昌綱に降伏の使者を遣わしたので、戦闘停止の貝が吹かれた。

「今一歩であったが、まあ、致し方あるまい」

まだ体は戦いたくて躍動しているが、降伏している敵を斬るわけにはいかない。道牛は、もの足りなさを感じながら、吉蔵に薙刀を渡した。

「どうせ降伏するならば、最初から兵を挙げねばよかったのに」

周囲の骸を眺めながら吉蔵がもらす。

「武士の意地であろう。誰しも人の風下には立ちたくないものじゃ」

道牛には理解できる。敗将の悔しさ、屈辱も。戦後の処理はほかの者がするので、道牛はひとまず本陣の昌綱の許に足を運んだ。

「戦勝おめでとうございます」

「重畳至極。一番乗りならびに一番首の儀、さすが道牛。天晴れじゃ」

昌綱は満面の笑みを向けて道牛を労った。

「お褒め戴き、光栄に存じます。ところで、降将の佐渡守をいかがなさるおつもりですか」

上機嫌の昌綱に対し、機嫌が悪くなることを覚悟で道牛は問う。

「切腹以外になにがある」

案の定、不機嫌になった。

「心中お察し致しますが、倉子様のこともあり、こたびは寛大な配慮をすべきかと存じます」

「返り忠致す者は左様な癖があり、また致すぞ」

「質をとられてはいかがでしょう。藤岡城には昌綱様の側近を常駐させておいては」

道牛が進言すると、昌綱はほかの重臣たちに目を向ける。

藤岡清房を切腹させれば藤岡領は恩賞の対象になる。これを欲しがる者と、切腹に応じて藤岡衆から憎まれたくないという者が半々だった。

「佐野家は離反を認めず、昌綱様の鎮圧する力の強さを世間に示すことができました。越後兵も近くにいることですし、騒動は小さく抑えるべきかと存じます」

「……左様じゃの。こたびは戦功第一の道牛に免じて、助けてくれる」

忸怩たる思いはあろうが、昌綱は不承不承応じた。

そこへ藤岡清房が降将として訪れた。屈辱を噛み締めながら清房は昌綱の前に跪いた。

「こたびは寛大な配慮を戴き、感謝致します」

「背きながら屈する心境はいかに？」

怒りが、器の小さな言葉を言わせているようだった。

「腸が煮えくり返るようにござる。他家を頼った愚かさにござる。今一つは命知らずが佐野家に仕官していたことが、不運でござった」

悔しげに本音を吐露する藤岡清房だった。

「当家にとっては幸運。先代の目は正しかった。その先代の御恩を仇で返した罪は重いが、これなる命知らずの進言と倉子の懇願で命ばかりは助けて遣わす。但し、先代からの加増分は召し上げ、娘の良姫は質と致す。異存はあるまいの」

否とは言わさぬ口調で昌綱は問う。良姫は藤岡清房と倉子の間に生まれた娘である。

「ござらぬ。こののちは身命を賭して忠節を尽くす所存でござる」

本心ではなかろうが、藤岡清房は障りのない誓いを立てた。

（佐渡守の切腹と、良姫と引き離されること、倉子様はいずれが辛かろうのう）

倉子の心中までは読めないが、道牛なりの善意は示したつもりだ。

このたびの藤岡城攻めで、またも道牛の評価は佐野家の中で上がった。加増の話も出たが、道牛は倉子に配慮して受けなかった。

「ただ働きでは腹は膨れませぬぞ」

吉蔵が不満を示すが、道牛に後悔はない。

「身内の争いで増えた所領は、なにかと実にならぬもの。他領の敵を討って得た恩賞こそ、真実の褒美。次に期待せよ。まあ、酒代の褒美は貰った。存分に喉も潤うであろう」

佐野に戻った道牛は傾城屋に繰り出して酒を浴びた。

三

十一月になり、景虎からの使者が佐野家にも訪れ、麾下に参じろと告げてきた。この頃、下野、常陸、下総の武将も応じるようになり、その数は百を超えているという。近隣では長尾景長、小山高朝、宇都宮広綱、皆川広照なども応じているので、佐野家が従わねば下野衆だけでも袋叩きとなる。昌綱は渋々厩橋城に足を運び、臣下の礼を取ることにした。

道牛は留守居をしていて厩橋には行かなかった。

「昌綱様は実を取られた。これで佐野家もひとまずの安泰。そちの望みどおりじゃの」

庭で矢を射ながら道牛は吉蔵に言う。的は五間（約九メートル）ほど先に下げられていた。

「はい。静謐（せいひつ）な暮らしこそ我が望みでございます」

道牛に矢を手渡しながら吉蔵は答えた。

「平和な世では、これ以上、禄高は増えぬぞ」

「されば、なにゆえ厩橋に行かれぬのです？　万が一があるやもしれぬのに」

「功もないのに、管領やその代理（景虎）が儂を城主にしてくれるわけはなかろう」

話しながら射たせいか、的の中心にある黒い図星から矢は少し外れた。

「いえ、佐野家の麾下として認められれば、独立の見込みもあるかと存じまして」

吉蔵の主張は思いのほか正しい。こののち、景虎の麾下に参じた武将は直臣として認められ、その名は『関東幕注文』と言われる名簿に列挙されている。いわゆる反北条連合軍であり、二百五十五人の名が記された。

「独立か、確かに山上家の再興は悲願じゃが、他家を頼りにせぬ力がなくば山上城と同じことになる。今は難しいのう」

道牛は否定した。まず、昌綱が道牛を景虎に会わせたくないようだった。道牛は景虎に興味はあるものの、罷り出れば、ほかの上野衆と顔を合わすことになるかもしれない。道牛に疾（やま）しい感情はないが、山上家を見限った武将たちと、どのような顔をして会えばいいのか判らない。争いにならぬためにも留守居で十分と考える。

景虎が越山し、関東の諸将が麾下に参じたので、北条家も無闇に兵を挙げることができない。永禄四年（一五六一）の正月は、落ち着いて屠蘇に酔えた。

日を追うごとに景虎の許には関東の武将が集まってくる。このままでは関東管領の権威が復活してしまうかもしれない。一月下旬、危惧した北条氏康は若き当主の氏政を大将に、二万の軍勢を預け、佐野家の唐沢山城を攻撃するように命じた。

大軍が利根川を越えて上野の館林まで迫った。報せはすぐさま道牛にも届けられた。

「なにゆえ当家なのでしょう」

二百以上の武将が景虎に頭を下げる中、もの凄い確率だと吉蔵は訴える。

「以前から北条は佐野家に手を出してきたであろう。宗哲に納めぬ年貢の件もある。下野に版図を広げんとすれば、佐野領はその最初の入口のようなもの。なにがなんでも手に入れたいに違いない」

「左様ですか。某には殿がいるからのような気がしますが」

「気にしてくれているならば嬉しいが、儂はさほどに大物ではない。いずれにしても佐野家にとって、これまでにない多勢を迎え撃つことになろうの。戦いがいがあるというもの」

山上城での借りを返す時、と道牛は闘志を燃やした。

すぐに重臣の招集がかかり、道牛も軍師として評議に参加した。

「まずは厩橋の長尾殿に後詰を頼むべきかと存じます。管領の復権を求めるならば、麾下の頼みを無にはできますまい。北条を叩くならば好都合のはずでございます」

大貫越中守定行が主張する。

「他力に頼るだけでは、長尾殿も支援に値するや否や躊躇するのではござらぬか。まずは打って出て領外で戦い、気概を示すことが大事。さすれば後詰も得られるものと存じます」

景虎の詳細な性格まで知らぬので、道牛は出撃策を主張した。

「ただ戦えばいいというものでもなかろう。こたびは赤見や藤岡のごとく寡勢の敵を攻めるのとはわけが違う。多勢を迎え撃たねばならぬのじゃ。北条も越後勢の越山を知っての出陣とあれば、己の力を見せつけんとする威嚇の意味が含まれていよう」

真っ向から大貫定行は道牛に反対する。

「威嚇とは、まるで負けるような口ぶりでござるの」

相手は譜代の重臣なので、道牛もさすがに弱腰とは言えなかった。

「勇ましいことを申して勝利できるならば、なんとでも言ってやる。口で兵力の差を埋められなかったゆえ、貴殿は、この城におるのではないか」

「越後勢の後詰を得られるならば、某に異論はござらぬ。越中守殿にお任せ致しましょう」

別に大貫定行と争うつもりはないので、道牛は強く反論しなかった。勿論、援軍の確約はとりつけてきてくれるんでしょうね、とは匂わせた。

「当然じゃ」

「それを聞いて安堵致しました。されど、軍師としては最悪の場合を想定しておかねばなりませぬ。後詰が来ない時、あるいは遅れた時は、佐野家のみで戦わねばならぬこともござる」

「左様な時は、城門を閉ざし、固く構えて迎え撃てばよい。この唐沢山城は難攻不落にて落ちたことのない堅城。三月や半年もちこたえられよう。さすれば敵は田植えに戻らねばならぬ」

万余の敵と対峙したことがないので、大貫定行は一般論を口にする。

（結局、策はなしか）

堅固な城に守られた家老にはありがちなことだと道牛は蔑んだ。

「左様でござるか」

不毛な評議は早く終わらせたくて、道牛は軽く流した。

（とは申せ、早急に迎え撃つ用意はしておかねばの）

敵に攻められて劣勢になれば、軍師なのだからなんとかしろと言われるのは明白だった。

山上城の戦いでは、準備する時間が足りなかった。

（まあ、こたびも似たようなものか。北条もよく探っておるわ）

旧城の戦いを思い出し、道牛は復讐を誓いながら、籠城撃退の準備をはじめた。まずは城に通ずる道には、敵の侵入を防ぐために鹿の角のように尖ったものを台に固定した逆茂木を備え、一人ずつしか進めないように、地面に不規則な乱杙を打った。

「これで、どれほど防げるものですか」

吉蔵が問う。

「一刻、敵の足を鈍らせれば御の字であろう」

道牛もそれほど期待しているわけではない。

「されば、いかがなされるおつもりですか」

「決まっておろうが。多勢相手の籠城戦は、引き付けて叩き、退いたら打って出る。これを繰り返し、敵が攻めあぐねて陣を畳んだ時に追い討ちをかける。簡単であろう」

「言うは易し、ということですな」

厳しい戦いを強いられる、と吉蔵は顔を顰めた。

「それと鉄砲がいかほどの威力を発揮するかじゃな」

佐野家でも入手が困難だった鉄砲を漸く三十挺ほど手に入れることができた。これだけで敵を排除できるわけではないが、少しは役立つはずである。

「あとは」

道牛は領民たちに小石を集めるように昌綱を通じて命令を出させた。

評議から三日目の朝食後、北条軍は二万の兵を仕立てて渡良瀬川を渡り、佐野領に侵攻してきた。物見が昌綱に伝え、道牛らは主殿に集められた。

「もはや、あれこれ申すことはない。この城を攻めたこと、骨の髄まで後悔させるがよい。一人たりとも城に踏み込ませるでない。撃ち破れ！」

「うおおーっ！」

昌綱の命令に重臣たちは鬨で応じ、主殿を出た。

既に持ち場は決められている。一番の激戦が予想される南東の大手は道牛と津布久明豊ら。北は富士秀正と大貫定行ら。同じく南西は竹沢定冬と福地寧久ら。搦手に通ずる東に田沼秀直と高瀬縫殿助ら。先に背信した藤岡清房は本丸で遊軍として留め置かれた。

「敵の姿が見えました」

大手門の櫓で城下を監視していた弟の氏吉が本丸に戻り、道牛に報せた。

「遂に来たか」

瞬時に五体の血が滾り、道牛は本丸を出た。大手門の櫓に足を運ぶと寄手の旗指物が肉眼で確認できた。先陣は案の定、黄絹に『八幡大菩薩』の軍旗を高々と掲げた玉縄の北条綱成である。これに遠山綱景、大道寺政繁、多目長定、笠原綱信、垪和氏続、清水康英らが続く。

「こたびは山上城のようにはまいらぬ。儂を生かしておいたこと、存分に後悔させてくれる」

　山上城の戦いを思い出し、道牛は報復を誓った。

「弓、鉄砲衆、用意しておけ。他の者は石や棍棒など周囲に置いておけ」

　道牛は指示を出し、敵の接近に備えた。

　佐野軍は出撃策を取らなかったので、北条軍は邪魔をされることなく渡良瀬川を渡河した。大将の氏政は唐沢山城から二里ほど南西に本陣を構え、ほかの兵は続々と北に向かい、遠巻きに唐沢山城を囲んだ。

　包囲網が狭まる中、氏政の使者が唐沢山城を訪れ、降伏を呼び掛けてきた。

　道牛は使者を城内には入れず、櫓の上から応対した。

「この城が欲しくば、即刻立ち返り、兵を仕立てて奪うがよい。我らは刀鑓で応えよう」

　使者を追い返した道牛は、周囲の者に向かう。

「もはや後に引けぬ。敵を追い払う以外に生き残る道はない。腹を括って当たれ！」

「おおーっ！」

　道牛の大声に、山上勢をはじめとする佐野家の家臣たちは鬨で応じて寄手に備えた。

　緊張の中、地を踏みしめる音や具足が擦れる音が近づいてくる。玉縄勢は二列になって大手への道を進んできた。先頭は同衆の主将ともいえる間宮康俊である。

「広がれ」

　狭い大手道から攻撃できる兵は限られているので、城門を二町ほど前にした間宮康俊は、配下に命じて大手道の左右に兵を散開させた。玉縄勢は急傾斜の茂みの中を、足を滑らせながらも移動していく。これとは別に麓からよじ上ってくる兵も数千に及ぶ。まるで熟して地に落ちた桃に一巣全ての蟻が群がるようであった。

寄手は二重三重になって攻めてきた。大手道を進む兵は楯や竹束を前にじわじわ迫る。竹束とは一間（約一・八メートル）ほどに切り揃えた青竹を、人が隠れられるほどの太さに纏めて縄で束ねたもの。時代を経ると紐に針金を通したものを使用するようになる。当時の鉄砲は銃身内に螺旋が切られていないので、銃弾の回転が弱く、竹束でも十分に弾くことができた。考案したのは北条家と同盟を結ぶ武田信玄の家臣の米倉重継だという。

「まだぞ。敵の鼻息がかかるぐらい近づくまで我慢致せ」

寡勢の籠城兵にとって矢玉も大事なもの。無駄を少なくするため、道牛は自重を促した。自身の逸る気持を抑える意味もあった。

慎重を期す佐野兵に対し、寄手は積極的である。一町ほどに縮まると鉄砲を放ちだした。

「臆することはない。下からの鉄砲など当たらぬ」

櫓に鉄砲の玉が当たり、木片を散らせても、道牛は微動だにしない。

寄手が四十一間（約七十四メートル）に達した時、道牛は双眸を見開いた。

「放て！」

号令とともに鉄砲衆は引き金を絞り、筒先から火を放った。玉は竹束に弾かれるものの、堅固な櫓や城門とは違い、手に持つ兵に少なからず衝撃を与え、揺らした。弓衆は弧を描いて寄手の頭上から矢を降らす。寄手は鉄砲ばかり警戒しているせいか、思いのほか効果があり、死傷者を続出させた。

「前へ！」

鉄砲は玉込めに手間がかかるので、間宮康俊は怒号して兵を前進させる。

山肌を上る兵は緩慢であるが、大手道を進む兵は着実に間合いを詰めてくる。その間に玉縄勢は十倍近くの矢玉を返す。櫓に無数の矢が刺さり、多数の玉がめり込んだ。

「大事ない。この城は難攻不落。安心して敵を迎え撃て！」

徐々に包囲網が狭まる中、道牛は危機感を覚えながら大声で命じた。一発放てば十発返ってくる。同じように黒い霧かと思うほど矢が頭上を襲う。

（このままではまずいの）

寄手が二十間（約三十六メートル）まで迫った時、道牛は決意した。

「打って出る。あとはお任せ致す」

「無謀にござる。死にに行くようなものぞ」

津布久明豊が、とんでもないといった表情で止めるが道牛は聞かない。

「無謀は承知しておるが、死中に活と申す。打破するためには致し方なきこと。万が一、某が討ち死にした時、屍は打ち捨てて、これを餌に敵に矢玉を見舞ってくだされ。されば」

　笑みで言うと、道牛は櫓を降りた。

「なにも危うきところに飛び込まなくともよいでしょうに」

　吉蔵は愚痴をもらすが、主の心中は察しており、栗毛の駿馬を曳いてきていた。

「矢玉の飛んでこぬところにいては扶持は増えぬぞ」

「十分に飛んできているではありませぬか」

　敵の矢は雨のように降ってくるので、肩を窄めながら吉蔵は言う。

「されば止めに行くのみ」

　騎乗した道牛は、吉蔵から薙刀を受け取ると門兵に目を向ける。

「城門を開け！」

　命令とともに閂が外され、分厚い城門は観音開きに開けられた。

「我に続け！」

　大音声で叫んだ道牛は鐙を蹴るや城門の外に飛び出した。道牛は薙刀を右肩に担ぎ、左で手綱をさばき、まっしぐらに大手道を下り、敵を目指した。

「うおおーっ！」

　弟の氏吉をはじめとする山上勢や城兵も雄叫びを上げて道牛の後に続く。

「あの鹿角の兜は道牛じゃ。彼奴を討てば恩賞は思いのままぞ！」

　砂塵を上げて坂を下る道牛を目にした間宮康俊は大声で下知を飛ばした。

途端に轟音は止まり、弓弦も鳴り止んだ。寡勢の城兵が出撃した時は、よほどのことがない限り、飛び道具で討ち取ることはしなかった。これが当時の関東の武士道でもあった。

「儂は山上道牛じゃ。北条に武士がおれば、かかってまいれ！」

道牛は急峻な山道で駿馬を乗りこなし、瞬く間に鑓衾を作る敵に近づくや、薙刀を振り落とす。突き出される鑓の柄ごと敵を両断し、払い退けては薙ぎ、斬り上げる。戦っていることが楽しくてならない。道牛は冷静である。敵の動きもよく見えて相手の刃は掠りもしなかった。

「どうした、恩賞首はここにあり。我が首欲しくば、死を賭すがよい」

敵を斬り倒しながら、道牛は吐き捨てる。時には馬で体当たりをし、倒した敵を踏み潰して串刺しにした。道牛が躍動するほどに、血飛沫が上がった。

「儂を討たぬと、北条全兵を儂が討つぞ」

馬上で呵々大笑する道牛は、敵を突き刺したまま玉縄勢の中に抛り込んだりもした。大剛ならではの技である。道牛は疲労など忘れたかのように戦った。

「北条は腰抜けばかりか。骨のある者はおらぬのか」

一刀の下に斬り捨て、道牛は獅子吼する。道牛が叫びながら馬を輪乗りで乗り廻すので、寄手の注目が集まっている。その隙に佐野兵も玉縄勢に損害を与えていた。

「兄上、そろそろ戻りませぬと」

氏吉が窘める。傍若無人に暴れ廻る道牛であるが、ほかの兵が大手に迫るのも事実であった。

「ちっ、楽しき刻は短いものじゃな。退け！」

舌打ちした道牛は退却命令を出して城内に戻った。

城門が閉ざされ、門がかけられると、再び弓、鉄砲を見舞う。飛び道具による膠着状態が続くと、道牛は改めて出撃して寄手を蹴散らした。

何度もこれを繰り返し、道牛はこの日だけで三十余人を死傷させた。道牛に傷はないが、全身、汗と埃、これに敵の返り血を浴びてどろどろであった。

日没になると、北条軍の本陣から退き貝が吹かれ、寄手は退いていった。但し、山肌を進んだ兵は山の中腹で留まっていた。

「なんとか持ちこたえましたな」

津布久明豊が溜息まじりでもらした。

「まことに」

ひと息吐くと、さすがの道牛も疲労を覚え、床几に腰を下ろした。

「されど、初日は敵も様子見のところがござる。明日はさらに熾烈な戦いを強いられよう」

守りきったものの、道牛は楽観視してはいなかった。

残念ながら、大貫定行が期待した越後勢の旗指物を遠望することもできなかった。

その晩、城方は夜襲を試みたが、寄手も警戒していたので、良い効果をあげることができなかった。逆もまた然りで、城を混乱させるには至らなかった。

翌朝、日の出とともに法螺が鳴り響き、寄手は城に殺到した。

「慌てることはない。昨日同様、落ち着いて迎え撃てば、必ず追い払えよう」

道牛は努めて冷静に下知し、敵に備えさせた。

この日の先鋒は江戸勢の遠山綱景で、戦鼓、陣鉦を叩き、城に迫った。昨日の今日なので、互いに戦い方は把握している。北条軍が弓、鉄砲を放ちながら城に肉薄し、城方も矢玉で応戦し、時折、出撃して敵を攪乱して引き上げる、という戦い方が続いた。

違ったのは、城へ通ずる大手、搦手、西門以外の地である。山の中腹に布陣していた敵は山肌を人で埋め尽くすように上り、城内に殺到しようとすることである。

「申し上げます。敵は門以外にも群がり、いずれ城内に雪崩れ込むものと思われます」

昌綱からの遣いが跪き、道牛に報せた。

「いずれが猛勢か」

「北が危ういものと思われます」

「あい判った。右衛門兵衛殿、暫しここはお任せ致す。一刻後には戻る所存」

津布久明豊に頼んだ道牛は櫓を降りて、北に走る。

「手の空いておる者は我に続け」

北に向かう途中、城内で右往左往する領民に声をかけ、道牛は疾駆する。

「おう、これは」

北の土塁に達してみて驚いた。一番、峻険とも言われる地にも拘わらず、既に多目長定の麾下は十間（約十八メートル）ほどのところに迫っていた。難しい地とされていたので、警戒の目を怠っていたこともあるのかもしれない。

「敵は登ってくるだけで精一杯。さんざんに石をぶつけてやれ」

指示した道牛は一ヵ所に集められた握り拳ほどの石を握り、這い上がる敵に投げつけた。

「ぐあっ」

距離が近いこともあり、軽い脳震盪でも起こしたのか、陣笠をかぶる足軽は道牛が投げた石を頭に受けて山肌の傾斜をずり落ちた。

「北条の者どもに、佐野の石を喰らわせてやれ」

道牛が石で敵を排除したので、百姓たちは勇気を出して石を握り、投げはじめた。

「よく狙え。敵は登ることに必死で反撃してこぬ」

落ち着かせるように促すと、百姓たちは安心して敵に対抗するようになった。

その後も道牛は各所を廻って百姓たちを指揮し、石のみならず、棍棒を投げ、岩を落とし、糞尿を撒いて押し返した。圧倒的な兵数を持つ北条軍も攻めきれないようだった。

翌朝、北条軍は再び先鋒を富永康景に入れ替えて攻撃を仕掛けてきた。

城攻めも三日目になると、投げる石や棍棒も少なくなり、寄手に押されるようになった。

「敵は数だけの弱兵じゃ。臆することはない！」

咆哮(ほうこう)した道牛は大手門を開いて出撃し、迫りくる寄手を撃破した。

道牛が城を打って出た時は寄手を押し返すが、城内に戻ると再び肉薄されてしまう。ほかの攻め口や山肌を登る兵も同じであった。

（これが兵力の差というものか。まずいの。このままではいずれ押し切られてしまう）

危機感を覚えた道牛が、景気づけの酒を柄杓(ひしゃく)で一呑みし、再度出撃しようとした時であった。

城下が俄(にわか)に慌ただしくなった。

（あれは!?）

大手に通ずる道を疾駆する一勢が目に入った。

先頭を走る武士は甲冑(かっちゅう)も着用せず、黒い木綿の道衣を身に纏い、白綾(しらあや)の鉢巻きで艶(つや)のある髪を押さえ、金を散らした鞍(くら)掛けをさせた漆黒の駿馬に騎乗していた。

そのすぐ後ろには毘沙門天の一字を示した「毘」の軍旗を旗奉行が持ち、周囲の者は鹿の角の兜をかぶり、五尺に余る馬上鑓を手に、長巻は後続の者が担いで続く。さらに背後は白い布の鉢巻きを締め、馬は金色の馬簾(ばれん)で飾っていた。総勢四十五名。

「あれは長尾殿じゃ。景虎殿じゃ」

「毘」の軍旗が示していた。誰とはなしに声を発した。

景虎は一心不乱に唐沢山城を目指して驀進する。邪魔する者は粉砕するという意気込みがあるせいか、北条兵にも誰も遮ろうとする者はいない。ただ、呆気にとられて見ているだけである。

犇めく北条兵は景虎を見て城門への道を左右に分かれて開けていく。まるで稲妻が一瞬にして生木を裂くようであった。

山の中腹に陣を布く『地黄八幡』の北条綱成でさえ、ただ腕をさすり、歯嚙みして眺めているばかり。やがて綱成の陣にも報せが齎された。

「あれが越後の長尾景虎か……夜叉羅刹とは是なるべし……」

景虎を目にした北条兵たちは口々に囁き合った。

「長尾殿がまいったと。城門を開け」

報せを受けた昌綱が大手門にまで出てきて命じ、城門が開かれた。

疾風怒濤の勢いで景虎が城門に辿り着くと、昌綱や道牛が出迎えた。

「長尾殿、ようこれなる小城にまいってくれた」

昌綱は景虎の騎乗する馬の轡に縋りつき、感涙に咽び泣いた。

「なにを申される。よき城ではござらぬか。案内してくださらぬか」

「おお、そうでござった。狭き城なれど、ご覧あれ」

昌綱は景虎を鄭重に扱い、城の中を案内しはじめた。

（此奴には恐怖というものがないのか）

自身をも上廻る壮烈な突撃ぶりに、さすがの道牛も舌を巻いた。

万余の敵を掻き分けて横断突入した景虎の快挙に、北条勢は気を吞まれ、十名のうち一人も戦う者がいなかった。

ほどなく主を追って越後勢の八千が唐沢山城に接近すると、北条軍は一斉に退却した。即座に景虎は追撃命令を出した。これに佐野勢も加わり、北条軍が下総の古河城に入るまでに一千三百を討ち取った。越後軍は容赦というものがなく、獰猛なものであった。

追撃ののち改めて道牛は昌綱から紹介してもらった。

「佐野昌綱が家臣、山上道牛でござる」

「景虎じゃ。よしなにの」

鷹揚に景虎は声をかける。単騎入城や激烈な追撃をするとは思えぬほど静かな口調である。

景虎は月代も綺麗に剃り、髪も梳し、髷も凜々しく結いあげていた。豊かな頰は髯の剃り跡が青々しく、眉は凜と太く、二重瞼の下にある二つの眸は、童のように澄んでいた。それでいて眼光鋭く、身体の動きを制圧されてしまう。ただ、敵を威圧するように睨むわけではなく、大きく包みこむような雄大さがある。まるで高僧が目前に座しているかのようであった。

身の丈は五尺ほどで、思いのほか小さく、肉もさして厚くはない。目の前の武将が、周辺諸国から毘沙門天の化身と恐れられる存在にはとても見えなかった。

「こちらこそ」

景虎が敵に廻ったら、北条氏政に劣らぬほど厄介な存在だと思いながら道牛は返事をした。

「近く、儂は悪しき北条を成敗致す。その時は参陣して戴けますな」

否とは言わさぬ口調で景虎は念を押す。

「承知致した」

深慮することなく昌綱は応じた。

唐沢山城の追撃戦で北条軍に勝利したことを聞き、これまで日和見を決めこんでいた関東の諸将は次々と景虎に臣下の礼をとった。小城主まで数えると二百を超えたという。

「こたびは長尾殿の後巻によって救われましたが、次も同じとはまいりますまい。より城を堅固にするか、周辺諸将との盟約を強固にするか思案せねばなりませぬな」

帰城ののち、道牛は昌綱に進言した。

「その前に長尾殿は北条を叩く。嘗てない軍勢が小田原城を囲むであろう。そちの進言は尤もであるが、仕寄せる敵が滅ぶやもしれぬ。まずは北条を攻めてからじゃの」

長尾軍の強さを目の当たりにしたせいか、昌綱は些か楽観しているようであった。

（うまくいってくれればよいが）

いくら長尾軍が精強でも、相模、武蔵のみならず、上野、下野、下総にまで勢力を伸ばす北条家が、そう簡単に滅びるとは思えない。道牛は危惧していた。

四

三月初旬、景虎は関東諸将に北条討伐の号令をかけると、上野衆を率いて厩橋を出立した。唐沢山城にも使者が到着し、小田原参陣を求めてきた。

「あい判ったと長尾殿に伝えられよ」

先日、救援されているので、昌綱は快く応じた。

すぐに陣触れがされ、佐野勢八百は長尾軍の後を追うように唐沢山城を出発した。

景虎は露払いを兼ねて武蔵・岩付城主の太田資正に、同じ武蔵の松山城ならびに下総の葛西城を攻略させたので、武蔵における北条家の防衛線は河越城まで下がったことになる。

河越城には北条氏尭と今川氏真から派遣された小倉勝助が守備し、そのほかの武蔵では藤田氏邦の鉢形城、北条氏照の滝山城、相模では北条綱成の玉縄城が防衛拠点として城門を固めた。

景虎の侵攻を知り、実質的国主の北条氏康は、籠城策を取ることを決め、拠点以外の麾下が在する城から兵を小田原城に集めた。その数は領民を合わせて数万に達する。

同時に氏康は家臣の野村源左衛門、藤部興三、松山吉右衛門、越智弾正、安藤彌兵衛らを伏兵として、相模の大磯、梅沢辺りに配置して長尾軍の様子を窺わせることにした。

また、氏康は三国同盟に従い、武田信玄に援軍を求めた。これに応じて信玄は、侍大将の初鹿野源五郎忠次と奉行の青沼忠重を差し向けて小田原城内に入城させた。

少々後になるが、信玄自身も三月二十四日に吉田に在陣し、いざという時は五日以内に相模の河村へ進撃すると伝えている。

関東大連合軍の先鋒は三月三日には相模の当麻に達した。これに続々と諸将は参陣した。『上杉家御年譜』では十一万五千、他に諸説あるが、近年稀に見る兵数であった。

三月十三日の未明、景虎軍は小田原周辺にまで軍を進めた。

佐野勢は小田原城から一里半（約六キロ）ほど東の国府津でひとまず兵を止めた。

「これが、小田原城か」

自身を流浪の将とした北条氏の居城を遠望した道牛は、壮大さに感嘆をもらした。

小田原は相模の端に位置し、東に大磯丘陵、西に箱根火山、北は丹沢山塊、南は相模湾に臨む東海との玄関口である。

この時の小田原城は、のちに豊臣秀吉が攻めた時ほど大きくはないが、八幡山に主郭を置き、西の早川、東の山王川を外堀として、土塁、空堀を備え、町をそっくり取り込む様相は惣構えと呼ばれ、難攻不落を誇っていた。

関東諸将も続々と着陣し、足柄の手前の宮台辺りから大磯まで遠巻きに小田原を包囲した。一番遠い地では城から二里以上も離れていた。

「長尾勢の威を借りて先陣を申し出るかと思いきや、皆、随分と遠いところにおりますな」

絶対に矢玉の届かぬところに布陣する諸将を眺め、吉蔵は言う。

「景虎殿を恐れて参陣こそはしてみたが、当分は様子見というところであろうな」

「そんなものですか？」

「儂らも含め、皆、景虎殿の強さ、本気の度合いを知らぬ。こたび一度きりの越山で、あとが続かねば、北条から仕返しをされると恐れておる。それに、景虎殿はまだ関東管領ではなく、皆も家臣ではない。あくまでも北条家を敵とする仲間という認識であろう。状況によって合力(ごうりき)(協力)しても、命じられて動くことはなかろう」

道牛の言い分を聞き、吉蔵は残念そうな顔をする。

「これだけの兵を擁しながら、勿体無いですな」

「まあ全ては景虎殿次第であろう」

この言葉に尽きる。道牛も景虎の本気度を知りたかった。

関東の諸将が小田原城に近づかないのは、越後勢が城から離れているからということを指摘され、景虎は長尾勢に前進することを命じた。

武田信玄ですら直接の戦闘を避けると言われるほど局地戦に強い長尾勢であるが、五百ほども揃えられた鉄砲の咆哮に近づくことができず、攻めあぐねて初日を終えた。

夕餉(ゆうげ)の前、道牛は昌綱に呼ばれ、佐野家の本陣に足を運んだ。既に重臣たちは集まっており、道牛は空いていた末席の床几に腰を下ろした。

「越後勢が仕寄せましたが、当家はいかがなされるのですか」

単刀直入、道牛は昌綱に問う。

「芳しい成果はあげられなかった。今しばらくは様子を見るがよかろうかと存じます」

道牛の質問に答えるというよりも、大貫定行は昌綱に進言していた。

（此奴、北条に仕寄せられた時、景虎に助けを求め、一番期待していた男であろう）

小領主の家老とはこのようなもの、と道牛はそれほど驚きはしない。

「先だっては長尾殿の後詰を得ながら、小田原にまで来て日和見するのはいかがでござろう」

「こたびは長尾殿の戦。これに参陣しただけでも十分に恩を返したはず。長尾殿も我ら関東諸将の援軍を受け、仕寄せ易くなったはず。存分に戦われるがよかろう」

戦陣にありながら他人事の大貫定行である。

「左様な主張が通るとお思いか」

「通るゆえほかの諸将も手を出さぬ。長尾殿が上野に居城を構えるならばまだしも、いずれは帰国するであろう。せめて、先の追い討ちがごとく長尾殿が北条を打ち砕いたならば、合力も致そうが、追い払われているようでは危なくて仕寄せることはできぬ」

大貫定行は北条家に勝てないと思案し、既にのちのことに考えを巡らせていた。定行の意見を否定しようとしないので、昌綱の心中も似たようなものと推察できた。

（目の前に敵がおるのに、全力を尽くそうとせぬとはのう。それゆえ儂は城を失ったの

か）

佐野家というよりも関東の諸将と思考が違うと、道牛は認識させられたような気がする。

「二度も仕寄せられて干戈を交え、こたび参陣して旗指物を見せておる。北条は当家を完全に敵として見ております。本気で長尾勢に合力し、叩く以外にないと存じます」

反対する大貫定行にではなく、道牛は昌綱に向かって主張した。

「敵と見られても、このの、ちまっ先に仕寄せられぬようにするのが、家臣の務めであろう」

日和見こそが一番だと大貫定行は言う。

「されば、せめて我ら山上の者に参陣をお許しください」

「貴殿が参じれば、佐野が戦いに加わったも同じこと。左様なこと判らぬのか」

「貴公には聞いておらぬ。儂は昌綱様に申しておる。つまらぬ横槍は無用に願おう」

大貫定行を睨めつけたのち、道牛は昌綱に目を向けた。

「いかがでございましょう」

「時期尚早。今少し様子を見てからでも遅くはあるまい」

昌綱は重い口を開き、自重を促した。

（当家だけではなかろうが、これが現実。景虎も哀れじゃの）

道牛は景虎が不憫に思えた。

佐野家に限らず、関東の諸将は自身はなにもせず、景虎が北条家に対してくれることを望んでいる。倒せなければ、簡単に立ち上がれぬほどの打撃を与えてくれることを期待している。そのため、景虎の機嫌をとり、媚びを売るぐらいは痛くも痒くもない。自家の損害を顧みず、北条家の息の根を止めようなどとは夢にも思っていないわけである。

翌日からも長尾軍による猛攻が加えられたが、土塁の一角を崩すこともできなかった。

「儂は関東管領の復権を望んで越山して戦っておるのに、方々はなにゆえ指を銜えて傍観しておる。早々に仕寄せられるがよい」

景虎は諸将に触れるが、実際に腰をあげたのは太田資正・梶原政景（次男）親子ぐらいで、あとはお座なりの弓、鉄砲を放つばかり。笛吹けど踊らず、であった。

その後一ヵ月ほど攻撃を続けるが、攻略の糸口も見つけられなかった。ほどなく、兵糧、武器弾薬が減り、諸将の間に厭戦気分が高まってきた。

そこへ常陸の佐竹義昭らが罷り出た。

「長尾殿の号令にて、数多の諸将が参陣し、氏康奴を城に押し込み、無力になされた。これも新管領のご威光にござろう。面目も立ったと存ずるゆえ、ご退陣致すが賢明でござろう」

佐竹義昭が説く中、信玄が上野、信濃国境の碓氷峠に出陣したという報せが届けられた。景虎は後ろ髪を引かれる思いで兵を退かざるをえなかった。

（北条を滅ぼさずとも完膚なきまでに叩き伏せられたものを。関東の諸将は自らその機会を潰し、こののちは北条の脅威を受けていくことになろう）

その愚行に加担した後悔を覚えながら、道牛は戦えなかった小田原の陣を後にした。

小田原を離れた景虎は途中で鎌倉の鶴岡八幡宮に立ち寄り、上杉光哲から関東管領を譲り受け、長尾景虎から上杉政虎と改名した。

政虎は管領最初の仕事として越後に下向している現関白の近衛前嗣を古河公方に就けようとしたが、関東諸将の反対を受け、足利藤氏を古河公方に就任させざるをえなかった。

もう一つ、政虎には重要な所領問題が突きつけられた。

成田長泰の麾下に武蔵・羽生城将の羽生豊前守がおり、その家老の河田谷（木戸）忠朝が半年ほど前の永禄三年（一五六〇）十一月頃、羽生城を奪った。

羽生豊前守は寄親の成田長泰に不服を申し立てると、河田谷忠朝は兄の広田直繁とともに、誼を通じていた政虎を頼った。

元来、羽生城は広田氏の居城で、天文五年（一五三六）、広田直繁・河田谷忠朝が同領にある小松神社に三宝荒神の御正体を寄進した記録もある。

ところが天文二十一年（一五五二）北条氏によって羽生城が攻略され、北条と誼を通じる中条出羽守が城将として据えられた。その後、成田氏は北条氏と和睦し、長泰は羽生豊前守を城主と据え、中条出羽守を家老として置いたというもの。

広田直繁・河田谷忠朝にすれば城を取り戻したに過ぎない。しかも羽生豊前守には藤井修理という北条家に通じる者もいるので、とても城を任せておくわけにはいかないと主張した。

　子細を聞いた政虎は十一月十二日、兄弟の所領を安堵した。

だが、成田長泰としては広田直繁らの行為を認めることはできない。政虎に城を返すよう広田・河田谷兄弟に命じるよう求めた。

「羽生豊前守は下総守（長泰）殿の安堵をもって所領としたが、もともと羽生領は古河公方より広田家に安堵されたもの。下総守の主張を認めるわけにはいかぬ」

　政虎はあくまで権威を大事にするという裁定を下した。

　主張を認められなかった成田長泰は、怒って立ち上がり、帰国の途に就いた。

　成田長泰に倣い、諸将は続々と鎌倉を後にした。新関東管領の政虎は「義」を第一に掲げているが、顔見知りを優先させるのならば、前管領の上杉光哲と同じというのが理由である。

（権威か。一所懸命、坂東武者は狭い地のために骨肉の争いをしてきたのに、政虎は守護代の息子ゆえ、猫の額ほどの所領がいかに大事かということを判らぬのやもしれぬな）

　その辺りは、城主の息子だった道牛も、似たようなところがある。

（坂東武者は現状を変えたくないのに、政虎は過去の権威を認め、戻してしまった。おそらく、諸将からは危うき漢として見られ、中には敵と見る者もいよう。戦は強くとも、政は未熟。こののちは政虎と北条が関東の地をかき乱すやもしれぬな。さて、当家はいかなことになるか）

個人的には政虎が嫌いではないが、佐野家の軍師の身としては勝手な行動は許されない。道牛は先行きを危惧しながら帰途への道に馬脚を進めた。

第四章　虎の猛攻

一

「これよりは北条と与する。左様に心得よ」

佐野家当主の昌綱が告げ、漸く八ヵ月に及ぶ話し合いに終止符を打った。

（北条か……）

決定が下され、道牛は肚裡で溜息を吐いた。

佐野家はどの大名にも依存しない独立大名を目指しているが、現実は厳しく世の流れで関東管領の上杉政虎に与するか、実質関東を支配する北条氏に従うかを決めなければならなかった。

鎌倉の鶴岡八幡宮から戻ったのち、何度も話し合われたが、なかなか結論は出なかった。

道牛としては北条氏に恨みがあるので上杉家と誼を結びたいと主張した。この年の一月下旬、政虎の援軍がなければ、北条軍に唐沢山城は攻略されていたであろう。ただ、政虎は本国の越後に帰国しており、簡単に越山できないという問題を、道牛としても十分に認識している。

佐野家の重臣たちは右の理由に加え、武蔵の忍領における現領主である成田氏の政を無にし、関東管領の権威で過去の事実を重視し、現実を直視せずに所領問題に裁定を下した政虎には従えぬと、北条家に与することを主張していた。それでも上杉家の軍事力は脅威なので昌綱としても明確な回答を出せずにいた。

帰国した上杉政虎は輝虎と改名し、九月十日には北信濃で武田信玄と第四回となる川中島の戦いを行い、両家合わせて八千人にも及ぶ死傷者を出した。この戦いで上杉軍は信玄の弟の信繁をはじめ、山本勘助など多数の部将を討ち取っている。ただ、後半、上杉軍は劣勢になり、兵を退いたので、犀川以南のみならず、善光寺周辺の支配も失うことになった。

北条家が武蔵に兵を進めたので輝虎は関東に戦いの場を移し、十一月二十七日、武蔵の生山（生野山）で北条・武田連合軍と戦い、生涯初めての敗北を喫した。

兵力の差は上杉軍八千に対し、北条・武田連合軍は五万であった。

この戦いで佐野家は上杉、北条両家から参陣を求められたが、後詰という形で上野の伊勢崎近くに一部の兵を派遣したのみで、戦闘に加わりはしなかった。どちらにも味方するという曖昧な態度をとったことになる。

「輝虎は無敵ではない」

生山の戦いの結果を聞き、昌綱は北条家に与することを決定したという次第である。


十二月の上旬になった。

赤坂の屋敷にいる時、道牛は縁側に腰掛けて、小刀で小さな木の仏像を彫っている。熱心な信仰があるわけではないが、これまで殺めた相手へのささやかな弔いの気持である。一人につき一体としているが、時間の制約もあり、まったく追い付いてはいなかった。

「仏に自らの血を塗るのは罪滅ぼしですか」

吉蔵が揶揄する。道牛が彫る仏像は、仏師が彫るような見栄えのいいものではなく、素人の趣味のようなもの。手先が器用ではないので、指に傷は絶えず、木像に血が滲んでいた。

「血塗りの仏像とでも称れば高く売れるかと思うての」

不器用だからだと、自らは口にしたくはない。

「気味悪がって、誰も買わぬと思いますが」

「戯れ言じゃ。最初から売る気などはないわ。痛っ」

吉蔵との会話で気が散り、再び指先を切ってしまった。

「そちが話しかけるからじゃ」

顔を顰め、指を舐めた時、蛇ノ目が吉蔵の背後に跪いた。

「上杉軍、渡良瀬川まであと二里ほどのところに迫っております」

「よう戻ってきたの」

労いは本心である。上杉家には軒轅という忍びの集団があり、第四回の川中島合戦において武田方の忍びを十七人斬り捨てている。忍び狩りは相当の実力差がなければできるものではない。武田方の忍群も有能であるが、軒轅はさらに勝っていたということになる。上杉家を探ることは、忍びにとっても生半可なことではできなかった。

「輝虎の本陣を探るわけではありませぬので」

蛇ノ目が言うことも本音かもしれない。近づくにつれて警戒度は厳重になるであろう。

「左様か。いずれにしても戦が近いということじゃの」

道牛は小刀と彫りかけの仏像を置き、登城のための身支度をはじめた。

半刻後、主殿に入ると、既に報せが伝わっていたのか、城下に屋敷を与えられている重臣が数人集まっていた。皆、慌てた表情をしているが、臨戦態勢に入ったという緊迫感はなかった。

「今、呼びにやらせようとしていたところじゃ」

さすがに昌綱は緊張した面持ちで言う。

「それは奇遇。無駄な刻が省けました。早速ですが、北条と与することになった以上、評議は無用。敵は当城に迫っております。一部の兵を川岸に廻して敵を迎え撃ち、足留めしている間に籠城の準備をなさいませ。某は渡良瀬川に向かいます」

昌綱が下知を出さないので、道牛が進言するように指示を出した。さすがに、北条への後詰をお願いします、とは言えなかった。言わずともするはずである。

「待たれよ。お屋形様に対して失礼であろう」

大貫定行が窘める。

「言い方が悪ければ平にご容赦を」

一応、昌綱に謝罪した道牛は大貫定行に向かう。

「上杉は神速。火急のおりに、形式にとらわれている場合ではござるまい」

「よい。許す。儂も道牛に命じようとしていたところじゃ。弓、鉄砲、鑓衆を率いるがよい」

反論しようとする大貫定行を制し、昌綱が許可した。

「有り難き仕合わせ。されば某はこれにて」

昌綱に一礼した道牛は、大貫定行に目もくれずに主殿を出た。

「殿に主導され、大貫殿は不満そうですな」

縁側に座す道牛に草鞋を差し出しながら、吉蔵が話しかける。

「そちは地獄耳か」

「大貫殿の声は庭先にも聞こえましたので」

「左様か。そちが敵方でなくてよかった」

精強な上杉軍を迎え撃つに当たり、家中が一つに纏まっていなければ、戦うどころではない。

（二万の北条軍を身動きさせず、敵中突破した輝虎の猛進は脅威じゃ）

思い出すだけでも武士として憧れるが、今後はその輝虎を敵として戦わねばならない。

（相手にとって不足はない。輝虎なれば一騎討ちを所望すれば応じるのではなかろうか）

聞くところによれば、第四回の川中島合戦において、輝虎は信玄の本陣に単騎切り込み、信玄に三太刀とも七太刀とも付けたという。

（一対一なれば儂は負けぬ）

いつも前線で指揮を執る輝虎ならば、さしの戦いに持ち込めそうである。敵の大将を討てば戦は勝利。これこそ、道牛が考える上杉軍を破る秘策であった。

鉄砲衆三十、弓衆五十ならびに鑓衆五十を率い、道牛は渡良瀬川の東岸の高橋という地に達した。上野の厩橋から兵を進めれば、この徒渉地を渡るはずである。

まだ上杉軍の姿は見えなかった。

「鉄砲衆は玉込めを行い、火縄の火種が消えぬように再度、確認せよ。弓衆は弓弦の張りを見直せ。鑓衆は小石でも拾っておけ」

指示を出した道牛は渡良瀬川の西を睨めつける。

「百三十ほどの兵で八千の上杉を止められましょうや」

心配そうな顔で吉蔵は言う。

「そちが百人も敵を討ち取れば、四半刻は延びよう」

「某が左様に強ければ殿の轡を取ってはおりませぬ。左様ですか。四半刻ですか」

兵数のこともあるが、吉蔵は改めて上杉家の強さを認識したようである。

半刻後、白地に黒で『毘』の字を描いた旗指物が目にできた。『毘』の字は毘沙門天からとったものである。別名、多聞天とも呼ばれる毘沙門天は、仏教界に存在する聖なる須弥山を守る四天王の一柱で、中でも北を守る最強の神でもあった。この武神に肖り、武の加護があるようにと崇め信仰する戦国の武将は多くいるが、輝虎は毘沙門天の化身であると信じ、あるいは帰依し旗指物に染めていた。お陰で先陣を駆けても矢玉は当たらないという。

先頭は白地に黒で『九曜』の家紋が染められた旗指物。上杉軍の先陣を命じられている柿崎景家である。景家は先の川中島合戦でも先陣を務めて信玄本陣を崩し、山本勘助を討ち取ったとも言われる猛将であった。首集めの小者まで含めると柿崎勢だけでも数百はいた。

上杉軍を目の当たりにした佐野勢は怯え、顔はこわばっていた。

「安心せよ。生山の戦いで上杉は敗れておる。焦らなければ討ちもらすことはない」

道牛は兵たちに気遣い、続けた。

「但し、油断するな。敵の顔がよく見えるようになるまで矢玉を放つではないぞ」

注意するが、佐野の兵は誰一人、余裕のある表情をしていなかった。

（致し方ないの）

柿崎勢が浅瀬の徒渉地を渡りだしたので、道牛は騎乗したまま薙刀を担いで川に踏み入れた。

「敵は上杉。殿お一人では無謀です」

さすがに吉蔵は止めるが、道牛は聞く気はない。

「兵数に開きがあるのじゃ。最初から無謀な戦よ。判りきったことを言うな」

吉蔵に言い放った道牛は弓、鉄砲衆に顔を向ける。

「敵を引き付けてくるゆえ、よく狙え」

弓、鉄砲衆に言い渡した道牛は、川の中ほどに向かって馬を進めた。

「儂は佐野家の山上道牛じゃ。腕に覚えのある者は手合わせ願おう」

道牛が咆哮すると、柿崎勢の中から半月の前立をつけた兜をかぶる騎馬武者が進み出た。

「儂は柿崎和泉守景家が家臣、中山縫殿之助じゃ」

中山縫殿之助は馬上で手鑓を身構えた。

「これはよき相手と出会えた。いざ勝負！」

好機を得たりと道牛は鐙を蹴り、水飛沫を上げて駿馬を疾駆させた。

互いに馬を駆けさせて接近し、遂に接触。中山縫殿之助は右手で片手突きをし、道牛は右肩に担いだ薙刀を振り下ろした。双方の得物は柄が打ち合って乾いた木音を響かせた。

　一合を交えて両者はすれ違い、馬首を返して再び二合目を交わすのが常であろうが、道牛は離れ際に返しの横薙ぎを背後に見舞うと、薙刀の切っ先が兜と具足の隙間に滑り込んだ。

　手応えは十分。中山縫殿之助を捉えた薙刀の感触が軽くなると、鮮血が刃の後を追うように真一文字に走り、宙を朱に染めた。頸椎を斬られた縫殿之助は落馬し、以降動かなくなった。

「縫殿之助の仇を討て！」

　一対一では勝てぬと感じたのか、柿崎勢の誰かが叫ぶと、数人が殺到する。

「汝ら雑魚では力不足。柿崎和泉守、出てまいれ。儂と勝負致せ！」

　道牛は川中で輪乗りをしながら群がる柿崎勢の足軽たちを斬り捨て、怒号する。柿崎景家が前線に出るより早く、ほかの兵も遠巻きに道牛を包囲していた。

（これは悠長に構えていられぬの）

　と思った時、轟音が響いた。渡河途中の柿崎兵に対して、佐野勢の鉄砲が火を噴いたのだ。道牛は、北条軍の先鋒として兵を進めてきた上野衆を排除した時と同じように攪乱し、さらに柿崎景家や上杉輝虎を釣り出して討ち取るつもりでいたが、予定どおりにはいかなかった。

　柿崎勢は、手練の道牛を遠巻きにして動きを止め、指揮者不在の佐野勢の弓、鉄砲衆くいた。

を一蹴するつもりでいるようだった。道牛には目もくれずに向かいの岸を目指す兵が多
「こうしてはおれぬ」

道牛は薙刀を水車のように廻して包囲を切り抜け、岸に辿り着いた。

「敵は殿の誘いに乗りませぬな」

主の無事を確認し、吉蔵は安心した表情で告げる。

「ああ、戦の仕方を知っておる。個の闘いは二の次のようじゃ」

吉蔵の質問に答えた道牛は弓、鉄砲衆に向かう。

「闇雲に放つな。よく狙え」

続いて鑓衆にも下知を出す。

「敵を岸に上げるな。上がりかけの時、敵は安心するゆえ、そこが好機じゃ。突き倒せ!」

言うや否や、道牛は馬腹を蹴り、川下で川から上陸しようとする敵を斬り捨てた。

道牛が数人の敵を斬り倒して渡河を阻止しても、柿崎勢は川中で拡散するので、とて
も排除しきれない。そのうちに川上のほうでも上陸を果たした柿崎勢が佐野勢に向かっ
てきた。

「もはやこれまでじゃの。弓衆、鉄砲衆、放ちながら退け! 鑓衆食い止めよ」

大音声で命じた道牛は弓衆に合流して柿崎勢の進軍を食い止めようと努力する。

「ただ下がるな。前に出て討ち倒すのじゃ!」

道牛は配下に大声で命じ、率先して敵中に進み、薙刀を振う。

ほどなく後退した弓、鉄砲衆の用意が整うと、道牛は鑓衆を下がらせ、轟音を響かせた。鉄砲衆が玉込めを行っている間は弓衆が矢を放って繋ぎ、再び鉄砲衆が筒先から火を噴かせる。敵の動きが止まると鑓衆を突撃させて攪乱し、再び退却させる。

まさに殿軍のように、これを何度も繰り返し、道牛らが城内に戻ったのは干戈を交えてから一刻後のこと。敵を三十余人死傷させたが、佐野勢も十数人の犠牲者が出た。

「御苦労でござった。お屋形様はお褒めになられてござる」

出迎えた津布久明豊が労った。城下の民は全て城内に逃げることができたという。

輝虎は正義の戦を公言しての越山であるが、麾下の越後衆の人攫いは熾烈を極めている。末端の兵には崇高な輝虎の志などはなく、攫った敵領の人を連れ帰って奴隷のごとく働かせたり、売りとばして農閑期の副収入としていた。天文から永禄年間にかけて天候不順によって農作物の発育が悪く、国をあげて食料の奪い合いが行われた。大きな戦が頻発したのもそのせいである。

さらに、この頃の越後は広いわりに農耕地が狭く、冬は雪深いせいか、あまり米が育たない。越山以来、上杉（越後長尾）家の家臣は戦に出かけて人を攫うことを主とするようになった者も少なくはなかった。

「お褒めに与ったことは光栄なれど、輝虎どころか柿崎和泉守を見ることもできなかったの。あとは城で迎え撃つしかない。見ておれ輝虎」

きた。

大手門の櫓に登り、道牛は眼下に目を向けた。

唐沢山の桛に集結していた上杉軍は山を遠巻きにし、柿崎勢を先頭に大手道を進んで

「まだじゃ。逸るな」

自身を抑えるように自重を促し、一町ほどに迫った時、道牛は獅子吼した。

「放て！」

道牛の号令とともに鉄砲衆は引き金を絞り、弓衆は弓弦を弾いた。柿崎勢もこれに応じ、大手門を挟んで矢玉が飛び交う。とても打って出られる状況にはなかった。

半刻ほど遠間の戦いをすると、発射の数が少なくなってきた。上杉軍は道牛らの佐野兵が出撃することを待っているようであった。

「敵に誘われて応じねば武士が廃る。城門を開け！　打って出よ！」

道牛が叫ぶと、すぐに弟の藤五郎氏吉が止めだてする。

「お待ちください。敵の大将は二万を押し退けた輝虎ですぞ。僅かでも城門を開けば、韋駄天のように駆けつけ、城内に雪崩れ込むやもしれず。ここは矢玉で排除するべきです」

この年の一月における輝虎の突破力は衝撃的だったようである。

「敵大将が出てくれれば、さしの勝負で討ち取るのみ。好機ではないか。押し出せ！」

氏吉に笑みで答えた道牛は、城門が開くや否や大手門を飛び出した。

「儂は山上道牛じゃ。我と思わん者はかかってまいれ！」

大手道の坂を駆け下りながら怒号すると、柿崎勢は鑓を揃えて討ち取りにかかる。さすがに柿崎家は武の家だけあって、名乗りを上げた者に対し、矢玉で討つ真似はしなかった。

「おりゃーっ！」

雄叫びとともに道牛は薙刀を振い、柿崎勢の中に切り込んだ。敵は鑓衾を作って道牛を串刺しにしようとする。

「左様な突きで儂を討てようか」

道牛はその鑓を斬り落とし、あるいは斬り上げて躱し、敵兵を斬り倒す。囲まれないように輪乗りで動き続け、劣勢になった時には馬体をぶつけて、その隙に斬り捨てる。

道牛が薙刀を振うたびに血飛沫が宙を朱に染めた。

阿修羅のごとく戦う道牛であるが、さすがに危うくなると、一旦城門のところまで引き返し、息を整えて再び敵中に突き入った。

道牛は獅子奮迅の戦いをするが、佐野兵の皆が皆、同じように戦えるものではない。精強な柿崎勢に圧され、後退を余儀無くされた。

「致し方ない」

道牛は殿軍のような形で敵の攻撃を防ぎ、城内に戻った。

敵の返り血を浴びた道牛は、まさに赤鬼のような出で立ちであった。

上杉軍は攻め手を入れ替えて城門まで攻め寄せるが、兵を消耗させても落城に追い込むという総力戦は行わず、日没とともに兵を退いていった。

「なにゆえ、退いたのでしょう？　もう一圧しすれば危うかったというのに」

疲れきった表情で吉蔵が問う。

「判らん。輝虎の気紛れか、あるいは策か。気をつけることじゃ」

敵が退却した姿を見ると、さすがに道牛も疲労感を覚えた。

「いずれにしても敵は退いた。我らの勝利じゃ。鬨を上げよ」

「えい、えい、おおーっ！　えい、えい、おおーっ！　えい、えい、おおーっ！」

城を守りきったことは勝利も同じ。夕焼けを浴びる唐沢山に何度も鬨が響き渡った。

あと一ふんばりすれば城を攻略できたかもしれないのに、なぜ輝虎が退却したのかは定かではない。北条軍が武蔵の秩父郡に展開していたので警戒したのか、あるいは様子見の軽い一当てだったのかもしれない。

輝虎は帰国前の翌永禄五年（一五六二）三月にも唐沢山城を攻めたが、やはり本気とは思えぬ攻撃をして越後に戻っていった。

（判らぬ。彼奴にとっては本気でなくとも、我らは疲労困憊している始末。早う下らねば、本気で撫で斬りにするという警告か）

上杉軍の後ろ姿を眺めながら、道牛はえも言われぬ恐怖感を覚えていた。

二

爽やかな初夏の装いとなった。道牛は近くを流れる秋山川に竿を入れた。川中では若鮎が川を遡りはじめ、鮒が太りだしている頃である。

「晩の肴になるゆえ、気を入れて釣るのじゃぞ。釣れねば膳の品が減ろうぞ」

道牛が尻を叩くと、吉蔵が言い返す。

「佐野家の軍師様になったのに、自給自足をせねばならぬとは……。これも殿が傾城屋で呑んでしまわれるからですぞ。今一度、奥方様を娶られてはいかがですか」

情けないといった表情で吉蔵も道牛の左隣で川に糸を垂らした。

「呑んだくれの許に嫁入りしたいなどと申す物好きはそうそうおるまい」

という道牛であるが、柵を持てば自由な行動ができなくなるので、呑みたい時に呑み、遊びたい時に遊べる現状が、とても快適。身を固める意思はまったくなかった。

「そうでもござらぬぞ」

背後から声がかけられた。現われたのは天徳寺宝衍である。宝衍は佐野家の外交僧として他家との交渉を任せられていた。遠い越後に在する気難しい輝虎と手を切り、雪に左右されない小田原の北条氏と与することを主張したのも宝衍であった。

宝衍は道牛の右に腰を下ろした。

「御坊殿も肴の調達にござるか」

僧籍に身を置く者は魚肉は口にしない。深く政治介入するようになった宝衍に皮肉を言う。

「釣りは得意ではござらぬゆえ、ほかの方々にお任せ致そう」

「待つのは性に合いませぬか」

川に浮く浮きを熟視しながら道牛は言う。

「待っていれば、いらざる客（輝虎）が再び佐野の地を荒らしにまいりましょう。そうさせぬようにするのが、我らの務めではござらぬか」

すっかり佐野家の軍師気取りの宝衍である。

「佐野の地を好まれる御仁に来るなと申しても聞き入れられますまい」

「それゆえ強い盟約が必要。従属を強いるくせに後詰を出さぬ北条では心許ない」

宝衍は強く主張する。

「それで武田を？　確かに武田は上杉と互角以上に戦う強い大名。されど、離れた地の当家のために血を流すとは思われぬ。遠交近攻だけが当所（目的）ならばまだしも、同陣あるいは後詰を出してもらおうとするならば、血に見合う要求をされるのではござらぬか」

武田家を簡単に利用しようという宝衍の思案は甘いと道牛は指摘する。

「お屋形様には質を出して戴こうかと思っておる。それゆえ貴殿にも賛同を願いたいと頼みにきた次第にござる。質で家の安寧が保たれれば易きこと。質を出すのは屈辱やもしれぬが、家が残ってこその感情。このこと貴殿ならばお判りのはず」

意地を張って城と当主の座を失った道牛には判るであろうと、宝衍は指した。

「それで儂には嫁で取り込もうとなされる魂胆か。そういうことではお受けできませぬな」

「貴殿への嫁と、政は別。両方とも考えておいてくだされ」

言い終わると、宝衍は道牛の許から立ち去った。

「殿、引いておりますぞ」

吉蔵に言われ、道牛は慌てて竿を上げるが、餌は取られて魚には逃げられてしまった。

(宝衍が申すことは尤もやもしれぬが、お屋形様が質を出そうか。いや、重臣たちの総意ともなれば無下にはできぬか。こののち佐野家は宝衍が掻き乱すやもしれぬな)

話し上手な宝衍を、道牛は危惧した。


永禄六年(一五六三)三月、上杉輝虎は成田氏の支城である武蔵の騎西城に続き、四月上旬には下野の武将・小山秀綱の小山城を攻略して唐沢山城に兵を進めてきた。

小山城は唐沢山城から五里(約二十キロ)ほど東に位置している。輝虎の小山城攻撃に際し、常陸の佐竹義昭と下野の宇都宮広綱が参陣し、広綱が唐沢山城を牽制していたので、後詰を出すことはできなかった。その間に佐野家は城を固めて様子を窺っていた。

「こののち、上杉の軍勢はこちらに向かってくるものと思われます」

蛇ノ目が、屋敷で弓を弾いていた道牛に報せた。

「左様か。この城も随分と輝虎に好かれたものじゃの」

精強な上杉軍と戦えることは嬉しいが、佐野家の兵力では勝負にならないのが残念である。

ほどなく昌綱からの呼び出しがあり、道牛は城に詰めた。主だった重臣も顔を揃えている。

「申し上げます。上杉の軍勢、藤岡城に迫っております」

物見が城の主殿に戻り、報告をした。同城は以前、道牛らが攻略したが、城主の藤岡清房は許されている。この時、清房は城を城代の茂呂久重に任せ、評議に参加していた。

「北条と武田はいかがした？」

昌綱は宝衍に問う。

「遣いを出しておりますゆえ、じき戻るかと存じます」

不安の色を浮かべながら宝衍は答えた。

この時、北条氏康は攻略した武蔵の松山城に在していたが、武田信玄は帰国していた。

「後詰を得られぬ時、いかがなされる所存ですか」

緊迫した空気の中で道牛は昌綱に尋ねた。

「左様なことを思案し、策を進言するのが軍師の役目ではござらぬか」

大貫定行が窘める。

「野戦が得意な輝虎に対し、寡勢の我らが平地で戦えば一蹴されて兵の半分も失うことになりましょう。俄攻（奇襲）や夜討ちも、まずは焼け石に水。後詰ができぬとあれば、早々に降伏するよう命じてやるのが、藤岡衆のためかと存じます。倉子様もおられることですし。管領様なれば、降者には寛大な配慮をなされましょう」

道牛が告げると、藤岡清房は助けてくれといった目で昌綱を仰ぐ。

「今から助け出すことはできぬか」

昌綱が道牛に問う。

「遅きに失しているかと存じます。おそらくは忍びの類いでも難しゅうございます」

「左様か、されば遣いを送るがよい」

「有り難き仕合わせに存じますが、万が一、倉子が質に取られた時はいかがなされますか」

藤岡清房は礼を言いつつも、尋ねた。

「乱世の倣い。その時は諦めよ」

こわばった表情で昌綱は言う。佐野家の当主として苦渋の決断をしなければならなかった。

昌綱の使者が藤岡城に達した時、既に城は上杉軍に包囲されていた。使者が昌綱の言葉を茂呂久重に伝えると、久重は安堵したように降伏し、城を明け渡して唐沢山城に退いた。

「城を守りきれず、申し訳ございません」

茂呂因幡守久重は昌綱と藤岡清房に詫びる。

「無事でなにより」

昌綱も開城を許可しただけに、叱責するわけにはいかない。倉子の顔を見たので安堵したようでもある。ただ懸念も持っていた。

「それにしても、輝虎は質もとらず、よくもそちたちを解放したの」

「一つは因幡守同様に降伏を勧めろという暗示でございましょう、もう一つは兵糧攻めにするつもりやもしれませんな。これまで当城に二度仕寄せ、簡単に攻略できぬと察しているはず。悔しいことに、当家はまだ麦刈りをしておりませぬ」

道牛が指摘する。周辺では小麦色に染まる穂が晩春の風に靡いていた。

「兵糧はいかほどもちそうか」

昌綱が大貫定行に問う。

「一月ほどは。今、続けて各城から運び入れさせております」

唐沢山城に在する兵だけならば、刈り取った麦を加えれば秋まで持つが、輝虎の接近を知り、兵だけ先に集めたので、兵糧に不安があった。

「あと一月ほどで田植えが始まります。北の越後が少し遅くても一月半持ちこたえられれば、敵も田植えをするために退いていきましょう。熾烈な一月半になるやもしれませんが」

両軍とも主力の大半は農兵なので、農繁期に鉾（ほこ）を収めるのが常であると道牛は言う。

「さもありなん。急がせよ」

昌綱が命じた時、新たな物見が主殿の廊下に走り寄った。

「申し上げます。上杉の軍勢が当城に向かっております」

「敵も当家の様子をよく判っておるようにございますな。されば、某は大手にまいります」

既存の軍師とは違い、前線で戦うのは道牛の役目。道牛は即座に主殿を出て大手に向かった。

門の櫓には弟の氏吉がいた。

「飽きもせず、ようも仕寄せてまいりますな」

迷惑な男だとでも言いたげな氏吉である。

「関東管領じゃ。否（いや）が応にも離反した者を従わせずにはいられないのであろう」

「有名無実となった職に執着するとは、古い思案なのでしょうか」

「北条や武田に比べて古い思案やもしれぬが、一度は十一万余の兵を集めたのじゃ。壮観な眺めを見たらやめられぬのであろう。関東管領の下に政を布く、今は夢のような理想に本気で邁進（まいしん）しておるゆえ、我らには厄介じゃがの。来たか」

南東から色とりどりの旗指物が近づいてくるのが目にできた。

「いかがします？　城外で一当て致しますか」

氏吉が問う。

「いや、間に合わぬ。城で待ち受ける」

出撃できないのは残念に思うが、準備不足は否めない。道牛は城門を固めさせた。

上杉軍は濁流のように城下に押し寄せると、十重二十重に城を包囲。その上で輝虎は降伏勧告を行った。勿論、昌綱は拒絶した。

途端に上杉軍は城の周囲に植えられている麦を刈りだした。

「彼奴ら、儂らが丹精して育てた麦を！」

城に籠った農兵たちは歯嚙みし、涙を浮かべて激怒した。

上杉軍が秋に越山して翌年の初夏に帰国する理由の一つは出稼ぎにある。冬の越後は雪に閉ざされて仕事がないが、関東に出てくれば戦が溢れている。城を落とせば奴隷や財産、食料を奪うことができる。入寺経験があり、関東管領になった輝虎は室町幕府が作った秩序の回復という崇高な志を持っているが、家臣たちの目的は欲と利しかない。ただ働きをするために、命をかけて他国で危険に身を晒すことはしない。輝虎は刈田狼藉を行う家臣を叱責したいところであるが、禁じると勝手に帰国してしまうので、黙認するしかなかった。

「心情は察するが、我慢致せ。敵の罠じゃ」

道牛は自重を促した。上杉軍は、怒って出撃してきた佐野勢を迎え打ち、勢いを駆って城内に雪崩れ込む策であると見ていた。

誘いに乗らず耐えていると、上杉軍は城外に引き摺り出すのは無理だと判断したのか、戦鼓、陣鉦を鳴らして攻め寄せた。先陣は北信濃の勇、村上義清であった。

「放て！」

寄手の鉄砲に応じ、道牛は一斉射撃を行わせた。これに弓も加わり、暫し遠間での戦いが続く。一刻ほども放っていると、互いに鉄砲の銃身が熱を持って轟きが少なくなってくる。

「我に続け！」

怒号した道牛は城門を開かせ、薙刀を担いで鐙を蹴った。

武田信玄を二度も敗走させたことのある村上義清。相手にとって不足はない。道牛は大手道を駆け下り、敵中に突き入って鑓衆を斬り倒す。

「周防守（村上義清）、おらぬか。儂は山上道牛。儂と勝負致せ！」

道牛は大音声で叫びながら村上勢を蹴散らすが、六十一歳の義清は高齢のせいか、前線に姿を見ることはなかった。その代わり、村上家の重臣の若槻左京や滝沢宮内らが指揮を執り、道牛も深入りすることができなかった。

大手門の前で奮闘していると、城内からの遣いが側に寄る。

「申し上げます。大手以外の三方から敵が仕寄せ、危うい状態です。すぐお戻りください」

こわばった表情で昌綱の使者は告げた。

「あい判った」

三方面が積極的ではなかったので、道牛は大手の敵の排除に全力を尽くしたが、結果、引き摺り出された。しまった、という後悔の念が道牛の頭をよぎった。道牛は即座に城内に戻った。

西からは柿崎景家ら、北は新発田長敦らの揚北衆、東は山本寺定長らの上杉一門が凄烈な攻撃をしていた。道牛が大手を離れると、こちらも劣勢になった。

(まずいの。このままでは打ち破られるやもしれぬ)

落城の恐怖感が背を走る。

「弓衆は西に向かえ。北は岩や丸太を落とさせよ。東は飛礫(石)を投げさせよ」

これでどれぐらい持つかは判らない。とにかく日没まで踏ん張れば、次の対応も思案できる。道牛は大手の敵を迎撃しながら、ほかの三方面にも気を配った。

多数の犠牲を出しながら、なんとか猛攻を凌いで夕暮れとなった。かろうじて落城の憂き目はまぬがれたようである。全身が朱に見えるのは夕陽か敵の血か判らない状態である。

兵を城下に下げる上杉軍を眺め、道牛は安堵の溜息を吐いた。

「どうにか持ち堪えましたな」

土埃に塗れた吉蔵が話し掛ける。

「今日はの。明日は判らぬ」

上杉軍には余力があるが、城方は全力を尽くしている。さらに厳しい戦いが予想された。

「北条の後詰はありませんでしたな」

「上杉とは直に戦いたくないのであろう。武田の参陣を待っているのやもしれぬ」

相手は精強な上杉軍なので仕方ないと道牛は思っていた。

援軍の要請を受けた北条氏康は信玄に、「早々に帰国したことは油断」だと詰問している。

その晩、道牛は夜襲を敢行させたが、大勢に影響を与えることはできなかった。

翌日、輪をかけたような攻撃を覚悟し、道牛は早朝から寄手に備えていた。ところが、上杉軍は甘粕長重を殿軍とし、兵を西に移動させた。

「敵の策やもしれぬ。安易な追い討ちはするな」

前日と同じような攻撃を行えば、落城は必至。但し、寄手にも犠牲が出ているので、これを避け、城兵を引き摺り出す作戦だと道牛は見た。

道牛の下知を受けた佐野勢は、上杉軍の退却を緊張の中で眺めていた。輝虎の真意は定かではないが、上杉軍は兵を途中で止めることなく移動させ、翌五日、昌綱の弟の重綱が養子として入る桐生佐野家の桐生城を攻めて攻略し、六日には厩橋に、八日には沼田城に戻った。

報せは随時、物見から届けられた。

「あと一圧しで当城は落ちたやもしれぬのに、なにゆえ桐生を落として戻ったのでしょう」

佐野家では上杉軍を追い払ったと歓喜する中、不思議そうな顔で氏吉は問う。

「判らぬ。輝虎ばかりは理解できぬ」

正直な道牛の感想である。

実は、甲府に帰国した信玄は、北条氏康から叱責を受けたせいか、予定どおりかは定かではないが、輝虎の留守を衝き、北信濃の飯綱山の麓に軍用道路を造り、奥信濃に兵を進めていた。山を越えれば越後である。この報せを受けた輝虎は長く佐野に止まっていられなくなった。信玄と戦うならば兵の温存は必要。とはいえ、出陣における収穫も必要なので、同じ佐野の血を引き、油断した手薄の桐生城を攻めたというのが実情である。

四月十四日付けで信玄からの書状が昌綱に届けられた。

「このたび、景虎(輝虎)が小山秀綱を早々と降伏させたことは残念でなりません。敵が根小屋(唐沢山)に取り懸かったところ、足軽勢に勝利されたとのことは喜ばしいことです。盟約のこと、北条氏康も同意しております。比類のないことです。武田も備えに油断なく、利根川を渡って後詰を出す所存です。まずは、越後に兵を出すつもりですが、信濃の犀川が雪解け水で増水しているので進めません。よって飯綱山に進むつもりです。上野には十二日に出陣する予定でしたが、十日に景虎（輝虎）は和田（高崎）に退いたので、引き延ばすことにしました。秋には北条、武田が敵（上杉）を滅ぼしますので、安心してください。今は麦が熟す時季なのでこれを刈り入れて西上野に出馬致します。関東のこと、ご意見ください」

本音と建て前が入り交じる書であった。

輝虎が沼田に着陣したので、信玄は北進を止めざるをえなかった。沼田から信濃には行きやすい。輝虎が西に進めば信濃で再び戦わねばならない。第四回の川中島合戦のような消耗戦を演じるつもりは信玄にはないからである。

「北条はそれほどでもないが、武田は頼りになる」

書状を受けたのち、天徳寺宝衍は上杉軍の撤退を自分の手柄のように主張し、お礼の使者を送り、さらに昵懇になることを求めた。

これに応じ、信玄も使者を返した。

「こののち、当家に後詰を求めるならば、質を出して戴きたい」

ただ働きをするつもりはないと、武田家の遣いは信玄の言葉を伝えた。

「左様なことはできぬ」

昌綱は否定するが、宝衍は諫める。

「こたび武田が兵を出して牽制しなければ、上杉の軍門に下っていたのは必定。桐生が下った以上、もはや猶予はありません。当家には後ろ楯が必要です」

宝衍の言葉は事実なので、昌綱も強く拒否できなかった。

悩んだ昌綱であるが、結局、二歳の嫡子・小太郎（のちの宗綱）を人質として差し出さざるをえなかった。小太郎は西上野の横山に在することになった。

「主君に質を出させたこと、軍師として、いかような思案でおるのか」

大貫定行が嫌味をこめて言う。

「申し訳ないと思ってござる。いずれ、取り戻せるよう尽力する所存にござる」

そういうお前は譜代の宿老のくせに、なんとも思わぬのか。それに人質の件は宝衍が交渉を進めた結果であろう。宝衍に聞け、と言い訳したいところであるが、道牛は昌綱の心中を察して声には出さなかった。

（大きな力を後ろ楯にしようとすれば質は当たり前のこと。昌綱殿も承知していよう）

不憫ではあるが、道牛は乱世の倣いだと思っている。三河の徳川家康、信濃の真田昌幸、播磨の黒田長政などなど……。年代の差こそあれ、五万石以下の国人衆では珍しくはない。佐野家もその一つだっただけである。

（武田の後ろ楯は喜ばしいが、怪しいのは宝衍。獅子身中の虫にならねばよいが）

道牛は独断専行しすぎる宝衍を警戒していた。

三

永禄六年（一五六三）十二月に越山した輝虎は、年が明けた七年一月下旬、北条家に通じた常陸の小田城を攻めて、二十九日、小田氏治を降伏させた。

「佐竹や宇都宮も参じておりますゆえ、近く当地にもまいるものと存じます」

赤坂の屋敷で薙刀の手入れをしている道牛に蛇ノ目が報告した。

「四度目か。懲りぬのう」

「お屋形様が質をお出しになられておるゆえ、武田の後詰がまいるのですよね」

吉蔵が確認するように問う。

「そう願いたいものじゃが、佐野へ出陣しても得るものはないゆえ、我らが武田の兵を見ることはなかろう。せめて、信越の国境を窺い、焦った輝虎を帰国させてもらいたいものじゃの」

道牛は冷めた目で見ていた。それでも昌綱にはすぐに報告している。

昌綱も天徳寺宝衍を通じて武田、北条に援軍の要請を行った。

この一月、北条氏康は下総の国府台で里見義堯・義弘親子らと戦い、勝利した。北条軍はそのまま下総に駐留し、上杉軍を牽制するという返答をしてきた。

「大きな戦いの後だけに、ましてや相手が輝虎ゆえ、北条は直に戦いたくないのであろう」

北条家からの返事を聞き、道牛は察した。

「やはり頼みは武田ですか」

城で合流した弟の氏吉が言う。

「他家をあてにせねばならぬのが現実。情けない話じゃ」

失意をもらす道牛であるが、本心はそれほど塞いではいない。強敵は毎年、催促をしなくても攻めてきてくれる。佐野家の禄を食んでいれば、雨露も凌げ、喰いっぱぐれることもない。

（されど、まこと、このままでいいのか）

今は宿敵の北条家に援軍の要請をしている。こればかりが憂えられてならなかった。

武田家に協力を求めたところ、この時、信玄は眼病を患っていて本人の出陣はならず、家臣を派遣するという返答が届けられた。但し、向かう先が東か、北か定かではない。この時季の信越国境は雪深く、人馬が通ることは困難であった。

「こたびは、今まで以上に熾烈な戦いを覚悟せねばならぬの」

信玄が腰を上げなければ、北条家は本気にならない。道牛は独自の戦いをまっとうすることを強く意識した。

おだやかな二月中旬、意気揚々と『毘』の旗指物が南から渡良瀬川を渡り、唐沢山城に接近してきた。蛇ノ目や物見からの報告で道牛はこの情報を摑んでいる。

「輝虎は軍勢のどの辺りにおるのか？」

道牛は蛇ノ目に問う。

「移動ゆえ、後ろのほうにございます。馬上で酒を呑んでおりますゆえ、すぐに判りましょう」

大酒呑みの輝虎は椀の下の部分を長くした馬上盃というものを作らせ、移動中でも湯水のごとく酒を呑んでいた。

「余裕じゃの。なんとか慌てさせねばの」

完全に見下されているので、道牛は憤る。

「よいか、これまでの怒りや憤懣、身に巣くう恐怖や不安があればそれでもよい。そちたちの肚にあるものを全て闘志に変えて敵にぶつけよ。敵は越山してから二月が過ぎた。疲弊しておるゆえ、さしたる力を出せぬ。寡勢の我らで十分に突き崩せる」

自身に言い聞かせるように、高萩の茂みに潜む道牛は配下の者たちに命じた。小田氏治を下し、余裕の体で唐沢山城を攻撃しようとする上杉軍に、道牛は奇襲を企てるつもりである。兵数は百五十余。正規の軍勢ではないので旗指物は立てさせていない。

津布久明豊らの別働隊は西の免鳥に潜んでいた。

「まだぞ。今少し近づいてから蹴散らすのじゃ」

逸る気持を抑え、道牛は諫めるように言う。関東のみならず北陸や都にも名が響き渡る上杉軍に奇襲を企てると思うと胸が躍って仕方なかった。

茂みの中から見える敵が大きくなる。距離は五町（約五百四十五メートル）ほど。先頭の色部勝長勢が秋山川を渡り、道牛らの前を通り過ぎた。

（輝虎の姿が見えるまで待つべきか。いや、八千の後方では先頭が城下に達してしまう）

やはり当初の目的どおり、軍列の攪乱に集中することにした。

「頃合じゃの。長く延びた軍勢は横からの攻めに脆いもの。かかれーっ！」

怒号した道牛は鐙を蹴り、まっ先に茂みを飛び出すと、上杉勢に向かって駿馬を疾駆させた。これに配下が続く。周囲は田で、砂塵をあげるのは農道。こちらも一列になっていた。

「敵はまだ気づいておらぬ。五十（秒）と数えぬ間に突き入れよう」

してやったりと道牛は、煽る手綱にも力が入る。五十秒では事前に用意していなければ鉄砲を撃つことはできない。弓も弦を張っていなければ、こちらも同じ。

二町（約二百十八メートル）ほどに近づいた時、長柄を持つ兵三十余人が、軍列を守るように前に居並び構えた。

「上杉の兵は、かように速く動けるのか。よもや露見していたのか」

道牛は上杉軍と籠城戦か川での迎撃戦しかしたことがないので、平地でどれほどの移動ができるのか不明であった。あるいは軒轅によって探られていたのかもしれない。

「敵を突き崩せば当所（目的）は果たせよう」

もはや後戻りはできない。道牛は後方の配下に叫び、肩に担ぐ薙刀の峰で馬尻を叩いた。主の闘志を理解しているのか、駿馬はより加速して上杉軍に向かい、遂に接触した。

突き出される鑓二本を下から薙刀で弾き上げ、返す刃で斬り下げた。血飛沫が宙を朱に染める中、道牛は次の敵と青火を散らす。囲まれぬように常に馬を走らせ、時には輪乗りで敵と干戈を交えて斬り捨てる。

「津布久殿らも突き入ったようにございます」

「左様か」

背後から吉蔵に報され、ひとまず道牛は安堵したせいか、振う薙刀の切れ味もいい。鑓の柄を両断し、具足を裂き、首を刎ね、胴丸ごと斬り薙いだ。

「管領様よ、馬上で酒を呑む余裕があるならば、儂と勝負致せ」

長柄衆を斬り払いながら、道牛は叫ぶ。半里近くも離れているのでおそらく輝虎の耳には届かないであろうが、周囲の上杉家臣を怒らせ、より混乱させれば満足である。

「殿、そろそろ逃れませぬと」

四半刻（約三十分）を過ぎた頃、吉蔵が進言する。見れば上杉軍は佐野勢を包囲しはじめていた。当初、道牛以外の兵は優位に攻めていたが、劣勢になっている者も少なくはなかった。

（戦うと周囲が見えなくなる。気をつけねばの）

反省しながら道牛は下知を飛ばす。

「退け！　あとは城で迎え撃て」

道牛の命令を聞き、配下は一斉に退却しはじめた。

「追え！　逃すな。一気に城へ雪崩れ込め！」

上杉軍の栗林頼忠が怒号し、追撃を命じる。

「安心して退け。焦るでない」

道牛は殿軍のように最後尾で指揮を執り直し、弓、鉄砲衆と鑓衆を交互に使い分けながら上杉軍の追撃を躱し、城東の小野寺口から帰城した。津布久勢は西の栃本口から戻っている。

死傷させた敵は十数人。味方の損失はその半数ぐらいである。

「即座に敵に備えよ」

帰城早々、道牛は命じ、自身は大手門の櫓に上った。

息を吐く間もなく上杉軍は殺到し、戦の倣いで降伏勧告をしてきたが、昌綱は拒否した。途端に戦鼓、陣鉦が打ち鳴らされ、精強な兵が接近する。

大手に迫るのは第四回の川中島合戦で「血染めの感状」を与えられた色部勝長であった。色部勢は鯨波のごとく押し寄せ、矢玉を放って攻撃を開始した。

「焦ることはない。我らは城壁、城門に守られておる。落ち着いて放ち返せ」

道牛は配下を安心させるように気を配り、指示を出す。

暫し遠間の戦いが続く。頃合を見て道牛は出撃しようとするが、この日の上杉軍は弓、鉄砲の攻撃を止めようとはしない。まるで道牛を櫓に釘づけにするようである。

よもや、と疑念にかられた道牛は南の大手を除くほかの三方を探らせると、過去三度の城攻めよりも激しい勢いで攻めかかっているという。

（いかがする？　矢玉が飛び交ううちは打って出るわけにはいかぬ）

落城寸前ならばまだしも、現状では気合いが入っていれば弓、鉄砲には当たらぬなど
と、鏃、筒先に身を晒すわけにはいかない。寄手は攻め手を入れ替えて矢玉を放った。
（焦るなというのは儂のこと。付け入る隙は必ずあるはずじゃ。とにかく今は耐えること）
急く心を宥め、道牛は出撃の機会を待った。
二刻（約四時間）ほどが過ぎ、鉄砲の音が少なくなった。
「好機。我に続け！」
待ってましたと、道牛は薙刀を担いで駿馬に飛び乗ると、城門から飛び出して敵陣に
斬り込んだ。例のごとく敵の鑓を弾いて斬り捨てる。囲まれそうになると一旦、城に戻
るように大手道を駆け登り、改めて敵中に突き入った。道牛は十分に攪乱しているが、
それでも寄手は坂道を押し上げてくる。下手をすると城内に雪崩れ込まれそうであった。
「退け！」
読まれていると感じた道牛は即座に退却命令を出して城内に引き上げた。この間に寄
手はさらに接近し、目と鼻の先まで近づき、絶えまなく轟音を響かせ、夥しい鉄砲玉を
放った。
（まずいの。以前とは違う。この感じ……）
いつもどおり戦っているが、道牛はこれまで味わったことのない圧迫感を覚えていた。
（いや、一度。忘れていただけか）

北条家に降伏した忌(いま)わしい過去を思い出し、道牛は屈辱の血が沸いた。

「なんとしても敵を払い除(の)けるのじゃ！」

道牛は絶叫して再び打って出ようとした。

「申し上げます。ほかの三方が圧され、今にも破られそうにございます」

昌綱の遣いが告げる。

「承知しておる、それゆえ、今から敵を追い払うまでじゃ」

戦の最中に迷惑だと怒鳴りたいところであるが道牛は堪(こら)えた。

（これで、いかほどの刻限を稼げようか。夕刻までまだ一刻はある）

再び道牛は出撃して薙刀を振う。道牛は体力の限り戦い、四半刻後には城内に戻った。

戻れたのが不思議なぐらい奮闘したものだが、より敵は大手門に迫ったのも事実である。

「休息している場合ではないの」

改めて道牛は出撃しようとした時、轟音が止み、寄手の中から白旗を掲げて近づく者が数騎いた。停戦もしくは和睦(わぼく)を持ちかける使者である。

（和睦ではなく降伏の勧告か。昌綱殿はいかがなされようか）

道牛はすぐに察した。勿論、斬るわけにはいかない。

使者は城内に招き入れられ、道牛も重臣たちとともに昌綱のいる主殿に向かった。

「我が主の管領様は、この城を落城させるおつもりでござったが、同陣なされた佐竹、宇都宮両将の説得によって降伏すれば、ご城主ならびに城兵の命は助けると、仰せにござる」

　優位に戦っているだけあって、上杉家の使者は見下した口ぶりである。

「まこと、皆の命は助かるのでござるか？」

　昌綱より早く、大貫定行が問う。

「関東管領の言葉に二言はござらぬ。いかがなされますか」

　考える時間を与えぬように使者は言う。

「……あい判った。降伏致そう」

　吐いたものでも呑み込むかのように昌綱は答えた。

「質を出したからとはいえ、毎度必ず助けてもらえるわけではないのじゃな」

　使者が主殿を出たのちに、昌綱は悔しげにもらした。

　降将の倣いとして、昌綱は輝虎の許に向かわざるをえない。道牛も従った。

　輝虎は、道牛が馴染みの深い、唐沢山城西の春日岡に建立されている惣宗寺に本陣を構えていた。関東管領でもあり、東国随一の強さを誇る輝虎の命令でもあるので、佐野氏と縁の深い天宥和尚としても拒むことはできなかった。また、輝虎は出家していたこともあるので、寺社には尊敬の念を持っており、刃でも向けてこなければ、乱暴狼藉を働く男ではなかった。

　白に黒の『番いの飛雀』の陣幕を潜ると、白い手拭いで頭を行人包にした小柄な男が床几に座して盃を呷っていた。上杉輝虎である。

昌綱と大貫定行、それに道牛の三人は輝虎の前に跪いた。

「……管領様に背きながら、降伏を認めて戴き、感謝致しております」

挨拶(あいさつ)ののち、屈辱を呑み込みながら昌綱は謝罪の言葉を口にした。

「儂はそちの首を刎ねるつもりであったが、佐竹、宇都宮両将の取りなしによって、そちの首は繋(つな)がった。感謝するならば二人に致せ」

とりたてて激怒しているわけでもなく、輝虎は淡々とした口調で述べた。

「腹立たしいのは、そちが筋目を破る悪(あ)しき北条、武田と与していること。なにゆえか？」

盃を楯机の上に起き、今度は怒りを見せた。

「管領様が帰国ののち北条には多勢で城を囲まれ、対抗すべき行(てだて)がございませぬ」

「左様か。されば、こののちは我が家臣を唐沢山城に常駐させよう」

「有り難き仕合わせに存じます」

悔しくても、昌綱はそう言わざるをえなかった。

「但し、そちには隠居してもらう。返り忠の虫が騒いではならぬゆえの。息子はおるか？」

「武田に質として取られております」

「左様か。不憫じゃの。されば、我が一族の者を差し遣わすゆえ、当主とするがよい。さすれば家名は守れよう。いずれ折りを見て、武田から質を取り返してやる」

「か、忝(かたじけ)のうございます。よろしくお願い致します」

拒否すれば斬首(ざんしゅ)は必至。恥辱を堪え、昌綱は頭(こうべ)を垂れねばならなかった。

「その方、確か山上と申したの。なかなかの働きであった」

「お褒めに与り恐悦至極に存じます」

　主ともども降伏の身ではあるが、天下の上杉輝虎に認められ、道牛は歓喜した。

「されど、家臣でありながら主の返り忠を止められぬ罪は重い。次に周防守（昌綱）が背いた時は、そちも同罪と致すゆえ、左様心得よ」

「畏まりました」

　一応、頭を下げた道牛は改めて輝虎に向かう。

「管領様にお伺いしたき儀がございます」

「陪臣が無礼ぞ」

　色部勝長が叱咤するが、輝虎は鷹揚な態度である。

「構わぬ。申せ」

「先ほど主が申したとおり、管領様が越後に帰国なされれば、嵐が去ったとばかりに北条、武田が留守を衝いて兵を向けてきます。我ら寡勢の国人では多勢の両軍には太刀打ちできませぬ。これを翌年、管領様が討っていては、関東の国人は管領様によって根絶やしにされます。左様なおつもりで越山なされておるのですか」

　問うと輝虎の表情がこわばった。

「関東に静謐を齎すのが、我が役目。厩橋には城代もおるゆえ、相談するがよい」

　厩橋城代は戦に強い北條高廣であるが、高廣は嘗て輝虎に背いたことのある武将である。

「二、三百の兵では焼け石に水ではありませぬか？　関東管領の職を全うするならば、本国をご重臣に任せ、ご自身が厩橋にあって政務を執らねば、鼬ごっこは変わらぬかと存じます」

「それはできぬ。越中、能登にも睨みをきかせねばならぬ。越後もまた然り」

きっぱりと輝虎は拒否した。

（結局、北条、武田と同じ。版図を広げたいだけではないか）

輝虎の返答を聞き、道牛は失望した。ただ、北条氏康、武田信玄と上杉輝虎の違いは、先の二人は甲斐、相模の家臣に背かれることはないが、輝虎は何度も家臣に背信されている。鶴岡八幡宮の失態と同じく、家臣の領土問題を解決できないことが問題であった。

「不服そうじゃの」

人の心中を読むことには長けているのか、輝虎は指摘する。

「越後衆が越山するにあたり、刈田、略奪、人攫いをなされております。これで関東に静謐が齎されましょうか。まるで敵国への仕打ちにございましょう」

「不心得者が後を絶たぬのも事実。注意させよう」

他人事の輝虎である。政よりも信玄や氏康を討つことだけしか興味がないのかもしれない。

（見ている高さこそ違うが、儂と同じ類いの性なのやもしれぬな）

だからこそ惹かれ、反発心も湧くと、輝虎と話した道牛は思わされた。

輝虎へ降伏の挨拶をした三人は、肩を落として帰城の途に就いた。

その後、唐沢山城の本丸には色部勝長が入り、昌綱は西の二ノ丸に移ることになった。

勝長は佐野家の所領まで差配するので、昌綱としては憤懣やるかたない、といった様子であった。

道牛はこれまでどおり、赤坂の屋敷に在しているが、勝長から敬遠されていることもあり、よほどのことがない限り、登城することはなかった。

（まあ、時が経てば状況も変わろう。焦らず待てばよい）

越中や能登まで手を伸ばせば、そうそう関東にまで手が廻らないと道牛は見ていた。

この年の八月、輝虎は信玄と第五回となる川中島合戦を行った。前回のような激戦にはならず、小競り合いで兵を退いている。これ以降、両将が同地で対峙することはなくなった。精強な上杉軍を破って北の海を掌握するには大きな損失を伴う。これに対して父義元の仇討ちもできぬ今川氏真を破り、駿河、遠江を手にするほうが楽だと信玄が考えたからである。

信玄の方針転換により、関東は新たな戦いに突入していくことになった。

四

唐沢山城の城代は上杉家の家臣が務めている。色部勝長のみならず、五十公野重家や吉江忠景などが在城していた。佐野家は完全に掌握されていたが、永禄九年（一五六六）になって、俄に状況が変わりはじめた。

厩橋城将の北條高廣が北条氏康の調略に応じて上杉家から離反した。東上野の重要拠点を失うことになり、輝虎としては、抛っておくことはできない。報せを受けた輝虎は、稲刈りが終わるや越山し、沼田城に入って佐竹義重らに参陣を求めた。

既に下野の小山、宇都宮、皆川、壬生氏が北条家に属していたので、同国における上杉方の城は唐沢山城のみ。これらに睨みを利かせるため、佐野氏への参陣要求はなかった。

輝虎は厩橋に兵を進めるが、離反するのが二度目となる北條高廣。徹底抗戦の構えを見せているせいか、輝虎は攻略も降伏もさせていられなかった。

年の暮れ、二ノ丸に在する昌綱の家臣の寺内式部が赤坂の道牛屋敷を訪れた。

「年明け、吉江中務少輔（忠景）らは沼田の管領に参賀の挨拶に出向くとのこと。お屋形様は、この好機に上杉から城を奪い返したいと仰せにござる」

寺内式部は密命を明かした。

「昌綱殿の下知なれば応じるのは禄を食む者の勤め。否とは申すまい。事を起こせば、成功致そうが、当城は下野最後の砦。奪還したことを知れば、輝虎は烈火のごとく怒り、当城に押し寄せてまいろう。おそらく先の比ではあるまい。北条、武田の後詰は得られるのか」

道牛は聞き返す。

「天徳寺（宝衍）様が交渉している最中でござる」

「あまり当てにはならぬが、主君の下知ゆえ、承知したと伝えられよ」

年明け早々激しい戦になることを道牛は覚悟した。久々なので胸が躍るのも事実。

永禄十年（一五六七）元旦、吉江忠景らは沼田に向かって唐沢山城を出立した。これを見た道牛らは参賀の挨拶にと登城した。道牛は即座に薙刀をとり、留守居に突きつけた。

「佐野の城は佐野家が支配する。手向かい致さねば危害は加えぬ。早々に立ち去るがよい」

「かような真似をすれば、佐野は焦土と化そうぞ」

吉江忠景の家臣は臆せず言い放つ。

「承知の上じゃ。戦場にて相対致そうと管領殿に申せ」

道牛は言い捨てて、上杉家の家臣全員を唐沢山城から追い出した。

「久々の本丸じゃ。我らは城を取り戻したぞ！」

「うおおーっ！」

昌綱、歓喜の雄叫びに続き、佐野家の家臣たちは鬨で応えた。

下手をすれば佐野家滅亡の可能性を秘めた咆哮でもある。譜代の家臣ではないので、道牛は冷めている。複雑な心境で喜びの声を聞いていた。

「後詰のほうはいかがなされたか」

主殿では祝い酒に皆が酔う中、道牛は天徳寺宝衍に問う。

「出すとのこと。まずは常陸の佐竹（義重）が応じるようじゃ」

「なんと、佐竹まで上杉から離反致すと？」

正直、道牛は驚いた。常陸半国守護と言われた佐竹義重まで背けば、輝虎は関東で四面楚歌となる。周囲の国人衆が結束すれば、輝虎にも十分に対抗できるかもしれない。

この頃の佐竹氏は下野では那須氏、南陸奥では白河の結城氏と争っていたので、北条、上杉両家ともに戦いたくないのが実情であった。そのため、中立を保っていた。

「左様。勝機は十分。関東は関東の者が支配する。輝虎も身に染みて判るであろう」

宝衍は手柄でもとったような口ぶりで告げた。

佐野家の背信を知った輝虎は激昂するが、厩橋の北條高廣を下すことができていない。仕方なしに周囲の国人衆に参陣を呼び掛けるが、笛吹けど踊らず。上野金山の由良成繁も北条氏に属すようになり、唐沢山城に兵を向ける余裕はない。苛立つ日々を過ごしているという。

道牛は昌綱の命令を受け、城の弱い箇所の普請を急がせた。

桜の蕾が開きだした二月十二日、輝虎は軍勢を唐沢山城に向けてきた。

「顔から火でも噴かんばかりに怒っておるであろうな」

輝虎の気難しそうな顔を思い出し、道牛は頬を緩めた。

「笑いごとではありますまい。鬼神のような男が激怒して迫るのですぞ」

吉蔵は心細そうな顔で言う。

「大将は冷静沈着、後方で差配するもの。これはなかなか討てぬが、鬼神が大将なれば、前線に出てくるゆえ討ち取ることができるやもしれぬ。付け入る隙があろう」

安心させるように道牛は言うが、上杉軍の猛攻には危機感を覚えていた。

輝虎の降伏勧告を昌綱が拒否すると、上杉軍は唐沢山城に群がってきた。吉江忠景を先頭にした軍勢が勢いよく大手道を駆け登る。ほかの三方面からも寄手は殺到してくる。

「こたびは、前回のようなわけにはいかぬ」

道牛が言うや否や、各城門に肉薄してきた上杉兵は足を滑らせ、転びだした。道牛は傾斜の厳しい唐沢山城の登り口に、入念に泥水を撒かせていたのだ。

「今ぞ。放て！」

倒れた敵に対し、道牛は号令し、一斉射撃を行わせた。これに弓衆も続く。ある兵は前のめりに、別の兵は背中からもんどり打つので、竹束が手から離れた。そこに城兵は容赦なく矢玉を放つと、寄手は悲鳴を上げて血に塗れた。城兵は次々に仕留めていった。

上杉勢は新手が味方を乗り越えて坂を駆け上がろうとするが、泥濘（ぬかるみ）に足を取られて前に進めない。また、味方の屍（しかばね）に躓（つまず）く者もいるが、城兵は躊躇（ちゅうちょ）なく引き金を絞り、弓弦を弾いた。

攻めあぐねる家臣を、輝虎は叱責するが、寄手は滑り落ちるばかり。犠牲ばかりが増えるので、輝虎も一旦、兵を退却させざるをえなかった。

「敵が退いたぞ。鬨を上げよ」

「えい、えい、おおーっ！　えい、えい、おおーっ！　えい、えい、おおーっ！」

単純な水撒き作戦は成功した。唐沢山城は喜びの鬨に包まれた。

翌日からは幸運なことに花散らしの雨が降り、さらに足場が悪くなった。これが春の長雨となり、城への道は泥川となった。これでは土が乾くまで攻めることは不可能であった。

輝虎は奥歯を嚙み締めながら唐沢山城の囲みを解いて沼田に戻っていった。

「追い返しましたな。最初から水を撒いておけばよかったのですな」

嬉しそうな顔で吉蔵は言う。

「こたびはの。当然ながら、次は足場を固めながら仕寄せてくる。策を講じねばの」

浮かれたのは一瞬のこと。道牛はすぐ、次の戦いに目を向けた。

都合八回目を数える上杉軍の唐沢山城攻めは、およそ一ヵ月後の三月十五日のことだった。空はからりと晴れ、葉桜が萌える時季である。とても雨が降りそうにはなかった。勿論、輝虎も、天候が悪くならないことを調べて兵を進めてきたに違いない。

唐沢山城は本丸に大きな車井戸があるほか、各曲輪の井戸は小さく、水は幾つかある沢から汲み上げて生活用水としていた。山城なので登り口の道に水を撒かれると足場が悪くて登れない。そこで輝虎は水汲みの沢を一つずつ押さえ、井戸の水脈と思しきところに穴を掘り、水の手を切りはじめた。

「管領がかような非道な行いを致すのか」

城主の昌綱をはじめ、城兵たちは輝虎を罵倒し、水汲み場の沢の確保に兵を向かわせるが、上杉勢の一斉射撃を受けて本丸に逃れざるをえなかった。

「このままでは、我らは干涸びるしかありませぬぞ」

吉蔵が悲愴感に満ちた顔でもらす。

「敵も本気じゃな。我らもできうることはせねばならぬの」

道牛は昌綱の許可を取ったのち、夕刻になって敵方に矢文を放った。

「城中には水が乏しく、城兵は難儀し、恨み、嘆く者も多々おります。哀れと思い、山上一家の者どもの命をお助け戴けるものならば、この城を奉って降伏致します。今宵の九つ刻（午前零時頃）に火を放ちますので、これを合図に富士坂口（南）から仕寄せてください。ここから攻め登れば速やかに城を手に入れることができましょう。お待ちしております」

という内容であった。

「山上道牛という男、佐野の忠臣にて武功のある勇士ゆえ、怪しいの」

矢文を読んだ輝虎は疑った。

「畏れながら、お屋形様の仰せになられることは尤もなれど、人の心は移ろい易いと古今の例が数多ございます。それに道牛は譜代の家臣ではありませぬゆえ、仲間と共に死を選ぶとは思えませぬ。機を逸してはならぬかと存じます」

重臣の齋藤朝信が進言すると、輝虎は渋々頷いた。

半刻後、応じる旨が記された矢文が返された。

「敵も焦っておるようじゃ。存分に叩き伏せてくれよう」

してやったりと道牛は笑みを浮かべ、迎撃の用意にとりかかった。

子ノ刻（午前零時頃）、道牛は用意していた萱に火をつけた。炎は瞬く間に燃え上がり、竹は焼け弾けて一音をたて、火柱となって闇夜を煌々と照らした。

「返り忠じゃ。誰かが敵に走ったぞ」

道牛の策を知らされていない城兵たちは、慌てふためき騒ぎたてた。

「好機じゃ。一気に城に乗り入れて本丸を落とせ！」

齋藤朝信は命じ、兵を富士坂口から登らせた。

道牛の裏切りは真実。寄手は確実に功名が得られると、我先にと登ってくる。細い道は途切れることなく上杉兵が蜿蜒と連なっていた。

「頃合じゃ。切り落とせ」

　道牛が命じると、巨大な釣り岩を結わいていた縄を切り捨てた。途端に釣り岩は道に沿って転がり、上杉兵を順番に薙ぎ倒し、押し潰し、死傷者は数知れずといった状況であった。生き残った者も、腕や足を折り、顔や頭が割れる始末。翌朝、見れば血の川となって流れていた。

「まだ、岩は数多ある。嘘だと思うならば仕寄ってみよ」

　道牛は挑発するが、懲りた上杉兵は、すぐに攻めてきはしなかった。ただ、輝虎を激怒させたのは事実。軍神も攻撃の手を選ばず、再び水の手を切る作戦を継続するだけではなく夜襲も行い、権現山の米倉を焼き払った。

「水も米もない。もはや終いじゃ」

　吉蔵のみならず、城兵たちは失意の溜息をもらした。

　こうなっては降伏か、城を枕に討死するしかない。城主の昌綱は苦渋の選択を迫られた。そこへ佐竹義重からの遣いが訪れ、仲介するので降伏してはどうか、と告げられた。

　城兵を皆殺しにさせるわけにはいかない。昌綱にとっては渡りに船であった。

「相判った。佐竹殿にお任せ致そう」

　身を切られるような思いであろう、昌綱は苦しい表情で告げた。

　佐竹義重から輝虎への取りなしにより、昌綱の死は免れることになった。

「されど、儂は判らぬ。斬首されるならば、輝虎に斬りかかってやろう」

道牛も天徳寺宝衍と共に呼ばれたので、昌綱に従って輝虎の前に罷り出た。

相変わらず輝虎は城下の本陣で盃を呷っていた。不快げな面持ちは否めない。

三人は地に伏せた。道牛は丸腰のままでいた。輝虎までは三間（約五・四メートル）ある。道牛らの周囲には手鑓を持つ上杉家の家臣が目を光らせていた。

（ちと遠いの。一人を殴って鑓を奪い、その間に刺されて、輝虎には届かぬか）

間合いを確認し、仮想する道牛であった。

「前回に続き、背きましたことお詫び申し上げます。また、お許し戴けましたこと、ただただ、感謝の極みに存じます」

昌綱は地に額を擦りつけて輝虎に詫びた。

「道牛よ、以前、主に背かせることは家臣の罪と申したはず。覚悟はできていような」

主の昌綱には言いたいことは山ほどあろう。話しているうちに激怒し、斬ってしまう恐れでもあるのか、輝虎は昌綱にではなく道牛に言い放つ。

「武士ゆえ死の覚悟は、いつでもできております」

応えた道牛は続けた。

「背かせたとの仰せですが、もともと唐沢山城は昌綱殿の城。これを簒奪されたゆえ、奪い返したにすぎず。正義は当家にござる。管領様は背かれたと思われるやもしれませぬが、当家は背いたつもりはございません。城を奪わんとする敵と戦い、敗れただけにござる」

悪びれることもなく道牛は言ってのけた。

「それが降者の申すことか。控えよ」

道牛に排除された恨みもあり、齋藤朝信は唾を飛ばして一喝する。

「儂は前上様（将軍義輝）から関東に静謐を齎すために管領に就任する許可を戴いた。これに背くは逆賊も同じ。ゆえに従うよう我が家臣を城に置いていたのじゃ」

静かな口調で輝虎は言う。

「その将軍ですが、既に過去の人ではありませぬか。関東には関東の公方があり、東国の武士はこれに従うのが筋目ではございませぬか」

足利十三代将軍義輝は、永禄八年（一五六五）五月、三好三人衆らの襲撃を受けて戦死している。その後、三好三人衆は義栄を十四代将軍に就けようと画策していた。

「尤もらしいことを申すが、古河公方は虜に近い身ゆえ、真実は語れぬ。関東のことについては、前上様の意思を継がれた義秋様（のちの義昭）から、これまでどおりとし、その上で将軍を補佐してほしいと、有り難き御内書を戴いておる。儂は下知に従っているだけじゃ」

輝虎は理路整然と正統性を訴える。足利義秋は越前の朝倉氏に庇護されていた。

「僧籍に身を置かれておられた管領様には言い勝てぬようでございます」

「戦もじゃ」

強い口調で言い放った輝虎は改まる。

「何度も背くそちたちは許しがたし。そちたちを生かしておけば、無駄な血が流れるゆえ早々に首を刎ねるところじゃが、常陸介（佐竹義重）の取りなしで命ばかりは助けておく」

輝虎の言葉を聞き、多少は緊張の糸が緩む気がした。

「周防守（昌綱）には城を出てもらう。譜代の家臣の城にでも入るがよい。山上と天徳寺は当領から追放致す。不服とあらば、即座に首を刎ねてやろう」

「承知致しました」

間髪を容れず天徳寺宝衍は応じた。

「某も承知致しました」

天徳寺宝衍に続き、道牛も受け入れざるをえなかった。

（命あってのものだねか。儂もつまらん男になった）

北条家に降伏した時以上の屈辱感に包まれ、道牛は肚裡で自分を卑下した。

三人は肩を落として輝虎の前から下がった。

「申し訳ございませぬ。昌綱様にはお詫びのしようもございませぬ」

陣を出た道牛は即座に詫びた。

「そちにはよく働いてもらった。そちを譜代と思っておる。礼を申す」

「勿体無きお言葉」

「詫びることはない。ただ、小太郎が気掛かりでならぬ。そちさえよければ横山にまいり、小太郎の教育をしてくれぬか。勿論、禄は佐野家の家臣のままとする」

「畏まりました」

気儘な武者修行もいいと思っていたが、懇願されては否とは言えない。道牛は応じた。

天徳寺宝衍は小田原に、昌綱は妹が嫁ぐ藤岡城に身を寄せることになった。

唐沢山城には輝虎の長尾一族の虎房丸が城主として迎えられ、佐野一族の佐野内匠と佐野和泉、それに色部勝長が補佐する体制となった。

輝虎に佐野領を追放された道牛は、昌綱の嫡子の小太郎が人質になっている、西上野の横山に向かった。

「ついてくるのか？　ひもじい思いをすることになろうぞ」

馬上から道牛は吉蔵に声をかける。

「なんのかんのと申しても、これまで食い逸れたことはないではありませぬか。それに、某が離れたら、誰が殿のことを後世に伝えるのですか。首拾いもせねばならず、忙しいですな」

明るい口調で話す吉蔵は、迷惑そうではなかった。

「傾城屋のことは伝えるなよ」

「人は下世話なことを聞きたがるもの。伝えられたくなければ、控えられませ」

「痴れ者め」

主従をこえた絆を嬉しく思いながら、道牛は横山に馬脚を進めた。

第五章　天下布武の男

慶長五年（一六〇〇）九月八日、出羽の米沢城には、最上領に向かう軍勢で犇めいていた。

「おっ、どうした風の吹き廻しか？　いつもの具足はいかがした？　馬は？」

慶次郎を見た道牛が問う。

これまでの慶次郎は鉄製で黒の漆塗りの編笠形の兜を冠り、朱漆塗紫糸威二枚胴具足を着用していた。左右に張った肩当と、龍の鱗を意識した大袖が特徴である。これに朱鞘の太刀を佩いていた。

愛馬の松風は鹿毛の毛艶のいい、逞しい馬である。

これに対し、黒糸威の具足に猿皮の頭巾を冠り、袖の広い猩々緋の羽織を着用し、背中には両筋を縫いつけた金の切裂きを垂らし、金の刺高数珠を襟に掛け、珠子は金の瓢簞で止め付け、後ろに下げている。

馬は瓦毛で背の高さは四尺七寸（約百四十二センチ）、野髪のまま銀の頭巾を冠らせ、朝鮮鞦をかけている。

替え馬は烏黒色で背の高さは四尺二寸五分（約百二十九センチ）で、梨地の鞍を置き、段子の袋に兵糧と味噌を入れて三頭に掛け、鉄砲二挺を鞍所に付けていた。朱柄の鑓は三間であった。

様相を変えた慶次郎に対し、道牛は山上城主時代から使用している黒糸威の具足を身に着けていた。手にする得物は朱柄の薙刀であった。

「具足は心の切り替えのため。厳しい戦いになると思うての。馬は死なせたくはないのじゃ」

慶次郎は危惧する。

「伊達か」

「左様。直江が預かる米沢の兵は最上家よりも多い」

米沢は三十万石。最上家は二十四万石、伊達家は五十八万五千石。兵は石高に比例する。この頃は百石で三人の兵を動員できた。

「最上家だけならば優位に運べようが、伊達が絡むと簡単にはまいるまい」

「お屋形様の兵は無傷じゃぞ」

会津は九十余万石。二万七千人は動員できる。

「関東の兵がどう動くか判らぬゆえ、おいそれとは参陣させられまい」

家康は下野の宇都宮周辺に数万の兵を置いていた。

「我らのみでやればよい。できよう。まずは当家に手を出してきた最上を血祭に上げ、のこのこ後詰に来た独眼龍を討てば、南部も津軽も降参してこよう。これらの兵を纏めて、関東に仕寄せれば、内府を治部少輔と挟み撃ちじゃ。儂は城主に返り咲ける」

道牛は目を輝かせて言う。

「奥羽大軍団か。いいのう。上野は貴殿の旧領。山上に戻るか」

「それもいいが、江戸あたりも悪くない。されど、あまり城主は向いておらぬのじゃ。城は養子でもとって任せ、気儘に暮らすのがいいのかもしれぬ。そなたは？」

「儂か、万事、無事、平穏が武士の望みではあるが、それでは満足できぬ武士もいる」

「そなたか」

「恩賞を貰うには戦功を挙げねばならぬ。おそらく儂は生涯戦い続けることになるのではないか。おそらく、貴殿もの」

慶次郎が答えると、道牛は否定しなかった。

二万の兵を集めた上杉勢は米沢城を出立し、最上領に向かった。

一

日本のほぼ中央に位置する甲斐の国は、四方を標高二、三千メートルの峻険な山々に囲まれた内陸地である。その中心に盆地があり、政庁がある地を甲斐の府ということで、甲府と呼んでいた。

武田家の武勇によるところも大きいが、山を含めた町全体が城郭の役割を果たし、甲府を守っているので、そうそう敵からの侵攻を受けることはなかった。

甲府には武田氏の居館を兼ねた政庁があり、これは躑躅ヶ崎館と言われている。永正十六年（一五一九）、信玄の父の武田信虎が河田館から本拠を移して築いた館で、東から張り出した赤松の山が躑躅の名所と知られていたことに由来している。

躑躅ヶ崎館は東西約二・六町（約二百八十四メートル）、南北約一・八町（約百九十三メートル）におよび、周囲には二間（約三・六メートル）の土塁と堀が巡らされた広大なものである。

外郭には一・七間（約三メートル）から三・三間（約六メートル）の土塁が築かれ、広く深い濠が巡らされていた。館とは名ばかりの城郭で平城と言っても過言ではなかった。

石楠花が辺りを淡桃色に染める時季、道牛は躑躅ヶ崎館の人質屋敷の中庭にいた。

佐野昌綱の嫡男の小太郎は当初、西上野の横山館にいたが、ほどなく甲府に移されていたので、道牛も従った次第である。

「さあ、いつでもまいられよ」

道牛は左足を前にし、一間半（約二・七メートル）のたんぽ鑓を中段に構えた。たんぽは穂先の代わりに布を丸めて皮で包んだもの。稽古用の鑓である。

「おう。今日こそ、そちを突き倒してやる」

意気込んで身構えたのは小太郎である。すでに十四歳になっているが、まだ質の身ということもあって元服を果たしてはいなかった。

互いのつま先の距離は一間（約一・八メートル）。小太郎はじわじわと間合いを詰めてくる。

「存分に」

鷹揚に道牛が言うと小太郎は、弾かれたように地を蹴り、胸元に鑓を突き出した。まだ肉の薄い小太郎であるが、長身痩軀。手も長いので鑓はよく伸びる。

「弱い」

相手が主君の嫡子であろうとも、遠慮なく道牛は穂先で横に弾く。

「おのれ」

負けず嫌いの小太郎は、眉間に皺を刻み、さらに深く踏み込んで突き入れる。

「甘い。手だけの突きは躱すのも簡単。体とぶつかるつもりで突きなされ」

乾いた樫の音を響かせ、道牛は左右に鑓を弾き、三度目は左斜め後ろに下がりながら上から叩き落とし、右足で押さえつけた。

「ほら、言わぬことはない。これが戦場ならば若殿は命を落としてござるぞ」

言うや道牛はたんぽの穂先を小太郎の胸に当てがった。

「戦場なれば、こうしておる」

小太郎は自分の鑓を放し、左手で道牛の鑓の柄を摑むと、右手で腰の木刀を抜いて薙ぐ。

「最悪の選択にござる。太刀は敵の首を刎ねる道具にて、全ての武器を失った時に使うもの。接近戦で鑓を捨てるは愚の骨頂。それゆえ、こうなる」

道牛は小太郎の木刀を鑓で叩き落とし、首の付け根を穂先で押さえた。

「さあ、もう一度、鑓を拾ってまいられよ」

首から鑓をどけると、小太郎は鑓を拾うや否や、構える前の道牛に突きを入れた。

「惜しい」

突き出された鑓を巻き上げ、道牛は僅かに腹に穂先を当てた。

「名乗りを上げるだけが戦いではない。実戦では不意打ちもござるが、成功せぬと恥を晒すことになる。ましてや、若殿は城主の嫡子。やったからには確実に仕留められよ」

教授をしたのちも道牛は稽古を続けた。

その日の晩、晩酌している道牛の側に影が近づいた。人質の小太郎は館の中でほかの人質と暮らしているが、道牛は武田家の家臣ではないので、館の中に寝起きする場所はない。甲府の外れにある、あばら家に最低限の修理をして吉蔵と二人で住んでいた。

「蛇ノ目か。久しいの。いかがした？」

顔を出す時は必ず蛇ノ目は耳寄りな情報を持ってくる。重宝していた。

「昨日、佐野周防守（昌綱）様、唐沢山城でご他界なされました」

「なんと！」

同年代の主君だけに、道牛も衝撃を受けた。

「いかような様子でか？」

「卒中だったようにございます」

「左様か。いろいろとあったゆえ、心労が祟ったのかのう。さぞ無念であろうな」

昌綱との日々を思い出しながら、道牛はもらした。

時に天正二年（一五七四）四月九日のことである。


唐沢山城を追われた昌綱は藤岡城に隠居したものの、城の状況を窺いながら、城主に据えられた虎房丸を追い出し、唐沢山城を奪還した。

激怒した輝虎は永禄十三年（一五七〇）一月十一日に唐沢山城を攻撃するが、道牛ら西上野にいた武田勢が沼田城を牽制したので、輝虎は長陣することができず、兵を退かざるをえなかった。これが九回目を数える輝虎の唐沢山城攻めであった。

武田信玄は義元亡きあとの今川領を掌握するため、駿河、遠江に侵攻したことで甲相駿三国同盟は崩壊。怒った北条氏康は輝虎との同盟を結んだことで、北条家は表向き上野、下野の支配を放棄し、武蔵は相談ということになっていた。

北条氏康は八男（六男とも）の三郎（のちの景虎）を輝虎の許に人質として差し出したものの、輝虎は氏康の思惑どおり武田家を攻めず、関東支配に軸を置いた。

昌綱は、北条家から輝虎に従うように説得を受けるが拒否して上杉家とは敵対し続けた。

落胆した北条家は氏康が死去した直後の元亀二年（一五七一）暮れに武田家との甲相同盟を復活させたので、上野、下野の国人衆は挙って上杉家に反旗を翻した。虎房丸は一旦、桐生城に退いたものの、関東諸将の支持を得られず、輝虎は越後に連れ帰らねばならなかった。

信玄の遠交近攻によって会津の蘆名氏や越中、能登の一向一揆、さらに関東諸将の反目によって輝虎の関東支配は後退するばかり。

この機に信玄は多勢を率いて西進し、遠江の三方原で織田・徳川連合軍を撃破。信長との直接対決を望んでいたが、病に倒れて帰国せざるをえず、その途中の元亀四年（一五七三）四月十二日、信濃の駒場で死去した。

信玄の跡は四男の勝頼が陣代という形で継いでいる。信玄の死は三年の間秘すということで、表向きは信玄は生きていることになっているが、信長や家康、輝虎にも露見していた。

恐い信玄が死去したので、信長らは失地の回復にかかりだしたため、勝頼としても喪に服しているわけにもいかず、東美濃に兵を進めて織田領の十八城を攻略し、徳川領の遠江にも兵を出し、有利に戦いを進めている最中であった。

北条家も勝頼や関東諸将と手を結び、上野の上杉勢に圧力をかけていた。

独立というわけにはいかないが、上杉家の抑圧から解放され、北条家の麾下としてこれからという矢先の死であった。昌綱も憂えていたに違いない。

「いずれにしても佐野家は新たな体制で船出をするしかないの」

「小太郎様は質の身から解き放たれるのですな」

甲府での生活には不満なのか、吉蔵は自身と小太郎を重ね合わせるように言う。

「勝頼殿次第であろうな。質を取っているほうが、離反されずにすむゆえの」

これればかりは道牛としても半々であった。

翌日、佐野家から正式な使者として高瀬武正が道牛の許を訪れ、昌綱の死を告げた。

数年の間に道牛も武田家の家臣には顔馴染みとなっていた。道牛は吉蔵を遣わして許可をとったのちに、高瀬武正を伴い、躑躅ヶ崎館に上った。

館に入った道牛らは広い主殿に通され、信玄の後を継いだ勝頼が来るのを待っていた。

四半刻（約三十分）ほどして漸く勝頼が現われた。

母の諏訪御寮人似なのか、顎に脂がついたうりざね顔で、眉も鬢も薄い。強すぎる大将と言われているような強面ではなく、文官といった面持ちの勝頼は、この年二十九歳である。

「ご尊顔を拝し、恐悦至極に存じます」

高瀬武正が挨拶をして平伏するので、道牛も倣った。

「重畳至極。佐野周防守は残念であったの。儂も冥福を祈るとしよう」

鷹揚に勝頼が言う。

「有り難き仕合わせに存じます。早速ですが、先君周防守が他界しましたゆえ、ただ今、城主がおりませぬ。周防守の子は小太郎様御一人にございます。なにとぞ唐沢山城への帰城をお許し戴きたく、罷り越した次第にございます」

高瀬武正は額を床に擦りつけて懇願した。

「聞けば貴家は上杉から養子を迎えていたとか。されば当家からの養子を迎えてはいかがか」

勝頼の側近を務める長坂釣閑斎光堅が異見を言う。

「迎えたのではなく、強引に送り込まれたのが事実にて、我らが望んだものではござらぬ」

「されば、当家も同じことを致そう。安心されよ。当家は景虎（輝虎）のごとく、うまくいかぬからと申して途中で投げ出したりはせぬ」

養子のほかにも多数の側近を送り込むと遠廻しに長坂釣閑斎は言う。

「それでは家中は纏まりませぬ。長坂殿は小太郎様をこののちも質となされるおつもりか」

困惑した表情で高瀬武正は拒んだ。

「運命という言葉がある。左様なものではなかろうか」

「とても受け入れられるものではござらぬ。なにとぞお返し願いたい」

「虫のいいことを申されるな。多かれ少なかれ、当家のお陰で貴家は滅びずにすんでいるのではないのか? 国人がこののちも家名を繋ぎたくば、大樹の陰に身を置くのも致し方ないこと。当家の下知に従えぬならば、腕ずくで連れて帰られよ」

できぬことを承知で長坂釣閑斎は言う。

「されば、某は貴殿と刺し違えよう。二歩で貴殿に切っ先が届く」

これまで黙っていた道牛は口を開いた。

「なに! それが佐野の返答か」

脅されるとは思っておらず、長坂釣閑斎は声を荒らげた。途端に廊下に武田の家臣が集まった。

「このまま小太郎様を質にとり続ければ佐野の者は民、百姓に至るまで武田を恨みましょう。寛大な配慮こそ忠節を篤くすることではござらぬか。確か、亡き信玄公は、『人は城、人は石垣、人は堀、情けは味方、仇は敵なり』と仰せになられたとか。血を流さずに事を収めるのが知恵と申すもの。優勢にある時こそ、寛闊であるべきではないでしょうか」

長坂釣閑斎ではなく道牛は勝頼に訴えた。勝頼が東美濃に兵を進めたこともあり、信玄時代よりも版図は広がり、武田家は最盛期にあった。

「そのほう、確か山上道牛であったの」

事につけ、勝頼は信玄と比べられていたので、道牛の思惑どおりに反応した。

勝頼は信玄が滅ぼした諏訪家の諏訪御寮人との間に生まれたので、当初武田姓は許されず、武田家の血筋である『信』の字も与えられず、諏訪四郎勝頼、伊那四郎勝頼と称していた。

永禄八年（一五六五）十月、信玄嫡男の義信が、信玄の駿河侵攻に反対して謀叛を計画、これが発覚して義信は幽閉、重臣の飯富虎昌らは斬首。その後、義信は自刃に追い込まれた。

信玄次男の龍芳は盲目で、三男の信之は夭折したので勝頼に家督が廻ってきた次第である。一説には勝頼に仕える諏訪衆が武田家乗っ取りのために義信を謀叛人に仕立て上げたともいう。

これによって諏訪の血を引く勝頼が信玄の跡継ぎになったので、武田家中は紛糾した。武田家の重臣には信玄と同じ一族の穴山信君をはじめとする正統な甲斐源氏が何人もいる。信君らにすれば、勝頼は敵の血を半分引き、しかも身分の低い同僚の一人でしかないのだ。

　これらのことがあり、信玄も思案した挙げ句、勝頼はあくまでも勝頼の嫡子の信勝が十六歳で武田家の家督を継ぐまでの陣代と定めた。しかも『甲陽軍鑑』によれば武田の旗のみならず、孫子の御旗『風林火山』、勝軍地蔵の旗、八幡大菩薩の小旗の使用は禁止だという。

　勝頼は信玄を尊敬していようが、反抗心、対抗心を持っていると道牛は常々思っていた。

「お記憶にとどめて戴き、光栄の至りにございます」

「首塚を築いた男を忘れるわけあるまい。されど、その程度の文言で、これまでの武田家の仕置を変えることはできぬの」

　児戯だと勝頼は吐き捨てる。

「左様なつもりはありませぬ。ただ最悪の状態への備えをするべきかと存じます」

「最悪の状態？」

　勝頼も長坂釣閑齋らも道牛の指摘は理解できないようであった。

「仰せのとおり。勝頼様は織田の諸城を攻略したといえども、信長は公方（将軍義昭）を追放して天下（京都）を掌握していることには変わりありませぬ。北条は武田家との盟約を破棄し、上杉と結んだことのある家。信長に鼻薬を嗅がされれば、この先どうなるか判りませぬ。左様な時、東に確かなる味方を置いておくのが、最悪の状態に備えるということにございます」

言葉を選びながら道牛は主張した。

「さればこそ、当家の者を入れておくべきであろう」

「佐野には桐生から戻った重綱（しげつな）（昌綱の弟）殿がおります。このお方が、小太郎様を質に出したまま、ご自身が城主になることも十分に考えられます。そうならぬよう、甲府で武田流の文武を学んだ小太郎様を帰還させることが、武田家のためにもなるかと存じます」

重綱が養子に入った桐生城は上杉、北条家の同盟と争いに翻弄（ほんろう）される最中、上野の由良成繁によって奪われていた。

「重綱か。由良じゃの」

忌々（いまいま）しいといった感情をあらわに勝頼はもらした。

「……よかろう。小太郎の帰城を認めよう」

「有り難き仕合わせに存じます」

道牛らが礼を述べると、即座に長坂釣閑齋が諫（いさ）めた。

「畏（おそ）れながら、かような陪臣の戯言（たわごと）など真に受けることはありませぬ。当家は勝頼様の代になり、最大の版図を得ております。それに喪に服している時期でございます」

信玄の死の秘密の漏洩（ろうえい）は避けるべきだと長坂釣閑齋は主張する。

「構わぬ。もう信長も家康も知っておる。それに信玄公が駒場（こまんば）で死去したこと、誰が想像したであろうか。山上の申すとおり、最悪の場合を想定しておかねばならぬ」

勝頼は北条家を信用していないようであった。

「お屋形様が、左様に申されるならば、某に異存はありませぬ」

渋々長坂釣閑斎は同意した。

「山上、いかほどの禄で佐野家に仕えておるのじゃ？　その倍で儂に仕えぬか」

乱世で豪勇は重宝されるものである。誘いの意味はそれだけではなく、お家事情があった。

勢力を拡大する武田家ではあるが、信玄股肱の臣と勝頼の側近とで権力争いが行われていた。勝頼は内藤昌秀らの重臣に起請文を出して、蔑ろにしないと誓わねば、家の運営がうまくいかない現実がある。勝頼とすれば、一人でも自分の意思どおりに動く家臣を欲していた。

「お声がけ忝のうございますが、某は先君との約定により、小太郎様を補佐せねばなりませぬ。微禄であろうとも、今は佐野家を離れるわけにはまいりませぬ」

「見事なる心掛けじゃ。その忠心で、しっかり佐野を支えよ。但し、背かせるな。武田の軍法は長尾（上杉）ほど甘くない。背けば鼠一匹逃さず撫で斬りに致そうぞ」

「承知してございます」

応じた道牛は改めて勝頼に礼を言い、小太郎らと共に甲府を後にした。

「道牛、こののちも頼むぞ」

馬を並べながら小太郎が言う。

「期待して戴けることは有り難きことなれど、佐野家では某は新参。譜代の家臣のように扱われますと、いらざる波風が立ちましょう。絶妙な塩梅で仕置なさいませ」

頼りにされることは嬉しいが、嫉妬されるのも事実。外様の道牛一人では家のきりもりはできない。道牛はあまり政には係わらず、戦に集中するつもりである。

「懐かしいの。唐沢山城とは、かようなものであったか」

十二年ぶりに郷里に戻った小太郎は城下から居城を見上げ、涙ぐんでいた。

(昌綱殿、無事にお連れ致しましたぞ)

道牛も七年ぶりなので、感慨深いものがあった。

小太郎は家臣たちに歓迎して出迎えられ、酒宴が催された。皆は歓喜しているが、桐生城から戻ってきている叔父の重綱は、城主になる夢が断たれたせいか、不快そうである。

さらに、大貫定行をはじめとする重臣たちの道牛を見る目は不愉快そうであった。

数日後、小太郎は元服して宗綱と名乗るようになった。

一旦、佐野領に戻った重綱であるが、小太郎が帰国して、当主の見込みがなくなると、居心地が悪くなったのか、由良氏を頼って金山城に落ちていった。

「狭くとも我が家はいいものですな」

赤坂の屋敷に戻り、吉蔵は嬉しそうに言う。確かに人質の付き添いは肩身が狭かった。

「狭いは余計じゃ。まあ、戻ったら、戻ったでいろいろとあろう。忙しくなるやもしれぬぞ」

再び木の仏像を彫りながら道牛は言う。

上杉輝虎が越山し、この三月は上野の諸城を攻め、四月に入ると利根川を挟んで北条軍と対峙していた。佐野家も少なからず、援軍を出している。輝虎の肚一つで再び上杉軍を迎え撃たねばならない様相を呈しながら、新当主の誕生であった。

二

新たな当主となった宗綱は、軍編制にとりかかった。

「関東は、とりわけ当家は鉄砲の獲得が遅れておる。今、いかほど所有しておるのか」

宗綱は大貫定行に問う。

「それは……軍師殿が把握しているものと存じます」

「儂の付き添いをしていた道牛が判るわけなかろう。数が判らぬのは、そちの失態ぞ」

「申し訳ありませぬ。すぐに数えさせます」

若き当主の叱責に、大貫定行はたじたじであった。

大貫定行は諸将に命じて所有する鉄砲の数を数えさせると五十挺に満たなかった。

「少ない。武田家は二千挺を優に持っていた。早急に当家も倍は揃えさせよ」

「畏れながら、鉄砲は高価なものにて、そう簡単には手に入れられるものではありませぬ」

「年貢はいかがした？　民、百姓は働いているのであろう」

常勝、武田家は所領が増え続けていたので、家臣たちの禄も増えていた。宗綱はこれを甲府で見続けていたので、佐野家の停滞が不思議に思えているようである。

「畏れながら、当家は上杉、北条の狭間にあり、特に上杉家には年貢を搾取されておりました。また、戦続きで民、百姓も田畑も疲弊しております」

これが佐野家の現実であると、大貫定行は主張する。

「左様か。されば、当家の石高はいかに？」

「それは……」

大貫定行は口籠る。ほかの重臣たちも同じである。

「なにゆえ、答えぬ。越中、申せ」

「畏れながら、佛性院（昌綱）様より、左様な下知が出ておりませんでした」

「なんと！　当家は石高も知らずに領内の仕置をしていたのか、それでは誰がどれだけの所領を持ち、戦に際して何人の兵を集めるかも判らぬではないか」

宗綱は呆れた顔でもらした。

これに対し、重臣たちは宗綱の当主としての才に驚き、また、迷惑そうな顔をしていた。

武田家のというよりも亡き信玄の人質に対する概念は、背信防止の意味もあるが、それよりも徹底して文武を教育し、家臣に組み込んで戦力にすることを主な目的としていた。なので、人質に差し出した家が武田家に背きさえしなければ、高水準の教育が受けられ、その家にとっても武田家にとっても恩恵を齎していた。この制度によって、真田昌幸をはじめとする武将が育っていった。宗綱もその一人である。

「早急に竿入れ（検地）をせねばならぬの」

危機感を持って宗綱は告げた。

「畏れながら、直ちに変更を致しますと、一揆にもなりかねません。これを討っていては、欠け落ち（他国に逃亡）する者が続出し、ますます田畑が荒れます。武田の仕置は尤もやもしれませぬが、佐野には佐野のやり方がございます。変更は緩やかにすべきかと存じます」

「調べられて困るのは、百姓どもではなく、そちたちではないのか」

「いや、左様なことでは……」

宗綱の主張に、大貫定行らの重臣たちは反論もできなかった。

「されば、拒む理由はあるまい。早急に全家臣の所領を調べさせよ」

厳しい口調で宗綱は命じたので、重臣たちは従わざるをえなかった。

「これは、そちの入れ知恵か？」

主殿を出ていく大貫定行は道牛を睨んだ。

と言っているようである。

「皆、不満そうであったの。越中守が申すとおり、急ぎすぎたか」

道牛と二人になり、不安そうに宗綱は問う。

「なにも変えなければ、なにも変わりませぬ。先代とは違う強固な佐野家を作るためです。多少の衝突は覚悟なさいませ。ただ、重臣方は先代と共に戦場に立ち、苦楽を共にしてきたゆえ、強引な先代の下知にも従いましょうが、宗綱様とは生死を共有しておりませぬ。中には、先代の嫡子なだけではないか、と侮る者もおりましょう。若い宗綱様を歓迎したのは、ご自身たちが扱いやすいと思案しているからかもしれませぬゆえ、押し引きをうまくやらねばなりませぬ」

「面倒じゃの。そちは、どうなのじゃ？」

「某は新参。しかも城主を追われた身にござる。助言ぐらいしかできませぬ。足りない分は戦場で果たす所存です」

降伏から十八年が経つものの、まだ屈辱の記憶は消えなかった。

「それで十分。今、儂には信じられる者がおらぬ。頼りにしておるぞ」

「忝のうございますが、信じられる者を作っていくしかありませぬ。されど、聞こえがいい事ばかり申す者を側に置き、お歴々を遠ざければ、よき仕置はできますまい。気心が知れるまでは、面目を潰さぬように気遣いしていくしかありませぬ。敵（輝虎）もすぐ近くにおりますゆえ」

「そうしよう」

数年、甲府で一緒に過ごしたこともあり、宗綱は道牛の諫言に素直に頷いた。

輝虎が帰国したのちの六月半ば、家臣たちからの検地の結果が報告された。合計で二万数千石ほど。のちに豊臣秀吉が行った太閤検地では佐野領は三万九千石である。

この頃の検地は秀吉の実地検地とは違い、あくまでも領主たちが自己申告する差し出し検地なので、実際の収穫量よりも少ない数字になっていた。因みに、秀吉は曲尺を短くし、枡を小さくしたので、それまでの石高よりも多くでるようになっていた。

「道牛、どう思う?」

想像よりも少ない、といった表情の宗綱である。

「実際に計ってみなければ正しいや否やの判断はできませぬが、まずはこれを土台にしていくしかないかと存じます。おそらく隠し田などは当たり前のようにありましょう。怪しいところは調べに行くしかありませぬが、対応を誤ると返り忠に繋がりますので慎重になさいませ」

「あい判った」

宗綱は実際に政務を執る難しさを実感しはじめているようだった。

この年の秋、輝虎は越山し、上野、武蔵、下総の諸城を攻めるがいずれも攻略できず、十二月には帰途に就いた。輝虎はこれが最後の越山となり、下野に姿を見せなかったので佐野家の面々は安堵した。帰国した輝虎は剃髪して謙信と号するようになった。

上杉家の脅威から解放され、翌天正三年（一五七五）から宗綱は所領の安堵、または確定などの書状を出し、家臣たちの土地問題を一つずつ解決していった。

そんな最中の五月二十一日、武田勝頼は三河の設楽原で織田・徳川連合軍と戦い、大敗を喫したという報せが数日後に齎された。

「あの武田が。やはり信玄公あっての武田だったのでしょうか」

一緒に赤坂の屋敷で報せを聞き、吉蔵が驚きの声をもらした。

「どうかのう。信玄公亡きあと、勝頼殿は負け知らずであった。あるいは驕りが後れをとらせたのやもしれぬな。勝ちに乗じた織田、徳川が、いかな行動をとるか見ておかねばの」

「我らも宗綱様も甲府におらずに、ようございましたな」

事によっては参陣させられていたかもしれない。とんでもない、といった表情の吉蔵だ。

「公儀（幕府）を潰した信長に接する好き機会だったやもしれぬが」

「第六天魔王の軍勢を見て早死にするより、質素でも長生きするほうがよほどまし。報せどおりの大敗なれば、もはや武田家との関係を断ち切るべきでしょう」

第六天魔王とは信長自ら豪語した、仏教を妨げる天魔の中の最高位の王のことである。

吉蔵が武田家との断交を口にするのも無理はない。設楽原の戦いについて、『當代記』には連合軍は武田軍を「信濃境まで追撃し、幾千という数を知らず」というほど討ち取ったと記されている。太田牛一は「一万人ばかり討死」と『信長公記』に記している。

諸書によって様々だが、連合軍が武田軍の大多数を討ち取ったことは確かである。

「織田や徳川の軍勢が強くとも、佐野にまで兵を進めては来るまいが、まあ、睨まれぬよう贈物でもして誼を通じておいても悪くはあるまいの」

設楽原の戦いの結果を知り、道牛は織田信長に興味を持った。


宗綱が家臣たちの所領の確定を行う中、案の定、反発する者が出た。藤岡城主の藤岡佐渡守清房である。清房は嘗て昌綱に背いて攻められ、降伏したのちは従順な態度を示し、昌綱が唐沢山城を追われた時は受け入れていたこともある。清房には亡き昌綱の妹の倉子が嫁いでいた。

清房は石川佐渡と同じ土地を二重支配していた形跡があり、宗綱は調査の結果、先祖代々の地であるその土地を石川佐渡のものとする裁定を下した。

血を流して得た地を取り上げられた藤岡清房は激怒し、天正五年（一五七七）四月、佐野家から独立し、北条家の直臣になるように誼を通じ、佐野家との断交を家臣に命じた。

この噂を耳にした宗綱は、事を荒立てる前に解決しようと、まずは様子を窺いながら、事実ならば速やかに佐野家の家臣に戻るよう、叔母の倉子に書状を送った。

清房から断交を命じられていたが、藤岡家に仕える侍女が宗綱からの書状を倉子に取次いでしまった。これを知った清房は怒り、その侍女を手討ちにした。

佐野家と藤岡家の板挟みになって悩んでいた倉子は、侍女を失った衝撃と悲しみも重なり、自ら胸を突いて命を絶った。倉子が自刃したので、竹沢おしめら十人の侍女も後を追った。

四月十五日、倉子付きの古橋唐之助ら四人の家臣も責任を感じて腹を切った。

報せを受けた宗綱は憤怒した。

「女子を死なせるとは言語道断。かような輩に武士の配慮はいらぬ。直ちに夜討ちを致せ」

宗綱は厳しい口調で命じた。

大将は津布久明豊の嫡子の正直、竹沢定冬の嫡子の定清、柿沼丹後守といずれも宗綱の近習たちで、宗綱は近習たちに活躍させ、新たな体制を築こうとしていた。

津布久正直らはすぐさま兵を集め、夜陰に乗じて藤岡城に向かった。

「申し上げます。宗綱様、藤岡城に兵を差し向け、夜討ちをさせるようにございます」

傾城屋で、これから遊女と床入りしようとしていた道牛に、蛇ノ目が障子越しに告げた。

「左様か。まあ、なにかあれば正式に使者がまいろう」

肘枕で酒を呷り、道牛は告げた。

倉子が自刃した報せは届けられ、道牛は失意を感じていた。倉子もいないので、藤岡城攻めを止めるつもりはなかった。

（ただ、時期尚早。今少し交渉をしてもよかろう。宗綱様は気が短いの）

宗綱の気性の激しさは甲府時代に知った。この性格がいずれ敵（あだ）にならねばいいと道牛は思うばかりであった。

藤岡城方は夜襲の警戒をしていなかった。津布久正直らの佐野勢は息を殺して城に近づき、南の矢崎（やざき）から火矢を放って城郭は次々に燃えた。家老の茂呂久重（もろひさしげ）は降伏を申し出て許され、城門を開いて城外に逃れた。これを機に佐野勢は城内に突入し、城に籠る兵を斬り捨てた。

寡勢の藤岡清房は奮戦するが、ついに本丸も炎上。もはやこれまでと燃え盛る本丸に戻って自刃して果てた。これによって十三代続いた佐野の藤岡氏は滅亡した。

唐沢山城で人質になっていた清房と倉子の娘の命は助けられ、尼寺に入ることになった。

藤岡氏の謀叛について、いきすぎとの批判もあるが、背信は絶対に許さないという若き宗綱の厳しい決意は善くも悪くも佐野家を結束させていくことになった。

三

「こたびはいかほどの敵がまいるかの」

具足を身に着けながら、道牛は笑みをこぼす。

「喜んでいる場合ではありません。北条が本腰を入れてくるやもしれぬのですぞ」

吉蔵が心配そうに言う。

「来るならば本気で来てもらわねばの。小競り合いばかりでは埒があかぬ」

太刀の紐を腰帯に結び、道牛は用意を終えた。

前年の二月、北条家の支援を受けた足利長尾家の顕長が佐野領西端の出流川に出陣してきたので、佐野勢は追い返している。その十月、今度は佐野勢が足利領東端の八椚村に進み、足利勢を圧して足利両崖城の二ノ曲輪まで攻め込むが、新田、館林勢が援軍として駆け付けたので、挟撃を警戒して兵を退いている。

天正九年（一五八一）四月の行動は、前年の報復に違いない。

藤岡城陥落からの四年間で、関東周辺の状況が一変した。

天正五年（一五七七）九月二十一日、加賀の手取川で五万に近い織田軍を撃破した上杉謙信は、改めて関東を制圧しようとしていた矢先の翌六年三月十三日、脳溢血で死亡した。これによって上杉家は謙信の甥の景勝と、北条氏康の八男の景虎、二人の養子によって血で血を洗う家督相続が行われて上杉家は割れた。

北条家と同盟を結ぶ武田家は景虎の支援に乗り出したが、氏政は勝頼に援軍の要請をするばかりでなかなか本腰を入れようとしない。北条家は、ちょうど常陸から勢力を拡大しつつあった佐竹義重らに足をとられ、身動きできなかったことによる。

自ら汗をかかぬ氏政に腹を立てた勝頼は、景虎の支援を止めて中立を保ち、両者の和解に努めた。劣勢に立たされていた景勝にとって武田家に兵を向けられないだけでも味方を得たのと同じこと。景勝は礼として黄金二万両を贈り、北信濃と上野一国を譲ることを約束した。

約定によって勝頼は上越国境に近い越後の妻有に援軍を送った。これが北条軍の北上を牽制する形となり、北条家と敵対関係になった。

北条家からの支援を受けられない景虎は追い込まれ、天正七年（一五七九）三月二十四日、鮫ヶ尾城で自刃し、御館の乱は景勝の勝利となった。

武田家と北条家が対立すると、佐竹義重の台頭も重なり、翌天正八年（一五八〇）の暮れには下野の国人衆は挙って反北条家の立場を取りだした。佐野家も倣ったので、北条勢がたびたび佐野領に兵を向けてくるようになった、というのがこれまでの経緯である。

この間、佐野家は検地等を進め、体制も新たにした。

御一門は富士秀久、秀正親子。

御老臣は赤見綱重、綱高親子。

四天王の内は大抜武重（大貫定行）、武基親子。竹沢定冬、定清親子。山上道牛、氏吉兄弟。津布久明豊、正直親子。

御客家は田沼秀直、正直親子。高瀬武正（綱清）、武元親子。福地寧久、智之親子。

という序列となり、以下続く。道牛の山上家は四天王の内に数えられるようになった。

嘗て別の山上一族が重用されていたが、新参の道牛としては異例の出世である。

但し、道牛の禄高が増えたわけではなく、あくまでも名誉である。所領の少ない佐野家にあって、宗綱は実と名を巧みに使い分けて家中の均衡を保つことに努めていた。

長尾顕長は白石豊前守、立木図書、大沼田淡路守ら足利長尾家の兵に新田、館林、飯野を加えた一千二百を率いて佐野領に進んだ。顕長は、嘗て道牛らの山上家が後ろ楯にしていた金山城主・由良（横瀬）成繁の次男で、足利長尾家の養子となった武士である。

即座に村上の天海佐渡守、椿田の福地寧久らから唐沢山城に急報が届けられた。これによって陣触れがなされ、道牛が登城することになった。すぐに集まった兵は五百ほど。

「先手は道牛と源太。これに他の者は続き、急ぎ免鳥城に向かえ」

「承知」

下知を受けた道牛は富士源太左衛門秀正と唐沢山城を発った。他の佐野家臣も続く。

免鳥城は唐沢山城から一里半（約六キロ）ほど南西に位置し、佐野領の西を守る要の城である。

「まずいですな。免鳥城は宗綱様にとって目と鼻の先の城。万が一にも奪われれば喉元に刃を突き付けられることになりますな」

道牛を追いながら吉蔵が言う。

「まあ、そうじゃが、そうそう落ちはすまい」

免鳥城は本丸を中心に幾重にも堀が巡らされ、すぐ東を流れる才川と西の旗川から水を引き込んでおり、周囲は深田と湿地が広がり、簡単に攻め寄せることができない。城は高瀬家長ら二百ほどの兵が守っていたので、道牛は心配していなかった。

城から半里ほどに迫ったところで、蛇ノ目が騎乗する道牛の隣に走り寄った。

「一足、遅うございました。高瀬様は討ち死に。免鳥城は足利勢に奪われました」

「なんと！」

思わず道牛は手綱を引いて駿馬を止め、声を荒らげた。

「兵も近寄りがたい城が、なにゆえ落ちたのじゃ？」

「内応した者がいたらしく、寄手は難無く城内に押し入ることができたようにございます」

蛇ノ目は淡々と答えた。

高瀬家長と家臣の和田佐渡、古橋伊予、兵藤土佐、西村新兵衛、亀谷八郎らは、雪崩れ込んでくる寄手に必死の防戦を行うが、防塁がなければ衆寡敵せず。城代の家長が討死すると、生き残った家臣たちは四散した。

「くそ！　鼻薬を嗅がされたのか。おのれ。これより免鳥城を取り戻すぞ」

宗綱に使いを送った道牛は決意を示し、改めて砂塵を上げた。

桐生へと続く道（現在の国道五十号）から南を眺めると、免鳥城には足利長尾家の家紋である白地に黒の『九曜巴』の旗が城門に立てられていた。

「堂々と旗を立てておるの。あの旗、毟り取らねばの。我に続け！」

怒号した道牛は鐙を蹴った。兵も続くが、城への道は細く一列にならざるをえない。城から一町ほどに近づくと、城内の筒先が一斉に火を噴いた。進めば蜂の巣になるので、道牛は馬脚を止める。竹束を持つ足軽が到着したので、道牛は前進を開始した。

矢玉が竹束に当たり、青い破片を飛び散らせるが道牛は構わず城に接近する。道牛の背後には弓、鉄砲衆が並び、僅かながらも轟音を響かせ、弦音をさせた。

寄手が満足に攻撃できないので、城兵は一蹴しようとして城門を開き打って出た。

「好機。敵を討って、城に乗り入れるのじゃ」

道牛は薙刀を担ぎ、長尾勢に向かって馬腹を蹴った。

「直に戦えば恐れることはない。一気に本丸まで貫くのじゃ」

すぐに距離が詰まり、遂に接触した。

「喰らえ！」

道牛は敵が鑓を突き出すより早く、薙刀を振り下ろし、先頭の素っ首を刎ねた。続けて薙ぎ、斬り上げ、瞬時に三人を血祭に上げた。

「足利勢、なにほどのことやらん」

さらに数人を斬り倒した道牛は、新たな敵を求めて薙刀を振っていた。

「相手に恵まれてきただけの輩め。大口を叩くのは、儂と戦ってからに致せ」

物頭と思しき黒革威の具足を身に着けた六尺豊かな武者が声をかける。

「おう、足利にも武士はいたか。儂は山上道牛。名を名乗られよ」

「梁田丹後じゃ」

名乗るや否や、梁田丹後は鑓を突き出した。

「おう」

鋭い突きではあるが道牛は柄で弾き、左逆袈裟で斬り返す。敵は後退して躱し、再び鑓を繰り出してくる。すかさず道牛は分厚い刃で柄を両断した。

「おのれ！」

鑓の柄を切られた梁田丹後は焦り、手に残る柄を道牛に投げながら馬を走らせた。

「待て、逃げるか」

自分を挑発しながら背を向ける梁田丹後に憤り、道牛も後を追う。

「のろまめ。追いつけるか」

腰の太刀を抜きながら梁田丹後は馬を疾駆させる。道牛は薙刀の峰で馬尻を叩いて駆る。

梁田丹後は城から南西に十町ほども走り、村上の虚空蔵の辺りまできた。近くには旗川からの洪水避けの土手があった。梁田丹後の馬脚が遅くなった。

（よもや）

と思った途端、土手から鉄砲衆が数人顔を出し、轟音を響かせた。

玉は道牛の馬体を貫き、馬は嘶いて倒れた。

「おのれ」

釣り出しに引っ掛かった己を恥じながら道牛は跳ね起きようとしたところへ梁田丹後が近づき、馬上から太刀を振う。

「させるか」

太刀を下から薙刀で弾くと、梁田丹後は体勢を崩して落馬した。道牛が起き上がりざまに斬りつけると、梁田丹後は飛び退いて避けたが深田に嵌(は)まった。

「おりゃーっ！」

気合いと共に、泥濘(ぬかるみ)に足をとられて動けなくなった梁田丹後の首を刎ねた。

「ひっ」

悲鳴を上げたのは玉込めをしていた鉄砲衆だった。

「山上道牛は鬼神か」

道牛が砂塵をあげると、ろくに狙いも定めぬままに放ち、旗川のほうに逃亡していった。

「ちっ、致し方ないの」

追うのも面倒。愛馬を失った道牛は舌打ちし、梁田丹後の馬に乗って大手門に戻った。

既に城門は閉じられていて、佐野勢は攻めあぐねていた。

「この城は、内応者が出ぬか、兵糧攻めにでもせねば落ちぬの。あるいは」

夜を待って夜襲をかけようかと思っていた時、宗綱からの使いが跪(ひざまず)いた。

「忍、騎西、羽生らの武蔵衆が後巻にまいっておりますゆえ、退けとのことにございます」

「左様か。退け」

道牛は鉄砲衆を殿軍とし、自身も時折、薙刀を振いながら無事に帰城した。

免鳥城を奪った長尾顕長は浅葉左衛門甚内を城代に据えた。

足利勢の優勢を知ると、唐沢山城から三里ほど西に位置する榎本城主の榎本大隅守が北条方の調略を受け、佐野家に背信した。

即座に宗綱が陣触れすると、山口藤七郎らの旗本は功名に走って夜襲するが、失敗した。

「戯けが。腹を切らせよ」

免鳥城を失ったばかりなので、宗綱は激怒して命じた。

「失敗は誰にもござる。叱責は存分。されど、まずは生かして使いなされ」

道牛らが諫めると、宗綱は渋々頷いた。

宗綱は許す気になったが、藤七郎は責任を感じて犬伏の大庵寺で自刃してしまった。

(斬首よりも切腹を選んだか。宗綱様も言葉には気をつけてもらわぬとな)

道牛は宗綱の短気を危惧した。

翌日、佐野勢は榎本城を包囲した。北条家からの援軍はなかったので、榎本大隅守は降伏を申し出て、人質を差し出すことで許された。

(こう、麾下に背かれるのは、宗綱様の不徳の致すところではあるが、凋落の途を辿る

武田ではもはや後ろ楯にはならぬ。版図を広げる佐竹では力不足)

なんとか打開策を立てねばならぬと四天王の内の道牛は思案しはじめた。

「北条と織田のことを探ってまいれ」

道牛は蛇ノ目に命じた。

一月半ほどで蛇ノ目は帰国した。

「北条はかなり前から進物を贈り、陸奥守は直に織田殿に会われたそうにございます」

北条家は天正初期から織田家に接触し、北条氏照は天正七年（一五七九）に上洛し、信長に謁見している。

「左様か。やはり北条は目ざといの。当家も遅れてはならぬな」

個人的な感情は抜きにして、道牛は武田家を見限る時機だと判断した。

登城した道牛は宗綱に会い、主だった者を集めた。

「昨年、本願寺と和睦した織田殿は、もはや上方で足を取られる心配もなく、四方に版図を広げております。それゆえ武田は圧され、当家への後詰も得られぬのです。この期に至り、あれこれ悩んでおる場合ではございませぬ。即刻、使者を送り、織田に臣下の礼を取るべきです。既に北条が誼を通じている以上、下手をすれば討伐の許可を出されてしまいます」

膝を乗り出して道牛は主張した。

「そうか？　されど、信長はまだ天下人ではあるまい」

信長は正二位の位にあるが、三年前に右大臣、右大将を返上している。この天正九年、左大臣を勧められたが断っている。

「公方（将軍義昭）を追い、公儀（幕府）を潰したお方です、もはや左様な肩書きは必要ないのでしょう。公家衆が織田家と共に参陣しているらしいので、実質の公方も同じ。綸旨などはいかようにも出させることができまする。遅れては命取りにござる」

「左様か。そちがそこまで申すならば、織田と誼を通じよう」

下野の一城主である宗綱には、信長の大きさが、今一つ判らないようであった。

「ところで誰を織田に送られるおつもりか」

今まで黙っていた大抜武重が問う。

「天徳寺（宝衍）も戻られておるので、某がまいりましょう」

「なに。ならぬ。今、そちに離れられては当家が危うい」

まさか引き抜きでも受けたのか、と宗綱は疑いの目を道牛に向ける。

「お気にかけて戴けることは有り難きことなれど、北条と敵対関係にある当家が、北条に遅れて取次ぎ、某以外に誼を通じることのできるお方がおりましょうか」

答えながら道牛は周囲を見廻すが、進み出る者はいない。信長が北条家を大事にしていれば、敵対する佐野家の者などは即座に斬られる可能性があるからだ。

「某しかおらぬようです」

「左様か。されど、必ず戻れ。当家にそちは必要じゃ」

「有り難き仕合わせに存じます。少々周囲を見てまいりますので、多少歳月はかかりますが、必ずや戻ってまいります。それまでは弟の氏吉をお引き廻し戴きますよう」

人質はいるので出奔はしない、と道牛は答え、下城した。

「なにやら楽しそうで」

吉蔵が問う。

「そちとて同じであろう。運がよければ安土や都を見て戻れる。なければあの世逝きじゃ」

「危うきの多き旅ですな。半々です」

と言う吉蔵であるが、それほど嫌そうではなかった。

「それはよかった。そんなに賛成しているか」

信長とはどんな男か。道牛は楽しみでしかたがなかった。

四

辺りでは蟬が暑さを喜ぶように鳴いている。水面からの照り返しで肌が焦げそうである。

吉蔵を伴って、道牛は漸く安土に到着した。

「これが天下人の城か」

城下の北外れから安土城を眺め、道牛は感嘆をもらした。

観音寺山塊の一角に琵琶湖に突き出た小山がある。通称安土山（標高一九九・二メートル）は琵琶湖の南東岸、近江のほぼ中央に位置し、都へは陸路でおよそ十二里（約四十八キロ）の距離にある。船を使えば上洛に丸一日を要しないであろう。東山道（中仙道）にも近いその地には、近代城郭の先駆ともいえる絢爛豪華な城が聳立していた。

山は石垣で固められ、周囲を水に囲まれた天然の要害でもある。驚くべきは、城下から山頂にある本丸御殿に向かってほぼ真直ぐな石段が築かれていること。

絶対に領内へは敵を攻めこませないという自信か。あるいは攻められるものならば攻めてみよと、大胆不敵な広言か。はたや既に逆らう者など皆無と別の次元に立っているのかもしれない。城本来の戦うための機能を重視した造りではなく、天下の政治を司り、覇を唱えるために築かれた贅沢な城である。加えて、天に向かって五層七重の天主閣が聳えていた。各層が朱や青、窓は白や黒漆で塗られ、最上階は金色の光沢を放っている。瓦は青く輝いている。

「竜宮城とはかような城なのでしょうか」

吉蔵も、ぽかんと口を開けて眺めながら言う。

「出てくるのが乙姫ならば歓迎じゃが、第六天魔王に会いに行くのじゃ。心せぬとな」

華美な城に気をとられていると目的を果たせない。道牛は自身を引き締める気持で告げた。

嘗て天徳寺宝衍が上洛した時、織田家の重臣の滝川一益と誼を通じたことを聞かされたので、道牛はこの伝手を頼ることにした。

安土城下の目抜き通りとでも言えるところを歩むと、左右にはさまざまな店がずらりと並び、夥しい人々が道を所狭しと往来している。

「関東では一番と言われる小田原でさえ、これほど賑やかではありませぬな」

「まあ、天下人の城下じゃ。当たり前なのであろうな」

平静を装っている道牛であるが、目新しいものばかりなので圧倒されていた。

道牛らは城下に宿をとり、吉蔵を滝川屋敷に行かせた。

「明日の五ツ（午前八時頃）にまいれ、と滝川家の者が申しておりました」

「左様か」

ひとまず安堵した道牛は労い、滝川一益と会うことを楽しみにした。

翌朝の辰ノ刻（午前八時頃）、道牛は吉蔵を伴って滝川屋敷を訪れた。信長の嫡子の信忠をはじめ、羽柴秀吉や徳川家康、前田利家などは橋を渡った安土山の部分に屋敷を築くことが許されているが、滝川家は城下である。柴田勝家や惟住（丹羽）長秀などの譜代や外様の惟任（明智）光秀なども同じである。信長の中でなにか基準があるのかもしれない。

滝川家の家臣に案内されて道牛は屋敷の一室に通された。暫しして滝川一益が現われた。

「遠路、ご苦労。儂が滝川左近将監一益じゃ」

滝川一益は、鍾馗髯をたくわえた面構えで、道牛に負けぬ体軀をしている。

滝川氏は紀長谷雄の後裔とする紀氏、または、甲賀武士伴党大原氏の末裔とする説があるが、実のところ定かではない。大原氏は甲賀五十三家の一家で、いわゆる甲賀忍者の一族として知られている。一益の家は滝川家の支流にあたるが、時代の流れの中で主家になったという。

一益は幼少時から鉄砲の射撃術に優れ、信長の家臣になる前は、各地の武将から傭兵の依頼を受けて参陣していた。鑓働きにも長け、戦場経験も豊富な豪勇である。信長に仕えてからも諸戦場で活躍。今では一軍を任され、各地の国人、大名の取次ぎも行っていた。

「お初にお目にかかります。下野の佐野家に仕える山上道牛にございます」

相手は天下人の家臣なので、道牛は丁重に言葉を選んだ。

「天徳寺（宝衍）殿は息災か」

「主家のため、尽力してござる」

「それは重畳。用向きは聞いた。貴家は上（信長）様の家臣になりたいとか」

佐野家が小領主なので、見下したもの言いの一益である。

「仰せのとおり」

「確か貴家は小田原の北条家と争っているとか。武田との関係はいかに」

嘘はつけないが、返答しだいによっては破談になる。気をつけなければならない。

「嘗ては北条とも武田とも手を結んでおりましたが、今は常陸の佐竹と一緒に北条に対しております。武田とは疎遠にございます」

佐竹義重が信長と誼を通じたのは天正三年（一五七五）と北条家よりも早いので、道牛はこれを利用することにした。

「左様か。武田とは二度と近づかぬように」

この言葉で織田家と武田家の和睦は結ばれぬと道牛は悟った。また、北条家と誼を通じているが、親密ではないことも窺えた。状況によっては敵対することも。

「承知致しました」

一益の言葉は信長の言葉も同じ。従うのは絶対条件である。

「貴家の意向は承知した。上様にお伝え致そう。但し、上様は多忙ゆえ、すぐに呼び出しがあるやは判らぬ。いつにても登城できるよう用意しておくように」

告げると一益は忙しげに部屋を出ていった。

「いつでも用意しておけとは、随分と高飛車な物言いですな」

滝川屋敷を出たのち、吉蔵が横から話しかける。

「滝川殿は天下人の家臣じゃ。対して儂らは吹けば飛ぶような国人衆。致し方あるまい」

「北条家の使者も同じような扱いを受けたのでしょうか」

「まあ、関東一の大名じゃ。当家とは違って丁重に扱われているやもしれぬ。されど、信長様と会うことが叶えば、織田の家臣として同格。そう脅かされることもあるまい」

道牛は信長との対面を楽しみにした。

安土に来て半月が過ぎても信長からの呼び出しはなかった。その日の朝も滝川家からの使者がなかったので、道牛らは舟を借りて湖に漕ぎ出し、勢いのまま湖北の竹生島に向かった。

竹生島は全島が針葉樹で覆われており、琵琶湖八景（深緑）のひとつにも数えられている。

「外から島を眺める分には趣きもあるが、島からはそれほどでもないの」

南部の都久夫須麻神社（竹生島神社）から周囲を眺め、道牛はもらした。

「左様なことを申すと罰が当たりますぞ」

吉蔵が窘める。

竹生島は神の棲む島とも言われ、古来、信仰の対象となっていた。島の宝厳寺にある弁才天像は、琵琶の代わりに剣を持っていることから、御敵を滅ぼす力を備えていると武士の間から不思議と篤い信仰を受けている。一般に弁才天は財福を司る神として尊崇を集めているが、一方では怨霊調伏の神であり、また、インドでは最強の殺戮鬼女カーリーを指している。

「左様なものが当たっておれば、とっくに死んでいよう」

と言った時、道牛らが使用した小舟とは違い、大型の船が島に接近してきた。

「あれは織田様の船ではありますまいか」

吉蔵は心配そうな表情をする。

「とすれば、罰どころか幸運ではないか」

半月も待たされているので、内心、道牛は焦れていた。信長が乗船していれば好機である。

やがて船は船着き場に到着し、数人の家臣が降り、渡し板が架けられた。用意が整うと、黒橡に白の『木瓜』の家紋を染めた素襖に身を包んだ高貴な武士が下船した。

日焼けしにくい肌は年中色白で、髭は薄く鼻の下に少し生やしていた。中肉中背だが野駆け、水泳などで鍛えた体は引き締まっている。顔は細面で目鼻だちは整い、唇は薄く、眼光は鋭く、猛禽類のような視線を放っていた。

「誰じゃ？　今日は島に近づくなと触れが出ていたはず！」

若い小姓頭が岸上の道牛を見つけて叱責すると、家臣たちが身を守るように主の前を固めた。

信長は何度か暗殺の標的にされている。弘治二年（一五五六）には尾張の那古野で林通春に、永禄二年（一五五九）には都で齋藤義龍の家臣に、元亀元年（一五七〇）には近江の千草山中で六角承禎が放った杉谷善住坊に。他にもあるに違いない、小姓たちは緊張している。

「左様な触れは聞いておらぬが。某は怪しい者ではござらぬ。今、滝川左近将監殿に取次ぎを頼んでいる下野の佐野家の家臣、山上道牛でござる」

波風が立たぬよう、道牛は階段を下りながら返答をした。

「されば、なにゆえ城下で待たぬ。下知を守らぬ輩は賊も同じ。斬り捨てよ」

小姓頭が命じると、抜刀した三人が道牛に向かって進んできた。

「やめよ。この地を血で汚すな」

かん高い声で高貴な武士が命じると、小姓たちは弾かれたように元に戻り、警戒を強めた。

（助かったの。まあ、本気になれば、汚すのは汝らの血じゃが。むっ、もし、あれが信長なれば、儂は信長を討てることになるのか。されば、儂は天下人か。まあその器ではないの。それに生きて近江から出ることはできなくなろうのう）

怪しい誘惑にかられるが、決して人殺しが趣味ではない。道牛は自重した。

「触れを犯してまで上様に直訴せんという理由はなんじゃ」

「先ほどから触れと申すが、聞いておらぬのは事実。決して犯した覚えはない。それに、触れたのならば、城下の町民に伝わったかどうか確認するのが奉行の役目。していなかったとすれば、その者の失態ではござらぬか」

その役目はお前なのか、と道牛は問う。

「なに！」

的を射ていたのか、小姓頭は端整な顔の眉間に皺を刻んで憤る。

「直訴と申されたが、儂も佐野家の命運を握って安土に上った身。待てと言われて、これを破り、家を危険に晒してまで訴える無礼をするつもりはない。そちらにおわすお方が織田様なれば、まったくの偶然。されど、偶然もまた必然。お聞き届けられれば幸いにござる」

道牛は階段を下りきり、片膝をついて頭を下げた。

「申せ」

かん高い声で許された。

「ご尊顔を拝し恐悦至極に存じます。織田様とお見受け致し、改めて申し上げます。某は下野の佐野家の家臣、山上道牛。主・宗綱の下知にて本領安堵をして戴きたく、参上致しました」

「関東は北条と佐竹に任せるつもりじゃ。否と申したらいかが致す」

「北条と佐竹は犬猿の仲。織田様が近くにあれば別ですが、和睦するとは思えませぬ。これを監視するのが当、佐野家の役目にございます」

顔を上げぬまま、道牛は主張した。

「佐野は誰かの後ろ楯なくば、持ちこたえられぬのか」

「仰せのとおりにございますが、織田様の安堵があれば可能にございます」

「自（おの）が尻も自が拭（ふ）けぬでは役に立たぬ」

興味なさそうに信長は吐き捨てる。

「畏れながら、織田様は関東のみならず、奥羽までの制圧を視野に入れておられるならば、当家のような国人が多数帰属するほうがよいのではありますまいか」

信長が重臣を満足させる所領を与えるには大きな大名を取り潰さねばならない。これを実行するには、敵地で手足となる国人衆を麾下に置く必要があった。

「ふん」

多少は政が判るのか、とでも言いたいのか、信長は鼻で笑う。

「されば、汝は滝川の家臣となり、きたる関東攻めに備えよ」

「有り難き仕合わせに存じます」

道牛は素直に従った。

その後、参拝を終えた信長は、静かな顔をして船に乗り込んだ。

「滝川家の家臣となること、よろしいのですか」

道牛らも小舟に乗り込みながら吉蔵が問う。

「仕方あるまい。拒めば儂もそちも斬られ、関東攻めのおりには佐野家は潰される」

美濃の齋藤、北近江の浅井、越前の朝倉氏らの大名をはじめ、周辺の国人衆を滅ぼし、比叡山を焼き討ちにし、伊勢長島、越前、加賀の一向一揆を皆殺しにし、本願寺を石山から追いやり、将軍をも追放して幕府を滅ぼした信長のこと。命令に逆らうわけにはいかない。

「殿の活躍を聞き、体よく引き抜かれたのではありませぬか」

櫓を漕ぎながら吉蔵は指摘する。

「かもしれぬ。されど、それで佐野家が存続できれば、宗綱様も本望であろう。武田は衰退の途を辿り、北条ですら屈した今、家臣一人奪われたぐらい、痛くも痒くもなかろう」

道牛は佐野家に対して罪の意識は微塵もなかった。

「逆に嬉しそうではありませぬか」

「戯け」

叱咤する道牛であるが、陪臣とはいえ天下人に仕えることになり、気分は悪くない。

(これよりは天下取りの戦ができるのじゃな)

寧ろ期待感のほうが強い。

佐野家には吉蔵に書状を持たせて伝えることにした。

第六章　凱旋急転

一

天正十年（一五八二）二月、信濃の木曾義昌が武田家を見限り、織田家に内応した。

喜んだ信長は武田攻めを各将に触れた。駿河口からは徳川家康、関東口からは北条氏政、飛騨口からは金森長近、伊那口からは信長・信忠親子が二手に分かれて進撃するということ。

二月三日、武田攻めの総大将に任じられた嫡子の信忠は、先発隊として森長可を中山道の木曾口（現在の国道十九号）から、団忠正や河尻秀隆らを中馬街道から出動させた。

滝川一益は信忠の補佐を命じられた。

「そちは、至急、佐野に戻り、天徳寺（宝衍）らと相談して関東諸将を説き、上野から甲斐を目指せ。上野には峻険な地があると聞くゆえ、逃れられたら捜すのに苦労する。今一つ、勝頼の正室は北条の女。裏で密かに匿うやもしれぬ。絶対に勝頼を逃してはならぬ」

一益は唾を飛ばして道牛に命じた。

「承知致しました」

不向きではあるが、応じた道牛は即座に安土城下の滝川屋敷を出立した。

「武田が相手ですか。なんとなく気が引けますな」

歩きながら吉蔵が話しかける。

「昨日の友は今日の怨、は武家の倣い。致し方あるまい」

答える道牛であるが、武田家との戦いには罪悪感はない。気が進まぬのは佐野家に行くこと。獣と鳥の間で都合よく振る舞う蝙蝠だという目で見るに違いない。

「にしても天徳寺（宝衍）様が殿と同じように二重に仕官していたとは驚きですな」

人の気も知らずに吉蔵は言う。

「戯け。主を不忠者のように申すな。おそらく天徳寺殿も致し方なく応じたのであろう」

「まあ、その日がすぐに来て、ようございましたな」

「どうかのう。織田の戦いは、ほかの武将とは違うからのう」

前年の伊賀攻めを思い出しながら道牛は言う。

道牛が一益の麾下となって間もない九月、信長は伊賀攻めを断行した。伊賀には大名はおらず、特殊能力を身につけた国人の集団が狭い自分の所領を支配し、信長の命令には従わなかった。天下統一を目指す信長としては許すことができない。信長は甲賀、信楽、大和の三方から四万四千の軍勢を侵攻させ、降伏は許さず、万余を皆殺しにし、国を焦土と化した。

道牛も一益の家臣として参じ、薙刀を振ったが胸の空く戦いはできなかった。

（あれが天下取りの戦か）

戦いではなく殺戮。お世辞にも戦いの美学はない。道牛は嫌悪感しか覚えなかった。

「されど、衰えたりとはいえ、戦国最強と謳われた武田です。そう簡単に敗れますまい」

「今や武田の味方は上杉だけ。頼みの上杉も、柴田（勝家）殿らに仕寄せられておる。自が身の危ない中、後詰を送る余裕など上杉にはあるまい。左様な中で木曾が内応したとなると、これに倣う者が続くに違いない。果たしてどれほどの家臣が武田家に忠義を尽くそうか」

勝頼は知らぬ間柄ではないので、道牛は危惧した。

中仙道は武田家の所領なので、道牛らは東海道を進み、小田原を素通りして唐沢山城に到着したのは二月の中旬であった。空っ風を感じると、下野に戻ってきた気がする。

登城すると主殿には宗綱をはじめ天徳寺宝衍や大抜武重など主だった者が顔を揃えていた。道牛が初めて唐沢山城に登った時のように、他所者を見るような目を向けている。あるいは、それ以上で、裏切り者、と蔑んでいるようにも見えた。

「ご無沙汰しております。宗綱様にはご健勝の様子にてお喜び申し上げます」

「重畳至極」

「火急のことにて不忠の儀は改めてお詫び致します。信長様は武田攻めを宣言し、既に嫡子の信忠様は麾下の兵を信濃に進めております。当家も早々に出陣なさるべきかと存じます」

針の筵に座らされているような状況の中、道牛は手短に用件を伝えた。

「北条がそう易々と織田に従うとは思えぬの。この一年でも下野に兵を進めておる味方だと思っていた天徳寺宝衍が、一番に異議を唱えた。

(天徳寺には先に話を通しておいたほうがよかったか)

一刻も早く宗綱に信長の意向を伝えることを主眼に置いていたので、道牛は目元を顰めた。

「これまでと、こたびは異なってござる」

「ほう、どう違う？」

天徳寺宝衍が問う。

(織田家との繋がりが強くなった儂への嫉妬か。ある意味、織田の力を説明させるためか)

とりあえず道牛は、いい方に解釈することにした。

「安土の城下で何度も北条の使者を見てござる。北条も本気でござろう」

「あくまでも推測にすぎぬのではないのか。彼奴らは人の隙を突くのが得意。あるいは、おざなりの兵を甲斐に向け、本軍を下野に出陣させるやもしれぬ」

帰る城がなくなるのは、まっぴらだといった天徳寺宝衍の表情である。

「左様な真似をすれば、武田を討ったのちに織田の軍勢が小田原に雪崩れ込みましょう」

「小田原城は難攻不落。謙信、信玄が攻めても落ちなかった城ぞ。織田は両将に敗れておる」

「両将ともこの世にはござらぬ。それゆえ上杉も武田も圧されてござる。その理由は信長様の兵は鍬を持たぬ戦人。田植え、稲刈りに帰国することなく城を囲んでいられます。これにより、敵対する敵は悉く滅ぼされております。兵糧も専門の者たちが運んでまいる手筈。小田原なれば、巨大な船で運びましょう。木津川沖で毛利の水軍が撃破されたことは佐野にも伝わっているではありませぬか。織田は上杉や北条のような敵とは違いますぞ」

九鬼嘉隆の鉄甲船が毛利水軍に勝利したのは過ぐる天正六年（一五七八）十一月。その時は道牛も唐沢山城にいて、驚くべき報せを聞いたものである。これが切っ掛けで石山本願寺は孤立無援となり、信長と和睦して紀伊の鷺ノ森に移動している。

「さすが織田の家臣。肩入れの仕方も違うものじゃ」

今まで黙っていた大抜武重が口を開いた。

「されば、信長様の命令だと申し上げればいかがしますか」

まだ判らぬのか、と道牛は厳しい口調で大抜武重に迫る。

「随分と腰が弱くなったものじゃ」

「伊賀の惨殺を目の当たりにすれば、誰でも同じように勧めましょう。謙信公に仕寄せられても佐野家は降伏したのですぞ。下知に従わねば、佐野は焦土と化します。信長様は出陣せず、指一本動かせば、配下が無慈悲なことを淡々とこなすのが織田軍です」

　身を乗り出して道牛は説く。

「そちの忠節は疑わぬが、聞き捨てならぬの。佐野が降伏したのは父の代にて、儂ではない。北条や周囲のこともある。すぐに出陣はせぬ。左様に心得よ」

　不快げに言い捨て、宗綱は座を立った。

（宗綱様は年を追うごとに自信をつけられ頑固さが増したか。儂がずっと側におればのう。いや、当主としての自尊心を今少し配慮すべきであったか）

　最初の説得は失敗に終わり、道牛は肩を落とした。ただ、そのままでいるわけにはいかない。

　道牛は城の北側にある天徳寺宝衍の屋敷を訪ねた。

　宝衍は快く応じ、二人は一室で向かい合った。

「滝川殿から話は聞いてござる。なにゆえ率先して宗綱様を説かれぬのですか」

　国許（くにもと）に戻り、ぬるま湯に浸（つ）かったのか、と道牛は問う。

「儂が傍観していたと思うか？　先ほどのとおり、宗綱殿は我が強い。うまく顔を立ててやらねばならぬ。周囲の者どもは世間知らずの田舎者じゃ。織田の恐ろしさを知らぬ」

　やはり宝衍は状況を理解しているようであった。

「さればなにゆえ」

「考えてみよ。こたび佐野のような小さな家が勇んで出陣し、追い詰められた勝頼と出くわし、間違って首でも挙げてみよ。織田の家臣からどれほど恨まれることか。いずれ難癖つけられて潰されるのがおちじゃ。今は出遅れぐらいがちょうどいい。まあ、吞め」

ちょうど宝衍の近習が酒を運んできたので、勧めた。

「遠慮なく。して、いかがするつもりですか」

盃を呷りながら道牛は問う。

「武田が滅んだのち、誰かは判らぬが、織田家の重臣が関東を与えられよう。上野には大きな国人はおらず、陸奥との境にもなっているゆえ、おそらくは沼田か厩橋辺りに腰を据える」

「やはり武田は滅びますか」

見ているところは同じだと道牛は確信した。

「毛利ですら圧されている今、信長様が本腰を入れたのじゃ。武田に味方する者はおらぬ。武田どころか上杉も潰されよう。それゆえ、使いだけはまめに送り、武田が滅んだ頃に参じればよい。上野から牽制していたと申せば、誰に恨まれることなく本領を安堵されよう」

「それまで旨寝を貪っておられるか」

「いや、そなたは滝川殿の名代とし、佐野の代表として下野の諸将を説いて廻られるがよい。宇都宮は佐竹の麾下じゃが、それ以外は殆ど北条の麾下じゃ。いずれも視野が狭い。そなたの力量次第じゃが、叶えば佐野家が織田の麾下として下野を主導できる」

宝衍は道牛を利用するようであった。

「承知致した。されば、宗綱様はお任せ致す」

翌日から道牛は下野の国人衆を順番に説いて廻った。


道牛が諸城に足を運んでいる最中、織田軍は信濃に侵攻した。抵抗したのは勝頼の弟の仁科盛信が守る信濃の高遠城ぐらいで、ほかは織田軍が近づくと降伏するか逃亡するかで信濃の諸城は将棋倒しのように倒れた。

諏訪の上原城で劣勢を知った勝頼は、信濃での迎撃を諦めて甲斐韮崎の新府城に帰城したところ、信頼していた義兄の穴山梅雪齋（信君）も徳川家康に内応した報告を受けた。

新府城は普請途中なので攻められれば守りきれない。一度は真田昌幸の勧めに応じて上野の岩櫃城に入って徹底抗戦する決断をしたが、長坂釣閑齋らの進言を受け、途中から小山田信茂の岩殿城を目指したが、信茂にも裏切られた。

逃れることを断念した勝頼は自刃を決意し、天目山の栖雲寺を死地に選んだ。同地は上杉禅秀の乱（一四一六）に敗れた武田家十代目の当主・信満が、翌年に自刃した場所である。

勝頼に付き従う者は女性や僧侶を合わせても五十余名。天目山の中腹の辺りの田野に辿り着いた時、滝川一益ら織田家の軍勢一万ほどが追いついた。

最後の戦いを試みるも、衆寡敵せず。勝頼は戦い疲れて鎧櫃に座していた時、滝川家の家臣・伊藤伊右衛門永光の突き出す鑓に串刺しにされ、三十七歳の生涯を閉じた。

三月十一日、戦国大名としての甲斐源氏は消滅した。

鹿沼城から帰城した道牛は、初めて武田家滅亡の報せを聞いた。

「よもや、かように早く滅びるとは」

さすがに道牛も驚いた。予想以上である。即座に天徳寺宝衍と顔を合わせた。

「鹿沼の様子はいかに」

「北条の動きを見ねば、今のところはなんとも、と申してござった」

思いのほか、宝衍はのんびりしていた。

「皆、似たり寄ったりか」

「そう呑気なことを申している場合ではござるまい。当家はいかに」

譜代ではないとはいえ、道牛ばかりを動かして、あまり働かぬ宝衍に憤る。

「他の下野衆とかわらぬ。留守の最中に仕寄せられることを警戒しておる。それゆえ、まずは戦勝祝いの使者を滝川殿に送っておいた。指示を出してくれるとも」

「左様でござるか。されど、これまではそれでよいとしても、こののちはいかがなされるか」

「じき上様は信濃にまいられよう。我らも挨拶に伺う。頃合を見て宗綱殿を呼べばよい」
宝衍の言葉を聞き、道牛は頷いた。

結局、信長は一度も具足に袖を通さず、嫡男をはじめ家臣たちだけで武田家を滅ぼした。物見遊山のような出で立ちでの信濃入りである。三月十九日には諏訪の法華寺に入った。

酒宴の席で惟任（明智）光秀に激怒したというが、それでも宿敵勝頼を討った信長の機嫌はいい。二十三日、法華寺に挨拶に来た一益に対し、信長は上野一国ならびに信濃のうち佐久、小県の二郡を与え、さらに八州の御警固と東国の儀御取次の役を申し付けた。

信長は一益に織田家中で一番大きな役目を命じたと言っても過言ではない。

役目としては主に四つ。

一、上野を中心に関東八ヵ国の大名たちを織田家に従属させること。
二、ひとまず同盟を結んだ北条家との外交交渉ならびに従属させること。
三、誼を通じている米沢の伊達家など奥羽の大名の取次ぎと従属させること。
四、越中と信濃から越後に侵攻する織田軍への支援を上野から行うこと。

北伊勢の旧領五郡約十五万石は安堵されたままなので、これに上野一国約四十九万六千石、信濃の二郡約八万石が与えられて合計で約七十二万六千石。一益は織田家臣の中で筆頭の石高を得たことになる。しかも、奥羽との取次役まで得ていれば、さらに所領は奥羽に広がることは予想できた。滝川家の家臣たちは、より多くの恩賞が得られると、恵比須顔であった。

時に一益五十八歳であった。

先鋒として一益の甥の益重や、同じく前田慶次郎などが上野に向かった。

三月下旬、道牛は天徳寺宝衍と法華寺に行き、信長に謁見した。

「こたびの戦勝、御目出度うございます。また、中将様（信忠）は卓越された采配をなされたと伺っております。もはや織田の天下は磐石にございますな」

「重畳至極。されど、そう中将を煽てるな。逸って困る」

とは言う信長であるが、上機嫌である。

（さすが坊主。天下人の壺を心得たものじゃ）

信長は自分なしで武田家を滅ぼした嫡子の活躍を殊のほか喜んでいた。

「こののちは滝川の手足となるがよい」

信長には二人が佐野家の家臣であるという認識はないようだった。

四月八日、信長は佐竹義重の麾下にある梶原政景に書状を送り、その中で滝川一益と相談すること。子細は天徳寺大円坊に聞くように、と記している。

暫し道牛と宝衍は一益の指示で関東の諸城に出向き、織田家に帰属することを説いて廻った。

（このまま滝川の麾下にあれば旧領に復帰することもあるやもしれぬな。さすれば、また煩わしいこともせねばならぬのか。さて、いずれがいいものか。儂はあといかほど戦えるかのう）

諸城に足を運びながら、道牛は複雑な心中でいた。道牛もこの年五十二歳になっていた。

二

四月中旬、道牛は宝衍と共に一益に従い、一益が拠点とする上野の厩橋城を訪れた。主殿に入ると、なんとも奇抜な格好をした大柄な武士が足を伸ばしていた。

「これ、少しは行儀よくせい」

一益が注意しても、傾いた男は聞こうとはしない。

男は天を衝くような髷を結い、前後を山の形に剃り上げていた。緋の小袖に深紫の袴、上には猩々緋の羽織を重ね、綱のような腰帯を巻いている。

眉は凛と太く跳ね上がり、切れ長の目は獣のような眼光を放っている。鼻筋が通って唇は薄く、顎の下に薄い筋が入っている細面の顔だちだ。年は五十歳ほどにはなっていた。

「これなる傾奇者は我が一族の者にて前田慶次郎と申す。偏屈じゃが悪い者ではないゆえ、誼を通じておくがよい。くれぐれも争い事は起こさぬように」

一益は道牛にというよりも慶次郎に釘を刺すような口ぶりであった。

前田慶次郎の出自は謎に包まれている。名前は利太。他にも利大、利益、利治、利興、利卓と残されており、利太を「としおき」「としたか」とも読む書もあるが定かではない。

最近の研究では、滝川一益の兄で滝川本家の範勝の子ではないかといわれている。

一益の姪の於つねが尾張荒子城主の前田利久に嫁ぎ、子ができなかったので慶次郎が養子に迎えられるが、尾張再編の中で利久が廃されて弟の利家が前田本家を継ぐことになった。

荒子城を追われたのちは林秀貞の麾下となり、秀貞が織田家を追放されたのちは、一族の一益の麾下となっていた。嘗ては一益の主筋だったこともあり、慶次郎の態度は大きかった。

「首塚の話、詳しく聞かせて戴きたい」

無愛想な言い方かもしれないが、慶次郎なりの称賛なのであろう。お互いに城を追われた者。それでいて生きる場所は戦場しかない似た者どうしだということを道牛は瞬時に感じた。

「こちらこそ、傾奇者の話を楽しみにしてござる」

同じ価値観を持つ者と出会い、道牛は久々に嬉しくなった。

一益が厩橋城に腰を据えると上野、下野の諸将は臣下の礼を取りにきた。

小幡信真、安中七郎三郎、内藤昌月、北條高廣、真田昌幸、倉賀野秀景、和田信業、木部貞朝、由良国繁、高山定重、長尾顕長らは人質を差し出した。

また、北条麾下となる武蔵の松山城主の上田安独齋（朝直）、忍城主の成田氏長、深谷城主の上杉憲盛（深谷左兵衛尉）らは使者を送って誼を結ぼうとしていた。

（これまで敵対していた者たちが、同じ主殿の中で膝を擦り合わせるのだからのう）

改めて織田家の力を道牛は実感した。

道牛に代わって山上城主となった親戚の山上藤九郎は、北条氏政、由良国繁と主を替え、この頃は北條高廣の麾下となっているので、この場にはいなかった。

一益は沼田城を真田昌幸から取り上げて、甥の益重に守らせることにした。

翌日、滝川益重は慶次郎や真田昌幸と共に沼田城に向かった。

道牛らは暫し厩橋城に在して一益の指示に従った。道牛は、まだ一益の許に出仕しない武将の許に足を運んで説き、宝衍はもっぱら筆を執っていた。

四月十九日、宝衍は伊達家の遠藤基信に対して、信忠に馬と鷹を進上することを要請した。

伊達輝宗は五月、一益へ返答の使者を派遣している。

伊達と交戦中である蘆名盛隆も五月、一益の許に使者を送ってきた。

ただ、伊達輝宗の弟・石川昭光は佐竹義重に対して、織田軍に防えるように伝えている。

奥羽の大名たちは本領を安堵されれば信長の天下布武に協力するが、領地を削られれば後顧の憂いをなくし、伊達、最上、蘆名が手を結んで織田の北進を阻止する構えを取っていた。それでも、一益の東国支配は着々と進んでいた。

関東の勇、小田原の北条氏は、信長に進物を贈りながらも、警戒している。北条家の五代目の当主は若き氏直であるが、未だ実権は隠居した氏政にある。

氏政は弟で滝山城主の氏照に甲斐と武蔵の国境を固めさせた。五月八日には、箱根峠の足柄城に末弟の氏光を入れ、相模、駿河、甲斐国境の整備を厳しく命じている。あくまでも北条領への侵攻を阻止する態勢をとっていた。

信長は上野には足を踏み入れず、甲斐から駿河に移動し、家康の接待を受けながら東海道を通って帰途に就いた。一益を信頼しているとも言えるし、東国への興味が薄れたのかもしれない。

「道牛、確かそちは上野出身で、佐野では何度も上杉を敗走させたそうじゃの」

一益が道牛に問う。

「上野出身は事実。敗走は大袈裟ですが、何度か退かせは致しました」

「それで十分。されば、そちはこれより沼田に入って義太夫（益重）を助けよ。我が遣いで諸将の許に足を運ぶよりも性に合っていよう。天徳寺もそう申しておる」

日々の不満を察したのか、一益は命じた。

「左様の儀なれば、仰せに従います」

道牛は喜び勇んで厩橋城を発った。

「義太夫殿を助けるということは、越後に仕寄せるということでしょうか」

道牛の轡をとりながら吉蔵が問う。

「おそらくの。既に越中からは柴田（勝家）殿が仕寄せておる。信濃からは森（長可）殿が兵を進めるゆえ、上野を賜った滝川殿も上杉を攻めるのであろう」

「なにやら嬉しそうで。上杉に恨みを晴らせるからですか」

「恨みも恩もあるのは、いずれも謙信公。今の当主（景勝）にはない」

とは言うものの、遣いをやっているよりは、よほどましである。

「されば前田殿に会えるからですか」

「綺麗どころならばまだしも、野郎に会うのを喜ぶわけなかろう」

否定する道牛であるが、満更でもない。

「山上に寄っていきますか」

「止めておこう。自が所領も治められず、郷里を荒した愚将と嘲られるだけじゃ。少領とは申せ、今は藤九郎の下で纏まっておるのじゃ。この期に及んで乱すことはない」

未練はなくもないが、恥の上塗りだけはしたくない。道牛の本音である。

道牛らは山上には寄らず、沼田街道を北上した。翌日、六里半（約二十六キロ）ほど北に位置する沼田城に到着した。

「川に囲まれておるが、堅固ではないの。まあ、越後へ出発するための城ゆえ構わぬか」

沼田城は北が薄根川、西が利根川、東が片品川に守られた丘城である。但し、後年、真田氏によって普請された堅城ではなく、土居に守られるだけの城であった。

「義太夫殿は、そう思っておられぬようで」

城門を潜ると、周辺の領民や地侍が動員され、普請がなされていた。

「国許から遠く離れた新地を任され、不安なのであろう」

「まったく、腰が引けておる。これでは周囲に臆しています、と広言しているようなもの」

会話の途中で、割り込まれた。声は切り出された丸太が重なる裏から聞こえてきた。

「前田殿か。左様なことを申すと、叱責されようぞ」

道牛はすぐに慶次郎であることが判った。

「もう、済んでおる」

むっくり起き上がり、眠そうな顔で慶次郎は言う。

「好かれているようで」

「雑用に飽いて悪態をつき、今少し早く追いやられてくると思うていたが」

「誰かとは違い、そう気短ではないゆえ。まあ、これで少しは楽しくなりそうじゃ」

口にしたことは本心である。道牛は笑みを浮かべた。

五月二十日過ぎ、一益から益重に越後攻めの命令が届けられた。

「漸く我が仕事じゃ」

普請場で大きく背を伸ばし、慶次郎は嬉しそうな表情をする。

「城普請の監督も大切な役目ではないのか」

笑みを浮かべ、道牛は言う。

「貴殿も飽きたといった顔をしておるぞ。されど、風前の灯火の上杉というのが残念じゃの」

柴田勝家らの北陸勢は、越後国境まで七里半（約三十キロ）ほどのところに攻めこみ、越中の魚津城を囲んでいる。信濃四郡を賜った森長可は越後の関山まで兵を進めて上杉勢と対峙していた。関山は上杉家の居城の春日山城までおよそ六里（約二十四キロ）の距離にある。

「甘く見ておると、手痛い反撃を喰らおうぞ。三国峠を越えた地は謙信公を悩ませた上田衆の所領。景勝が生まれ育った地でもあり、越後で一番精強な者たちがおる地じゃ。さらに城はそれぞれ山の頂きにあり、加えて、三国峠は荷駄を通すのも困難な隘路。かなり難しい戦になること、覚悟せねばなるまい」

「左様か。叶うならば軍神と謳われた謙信公と戦うてみたかった。残念ながら、儂は参じられなかったが、殿（一益）らは手痛く敗走させられておる」

天正五年（一五七七）九月二十三日、柴田勝家を大将とした四万八千の大軍は、三万を率いた上杉謙信に加賀の湊川（手取川）で大敗北を喫した。

織田軍を鎧袖一触した謙信は国許への手紙で「信長と雌雄を決する覚悟で戦に臨んだところ案外弱く、この分では簡単に天下を統一できます」と記したものである。

「貴殿は何度も戦ったとか。敗走させたこともあると聞くが」

「謙信公は気紛れな男だったゆえ、追い返すこともできた。おそらくは関東管領という職に縛られ、寛大でなければならぬと思っていたのやもしれぬ。上様なれば根絶やしにされていたに違いない。されど、ここ一番の戦は鬼のように強かった。上田衆は越後一精強とのこと」

「左様か。越後一精強な上田衆か。戦いがいがありそうじゃの」

闘志満々。慶次郎は口端を上げた。道牛も高揚感が湧く。

越後に向かう兵は、益重の一千と沼田周辺の上野衆一千で合計二千。厩橋城に在する一益の四千ならびに、降った上野、下野衆は参じていなかった。

「二千か。本気で攻め入るというよりも、牽制のための出陣か。中途半端はよくないの」

出陣に沸き立つ軍勢の中で道牛は危惧する。

「まあ、最初の思惑は牽制やもしれぬが、いざ戦いが始まれば深く進むことも可能じゃ」

一益の思案とは裏腹に慶次郎は、春日山まで攻め入るように言う。

「これはさすがに傾奇者」

慶次郎の出で立ちを見て、道牛は目を剝いた。

兜は鉄製で黒漆塗横矧七枚張の南蛮編笠形、鞠は鉄地板物四段を紺糸で素懸威にした日根野鞠形式。面頬は朱漆塗目の下頬で栗毛の髭をつけ、鉄地板物四段の垂れを下げている。マンチラと呼ばれる左右に張った朱色の肩当は肩甲骨までを覆い、袖は鉄地黄漆塗六段の鱗札。胴は鉄地朱漆塗の最上胴丸で、草摺は鉄地朱漆塗九間五段を紫糸で素懸威にしている。他には小田籠手、鎖佩楯、七本篠臑当が付属する。俗に言う朱漆塗紫糸素懸威五枚胴具足である。

「形ばかりではない。戦場こそさらに傾いてみせようぞ。ところで貴殿は古風な得物じゃの。それで首塚を築かれたか」

慶次郎は道牛の薙刀を見て、意外だといった顔をする。

戦は集団戦になっているので、薙刀よりも柄の長い鑓が主流である。

「使い馴れたものは、なかなか手放せぬもの。いずれが勝るか、一樽賭けようではないか」

「望むところ」

道牛と慶次郎は互いに刺激し合った。

五月二十二日の午後、二千の滝川勢は沼田城を出立した。上杉家に恨みを持つ益重を先鋒、慶次郎や道牛それに上野衆は二陣とされた。

沼田城から越後国境の三国峠までは、塚原に出て三国街道（現在の国道十七号）を道なりに六里半（約二十六キロ）ほど北に進む。軍勢は中間地点の猿ヶ京城を経由して三国峠の頂上から十町ほどの地に達したのは翌二十三日の午ノ下刻（午後一時頃）であった。

三国峠の標高は一千二百四十四メートル、その鞍部は約三十メートル四方しかない。高低差にしておよそ六百五十メートルの勾配を登らねば到達できない。『越後国絵図』には「十月より三月まで深雪で牛馬の往還ならず」と記される難所であった。この峠が整備されたのは江戸時代に入ってからで、戦国乱世のこの時期は、樹と樹の間をすり抜け、小さな荷車がようやく一台通れるほどの狭き道であった。

五町ほど進むと軍勢は立ち止まるようになった。

「登り足が遅くなったの。先鋒は休憩しておるか、あるいはもう戦い始めたのか」

慶次郎は早く戦いたそうで苛立っている。

「赤子が乳を欲しがっているような顔をしているぞ」

道牛の心中も同じである。

「お互い様ではないのか。まあ、好き乳なればよいが」

笑みを作った慶次郎は改まる。

「武田では返り忠が続出したゆえ、あっという間に滅びたが、上杉では多少の背信があろうとも、周囲から袋叩きになっても、今なお家臣たちは臆せず各地で奮戦しておる。武田とは大違いじゃ。しかも景勝は武田と盟約を結んだ。両家を知る貴殿ならばこの理由が判るか」

「謙信公は毘沙門天に帰依していたとか。皆、その術にでもかかり覚めておらぬやも。あるいは謙信教を信仰し、絶対に負けぬという心の支えがあるのではなかろうか」

諦めずに戦う上杉兵を思い出しながら道牛は言う。

「一度、深く接してみたいものじゃな」

「今の上杉は手負いの獅子。死に物狂いじゃ。上田衆は山岳の戦に長けてござる。余裕をこいている場合ではござらぬぞ」

「安心致せ。刃を抜けば、鬼にも阿修羅にもなる」

慶次郎は力強く太刀の柄を握った。

意気揚々と越後に侵攻しようとする滝川勢の様子を上杉勢は摑んでいた。長尾景憲らは数百の兵を頂上から十町ほど北に先鋒と二陣に分けて構えた。ちょうど二町ほど標高が下がった辺りに乱杙を立て、逆茂木を置いて備えた。

上杉勢を目にした益重は攻めかかるが険路で射撃を受けて攻めあぐねた。それどころか崖の上から矢の雨を受け、さらに迂回した兵が茂みから殺到して攪乱された。

越後兵は滝川勢を混乱させると、茂みの中に退いていく。滝川勢はこれを追うと、罠にかかって身動きできなくなったところを討たれ、死傷者を続出させた。

峠に戻ると再び弓、鉄砲を放たれる。滝川勢は後退を余儀無くされた。

四半刻もせずに、五町ほど後方にいる道牛らにも先鋒が劣勢であることが伝わった。

「やはり義太夫殿は甘く見ておられたか」

「左様なことはどうでもよい。棺桶に足を突っ込んだような輩どもを相手になんたる失態か。しかも敵は寡勢。もう二陣になど甘んじていられぬ。ええい除け！　前田慶次郎が罷り通る」

　後退する味方を押し退けながら、慶次郎は坂を登っていく。

「傾奇者にお供仕る」

　道牛も慶次郎に続いた。

「織田の軍法は厳しいと聞きます。義太夫様の下知を待ってからにしたほうがいいのでは？」

　後に続く吉蔵が心配そうに諫めた。

「細かい軍法より、負けることのほうが上様は嫌うのではないか。それに責めを負うのは総大将の左近将監（一益）殿じゃ。我らは義太夫殿を助けにまいるのじゃ」

　道牛は独自の意見を主張して馬で坂道を登る。狭い道中で退却する兵を掻き分けながら坂を登るのは難しい。しかも味方だから始末に負えない。

「除け。腰抜け。寡勢の敵が恐くば、鍬でも握っておれ！」

　慶次郎を追う道牛は馬上から叱責し、時折、馬体を味方に当てて茂みに弾きながら進んだ。道牛に押し倒されても発奮して後に続こうとする者はいなかった。優位な時は嵩にかかって敵に向かうが、劣勢になればまっ先に退く。雇われ兵が主体の織田軍の弱点でもあった。

道牛らが頂上近くに達した時、後退する益重と出くわした。

「この体たらくはなんじゃ！　手取川の仇を討つのではないのか？」

かち合うなり、慶次郎は叱咤する。

「敵の待ち伏せに遭って後れをとった。これより兵を立て直すゆえ一旦戻る。そちも従え」

疲弊した表情で益重は言う。

「なに！　ここで立て直さずしてどこで立て直すのじゃ！　退く者は斬ると申せ！」

殴らんばかりに慶次郎は怒号する。

「無理なことを申すな。一度崩れた織田は立て直せぬ。そちも知っておろう。ここは被害を少なくし、改めて仕寄せるが正しき思案。判ったら、早う退け」

「戯け！　目の前の敵から逃げて、なにが正しき思案じゃ。儂は逃げぬ。除け！」

弱気な益重を押し放ち、慶次郎は敵に向かって北に進む。

「我らが敵を押しとどめている間に兵を立て直してくだされ」

既に闘志を失いかけているので無理かもしれないが、益重に助言した道牛は慶次郎に続く。

「せっかく無傷で退けられたものを。わざわざ危うい地に赴かずとも」

息を切らせて道牛を追いながら、もの好きな主だと吉蔵がもらす。

「ようやく越後の地を踏んだのに、戦えずに退けるか」

慶次郎に遅れてはならぬ。道牛は曲がりくねった峠道で馬を駆った。

三町ほども前進すると、遂に『毘』の旗を掲げた軍勢が目に入った。殿軍であろう滝川勢が案山子のように討ち取られていた。

「儂は前田慶次郎利太じゃ。我と思わん者はかかってまいれ」

慶次郎は獲物を見つけた餓狼のように越後兵に突撃していく。

「儂は山上道牛じゃ。これまでの遺恨、存分に晴らさせてもらう」

獅子吼した道牛は慶次郎に並ぶように敵中に雪崩れ込み、肩に担いだ薙刀を振り下ろした。慶次郎が手にする長刀よりも、柄の分だけ遠くから敵を斬れた。

「うぎゃっ」

道牛の薙刀を受けた敵は陣笠ごと頭を両断され、悲鳴に続いて血飛沫をあげて地に伏せた。

「やるのう」

隣で道牛の戦いぶりを見た慶次郎が笑みを浮かべる。

「貴殿こそ」

慶次郎が手にする長刀は蛤刃と言われるような厚みのあるもので、刀の重みも加わって一刀で陣笠が割れ、脳漿が吹き飛んでいた。

「彼奴は佐野の道牛じゃ。今度は織田の餌に靡いた腰の定まらぬ輩じゃ。討ち取れ」

道牛を見た越後兵は叫び、鑓を突き出してくる。

「随分と人気者よな」

横で聞きながら慶次郎が揶揄（やゆ）する。

「貴殿こそ、余裕があるな」

敵の鑓を弾いて斬り捨てながら道牛は答え、また敵に向かう。

「腰の定まらぬのは汝（うぬ）らじゃ。左様な鑓突きで儂が討てようか。謙信公は左様な腑抜（ふぬ）けた兵しか鍛えられなかったのか。鍛え損なったと草葉の陰で嘆いていようぞ」

敵を激昂（げっこう）させて近づかせるため、道牛は愚弄しながら薙刀を振い、斬り倒した。

二人は接近する敵を次々に斬り伏せ、血祭に上げた。

「彼奴らは鬼じゃ。矢玉で仕留めよ」

豪勇の活躍を目にした長尾景憲は下知すると、鉄砲衆は三十間（約五十四メートル）ほどの距離に近づき、轟音（ごうおん）を響かせた。

玉は二人に当たらなかったものの、馬に命中して絶命させた。

「おのれ！　謙信公は刀鑓の武士を鉄砲で撃つ真似はせなんだ。ゆえに上杉は弱ったのじゃ」

地から跳ね起きた道牛は怒号する。戦なので飛び道具は狡（ずる）いという気はないが、馬を失ったので怒りを吐かねばいられなかった。

「撃ったのは馬じゃ。汝（うぬ）を馬から下ろすためじゃ」

体勢が整わぬうちに、越後兵のひとりが道牛に突きかかる。

「惜しい、能書きを言う前に突き出せば、掠めたやもしれぬ」

道牛は敵の鑓を弾いて斜めに斬り上げ、続いてその後方にいる敵を突き倒した。

慶次郎も鑓を手に屍の山を築いていた。

「退け、此奴らは刀鑓では倒せぬ。矢玉で討ち取れ」

戦いを楽しんでいる道牛らとは違い、峠を守る長尾景憲は必死だ。

越後勢は鑓衆が退き、弓、鉄砲衆が前に出てきた。

ちょうど、そこへ殿軍を務める滝川勢の鉄砲、弓衆が引き返してきた。

「前田殿、残るは我らのみじゃ。ここは退くしかない。多少は晴れたであろう」

「そう致すか」

状況を把握した慶次郎は応じた。

道牛と慶次郎は殿軍のような役目をしながら退いた。既に滝川勢の大半が退いているので、寡勢であるはずの越後兵のほうが多く、劣勢を極めた。

さすがに益重も従弟の慶次郎を心配し、改めて援軍を送ってきたので、道牛らは、弓、鉄砲衆と共に押し引きをしながら退却した。

疲労困憊の体で猿ヶ京城に戻った時、援軍は半数ほどに減っていた。この戦いで上杉勢は二百余を首帳に印したと『北國太平記』には記されている。滝川勢の敗北である。

「貴殿が申したとおり。上杉、侮り難しじゃな」

満身創痍の状態で慶次郎が言う。

「復讐(ふくしゅう)する楽しみが増えたというところか」

「そのとおり。この恨み晴らさずにおけようか」

　慶次郎の怒りは、上杉家にではなく従兄の益重に向けられているようであった。

三

　三国峠の戦いで敗れた滝川益重勢は、そのまま猿ヶ京城に在していた。失った兵は二百ほどであるが、まだ一千八百は健在。対して峠を守る上杉勢は数百。滝川勢はまだ圧倒的に優位であるが、五月二十四日は雨が降り、翌二十五日も続いた。この日はユリウス暦では六月十五日にあたり、漸く関東も梅雨に突入したようである。

「雨の中、敵地の峠を登るのは手負いを出すばかりで益がない。晴れを待つ」

　益重は出陣を控える指示を出した。

「されば、一月(ひとつき)も酒盛りしていろということか」

　盃を呷りながら慶次郎は言う。出陣命令が出ないので、道牛らは決まって晩酌をした。

「なにもせず一月も酒を喰らっていられるのに、文句を申すと罰が当たろうぞ」

　酒を喉(のど)に流し込み、道牛は揶揄する。

「貴殿は悔しくないのか。消滅寸前の上杉に敗れたことが」

「幸か不幸か、坂東(ばんどう)の国人の家臣は負け戦に馴れておる。されど、生きてさえあれば復讐も再挑戦も可能。それまで力を蓄える所存じゃ」

言いながら、随分と丸くなったものだと道牛は自分の言葉に感心した。

「東国と上方では時の流れる早さが違うらしい。まごまごしておると爺になろうぞ」

「戦場に立てれば歳は関係ない。前田殿は違うのか」

「さもありなん」

慶次郎は笑みで答え、改めて盃を傾け合った。

二人がほろ酔い機嫌になった亥ノ刻（午後十時頃）すぎ、慶次郎の家臣が廊下に跪いた。

「申し上げます。越後勢の夜討ちにございます」

「なに！　雨とは申せ、易々近づけるとは、夜警はなにをやっていたのじゃ。敵の兵数は？」

不快げに慶次郎は問う。

「まだ、はっきり致しませぬが、二百ぐらいかと存じます」

「上杉は半数近くを率いてきたか。先の腰抜けぶりを見て、さらに追い討ちをかけようという魂胆であろう。我らも舐められたものじゃな」

怒っても慶次郎は盃を放さない。

「わざわざ越山する手間を省いてくれたではないか」

口を拭いながら道牛は告げる。

「おうよ。当家に仕寄せたこと、後悔させてやらねばの」

盃の酒を呑み干し、慶次郎は座を立った。道牛も続く。

廊下に出ると、城内は滝川家臣が慌ただしく騒いでいた。『北國太平記』には、「滝川勢、思いもよらぬことなので、上を下へと騒動し、松明(たいまつ)よりも物具よとひしめき、矢を負いながら弓を忘れ、甲(かぶと)を取る者は甲冑(かっちゅう)を忘れる体たらくであった」と記されている。

慶次郎が益重に夜襲排除の方針を問うと、慌てず城を堅く守ると返答した。

「二日前に敗走させられ、この借りを返さぬつもりか。上様が許すと思うてか」

信長の名を出すと、さすがに益重も折れ、二百ずつの兵が四方に敵を追うことになった。道牛は慶次郎らと共に西に向かう。これは三国街道を進むことになる。夜襲勢が引き返すと予測される道であった。

夜襲勢は北に進んだ佐治益氏(さじますうじ)勢に襲いかかり、佐治勢を混乱に陥れた。報せを受けた道牛らは救援に駆け付けると、夜襲勢は茂みの中に消えていく。追うと待ち伏せを受けて討ち取られるので、滝川勢は深追いせず、悔恨の中で帰城しなければならなかった。

翌晩も夜襲を受けたので、討伐勢が城を出ると、潮が引くように退いていく。

「完全に翻弄(ほんろう)されておるな。儂らは猿ヶ京城に釘づけにされておる」

蒸し暑い雨の中、慶次郎は吐き捨てる。

「敵地で攪乱して兵を進めさせぬ。兵略(戦術)の常道じゃ。越後勢は寡勢の戦い方を知っておる。まあ、必死さの違いか」

褒めたくはないが、道牛は認めざるをえなかった。

「他家の戦は知らぬが、織田は手伝い戦に本腰は入れぬ。柴田や森を喜ばすだけだからのう。多少の手負いを覚悟すれば、三国峠など易々と越えられように」

悔しげに慶次郎は吐き捨てた。

翌日、厩橋城の一益から、沼田の仕置が疎かになるので帰城しろという命令が出された。

「諦めたか。されば最初から兵など進めねばよいものを」

中途半端な対応に、慶次郎は憤る。

「確かに。こたびは失態を露呈し、思いのほか関東八州御警固役の兵は弱いということを広めてしまった。こののちの関東の仕置が怪しくならねばよいが」

不安を覚えながら道牛も指示に従って猿ヶ京城を後にした。

沼田城に戻ると、さすがに上杉勢も追ってはこなかった。

道牛は慶次郎らと碁や将棋に興じ、和歌を作り、宴を満喫しながら、警戒に当たっていた。

一寸先は闇。戦国の世はまさに、この言葉に尽きる。

天正十年（一五八二）六月二日の未明。ユリウス暦では六月二十一日にあたる蒸し暑い夜明け前の京の都にて、日本を揺るがす大事件が勃発した。

下京にある四条の本能寺にて、戦国の覇王と呼ばれた織田信長は、家臣の惟任光秀に討たれて呆気なく四十九歳の生涯を閉じた。続けて光秀は信長嫡男の信忠も二条新御所で切腹させた。

信長を討った理由は怨恨、野望、失望、黒幕説などなど……さまざまなことが囁かれているが、天下統一を目前にして、信長がこの世から抹殺されたのは事実であった。

本能寺の変から七日後の六月九日の晩、厩橋城に飛脚が飛び込み、急報を伝えた。

沼田城に一益の使いが到着したのは、日付が変わった十日の早暁。俄に城は慌ただしくなり、人が行き交う音で道牛は目を覚ました。

「上杉は沼田にまで夜討ちの手を伸ばしてきたか」

道牛は吉蔵に命じて調べに行かせたところ、すぐに吉蔵は戻ってきた。

「前田様がお越しになるよう申されております」

「上杉の夜討ちではないのか。とすれば北条が厩橋城に仕寄せたか。ありえまい」

あれこれ思案しながら道牛は慶次郎の部屋に足を運んだ。

「山上殿、朝、早いのにすまぬの。実は上様が惟任日向守に討たれたそうじゃ」

「なんと！」

想定外のことに、思わず道牛は声を荒らげた。

「しっ、声が大きい。俄には信じ難いが、どうやら真実らしい」

いつも斜からものを眺めるような慶次郎が真顔で言うので、信憑性を感じる。

「まことに？　あの信長様が……」

道牛が顔を合わせた信長は、この世は自分のものと思っているほど自信に満ち溢れていた。その人物が、もうこの世にいないというのが信じられなかった。それほど思い入れがあるわけではないが、信長と接したことで道牛は滝川一益の麾下となった。他人事ではない。

「して、こののちいかがなされるのか」

信長が死去したとすれば、一益に従っている謂れはなくなる。一益自体、関東に在するかどうか疑問である。関東一円が敵になることも十分に考えられる。道牛はこのまま一益に従うか、歓迎されていない佐野家に戻るか、身の振り方を考えなければならなかった。

「上様が死んだ以上、殿（一益）はこのまま関東に長居はできまい。織田家を主導する気ならば、早急に西上して、主君の仇討ちをせねばならぬ。儂ならば、質をとったまま既に厩橋城を発っておる。山上殿はいかがする？　佐野に戻るか」

「佐野に戻れば、様子見で城を守るのが関の山。これに対し、織田家の家臣は四方から恨まれておる。なにもせずとも敵から仕掛けてきてくれる。これほど楽しいことがあろうか」

道牛は口の端を上げた。

「それゆえ佐野家で煙たがられ、上様から欲しがられるわけじゃ」

「お互いに」

慶次郎の言葉に、道牛は笑みを返した。


信長の討伐は上杉家にも伝わっていた。六月二日、惟任光秀の使者が越中の松倉城に到着し、城将の須田満親に信長を討つことを伝えた。

翌三日、上杉家臣の河隅忠清は宰相の直江兼続に報せている。

同じ三日は柴田勝家、前田利家、佐々成政らが上杉方の魚津城を攻略したが、翌四日、勝家らは本能寺の変を知り、すぐに引き上げた。

魚津城を落としたのに織田軍は周辺支配もせずに撤退したことを知り、上杉景勝は本能寺の変を確信した。そこで、六月六日には主力を率いて北信濃に出陣し、森長可が逃亡した地を押さえ、従属を求める北信濃衆に本領を安堵していた。

この時、藤田信吉は上野の沼田城を奪取したいという旨を清水城主の長尾景憲に伝えた。

藤田信吉は武蔵七党の一家で、武蔵の北西部を支配する藤田重利（用土康邦）の次男として生まれた。ところが北条氏に重利と兄の重連を殺害され、家を簒奪された挙げ句、沼田城代に追いやられた。その後、真田昌幸の誘いを受けて武田家に仕え、同家滅亡ののちには上杉家に仕官した。信吉は自家奪回の拠点とするためにも、沼田城を奪い返したい思惑があった。

長尾景憲はすぐさま春日山に早馬を送り、北信濃の景勝に報せた。

上野はもともと関東管領・上杉家の領地。しかも沼田は上野の重要な拠点なので上田衆を率いて奪い返せという許可が出た。

藤田信吉は長尾景憲ら越後勢二千の兵と共に沼田城に向かった。

まだ一益が厩橋城で関東諸将の対応に追われている頃、上杉軍が沼田城に接近した。

藤田信吉が信長死去の真実を沼田の国人衆に告げると、周囲の農民なども加わり三千ほどに膨らんだ。これらが越後勢に合流して上杉勢は五千の数に達していた。

対して沼田に在する滝川勢は伊勢、尾張から来た八百に減っていた。

寄手は城への包囲を狭めた。城南の大手に藤田信吉と長尾景憲。城東の搦手に栗林政頼と松本房繁。城北を流れる薄根川の北に高橋修理亮。城西を流れる利根川の西に沼田衆であった。

六月十日、前日までは雨が降っていたが、この日はあがっている。ただ、梅雨時なので、空はどんよりと曇り、いつ降りだしてもおかしくない天気であった。

「さて、いかほどの首が討てるかの」

大手の櫓から城外を眺め、右肩に薙刀を担ぎ、道牛は告げた。

「今一度、樽酒を賭けようぞ」

編笠形の兜を冠り、朱漆塗紫糸威二枚胴具足を着用した慶次郎が隣で言う。

「望むところ」

道牛が返した途端、長尾景憲の陣から法螺が吹かれた。刻限は辰ノ刻（午前八時頃）。合図と同時に各陣の兵は前進し、城に向かって鉄砲が放たれた。滝川勢も引き金を絞った。

暫し飛び道具の戦が行われ、二刻ほどが経つと、鉄砲の轟音が幾らか下火になってきた。慶次郎も道牛も櫓を下り、いつでも出撃できる状態にあった。

「城門を開け！　敵を蹴散らせ！　かかれーっ！」

益重の怒号と共に、分厚い城門は開かれた。

「うおおーっ！」

待ってましたと、滝川兵より先に、慶次郎は雄叫びをあげて城の外に打って出た。

「焦らんでも敵は逃げまいに」

慶次郎に先を越されたものの、道牛も薙刀を担いで駿馬を疾駆させた。

多少の矢玉が近くを通過し、風切り音が耳朶をくすぐるものの、当たる気がしないせいか、道牛の五体を捉えることはできない。闘争心で弾いているような気さえした。

「彼奴は山上道牛じゃ。昔年の恨みを皆で晴らせ！」

道牛を発見した長尾景憲は十数本の鑓衾を作って突撃に備えた。

「馬鹿正直な備えで儂が討てると思うてか」

道牛は正面の敵に陣笠を投げつけ、怯んだ隙に馬ごと鑓衾に飛び込んだ。

途端に数本の穂先が道牛に迫る。即座に道牛は薙刀で薙ぎ払い、穂先に近い柄を両断するのと、下から斬り上げて一人の顔を裂いた。

「うぎゃっ！」

血飛沫が宙を朱に染め、遅れて悲鳴があがった。

「喰らえ！」

六倍以上の敵を相手にしなければならないので、首取りをしている暇はない。すぐさま道牛は馬首を返し、突き出される鑓を弾き、殺到する敵を斬り払う。

「鈍いぞ。謙信の教えは左様なものか」

多勢でも軍神の威圧は感じない。道牛は縦横無尽に敵中を疾駆し、薙刀を振って敵を血祭に上げる。道牛が通過すると、鮮血が飛び散って生ある体は骸となった。

半刻も戦い続けると騎馬が泡を吹いて動きが鈍くなるので、仕方なく道牛は馬を替えるために帰城した。

「おっ、気が利くではないか」

樽酒に柄杓があったので、道牛は景気づけと喉の潤いを求めて嚥下した。

「おう、蘇ったわ」

精気に満ちた道牛は馬を替えて再び打って出た。

「雑魚は無用。兜首のみ挑んでまいれ」

駿馬を駆りながら道牛は大音声で叫ぶものの、そう都合よく敵が集まってはくれない。

足軽や鑓衆が恩賞首を得ようと群がってくる。

留めていった。

　嘆く道牛は敵が鑓を突き出すより早く馬で踏み込み、薙刀で斬り払う。一ヵ所に止まっていると、取り囲まれるので、すぐに敵から離れ、また引き返して薙ぐ。時には輪乗りをして斬り上げ、再び駆けて馬ごと当たり、突き刺した。道牛は敵を攪乱しながら仕留めていった。

　道牛や慶次郎ら豪傑の奮戦で緒戦は寄手を何度も押し戻したが、他の滝川勢が疲労してくると、包囲が狭まって劣勢になり、退き貝が吹かれた。

「まあ、こんなものであろう」

　寡勢なのでずっと城外で戦えるとは思っていない。道牛は指示に従った。

　帰城すると慶次郎と顔を合わせた。慶次郎は問う。

「数は？」

「覚えておらぬが、貴殿よりは多かろう」

「申すのう。まあ、そういうことにしておくか」

　慶次郎は笑みを作って酒を呷った。

　それから一刻（約二時間）ほど城に籠った滝川勢もよく守り、城は容易に落ちはしない。酉ノ刻（午後六時頃）になって雨が降りはじめると、寄手は兵を退いた。

「敵は退いたぞ。鬨を上げよ」

「えい、えい、おおーっ！　えい、えい、おおーっ！　えい、えい、おおーっ！」

薄暗くなる中、益重の戦勝宣言とともに、滝川勢は勝鬨を上げた。

翌十一、十二日と朝から雨が降り続けていたせいか、寄手の攻撃はなかった。沼田城の奪還に燃える藤田信吉は十二日の夜陰に乗じて奇襲を行い、城東の水曲輪（くるわ）の一角を占領した。

これを知った益重は、ほかの曲輪を死守することを厳命した。

十三日、益重からの要請を受け、厩橋城からの援軍五千が城南の片品川に達すると、越後勢は城の囲みを解いて越後に戻っていった。

「こたびは厩橋城からの後詰で救われたが、次は同じようになるまいの」

盃を傾けながら道牛は言う。

「信長様の仇討ちか、関東の切り取りか、明確にせねば無駄な手負いを出すばかり。殿は腰が重い。織田からの後詰はないのじゃ。刻が過ぎるほどに背信が増える。力があるうちに戦わねば逃げ帰ることもできなくなろうぞ」

慶次郎は関東に孤立しはじめていることを憂える。

「おそらく関東諸将を繋ぎ止めておくことに必死なのであろう」

上杉と北条の間で生き延びてきた諸将の処世術を思い出し、道牛は一益を哀れんだ。

四

六月十八日、一益は滝川勢三千と上野衆三千を率いて武蔵、上野国境を流れる神流川(かんながわ)の戦いで北条軍三千に勝利した。

翌十九日、二万に膨れあがった北条軍と一益は再び神流川で戦い、大敗北を喫して厩橋城に逃げ帰った。滝川勢は『北条記』では五百余人、『北条五代記』では二千余人、『関八州古戦録』では二千七百六十余人が討たれたという。

報せは沼田城に届けられ、在城する道牛らは即座に同城を出立し、翌二十日の未明には厩橋城に到着した。

「我らはこれより帰国する。それゆえそちは我らに先駆けて露払いを致せ。厳しき役目になるが、そちを見込んでのこと。頼むぞ慶次郎」

一益は慶次郎に懇願口調で命じた。

「承知致した」

頼まれると否とは言えない慶次郎。快諾したのちに、道牛に向かう。

「貴殿はいかがする？」

「乗りかかった船じゃ。途中では下りられまい。それにまだ勝負がついておらぬしのう」

佐野に帰国しても非難されることはないが、道牛は西進戦に参じることを選択した。

「貴殿も戯け者じゃな」

慶次郎は両頬を上げた。

「傾奇者に褒められ、光栄にござる」

道牛も目尻を上げて応えた。

「なにも、自ら進んで危うき撤退に参じずとも。佐野に戻れば平穏に暮らせるでしょうに」

退却の準備をしながら吉蔵が愚痴をこぼす。

「信長様は人間五十年と詠ったとか。既に儂は五十二歳。もはや余生も同じ。余生ならば好きなことをして暮らさねばの。戦場こそ、我が風流を楽しむ場じゃ」

勝頼に続き信長の死を知ったのち、道牛はより戦う場所を得られることを意識した。

「普通は四季を愛で、鳥の囀りを聞き、歌を詠むものでございましょうが、殿は血飛沫で宙を染め、断末魔の呻きを聞き、敵に怒号する。とても風流とは思えませぬが」

「刺激が少ないと惚けるのが早いそうな。生きている実感を嚙み締めよ」

「某は日向で饅頭や餅を嚙みしめるほうを選びますが」

水と油のような二人ではあるが、吉蔵は決して道牛から離れようとはしなかった。

二ノ丸の庭には沼田城で戦った者およそ七百の兵が集まっていた。慶次郎は皆に向かう。

「我らは帰国にあたり、露払い、いわば先陣を命じられた。これは困難なことじゃが名誉なことでもある。生きようと思えば死に、死すと思えば生きるもの。自が命をかけて達成せよ！」

「うおおーっ！」

慶次郎の決意に、一同は雄叫びをあげた。

「皆、殿軍よりもいいと思案したのでしょうか」

吉蔵が問う。

「座して死を待つよりは、死中に活を求めたのであろう。あとは漲る生命の力に満ちた慶次郎殿に賭けたか。いずれにしても熾烈な戦いとなろう」

道牛は笑みを顔から消した。

信長から北信濃四郡を賜った森長可は越後の関山まで兵を進めて上杉勢と対峙していた時に本能寺の変を知り、すぐに居城の海津城に戻り、六月十一日の早暁、帰国の途に就いた。長可は信濃の猿ヶ馬場峠で、信濃衆からとった多くの人質を惨殺している。

甲斐一国と中信濃の諏訪一郡を与えられた河尻秀隆は一揆勢に攻め殺されている。

甲斐、信濃の国人衆は織田家への憎しみに満ちている。これをかい潜って帰国しなければならない。しかも北条家をはじめとする関東武士の追撃は必至。道牛の言葉は信憑性がある。

「されば、いざ、出陣！」

「うおおーっ！」

六月二十日、鬨が上がる中、慶次郎と道牛を先頭にした軍勢は厩橋城を発った。

「進んでも地獄、止まっても地獄。佐野に帰国すれば極楽なのに……」

一人、吉蔵だけは肩を落としているのが、道牛には滑稽に見えた。

慶次郎らは高崎を経由して中仙道（現在の国道十八号）を通って西に向かう。一益は関東諸将や真田家など北、東の信濃衆からも人質をとっているので、一行は楽々と碓氷峠を越え、信濃の佐久、小県郡を通過し、諏訪に達した。諏訪は信濃のちょうど中心に位置している。

途中の望月で多少、一揆に襲われたものの、大勢に影響はなかった。

夜襲に警戒しながら一行は野営している。

「あと半分か」

道牛が慶次郎に話し掛ける。周囲に気を廻しつつも、椀を手にする。瓢箪の中は酒である。

「酒のことか、道のりのことか」

もっと注げとばかりに慶次郎は椀を差し出した。

「両方かの」

酒を注ぎながら道牛は言う。少々物足りなさを感じている。

「貴殿は期待はずれ、といった顔をしておるの。気持は判るが、儂が命じられたのは露払い。これまでとは違い、避けられる戦は避けねば役目を果たせぬ」

慶次郎は佐久の蘆田信蕃、小県の真田昌幸、諏訪の諏訪頼忠などとは移動の途中で交渉し、極力戦闘を避けてきた。無駄な戦いを行うと、慶次郎らは助かっても、後に続く一益本隊が襲撃を受けるので、仕方ない行動であった。

「承知しておる。安心されよ。儂は人殺しに趣きを置いてはおらぬ」

「そう願いたい。聞いたところによれば、木の仏を彫っておるとか。討った首の数に追いつかぬらしいの。手の傷が多いので不思議に思っていたが、慈悲深いではないか」

「あのお喋り（吉蔵）め。されど、また増えそうじゃの。ここから先は取った質もなく、織田に恨みを持つ者も数多いよう。何ごとも終わりに近づくほど激しくなるものじゃ」

「前言（慈悲深い）は取り消そう。滝川のため、彫り仏の数を増やしてくれ」

慶次郎も、このまま円滑に進むとは思っていないようであった。

二十四日、早々に朝食をすませ、道牛らの一行は馬脚を進めた。

下諏訪から道なりに一里半（約六キロ）ほど西に進むと塩尻峠に達する。

塩尻峠は松本平と諏訪盆地を結ぶ峠で塩嶺とも言われていて、周辺は一千メートル前後の高地。ちょうど太平洋と日本海の分水嶺をなし、自然、人文とも重要な境界線をなしている。

「申し上げます。一揆勢が峠の西に屯しております。その数は二千ほど」

移動の最中、慶次郎の物見が片膝をついて報告した。

「漸くか。戦いがいがあるの。敵は地侍か」

一緒に報せを聞いた道牛は物見に問う。

「おそらくは」

「地侍や百姓の意思か、諏訪（頼忠）の煽動か定かではないが、いずれにしても、明日通る殿たちのためにも、完膚なきまでに叩き伏せて、二度と敵対できぬようにせねばならぬ」

慶次郎の言葉に道牛は頷いた。

「敵は烏合の衆じゃ。存分に蹴散らせ！」

「うおおーっ！」

慶次郎の号令に、滝川勢は雄叫びで応じ、猛然と一揆勢に突き進む。突き破らねば帰国できないので皆必死である。緩やかな上りとなっているが、勢いは止まらなかった。

十町（約一・一キロ）ほども進むと敵が視界に入ってきた。当たり前のように正面には鉄砲が並べられている。武田家に従っていた信濃の武士に違いない。

「弓を」

さすがに馬鹿面をして鉄砲が待ち構える地に馬で突進するつもりはない。道牛らは弓を受け取り、矢の入った箙を担ぎ、改めて前進した。

一町半（約百六十四メートル）ほどに近づくと、一揆勢のほうが先に筒先を唸らせた。

「かように早く鉄砲を放つのは我らを臆している証。左様な玉などには当たらぬ。進め！」

慶次郎とともに先頭に立つ道牛は大音声で叫び、自ら示すように騎馬を疾駆させる。

豪勇二人が率先して突き進むので、後続の兵も従わざるをえず、駆けに駆ける。

距離が半分ほどに縮まると、玉が具足や兜を掠めるが、道牛は気にせず前進する。

（当たればそれまでの男だったということ。謙信公は敵本陣に切り込んでも矢玉一発、

具足に当てられたことがなかったそうな。我に武神が憑いておれば当たらぬ）

　敵の鉄砲衆の顔が明確になるほど接近した時であった。峠の東脇から慶次郎の従者を務める高峰庄介が顔を出し、敵の鉄砲衆に向かって焙烙玉を抛り投げた。

　刹那、耳を劈くような爆音がし、前列の数人が吹き飛び、辺りの宙は鮮血に染まった。さらにもう一つの焙烙玉を投げると、二列目の鉄砲衆を消滅させた。

　焙烙玉は当時の手榴弾である。種類は数多あり、椀形をした半円の焼き物の中に火薬と鉛玉を詰め、和紙を糊づけして塞ぎ、導火線を出して火をつけて抛り投げる。火が中に達すれば爆発して鉛玉が飛び散り、周囲の者を殺傷する。

　鉄や鉛は高価なものなので、中には小石を入れる場合も多々ある。この場合がそうであった。高峰庄介らは焼き物がないので和紙で火薬と石を包み、何重にも重ねて張り合わせてあった。庄介も甲賀の出身であるという。

（同じ従者でも、随分と違うの）

　背後を走る吉蔵と比べ、道牛は口許に笑みを浮かべ、背の箙から矢を取り弓弦に番えた。

　距離は半町を切っている。十分に有効射程内にあった。

「喰らえ！」

　弓弦を大きく引き絞った道牛は満を持して矢を放った。弓弦に弾かれた矢は大気を切り裂いて飛び、鉄砲衆の喉元を捉えた。慶次郎らの矢も当たり、数人が死傷した。

「うわっ」

鉄砲を恐れず、弓を持って突撃してくる集団に、一揆勢の鉄砲衆はおののいた。

「鉄砲はかように続けて放てまい！　儂は薙刀だけではないぞ」

敵というよりも競争相手の慶次郎に叫び、道牛は連続して矢を射た。

「なんの儂とて同じ」

負けじと慶次郎も矢を放つ。そのうちに敵との距離が縮まった。

一揆勢の鉄砲衆は焙烙玉と道牛らの弓で崩されていた。こうなれば、斬り込むばかりである。

「薙刀を」

道牛は吉蔵から薙刀を受け取ると、得意の右肩に担いだ。

「儂は山上道牛じゃ。我が首塚に入りたい者はかかってまいれ！」

獅子吼した道牛は、玉込めが終わった鉄砲衆を斬り下げた。

「ぎゃっ」

脳天から顔の半分をも裂かれた敵は、冴えない悲鳴とともに血柱を上げた。

「憎き織田の家臣ぞ。下がっていては討てまい」

道牛は横の敵を薙いで首を落とし、続けて斬り上げて首を刎ねた。

「鑓じゃ。鑓衾を作って討ち取れ」

敵の指揮官が下知を飛ばすが、道牛は敵が鑓衾を作れば、鑓ごと敵兵を斬り捨てる。

道牛が薙刀を振うたびに手足が千切れ、首が飛び、血の雨が降った。

隣では慶次郎も敵を血祭に上げていた。

「此奴らは化け物じゃ。退け！　退け！」

誰とはなしに叫ぶと、三倍近いはずの一揆勢は退却し始めた。

「追え！　一人残らず、討ち取れ！」

道牛らは大音声で叫び、二度と反撃してこないように追撃を行った。二十数人も斬り捨てると、一揆勢は魔物にでも出くわしたように驚愕（きょうがく）した面持ちで逃げ去った。

「このあたりでよかろう」

慶次郎の言葉に道牛は頷いた。

道牛らの戦いぶりに恐れをなし、翌日以降も一揆勢は蜂起（ほうき）しなかった。

塩尻峠で一揆勢を排除した慶次郎らはさらに中仙道を進み、塩尻の桔梗ヶ原（ききょうがはら）で南に下る。

二十六日、鳥居（とりい）峠に達したので、道牛らは木曾義昌の木曾福島（きそふくしま）城に使者を向けた。義昌は武田親族の中では最初に織田家に内応し、武田家滅亡の契機を作った武将でもある。本能寺の変後、森長可に人質を取られ、返還はされたものの、織田麾下の武将には不信感を持っていた。

木曾義昌は上杉軍の南下に備え、深志（ふかし）城に在していたので留守居しかいなかった。寡勢で道牛らと交戦し城を奪われでもしたら敵（かな）わない。留守居は公然と通過の許可を出しはしないが、黙認したというのが事実。城から一矢も放たれなかったので、道牛らは無事に城下を通過し、二十七日は信濃と美濃の国境に近い馬籠峠に達した。

「これで、役目を果たせたの。傾奇者には似合わぬが、下知もさまになっていたようじゃ」

道牛が笑みを作る。

「貴殿もの。この先はいかがする？」

「僅かな日数じゃが、楽しませてもらった。織田家中にもいろいろあろうが、もっか佐野家は強大な北条の脅威に晒されておる。禄に見合った働きをせねばならぬ」

「左様か。まだ勝負はついておらぬ。同陣した暁には改めて競おうぞ」

慶次郎は脇差を差し出した。

「承知。敵として相まみえる時は、存分に戦おうぞ」

道牛も差し出し、互いに交換した。

「望むところ。されば、達者での」

妙な友情を覚えながら、道牛は清々しい気持で慶次郎に背を向けた。

第七章　小田原討伐

一

「あーっ、美味い。酔い醒めの水は甘露の味。これが美味いから酒はやめられぬのじゃ」

瓶に口をつけ、水を呑み干したのちに道牛は唸った。

「ほほほっ、上戸の言い訳は皆様、同じにございますな」

水瓶と椀を持ってきた百合が紅を差した口許を押さえた。百合は太夫と呼ばれていた。

道牛は傾城屋で酒を呑みすぎ、そのまま寝入って遅い朝を迎えたところである。

「朝餉もできております。運ばせますか」

百合が問う。

「そうじゃな。ついでに酒を一本つけてくれ」

酔い醒めの水どころか、道牛は酔い醒めの酒を朝から満喫しようとした。

「なりませぬ。宗綱様がお呼びにございます」

廊下から吉蔵が声をかけた。

「なんじゃ、つまらぬ。不粋な奴じゃのう」

吉蔵の言葉で一気に酔いも醒めていった。

「それは、某のことでしょうか？　はたや、宗綱様のことでしょうや」

「そちに決まっておる。良臣なれば、飯を喰い終わってから声をかけるものじゃ」

両者と言いたいところであるが、さすがに宗綱のことを匂わせるわけにはいかない。

「主君に、だらしない姿を晒すわけにはいきますまい」

醜態を晒さぬように諫めているのだから、感謝してほしいといった顔つきの吉蔵である。

「一杯や二杯呑んだとて、酔いを顔に出す儂ではない」

「匂いは誤魔化せませぬ」

「匂いか。匂わぬ酒があればのう。まあ、致し方ないのう。朝餉だけでよい」

わざわざの登城命令なので、道牛は渋々応じることにした。

「もう、朝ではなく昼ですぞ」

吉蔵が指摘するように、あと四半刻（約三十分）もすれば午ノ刻（正午頃）であった。

食事を終えた道牛は、傾城屋を出た。途端に地を焦がすような日射しが照りつける。

「暑いの。昼は外に出るべきではないの」

馬上で瞬時に浮く汗を拭いながら、道牛はもらした。佐野も夏の盛りであった。

登城すると、主殿には宗綱をはじめ主だった重臣たちが顔を揃えていた。

「遅れましたること平にお詫び致します」

四天王の末座に腰を下ろし、道牛は首座の宗綱に頭を下げた。

「重畳」

宗綱は不満げに返事をする。嘗ては教育係を務め、宗綱から信頼されていた道牛であるが、織田家に召し抱えられたことで、疎まれるようになっていた。

「お屋形様を待たせ、傾城屋から登城とは、随分と偉くなられたものにござるな」

不快げに大抜武重が嫌味を言う。

「それほどでもござらぬ。評議があるならば、事前に伝えて戴きたいものにござる」

「すぐに参集するのが家臣の務め。敵が仕寄せてきたら、いかがするつもりか」

「されば次の戦は越中守（武重）に先陣を駆けて戴こう」

いつも後方にいる者が、戦を語るな、と道牛は憤る。

「望むところ」

現実は異なろうが、皆の前なので、大抜武重は後に引けずに応じた。

「もうよい。話を進めよ」

いがみあいに嫌気が差し、宗綱は命じた。

「申し訳ございませぬ。されば、東殿」

大抜武重は評議に参じている老将に話すことを勧めた。

「山上殿は上方の武士と昵懇ゆえ、我ら北関東の意を伝え、強い盟約を結んできて戴きたい」

佐竹一族の重鎮の東義久が言う。

本能寺の変からおよそ一年が経った六月。

神流川の戦いに勝利した北条軍は上野から信濃に侵攻して諸地を制圧し、甲斐に入ったところで、同じように武田旧領を掌握しようとして兵を進めた徳川軍と衝突。長対峙をしたのちに両家は話し合い、家康の娘が北条五代目の若き当主の氏直に嫁ぐことで和睦を結んだ。

政略の婚約によって北条家は背後を気にすることなく関東支配に力を注ぐことができるようになり、この天正十一年（一五八三）の二月と四月には上野、下野に進軍してきた。

上野、下野の国人衆たちだけでは強大な北条軍に対抗することはできず、諸将は反北条の盟主となっている北常陸の佐竹義重に援軍を求めた。

義重は応じて出陣するが、局地戦では関東に並ぶ者がない精強な義重との直接戦闘を避け、北条軍は兵を武蔵に退いた。これで一安心と思いきや、北条家は奥羽の武将たちと遠交近攻を画策するので、義重は北から牽制され関東ばかりに目を向けていられないのが実情である。そこで、先日、賤ヶ岳の戦いで柴田勝家を破り、織田家筆頭の地位に上った羽柴秀吉と誼を通じ、北条家と親戚になる徳川家を西から威圧してもらうことで意見が纏まったという。

「確かに織田家の方々とは顔見知りにはござるが、羽柴殿との面識はござらぬが」

道牛が帰属していた滝川一益は賤ヶ岳の戦いでは柴田勝家に与して敗れ、秀吉に降伏して命ばかりは助けられたというのが実情である。

「ないよりはまし。早う手を打たねば、北条は本腰を入れてきましょうぞ」

東義久は切迫した表情で言う。

七月、家康の娘の督姫が小田原に輿入れするという噂が広まっていた。

「道牛。皆の総意じゃ。東殿の申し出を受けよ」

真剣な面持ちで宗綱は命じた。佐竹家には何度も助けられているので無視はできない。

「承知致しました」

面倒な役目を押しつけられたような気もするが、道牛は応じた。戦場では重宝される道牛だが、それ以外では近頃、佐野家での居場所がない。西上は気分転換を兼ねての承諾だった。

六月二十日、道牛は東義久が秀吉に記した書状を持って西上の途に就いた。

書状の内容は、まず書状の礼を言い、賤ヶ岳で勝利したことを祝した上で、佐竹義重は雌雄を決するつもりで氏直と対峙しているが、なかなか北条軍が動かないこと、義重は羽柴秀吉と誼を通じることに同意していること、子細は山上道牛から聞いてほしい、とした。

「宝衍（天徳寺）様のほうが、殿よりも上方の諸将には親しいのではないですか」

馬の轡をとりながら吉蔵は言う。

「今や宝衍殿は宗綱様になくてはならぬ存在。城を留守にする真似は致すまい」

天徳寺宝衍は大抜武重ら譜代の家臣らとの権力争いに勤しんでいた。

「殿は使い勝手がいいということですか」

「人を杓文字のように申すな。まあ、譜代以外は左様なものか。余生の身とすれば、声がかかるだけ有り難いものよ。お陰で上方の酒を堪能できる」

せめても、と道牛は新たな楽しみを見出すことにした。

道牛らは焦らず、七月中旬、摂津の大坂に到着した。同地は賤ヶ岳の戦いののち、領地替えによって秀吉が池田勝入（恒興）から受け取った地である。

嘗ては一向宗（浄土真宗）の総本山石山本願寺があった場所で、西の先は河内湾（大坂湾）。東は大和川、北は淀川が流れる中洲地帯で、自然がおりなす要害である。淀川の入江にあって、交易港として栄える堺と兵庫の中間にもあたる地だ。

十一年にも亘って悩ませられた信長は、本格的な築城をする前に仮の城を築いていた。のちに秀吉が埋め立てをして築く巨大な城ではなく、デルタ地帯を生かした平山城であった。

この七日には、秀吉は大坂城の中で茶会を開いていた。

「羽柴様はここを居城になさるのでしょうか」

周囲を見廻しながら吉蔵は言う。石山本願寺があった頃は門前町として町は賑わいを見せていたが、武家の町として発展途上にあり、都や隣の堺ほど栄えてはいなかった。

「判らぬが、信長様が本腰を入れていれば、安土にも並ぶ城を築かれていたであろう。まあ、これからではないのか」

新たに城を築いて町を発展させていく姿を目にしたことがないので、道牛には想像ができなかった。ただ、見てみたい気はする。

城下に達した道牛は、天徳寺宝衍の口添えで、浄土宗の末寺に宿泊させてもらうことにした。さらに、秀吉の側近を務める石田三成（この頃は佐吉）に取次いだ。

翌日の巳ノ刻（午前十時頃）に登城しろという返事があったので道牛は従った。

無数にある浮島を繋ぎあわせた橋を渡り、一番大きな島に築かれている本丸に到着した。警備に伝えると、石田三成の家臣が現われ、御殿に上がることが許された。

一室で待っていると、才槌頭の若き武士が姿を見せた。

「石田三成でござる」

お待たせ致した、などという気遣いはなく、冷めたもの言いで三成は名乗った。

「お初にお目にかかる。佐野修理亮宗綱が家臣、山上道牛にござる」

「主への忠心は判るが、ここは京に近こうござる。自称の官途名は無礼とされる。我が殿（秀吉）はこの五月に参議に任じられ、公卿の席に列せられておる。以後、気をつけられよ」

初めての会話がいきなり注意からとなった。助言なのかもしれないが、淡々とした口調からは嫌悪感を抱かせるものがある。すました顔からは才が滲み出ていた。

三成は天正二年(一五七四)頃、秀吉に見出された。近江の長浜の新たな城主となった秀吉が鷹狩の途中で観音寺に立ち寄り、茶を所望した。この時、茶を出したのが、寺で喝食をしていた三成である。最初は微温い茶を茶碗いっぱいに。二杯目は、ほどよい温度の茶を茶碗の半分。三杯目は熱い茶を少々。これが、一番、喉の渇きがとれるとのこと。秀吉は三成の気遣いに感心して家臣にしたという。以降、戦場では主に兵站奉行を担い、平時には秀吉の手足として検地から大名の取次ぎ、時には台所奉行までをこなし、吏僚として羽柴政権を支えていた。

戦国時代、諸将は修理亮や武蔵守などという官途名を名乗っているが、宗綱を含め殆どは自称であった。これに対し、織田家の家臣は信長が朝廷に献金をして正式に名乗る許可を得ていた。

「承知致した。これは献上品にござる」

宝衍から一番のお気に入りだと聞かされているので、道牛は素直に応じて、目録を手渡した。

「毛皮や東国の焼き物などは、あまり上方では流行り申さぬ。されど、鷹や馬は喜ばれるゆえ、このの ちは左様なものを用意なさるがよい」

目録を目にした三成は、あからさまに指摘する。

進物にまで文句を言われるとは思わず、道牛は呆気にとられた。

(裏を返せば、好き助言か。敵に廻すと厄介じゃが、昵懇になれば、佐野家のためになろう)

道牛はいい方向に解釈することにした。

「ご助言、忝のうござる」

「殿は信長様の跡を継がれ、いずれ日本を統一なされる。そういうつもりで謁見されるように」

「信長様のご子息は健在ではござらぬのか」

賤ヶ岳の戦いで柴田方に与した三男の信孝は、次男の信雄によって自刃に追い込まれていた。そう仕向けたのは秀吉だという。信雄は秀吉方に属していた。

「無論、補佐なされる所存でござる」

いけしゃあしゃあと三成は言う。信長が足利義昭を傀儡として天下布武の契機としたことを、秀吉は信雄を使ってやる気であることが窺えた。

「左様でござるか」

「ご理解戴けたならば、まいられよ」

忙しいこともあろうが、三成は世間話をしようとはしない。注意が受け入れられると知ると、すぐに座を立った。道牛も後に続いた。

主殿に入り、四半刻ほど待っていると、廊下を大きく踏み鳴らす音が近づき、部屋の中に移動してきた。すかさず道牛は平伏をした。

「面を上げよ」

首座から声がかけられたので、道牛は従った。

「ご尊顔を拝し恐悦至極に存じます。下野、佐野宗綱が家臣、山上道牛にござる」

三成から敬意を示せと念押しされたので道牛は慇懃に挨拶をした。

「重畳至極。直視を許す」

鷹揚に秀吉は言うので、道牛は視線を声の主に移した。

（なんと！）

信長を真似てなのか、唐織の錦の袖無し陣羽織を着て、赤に金と銀をあしらった袴を穿いている。噂に違わぬ猿面で、しかも子供かと思うほどの矮軀。戦場で相対すれば、素手で戦っても簡単に武器を取り上げて首の骨をへし折れそうであった。

信長の草履取りから身を起こし、奉行や諸戦場で活躍して城持ち大名となり、今では天下に一番近い存在にまで成り上がった秀吉は、この年四十七歳であった。

「一対一で戦えば、楽勝か？ 儂がそちのような大男とさしで戦うと思うか？」

人の心を読む天才という噂も耳にしている。道牛は肚裡を透かされて愕然とした。

「いえ、左様なことは……」

「よいよい、皆、我が身を見れば似たような顔をするものじゃ。確かに儂はそちと戦えばおそらくは勝てぬであろうが、儂は信長様の仇討ちをし、逆賊の柴田を討った。なにゆえか」

「戦上手だからにございましょう」

わざわざ褒めさせるなと思いながら道牛は答えた。

「違う。儂は好かれたのじゃ」

「なんと」

意外な秀吉の言葉に、道牛は引き込まれた。

「信長様は恐れられていたから皆はよう働いたが、それがゆえに命を落とした。儂は恐れられる代わりに好かれたゆえ、儂のために働こうと思ってくれたのじゃ」

満面の笑みで秀吉は言いきった。

（確かに鋭利な刃物のような信長様とは違い、秀吉殿は愛嬌がある。好きになる者は多々いようが、好きにならぬ者は多くの兵で威圧し、好きと言わせるような男なのであろうな）

道牛は秀吉を見ながら信長と比較した。

「佐野家も羽柴様を好いておられます」

「左様か。ところで天徳寺は息災か？　なにゆえ挨拶に来ぬ？」

「主の側で北条に備えております」

信長に続き、秀吉からも目をかけられる宝衍、さすがだと思わされた。

「あの坊主、当主が若いゆえ、意のままに操ろうという魂胆か」

人の欲を知り尽くしたような口ぶりの秀吉は、それも悪くないといった面持ちである。

「仰せのとおりかと存じます」

恍けても見すかされるので道牛は素直に認めた。

「聞けばそちは、首塚を幾つも築いたとか。佐野家での禄高はいかほどか？」

農民出身の秀吉には譜代の家臣がいないので、引き抜きには余念がないと聞いている。

自分にも誘ってきたか、と道牛は身構えた。

「申し上げられるほどではございませぬ」

「されば、儂に仕えよ。我が版図は広がるばかり。そちも大名に返り咲けるぞ」

会うからには、道牛のことも調べているようだった。

「いや、某は佐野家の世話になっておりますゆえ……」

「信長様に仕えられて、儂には仕えられぬのか」

丁重に断ろうとした時、秀吉に遮られた。

「いや、左様なことでは」

「これは渡りに舟であろう。そちのためを思って申したのじゃぞ。佐野家に居場所がないのであろう。自が力で北条ごときを追い払えぬ国人では、そちのような勇者を扱うことはできまい。どうじゃ、悪い話ではあるまい。嫌なれば佐野に帰国しても構わぬぞ」

断れば佐野家への支援どころか、佐竹家を含む北関東への支援はしないと、秀吉は遠廻しに威圧する。

（関東のことまで、よう探っておるわ。それだけではなく、この方は全ての面で信長様を超えようとしておるのじゃの。儂もただの道具じゃ）

秀吉は信長が御茶頭（おさどう）としていた千宗易（せんそうえき）（のちの利休（りきゅう））を、同じように扱うというよりも所有しようとしていることも聞いていた。

（断ることはできぬか。羽柴家に仕えることで佐野を見守ろう）

北関東ならびに自分のことを考え、道牛は決断しなければならなかった。

（まあ、天下の戦。この目で見るのも悪くはない。信長様の時は見そびれてしまったゆえの）

こちらのほうが本心なのかもしれないと思ってもいた。

「承知致しました」

短い時間の中で道牛は応じた。

「よう決意した。佐野や佐竹のことは任せよ」

秀吉の口から直に聞け、道牛はささやかな罪悪感の中で胸を撫（な）で下ろした。

信長の時と同じように、道牛は吉蔵を帰国させて、宗綱に子細を報告させた。

宗綱は不快そうにしていたが、それほど怒りはしなかったという。

二

秀吉に仕えた道牛は、本来の願望とは裏腹に、北関東諸将の取次ぎを行い、時には常陸や下野、下総に足を運び、反北条家への連携を強めていた。

その間、秀吉は大坂城の大普請を開始し、都には妙顕寺を壊して新たな城を築いた。

天正十二年（一五八四）には小牧・長久手で徳川家康、織田信雄と戦い、長久手の局地戦で家康に後れを取るものの、全体的な戦いでは優位に進め、結局、家康、信雄から人質を取って勝利で終えている。

翌十三年には紀伊の雑賀、根来を制圧し、四国を平定し、越中の佐々成政を降伏させた。同年には従一位、関白に叙任されて姓を藤原に改めた。

さらに秀吉は関白として天下を掌握するために、惣無事令を発布した。これは戦国大名、領主間の交戦から農民間の喧嘩刃傷沙汰に至るまでの抗争を禁止する平和令であり、領地拡大を阻止し、秀吉政権が日本全国の領土を掌握するための私戦禁止令である。争い事は関白の名の下に全て秀吉が裁定を下し、従わぬ者は朝敵として討つというもの。

都と大坂を行き来する秀吉は天下への道を破竹の勢いで進んでいた。

そんな最中の天正十四年（一五八六）元旦、佐野宗綱は足利の長尾顕長を攻めるために出陣し、須花坂で戦った時、長尾勢の鉄砲に当たり、落馬したところを討ち取られてしまった。

報せは一ヵ月近く遅れて大坂の道牛の許に、弟の氏吉から届けられた。

「宗綱様が……。昔から気の短い方であったが」

危惧が当たってしまった、と道牛は肩を落とした。

「いかがなさいます？」

吉蔵が問う。

「こののちのこともある。一度、帰るつもりじゃ」

道牛が秀吉に仕えるのは佐野家のためである。これが損なわれようとしている。居ても立ってもいられない心境である。道牛は三成に帰国を申し出た。

「旧主のことは残念にござる。まずはご冥福をお祈り致す」

三成はその場で目を閉じ、両手を合わせた。仏教への造詣は無ではないようだった。

「されば、これより」

道牛はすぐに発つつもりだ。

「待たれよ。貴殿が帰国していかがなされる？　ただ線香をあげるためではござらぬか？　よもや一人で仇討ちなどと童のようなことを申すつもりではありますまいな」

「それも当所（目的）の一つ」

「戦は時の運。止められよ。犬死にするだけで益がない。仇討ちよりも、貴殿にはすべきことがござろう。殿下（秀吉）の御恩を無になさるおつもりか」

冷めた口調で三成は言う。

(殿下の恩か。殿下が気紛れで儂を召し抱えねば、易々と宗綱様を死なせずにすんだものを。あるいは、儂を西上させたことがご自身の命を縮めることになったか)

三成の言葉から、道牛は不思議な巡り合わせのようなものを感じた。

道牛のすべきこととは、翌二月、秀吉は都の内野に新たな城(聚楽第)を築く予定で、その縄打ちをしなければならない。道牛もその一人に任命されていることであった。

「勿論、承知してござる」

「それだけではござるまい。東国への遣いの件はいかに」

道牛は東国の武将に秀吉の使者として惣無事令のことを伝えに行く役目を命じられていた。

「殿下が書状を認めるまでには戻る所存でござる」

「貴殿は関白の家臣でござる。関白は御上から政を任されていることお判りか? 貴殿はもはや東国の一大名の家臣ではない。私事で貴殿にもしものことあれば、これまでの扶持が無になる。そう遠くないうちに殿下からの下知が出されよう。それまで供養は城下の寺ででもなされよ。貴殿の対応いかんによって、佐野家は大名として認められぬことにもなりましょうぞ」

職務に忠実な三成は冷たい口ぶりで言う。

「……あい判り申した」

佐野家のため、道牛は堪えねばならなかった。暫し道牛は大坂の城下で喪に服した。聚楽第の縄打ちは二月二十三日から始まり、道牛は長束正家らの奉行とこれに当たった。

五月になり、旧知の男が大坂城に登城した。天徳寺宝衍である。道牛は一室で顔を合わせた。

「お久しゅうござる。まずは息災でなにより」

難しい顔をした宝衍に道牛は労いの言葉をかけた。

「貴殿も」

「宗綱様のことは無念にござる。力になれなかったこと申し訳ないと思ってござる」

「今となっては取りかえしがつかぬが、そなたを大坂に行かせたこと間違いだったやもしれぬ。ただ、堂々と上方の武士と話のできる者が家中にいないことが、佐野家の貧しいところよ」

悔しげに宝衍はもらし、奥歯を嚙んだ。

「評価して戴き、感謝致す。佐野のことは弟からの書状で大方のことは聞いてござる」

宗綱の死により、早急に当主を決めねばならなかった。宗綱には幼い娘が二人いるだけで嫡子はいなかった。そこで、当初、宝衍は自ら還俗して佐野家の当主になることを主張したが、重臣たちの反対で叶えられなかった。評議を重ねた末、養子を迎えることになった。

宝衍らは盟約を結ぶ常陸の佐竹義重の息子を推したが、関東で勢力の拡大が止まらない北条家を敵とすることを好しとせず、重臣たちの大半が北条家から受け入れる意見を支持し、氏政の七男（養子とも）の氏忠を迎えることに決定した。

報せを聞いた道牛も宝衍に賛成したが、受け入れられなかった。まだまだ秀吉の威光は関東には届かなかったようである。

北条家は氏忠を入婿にさせるにあたり、反北条派の宝衍たちを追放。これには道牛の弟の氏吉らも含まれている。氏吉らは再会を誓い合ったのち、佐竹家に仕官することになった。

宝衍は秀吉と顔見知りなので、上坂したというのが経緯である。

「まだ秀吉様は関東に兵を出されぬのか」

「当分先でござろう。今は徳川の取り込みに躍起になってござる」

秀吉は家康を麾下（きか）に加えるため、妹の旭姫（あさひひめ）を離婚させ、この五月十四日、家康の許に嫁がせたばかりである。

「徳川を手なずけたのちは？」

「九州を平定するようにござる。関東はその後でござろう」

先月四月、薩摩（さつま）の島津（しまづ）氏の侵攻に耐えられず、豊後（ぶんご）の大友宗麟（おおともそうりん）が秀吉に泣きついてきた。秀吉は申し出を受け、まずは停戦命令を出し、破れば兵を出すことを宗麟に伝えている。

三成の話では、怒濤の進撃をする島津氏は秀吉の命令に従うつもりはないという。

「されば数年先か。それほどの歳月があれば、関東は北条のものになってしまう」

「佐竹殿では支えきれませぬか」

「佐竹は奥羽の伊達に足をとられ、北条との戦いに専念できておらぬ」

前年の十三年十一月、佐竹義重は蘆名、相馬氏らを率いて若き伊達政宗と陸奥の人取橋で戦い、壊滅寸前まで追い込んだが、政宗の画策で敗走するように撤退させられていた。

「左様でござるか。されど、殿下は東国のことを蔑ろにはしてござらぬ。暫くは大坂で寛ぎなされませ。殿下もお喜びになられるはず。貴僧は東の安国寺とも呼んでござる」

安国寺とは毛利の外交僧から引き抜かれ、大名に列した安国寺恵瓊のことである。信長の死を予見し、秀吉の才能を「藤吉郎さりとてはの者」と高く評価したことはつとに有名である。

「安国寺がどれほどの者か判らぬが、今はそうするしかなさそうじゃの」

宝衍は渋々頷いた。

五月二十五日、秀吉から東国下向の命令が下された。

「佐野のこと（家督継承）に異議がないことは尤もである。もしもの時は昵懇すべきこと。家康が誓紙や人質を出すので赦免することにした。関東には近日、使者を派遣し、境目の確定をするので、それまで勝手な争いはしないこと。子細は山上道牛、増田長盛、石田三成に申し含めてあるので聞くように」

これは陸奥白河の結城不説斎（義親）に出された秀吉の書状である。このように諸将によって書き分けられた書状を持ち、道牛は大坂を出立した。

宝衍も会津の蘆名氏の重臣の冨田氏実に書状を書き、道牛に持たせている。

「小間使いをするため、関白に仕えたわけではないのじゃがのう」

馬脚を進めながら道牛はこぼす。

「佐野家のためです。北条の力を削ぐためではありませぬか」

吉蔵が宥める。

「そうではあるが」

理解しているが気は進まない。道牛がまず先に達したのは北条家の居城の小田原であった。

「二十五年ぶりか」

巨大な小田原城を眺め、道牛はもらす。道牛が小田原に着陣したのは、まだ上杉謙信が長尾景虎と名乗っていた頃の永禄四年（一五六一）のことである。

「あの時は堅固な土塁に阻まれ、味方の士気の低さに足留めされ、大手門に達することすらできなかったが、どうであろう、殿下の書状を見せるだけで簡単に通過できるではないか」

大手門を潜りながら、道牛は関白の力を実感した。

広大な城内を二町ほども進み、漸く本丸の主殿に入った。

案内を受けて広い主殿で待っていると、大御所となった氏政と当主の氏直、それに筆頭家老の松田憲秀が現われた。

道牛は先代の氏康と、松田憲秀への面識はあるが、氏政、氏直親子とは初対面である。

「佐野家の家臣、山上道牛でござる。こたびは関白殿下の遣いで下向致した」

卑屈にならぬよう道牛は胸を張った。

「関白のう。佐野の陣では多くの家臣が手負いとなった」

不快そうな表情で氏政は言う。佐野家が氏康に屈した時、道牛の首を刎ねておくべきであった、とでも思っているのかもしれない。

「記憶に留めて戴き、感謝してござる」

「大御所様が仰せになりたいのは、腕が立っても先を見る目がなく、腰が据わらぬ男ということ。既に山上の地も佐野も当家の麾下にあり、そちは上方に逃げなければならなかった」

松田憲秀は道牛を蔑み、口許に笑みを浮かべていた。

「人それぞれ意見は違う。どう思われようと一向に構わぬ」

「負け犬の遠吠えか。関白の周囲には人がおらぬらしい」

愚弄は秀吉にも及んだ。

「儂を蔑んでもよかろうが、関白には気をつけられたほうがよいと存ずる」

「なんの、所詮（しょせん）は出来星大名。この先どうなるか判らぬ。上方の政など左様なものであろう」

応仁（おうにん）の乱以降、都の政権は目まぐるしく変わり、梟雄（きょうゆう）と恐れられた松永久秀（まつながひさひで）ですら一時は天下様と言われていたこともある。関東まで掌握した織田家は、本能寺の変とともに弱体化した。況（ま）してや秀吉は農民の出自。松田憲秀にすれば、従う気などないようである。

「これまではそうやもしれぬが、近く徳川殿は上洛（じょうらく）なされる。貴家は孤立なされるぞ」

「徳川殿と当家は親戚。徳川は当家に兵を向けぬという誓紙もある。また、奥羽を席巻（せっけん）している伊達家とは盟約を結びし間柄。孤立などしてはおらぬ」

よく調べてからものを言え、と松田憲秀は一笑に付す。

この年の二月、北条家は何度も伊達家と書状を交わし、共同して佐竹義重らの北関東連合軍、秀吉軍に対抗することを約束している。また、三月には氏政は家康と、伊豆（いず）の三島（みしま）、駿河の三枚橋（さんまいばし）で会見し、同盟の強化に努めていた。

「されば、どうあっても関白の命令に従う気はないと？」

「関白と争うつもりはないが、かといって我らは臣下ではない。東国のことは東国の我らが解決致すので、関与は無用と申されよ」

今まで黙っていた氏直が答えた。北条五代の一貫（いっかん）した考え方のようである。

「左様でござるか。今一度深慮なされるがよい。儂としては対抗してくれたほうがよいが」

　告げた道牛は座を立った。

「百姓の犬になり下がった心境はいかに」

　背を向けた道牛に松田憲秀が問う。

「井の中の蛙、大海を知らず。誰ぞ上洛させて謁見なされるがよい。さすれば視野の狭さが身に染みよう。秀吉様は信長様以上にござるぞ」

　短所と長所があり、信長と秀吉の比較は微妙であるが、道牛はそう言わざるをえなかった。

　秀吉の意向を無視された道牛は、小田原城を後にした。

「こののちは唐沢山城ですか？　北条に乗っ取られているので説得は無駄ではありませんか」

　海沿いの道を東に進みながら吉蔵が話しかける。

「今は無理かもしれぬが、皆とて本意ではあるまい。左様な皆のために殿下の下知を伝えておかねばなるまい。来たる日のためにの」

「先の長い話にございますな」

　吉蔵の愚痴に頰を緩め、道牛は唐沢山城に向かった。

　既に宗綱は鬼籍の人で、道牛の弟の氏吉ら反北条派の者たちは城にはいない。もはや別の家の城であるが、それでも顔見知りはいる。道牛はこの者たちに期待しながら城門を潜った。

　主殿で待っていると、佐野家の重臣たちが姿を見せた。四天王の内と呼ばれた竹沢定冬、津布久明豊、御客家の高瀬紀伊守、他に飯塚豊綱、御老臣の赤見綱重などである。皆、反宝衍派となった者たちであった。この席に道牛と衝突していた大抜武重はいない。

　天正十三年の暮れ、宗綱から足利長尾家攻めを伝えられた大抜武重は、元旦の出陣は家臣たちが嫌がるので止めるように諫言したが聞き入れられず、宗綱は不機嫌になった。もの別れのまま宗綱は出陣し、須花坂の合戦で討死した。

　不参陣だった大抜武重は長尾顕長と通じたと疑われ、富士秀正、竹沢定清らが兵を向けた。逃れられぬと判断した武重は屋敷で一戦も交えずに自害した。

　大抜武重と反りが合わなかった天徳寺宝衍であるが、家老として手腕は認めており、武重の死を嘆いたという。代わりに武重の嫡男の武基が家老職に就いていた。

　佐野家の家臣のほかには、北条氏忠から派遣された篠窪遠江守、長門丹後守がいた。

「お久しゅうござる。こたびは関白殿下の遣いとしてまいった次第でござる」

　北条家とは違い、道牛は敵対するつもりはないので、物腰柔らかく告げた。

「小田原から報せは届けられておる。この城は小田原からの下知なくば勝手な動きはせぬ」

　篠窪遠江守が、あからさまに道牛を拒否した。

「承知してござるが、これも御上から政を任されている関白の命にござる」

前置きした道牛は秀吉の惣無事令を伝えた。

「……ゆえに佐野家は歴代の当主に倣って北条の意向は受けず、関白に従うべきでござる」

「理想はそうやもしれぬが、貴殿は現実を知らぬ。関白の兵が厩橋あたりに常駐するならばまだしも、我らは常に北条家の脅威に晒されておる。佐竹も当てにはならぬ」

高瀬紀伊守が告げると飯塚豊綱が続く。

「左様。元来、我らは時代の流れで佐野家に従っていたが、元々所領は鎌倉様（源頼朝）に安堵されたゆえ、誰かの下知を受けねばならぬ謂れはない。今、我らを守ってくれる方に従う」

国人衆の本音であった。

「されば佐野家の御恩はいかに」

「譜代でない貴殿が御恩と本領について述べても説得する力が弱いと思うが」

赤見綱重も異議を唱えた。

「叶うならば泉下の宗綱様らに聞かせたいもの。まあ、熟慮なされよ。関白殿下は上洛して臣下の礼をとった方を大名として認められておる。北条の家臣となるのがいいことか、散っていった者たちの位牌にでも聞かれるがよい」

今すぐの説得は無理と判断し、道牛は立ち上がった。

「待て。佐野家は北条家に従うことが既に決まっておる中、左様な暴言を吐いて無事に城から出られると思うてか」

無視される形で道牛が話を進めたので篠窪遠江守ら小田原の武士は憤る。

「こたびは遣いとしてまいったが、不服とあらばいつにても斬りかかられよ。但し、貴殿らは兜首であろうな。足軽では首塚に葬ることができぬゆえ、戦う気が湧かぬので困る」

上座の篠窪遠江守らを睨めつけて道牛は言い放つ。

道牛の眼光に気圧され、篠窪遠江守らはおろか、その家臣たちが道牛に穂先をつけることはなかった。あくまでも小田原への忠義を示す威勢のいい啖呵だったに違いない。

その後、道牛は関東の諸将に会見したのち、白河の関を越えて白川城の結城不説齋、会津の蘆名氏、小浜城では伊達政宗、出羽山形の最上義光などに秀吉の意向を伝え、帰途に就いた。

道牛が帰坂したのちの八月、北条氏忠は唐沢山城に入城。以後、佐野氏は反北条勢力が跋扈する下野国攻略の拠点となった。

氏忠は佐野家の重臣たちから人質をとり、小田原に送った。これを移送したのが北条家で山上姓を名乗る強右衛門尉久忠であった。

秀吉に報告したのち、道牛は天徳寺宝衍と顔を合わせた。

「関東の様子はいかに」

「皆、様子見でござる。信長様の時同様、実際に兵を見なければ腰を上げられぬのでしょう」

「さもありなん。佐野もか」

納得しつつも興味津々。宝衍は道牛の目を覗き込む。

「申すまでもござるまい。当主不在なので不安なのでしょう。北条の言いなりです」

「まあ、暫くは致し方ないの。離散するよりは北条の下で一つになっていたほうが、後でひっくり返し易いやもしれぬ。それまで確と佐野家への忠義を繋ぎとめておくしかないの」

地道な作業は自分には向いていない。道牛は溜息を吐いた。

「そうそう殿下から関東諸城の絵図を出すように命じられた」

「さればやはり九州征伐ののちには関東を？」

「おそらくの。儂の勘では北条との和睦はあるまい。そちも恨みを晴らせるというもの。それまで、そちが嫌いな細かな役目をこなすしかないの」

宝衍は喜ばせるように言う。

（恨みはなくはないが、そういったものとは違う。北条とは広き地で心ゆくまで戦いたい）

これが道牛の望みである。

道牛は宝衍と共に関東諸城の絵図作りに勤しんだ。

この年の十月、家康は大坂に上り、秀吉に臣下の礼をとった。これにより、秀吉は背後を気にせず西に兵を進められることになった。

三

天正十八年(一五九〇)二月下旬、道牛は天徳寺宝衍らと共に上野との国境に近い信濃の追分にいた。道牛らの下には関東諸家に散った氏吉ら佐野旧臣が百人ほど集まっていた。

「いよいよ北条を攻めることができるのですな」

他家に仕えていた氏吉は肩身の狭い暮らしを送っていたので、嬉しそうに言う。北条を討てば再び佐野に返り咲くことができるので勇んでいた。

「北条を討つ前に、下さねばならぬ敵が数多おる。左様に気負っていては疲弊しようぞ」

道牛は冷めていた。というよりも複雑な心境であった。

家康が頭を下げたので、秀吉は天正十五年(一五八七)、九州攻めを行い、西日本を勢力下に収めた。太政大臣にも任じられた秀吉は豊臣姓を賜り、都に聚楽第という政庁を築き、遂に東日本の平定に目を向けた。

諸将が秀吉に屈する中、小田原の北条家と奥羽の伊達政宗は依然として抵抗していた。

北条家は上野の沼田領の問題が解決しなければ当主の氏直は上洛できないと主張した。

いる。

　秀吉は沼田領のうち、名胡桃は真田家の墳墓のある地なので真田領とし、利根川以東の地を北条家のものとする、という裁定を下した。北条家にすれば、つい奪い取りたくなるような所領分けである。真田昌幸は素直に従っている。実際、名胡桃に真田家の墳墓はなかった。昌幸は沼田で失った地を家康から信濃の箕輪領を替え地として受け取っている。

　所領分けを行った秀吉であるが、北条家は下知に従わないと思案していた。素直に応じたならば、裁定を無視するように真田昌幸に仕向けさせた。というのも、天正十七年（一五八九）五月に側室の茶々が待望の鶴松を産んだので、秀吉は多くの所領を最愛の息子に譲り渡したいと考えた。そのために、なかなか上洛しない北条家を滅ぼそうと決断したのである。

　指示を受けた真田昌幸は、名胡桃城に上杉家の援軍を受け、沼田城を簒奪すると触れさせた。攻められるならば攻める、が戦国の常識である。

　同年十月二十四日、沼田城代を務める猪俣邦憲の調略を受けた中山九郎兵衛尉が、義兄で名胡桃城代を務める鈴木主水重則に対し、主の真田昌幸が上田城で呼んでいるという偽書を見せて城から誘い出している隙に、猪俣麾下の竹内孫兵衛が軍勢を率いて同城を奪い取った。

　猪俣邦憲は武蔵、鉢形城主で氏政の次弟・藤田氏邦の家臣であるが、実は小田原北条本家の指示に従わぬ氏邦の目付として送り込まれた氏政の直臣で、旧名を富永助盛と言った。名胡桃城の強奪は氏政の指示であることは疑いがない。

帰途の最中、朋輩と顔を合わせた鈴木重則は、中山九郎兵衛尉に騙されたことを知り、城にとって返すが既に後の祭り。失態を恥じた重則は沼田城近くの正覚寺で自刃した。

真田昌幸は即座に家康と秀吉に訴えた。

報せを受けた秀吉は、表向き激怒するものの、内心では北叟笑んだ。北条家は秀吉の裁定を無視して城を奪った。これは惣無事令違反になる。

ただ、北条家が名胡桃城を奪うより早い十月十日、既に討伐の軍役を麾下の諸国に発表していた。北条家が命令に従わぬことを予想していたのであろうが、背かなくても難癖つけて軍を起こすつもりだったに違いない。

十一月二十四日、秀吉は北条氏直に対しての宣戦布告状を発した。

秀吉からの書状を受けた北条氏直は驚愕し、上方との取次ぎを行っていた叔父の氏規に弁明するよう指示しているが、もはや秀吉を止められるものではなかった。

秀吉は北条家を討伐するために二十余万の軍勢と二十万石の兵糧を用意させた。

釈明が認められぬことを知った北条家も、迎撃の準備を始めたということである。

東海道からは徳川家康、織田信雄のほか秀吉とその股肱の臣たちが進む。

海からは加藤嘉明、脇坂安治、九鬼嘉隆、長宗我部元親らが攻める。

中仙道から進む北国軍は前田利家を総大将とし、上杉景勝、真田昌幸、依田康国、小笠原信嶺ら合計三万五千の軍勢である。

関東をよく知る天徳寺宝衍を代表とした佐野衆は北国軍に組み込まれた。

三月になると北国軍の先鋒隊が続々と追分に到着した。道牛は前田家の陣に足を運んだ。

「やはり参陣なされたか」

懐かしい傾いた武士を見つけ、道牛は顔を綻ばせた。

「道牛殿か。死に花を咲かせるつもりか」

道牛を見た前田慶次郎も口許を緩ませる。

「申すのう。されど、出陣するからには死は覚悟しておる。ただ、こたびはどうかのう」

「なんじゃ、できぬ訳でもあるのか。八年前、北条とは戦いそびれたゆえ楽しみにしておる」

「探らせたところ……」

道牛は北条家の方針を口にする。北条家は伊豆の韮山城、武蔵の鉢形城、上野の松井田城などを除く関東支配領内の諸将とその兵を相模の小田原城に集め、豊臣軍に徹底抗戦する戦略を立てた。嘗て上杉謙信、武田信玄の二将が攻めても城門に傷をつけることすらできなかった難攻不落の城を背景にした籠城戦である。城は城下から田畑までを取り込む惣構えなので、兵糧が尽きることはない。小田原城には三万数千の兵と、同数の領民が籠っているという。北条家はこの戦いに絶対の自信を持っていた。

「左様か。城攻めは想定の内。一番乗りでもしてくれるわ」

豪気に慶次郎は笑う。

「そういえば、上杉とは同陣。争い事は起こされぬようになされ」

共に三国峠の戦いで上杉家の上田衆を相手に激戦を繰り広げた仲であった。多数の仲間を討たれ、二人は上杉家の家臣に睨まれていた。

「仕掛けてくれば討つのみ。貴殿のほうが恨みは深いのではないか」

「一時は味方、一時は敵。恨みというよりも腐れ縁なのやもしれぬ」

「そういう間柄が厄介じゃの。一度、明確にせねばの。勿論、鑓で。貴殿は薙刀か」

慶次郎の言葉に道牛は頬を上げた。

三月十日頃には北国軍がほぼ追分に集結し、十五日には真田家と依田家の一部が物見を兼ねた先鋒として松井田に向かい、碓氷峠を越えたところで小競り合いを行った。

暫し様子を窺っていた北国軍は二十日、松井田城に接近した。

松井田城は、九十九川と碓氷川に挟まれた尾根上（標高四二〇メートル）に築かれた自然の要害で、北に向かって掌を広げたような形をしている。堀切の数は四十八にも達し、郭の数は五十二にも及ぶ。国境を守る城として築かれているだけあって、堅固この上ない。力攻めをすればかなりの死傷者を出すに違いない。

北国勢は城を包囲した。城西の搦手に前田勢、城東の大手に上杉勢、城北には真田、依田、小笠原勢、佐野勢は前田勢の後方という配置を布いた。

周囲を焼き払った北国軍は井楼を築き、夥しい数の弓、鉄砲を放つが、堅固な松井田城は簡単に落ちはしなかった。

「北の尾根伝いに進めれば城内に兵を突入させること、可能ではござらぬか」

道牛は宝衍に進言する。

「勇者のそちが申すならば、おそらくは可能であろう。されど、そちがこの城に一番乗りをして、いかな利点がある？　唐沢山城を北条から取り戻せるのか」

冷めた口調で宝衍は返す。

「されば……」

「左様。こたび儂が参陣した当所（あてど）（目的）は、北条から佐野を取り戻すこと。そちも一度は佐野家の禄を食（は）んだ者じゃ、多少なりとも恩義を感じているならば、唐沢山城を得るまで生命を大事にするように。己の我欲を満たす戦いはその後に致せ。それゆえ戦功などは無用」

宝衍は本音をもらした。

（確かに先陣を命じられてもおらぬ儂らが、支城を落とすのに生命を賭（か）けることはないが）

理屈は判るが、武士として逃げているようで忸怩（じくじ）たる思いがあった。

「承知致した」

自分の武士道と佐野家を切り離すことはできない。道牛は渋々応じざるをえなかった。

その後も北国軍は城攻めを繰り返すが、松井田城は落ちない。

既に小田原城を包囲している秀吉は北国軍の戦いぶりを憂いていた。

四月十一日付けで、秀吉は真田親子に対し、小田原周辺の諸状況を伝え、関東の城攻めについて、降伏する者は許さず、長陣になっても敵を干殺し（兵糧攻め）にしろと厳命してきた。秀吉は小田原城に近い笠懸山に石垣山城を築いていた。

十四日、秀吉の下知を受け、前田利家らは松井田城に付城を築いて後詰を出させぬようにして周辺を焼き払い、同城南の根小屋城を撃破して、上野の諸城に兵を向けた。

「我らは下野に向かうこと、お許し戴きたい」

宝衍が前田利家に申し出ると許された。

「本懐を遂げた暁には小田原で功を競おうぞ」

慶次郎が道牛に言う。

「望むところ」

答えた道牛らは北国軍を離れ、下野に向かって馬脚を進ませた。

松井田の陣を離れた北国軍は十日とかからずに上野の諸城を攻略した。城主は精鋭と共に小田原城に籠っているため、諸城には留守居の兵が僅かばかりいるだけなので抵抗のしようがないというのが実情である。諸将が帰陣すると、孤立した大道寺政繁は籠城を諦めて二十日に降伏し、北条家の諸城に先導することを誓った。

北国軍は武蔵に向かうことになった。

晴れた日の午後、唐沢山城はひっそりと静まり返っていた。城門は堅く閉ざされ、警備の兵は櫓の上から周囲を窺っている。城内は緊張しているに違いない。

宝衍は名目上の大将なので、道牛が代表して接触に当たった。四月十九日のことである。

「開門！　山上道牛じゃ。開城を呼びかけにまいった」

大手門の前で道牛は大声を張り上げた。

「当家は小田原の下知にしか従わぬ。降伏には応じぬので戻るがよい。従わねば矢玉で返事をするばかりじゃ」

家老職にある大抜武基が返した。篠窪遠江守らは小田原に戻っている。

「既に上野は豊臣が制し、軍勢は武蔵に向かっておる。下野の諸城も豊臣に下っておる。この期に及び、抵抗は無意味じゃ。早々に開城するが佐野家のためじゃ」

「坂東武者は精強。簡単に上方武士に屈したりはせぬ」

大抜武基は信じようとしない。

「そちになど申しておらぬ。儂は佐野の家臣に申しておる。先日の四月八日、皆川広照殿が小田原城から逃亡して寄手に下り、殿下から本領を安堵されておる。下るならば今のうちじゃ」

下野、皆川城主の皆川広照は、権中納言の中御門宣綱の娘を北条氏政の養女として娶った北条家の親戚であるが、圧倒的な寄手の軍勢を目の当たりにして北条家を見限った武将である。

「左様な嘘には乗らぬ。即刻、立ち返れ」

あくまでも大抜武基は否定する。

「方々、深慮なされよ。小田原からの後詰が一兵でもまいったか？　左様な余裕は北条家にはない。それどころか、下った関東諸城の兵が籠城を続ける城に仕寄せてくるばかりじゃ。今、決断せねば先祖代々の地も、お家の名も消滅致そうぞ。よくよく思案なされることじゃ」

道牛は北条家に従う佐野家の家臣たちに訴え、馬脚を返した。

宝衍が問う。

「いかがか」

「首尾は上々。数日後には応じるものと思われる。それまで果報は寝て待ちましょうぞ」

道牛らは馴染みの惣宗寺で夜露を凌ぐことにした。戦いたいことは山々であるが、さすがに佐野家の朋輩たちを血祭に上げたくはない。このたびは説得で我慢することにした。

呼びかけの言葉を受けた竹沢定冬らは相談し、大抜武基に迫った。

「城主を招いてお家の安泰を図ったにも拘わらず、都合が悪くなると約定を無に致すのか。この家は、命は義よりも軽いようじゃ」

一人では対抗できぬと判断した大抜武基は、父と同じように自刃して果てた。

勢いに乗り、竹沢定冬らは残る北条家の家臣を虜にした。

「城へお入りください」

竹沢定冬の息子の定清が告げにきた。

山上美濃守らは多少の怪我をしたものの、命は無事だという。道牛らは従って入城した。

宝衍は首座に就き、道牛は次席の位置に腰を下ろした。佐野家の家臣たちは左右に並び、道牛よりも下座に連なった。

「よう道牛の説得に応じてくれた。無血で開城したことは、殿下の心証もよかろう」

鷹揚に宝衍は言う。

「されど、小田原には質が取られてござる」

津布久明豊が無念そうに言う。

「それで小田原の者たちを斬らなかったのか。まあ、交渉の余地はあろうの。されど、質が斬られたとて文句は言えまい。貴殿らは儂の主張を退け、北条を選んだのじゃ。まあ、今となっては後の祭りじゃがの。あとは殿下の覚え目出たい道牛に全てを託すしかないの」

宝衍は面倒臭い人質交換交渉を道牛に押しつけた。

「道牛殿、お頼み致す」

竹沢定冬ら佐野家の重臣たちは、挙って道牛に頭を下げた。

「かような役ばかりじゃのう。前田の陣にでも間借すればよかった」

愚痴をもらした道牛は、小田原に向かって唐沢山城を発った。

四月下旬、道牛は小田原の北東に位置する曾我山の不動山に到着した。

「なんと！」

既に小田原城は豊臣軍の十数万の大軍によって十重二十重に包囲されていた。陸の三方面のみならず、南の海も夥しい船で埋め尽くされていた。

「明らかに謙信公を上廻っておるの」

過ぐる永禄三年（一五六〇）の小田原攻めにも参じている道牛なので、明確な比較ができた。海まで包囲網に加えている徹底さには驚かされた。

目を見張ったのは寄手だけではなく、小田原城も同じ。城は拡張され、外郭線は延々三里（約十二キロ）にも及び、まさに難攻不落を誇っていた。

城内には多数の領民がおり、城下の町は賑わいを見せていて、籠城の悲愴感は城内にはなかった。その人数でも一年は喰い繋げる兵糧と戦い続けられる武器、弾薬を貯蔵してあるという。

「寄手は攻めあぐねているのでしょうか」

吉蔵が言う。

「堅固な城ゆえ無理をさせぬのであろう。長対峙になるやもしれぬな」

積極的に仕掛けていない寄手の陣を眺め、道牛はそう感じた。

寄手の各陣を訪ねながら、道牛は小田原から三十町（約三・三キロ）ほど西に位置する笠懸山の石垣山城普請場に到着した。多数の人足が大きな石を動かし、石垣を構築していた。

道牛は側近の石田三成に取次ぎ、まずは人質交換の子細を告げた。

「唐沢山城を取り返したことは褒められようが、質の件は難しゅうござる」

淡々と三成は答えた。

「なにゆえでございましょう？　皆川殿は許されたと聞いております」

「皆川は自らの意思で城を抜け、殿下に降伏したゆえ許された。佐野家の質が城内におるならば、抜け出てくるように申されよ」

「女子供もおりますゆえ、それは無理にござる。なにとぞお取りなししてくだされ」

道牛は慣れないながらも頭を下げた。

「関東に攻め入った諸将はろくな城攻めもせずに説いて開城ばかりさせておる。これでは豊臣の威光が示されぬ、と殿下はお怒りにござる。貴殿たちは不運でござったな」

小田原城を兵糧攻めにしていることを棚に上げ、三成は見下したもの言いである。

既に秀吉は家康と一緒に立ち小便をしながら、関東への移封を伝えている。秀吉は関東を焼け野原にし、あるいは撫で斬りにしたあとで家康に渡し、仕置に時間をかけさせ、あるいは失敗させる肚（はら）づもりを持っていたので、諸将への書状では激しい城攻めを命じていた。

「そこをなんとか……」

「まずは殿下に唐沢山城奪取のご報告をなされよ。その上で懇願なされるがよい」

三成は秀吉に押しつけるように告げ、秀吉の許に向かう。道牛も続いた。

「ご尊顔を拝し恐悦至極に存じます。またご勝利が続き、お祝い申し上げます」

「重畳至極。居城を取り戻したと治部に聞いた。よかったの」

三成からは不機嫌だと聞かされていたので、道牛は戸惑った。

治部とは治部少輔に任じられた三成のことである。

「有り難き仕合わせに存じます。城は取り戻したのですが……」

道牛は人質交換の件を秀吉に伝えた。

「道牛よ、まだ落ちておらぬ城がある。これを落とし功名を上げよ。さすれば考えてやる。そちは、まだろくな働きをしておるまい」

なんでも利用する秀吉らしい命令であった。

「承知致しました。某をはじめ佐野家の者は粉骨砕身励む所存です」

一石二鳥、道牛は目を大きく見開いて応じた。

どこを攻めるかは追って沙汰するということなので、一旦、道牛は佐野に戻った。

四

佐野家に指示が出されたのは五月下旬のこと。大将は石田三成で、上野の館林城と武蔵の忍城を落城させること。関東の諸将は三成の麾下として働くことであった。

「館林城か」

道牛は目許を顰めた。館林城は湿地に囲まれた難攻不落の城と呼ばれていた。

「まだ、当家は殿下に認められておらぬ。ましてや質を取り返したいならば、励むことじゃ」

天徳寺宝衍の言葉に、家臣たちは頷いた。

既に梅雨入りして小雨が降る中、七百ほどの佐野勢は出陣した。

攻撃目標となる館林城は唐沢山城から二里ほど南西に位置した近距離にあるので一刻とかからずに到着できる。佐野勢は三成らに合わせて五月二十八日、着陣した。

館林城は北条氏規の属城であるが、氏規はもう一つの属城、伊豆の韮山城に籠っているので、城代の南条因幡守昌次を始め、真下越前守、淵名上野介、片見因幡守、冨岡秀長ら周辺の豪族領主とともども領内の民、山伏、僧侶、寺法師までを掻き集め、約五千名が籠っていた。

寄手は石田三成、長束正家、大谷吉継、速水守久、野々村雅春、伊東長次、中江直澄、

松浦宗清、鈴木重朝ら豊臣麾下の武将と投降した北条一族の氏勝。これに、佐竹義宣、多賀谷重経兄弟、宇都宮国綱、佐野衆らの関東勢が加わり、二万ほどの軍勢になった。

上野の東端にある館林城は、北に下野国境の渡良瀬川、南に武蔵国境の利根川が流れている。いずれも半里ほどで川に到着する。辺りは湿地で、しかも城の南から東に隣接する城沼と呼ばれる沼が広がっていた。

三成の命令で諸将は布陣した。

西の大手は石田、速水、中江、佐竹、宇都宮、佐野勢らの七千六百。

東の搦手は長束、野々村、伊東勢らの六千八百。

北東の加保志口は大谷、松浦、鈴木勢らの五千六百。

「かように後ろでは活躍できませぬな」

吉蔵が背伸びしながら前方を眺めて言う。

「この面々を見れば、治部殿に功をあげさせようとする殿下の親心が判るというもの。この意を汲めず、功の横取りなどしてみよ、質の交換などできぬ。指示に従っておればよい」

永年の勘で前線には出られないと道牛は感じた。

「かかれーっ！」

三成の号令で諸将は城に殺到する。兵力差は四倍と圧倒的に寄手は有利であるが、館林城は天然の要害で辺りは湿地、城に近寄る間もなく足を取られると城内からの矢玉の餌食となり、攻兵は周囲に屍を晒した。攻める武将を入れ替えて果敢に攻めても、結果は同じで誰一人、城壁によじ登ることすらできなかった。こうして一日が終了した。

失態を演じても三成は、過去にはこだわらず次の策を思案する。

「周囲に住む者の家を壊して橋をかけ、道を作れば城に仕寄せることができる。家を失った者には銭をやると言えば、納得しよう」

合理的な三成の発想である。近郷に触れを出すと、即座に三百人余が集まった。

ここは奉行の腕の見せ所。三成は昼夜に人夫を分け、周辺の家を壊し、山林から木を伐採させ、二日間で九間ほどの橋を完成させた。

「さすがに殿下の下で戦を支援してきたお方じゃ」

企画したのち、銭をばら撒いて人を差配する遂行能力の高さに道牛は感心した。

城沼に橋が架かったので寄手は四方から城を攻撃した。南は石田勢の嶋左近が攻めたてた。

橋のお陰で嶋勢は城壁まで接近し、城方は驚愕していた。これに刺激を受けて他の三方面も熾烈な攻撃を行ったので、城方にも死傷者が続出した。

城兵は必死に抵抗を試みたので、なんとか城門を破られずに日没を迎えた。明日こそは陥落させられると寄手の陣は明るい雰囲気だった。

夜になって雨が降り出すと、城兵は夜陰にまぎれて橋を壊し、一晩のうちに沼の中に沈めた。

翌朝、無くなった橋を見て三成らは愕然とした。警戒を怠ったことを後悔するが既に後の祭りである。破壊された橋は元には戻らない。城方も同じ場所にそうそう橋を作らせてはくれない。

新たな策を思案している時、三方向からの攻撃では攻めきれない。三成はそれほど期待せずに許したところ、豊臣方に下った北条氏勝が説得することを申し出た。三成はそれほど期待せずに許したところ、城内に籠る者全ての生命の保証と今後の働き次第で直臣になることを認めることで、降伏してもいいと返答してきた。

もう一つの忍城も攻略しなければならないので、一つの城に日にちをかけすぎることはできない。三成は渋々応じて城を開城させた。以来、南条昌次は豊臣軍に加わった。

開城の日にちは諸説あり、『館林記』では五月二十五日、『小田原編年録』では二十八日、『三河後風土記』では二十九日、『関八州古戦録』では三十日となっている。いずれにしても五月中に降伏したのは確かであった。

鬱陶しい雨が続いていたので、三成らは暫し館林城で雨宿りがてら評議を繰り返していた。

六月四日。グレゴリウス暦では七月五日にあたるこの日、雨が止んだので、三成らは館林城を発ち、武蔵の忍城に向かった。

館林城から忍城までおよそ四里（約十六キロ）。のちに日光脇往還と呼ばれる道を南に進むと、利根川に達するので、川俣の渡しに舟橋をかけた。渡河すると、あとは遮るものはないので、卯ノ刻（午前六時頃）に出立した軍勢は未ノ刻（午後二時頃）には忍に到着した。

「相変わらず水ばかりじゃの。今少し深ければ舟に乗って仕寄せることができようが、それもできぬ。館林城以上に厄介な城じゃのう」

城の北西から忍城を眺め、道牛は溜息を吐いた。

忍城は武蔵の北端、利根川に接する低地に築かれている。南には荒川が流れており、この両川を惣堀とする。城の周囲は湿地と沼が広がり、さらに外側には深田が続き、城への道は狭く、簡単には近寄れない。まさに水城、水に浮く浮城とも呼ばれている。さして大きい城ではないが、嘗て足利政氏と上杉謙信が攻めても落ちたことのない堅城であった。

「そうではございますが、活躍しませぬと質の交換ができませぬのでは」

吉蔵が心配そうに言う。

「無論、そのつもりじゃ。前線に出してくれればの話じゃがのう」

「どういうことですか」

「館林に続き、この忍城じゃ。二城とも湿地の城。しかもこたびの軍勢には猛将がおらず、豊臣家で後方支援ばかりをしてきた奉行の集まりじゃ。なにかきな臭いとは思わぬか？　先だっては橋を架けた。こたびもなにか普通ではない攻めをするような気がしてならぬ」

永年の勘で、道牛には三成らは特別な攻撃を画策しているように思えてならなかった。

人の思惑には関わりなく、水面には数多の蓮が大きな緑の葉を広げ、早咲の花が濃い桃色の花弁を広げていた。

三成は忍城から半里ほど南東にある丸墓山古墳（直径百五メートル。高さ十八・九メートル）の少し南、渡柳に本陣を据え、諸将の持ち場を発表した。

・城の北東。北谷口から長野口にかけて――。

大谷吉継、堀田勝嘉（のちの盛重）、松浦宗清、佐竹義宣、鹿沼衆、南条昌次ら六千五百。

・城の南東。佐間口から下忍口にかけて――。

長束正家、速水守久、中島氏種、宇都宮国綱、関宿、古河衆など四千六百。

・城の南西。下忍口から大宮口にかけて――。

石田三成、伊東長次、鈴木重朝、北条氏勝、天徳寺宝衍、足利衆など七千。

・城の北西。皿尾口から北谷口にかけて――。

中江直澄、野々村雅春、下総や武蔵の降者ら五千。

合計二万三千百。城西の持田口だけは、窮鼠猫を嚙むの譬えから空けておくことにした。

忍城の城主・成田氏長は精鋭とともに小田原城に籠っており、城には氏長の叔父・泰季を城代とし、その息子の長親や氏長嫡女の甲斐姫、家臣の須加泰隆、本庄長英、酒巻長安、正木丹波守など領民を含めた三千七百四十人が籠っていた。

まずは様子見の一当てと、北西の皿尾口から中江直澄、野々村雅春、下総勢が攻め寄せた。弓、鉄砲による死傷者を出しながら、寄手は皿尾の出張（砦）まで辿り着き、塀に熊手をかけて引き倒しにかかったが、他の守り口の援軍が駆けつけて排除された。

「各口とも一本道。城方は弓、鉄砲で順番に倒し、あるいは引き寄せて叩くばかり。厳しい戦いになるやもしれぬな」

味方の戦い方を見て、道牛は呟いた。

数日、佐野勢も城に接近して矢玉を放つが、足場が悪いので諸将同様攻めきれない。

「宝衍殿、某にお任せ願えまいか」

鬱憤がたまっていたこともあり、道牛は申し出た。

「こたびの陣は儂が差配する。左様に心得よ」

家臣に命じるように宝衍は言い放った。

（北条との戦いが終わったのち、自分が佐野家の当主になるつもりなのじゃな。それで家が纏まり、大名として認められれば構わぬが。戦はどうかのう）

即座に道牛は察した。

「承知致した」

宝衍と功名を争っても仕方ないので、道牛は応じた。

梅雨空が続く中の六月十一日、佐野勢は三成から下忍口の三陣に命じられた。

「関東武士が先陣を駆けぬでは、関白殿下に申し訳が立たず。なにとぞ陣代えをお願い致す」

宝衍が三成に懇願した。

「左様でござるか。されど、下忍口は鈴木勢に申し渡しているゆえ、大宮口に廻られよ」

三成は、佐野勢の七百と伊東長次の一千五百を、城の南西に位置する大宮口に変更した。

城の南西にある大宮口に移動し、宝衍は佐野家の者に向かう。

「ここで躊躇すれば、佐野家の明日はない。命を惜しまず名を惜しめ。かかれーっ！」

佐野家における地位を磐石にし、家の存続を勝ち取るため、宝衍は獅子吼した。

「うおおーっ！」

宝衍の号令で、佐野勢は大宮口の砦に殺到する。佐野家の士卒も北条氏忠を養子として受け入れていただけに、宝衍の言うことは理解している。無我夢中で突進する。

大宮口を守る備頭は齋藤右馬助、平賀又四郎らであった。

「放て！」

二人は声を嗄らして下知し、あらんかぎりの弓、鉄砲を放ち、矢玉をふんだんに降らせた。

佐野勢は死傷者を続出させても、こののちの佐野家のため、堀に板を架けて渡ろうとする。

「打って出よ！」

壮年の平賀又四郎は怒号し、城兵を出撃させた。

将来に望みをかける佐野勢と、守らねば生き残れない成田勢。双方入り乱れての激戦となり、あちらこちらで血煙があがった。

乱戦の最中、平賀又四郎の配下が、重臣格の津布久(つぶく)駿河(するが)、竹股三郎左衛門(たけのまたさぶろうざえもん)を討ち取った。これにより佐野勢は崩れた。

「今ぞ、追い討ちをかけよ！」

平賀又四郎は絶叫し、ここぞとばかりに城兵は追撃をする。

「政略は得意でも、戦は児戯じゃの。薙刀を」

後方で見ていた道牛は下馬すると、吉蔵から薙刀を受け取り、細い一本道を徒(かち)で進む。逃げる味方を掻き分けながら漸く城方の先鋒と遭遇した。

「儂は山上道牛。儂が相手じゃ」

名乗りをあげる道牛は勢いに乗って接近する城兵を一刀の下に斬り捨て、返す刀で次の兵を斬り上げ、またたく間に二つの首を深田に沈めた。

「成田に武士はおらぬのか！」

道牛は吐き捨てると、さらに二人を斬り倒し、前進する。

「彼奴(かやつ)は鬼の道牛じゃ。暴れ牛では分が悪い」

成田兵は臆(おく)し、追撃が停止した。

そこへ後方から新手の伊東勢が前進したので、城兵は退却した。

「佐野家の当主になりたいならば、一度は矢玉の中に身を晒して下知せねばの」

豊綱、昌綱、宗綱ら歴代の佐野家の当主を思い出しながら道牛は独りごつ。

結局、伊東勢に陣を譲っても大宮口を破ることはできなかった。他の攻め口も同じである。

寄手が攻めあぐむ中の六月十三日、小田原から秀吉の使者が到着し、水攻めを厳命した。

尻に火のついた三成は即座に忍城を水底に沈めるための堤造りを開始した。利根川から荒川にかけて、忍城の北東から北西にU字形を描く堤は蜿蜒七里（約二十八キロ）にも及ぶ。寄手の家臣のみならず、銭をばら撒き、周辺の村人を動員して昼夜を問わぬ作業を続けた。夜間は昼の三倍もの銭を支払うので、忍城の兵も参じるほどであった。

これを知る三成は、作業が捗り、自ら墓穴を掘るものだと、あえて許したので、実質は三日間で造りあげた。この辺りは梅雨や台風の時季に洪水が発生するので、周囲には水避けの堤防が築かれていた。三成はこれと古墳、丘などを繋ぎ合わせた結果、早く築くことができた。

道牛は丸墓山から仕上がったばかりの堤に目をやった。

「ようも早うできたものじゃ。このために殿下は奉行を大将に据えたのか」

堤はあくまでも象徴で、人の力で地形を変えたことを眺め、道牛は感動すら覚えた。

水は十五日から堤の中に引き入れられ、翌日には城の大半を水に浸すことができた。さらに十七日には台風のような夕立が周囲を襲い、水嵩は増すばかり。このままでは本当に水に沈みそうになった時、城兵の脇本利助、坂本兵衛ら泳ぎの得意な者が、荒れる天候の中を獺のように水に潜って堤に辿り着いた。

城兵は手抜き作業をしており、脇本利助らはこれを破壊すると、溜められていた水は濁流と化して流れだし、寄手の陣を襲い、多数の溺死者を出すことになった。

「自然を変えたら、自然の怒りを買ったのやもしれぬな」

不様な味方の姿を目の当たりにし、道牛はもらした。

翌日は晴れたが、水を溜めた地は泥濘となり、とても進めるものではなかった。

秀吉はあくまでも水攻めにこだわったので、三成は従わざるをえない。改めて堤の修築工事を行っている最中の七月五日、北条氏直が降伏。翌六日、豊臣軍は小田原城を受け取った。

「小田原が先に落ちるとはのう」

作業の最中、報せを聞いた道牛は愕然とした。

「もはや北条と戦うことは叶わぬのか」

弘治二年（一五五六）に山上城を失って以来、三十四年間、恨みを返すことばかりを考えていたが、ついに達することができなくなった。道牛は無念、失意、腑甲斐無さなどが絡み合う万感の思いにかられ、暫しなにもする気がおきなかった。

小田原城が落ちたあとも秀吉は忍城を水攻めにしようとしたが、小田原城に籠っていた成田氏長の懇願でとり止めとなり、十一日開城することが決められた。

同じ十一日、北条氏政と氏照は切腹。松田憲秀と大道寺政繁は斬首。五代目の氏直は高野山に追放されることになった。

明応四年（一四九五）、北条家の祖・伊勢新九郎が大森氏から小田原城を奪ってからおよそ九十五年。戦国大名としての北条五代はついに滅亡した。

くしくも、忍城が開城する日、堤の修築が完成した日である。

（慶次郎殿はさぞかし活躍したのであろうな）

あまり戦うことができず、道牛は不満ばかりが残った。

関東は家康が移封することになり、豊臣軍は奥羽征伐に向かった。

佐野家の人質は小田原開城と同時に帰国が許されたので、道牛もまずは一安心であった。

関東征伐に参じた佐野家は大名として認められ、天徳寺宝衍は還俗して房綱と名乗り、漸く佐野家の当主となった。石高はのちの検地で三万九千石。家康の寄騎と定められた。

道牛は佐野家の家臣となった。道牛は不作地の開墾を奨励する役目に任じられた。

「不作ひらくべき定めの事。
一、所により、下地により（田畑の質によって）年貢を決めること。
一、永年耕作していない田畑は、相談して決めること。畠などは一、二年年貢を取らぬこと。
一、開墾した所は、その年の年貢は半分とすること」
天正十九年（一五九二）閏正月九日、道牛が福地帯刀に出した書状である。

不向きだと思いながらも、道牛は奉行職に勤しむばかり。この年道牛は六十歳になった。

第八章　鬼武者の退口

外は深々と雪が降り、二尺（約六十センチ）ほども積もっている。ほんの少し外にいるだけでも手足はかじかみ、体を動かしていなければ凍えそうであるが、三畳間の茶室にある囲炉裏には火が入れられており、霰の釜からは、しきりなしに湯気があがっているので暖かかった。

主人は上杉家の家宰を務める直江山城守兼続である。兼続は秀吉の口術により、表向き米沢で三十万石を与えられていた。実際は六万石ほどであるが、それでも陪臣の身で大名となっていた。

慶長四年（一五九九）師走、慶次郎と道牛は茶室にいた。床の間には寒椿が一輪、竹の花入れに飾られていた。

信長、秀吉の御茶頭を務めた千利休とも深厚があった兼続は、手慣れた手つきで弦月の肩衝から濃緑の茶粉を掬い、利休好みの黒茶碗に入れた。それだけで香ばしい何とも言えぬ薫りが鼻をくすぐる。

釜の蓋を取ると、白い蒸気が絡みつくように真直ぐ立ち上った。兼続は竹杓を取り湯を茶碗に注ぎこむ。茶粉が玉にならぬよう、茶筅で手際よくのの字をかくように泡だてた。すると、今度は湿気を帯びた馥郁な芳香が嗅覚を触発する。

「どうぞ」

兼続は慶次郎に茶碗を差し出した。

慶次郎は懐から古袱紗という織物を膝の上に乗せ、左隣の道牛に対し、「お先に」という意味で、無言の総礼をし、古袱紗を左掌に広げ、茶碗をその上に乗せた。恭しく一度おし戴き、右手で茶碗を手前に二度廻して一啜りする。

「ほう」

適度な苦味と香ばしさが舌に纏わり、それでいて喉には引っかからずに腑へ落ちていく。そのあとから風味と芳しさが伝わってくる。

「さすが利休仕込みの茶じゃ」

慶次郎は舌鼓を打つと、古袱紗で飲み口を拭き、茶碗を右側に二度廻して、左隣に座す道牛に茶碗を廻した。

「結構なお点前で、ではないのか」

注意した道牛は茶碗を受け取り、作法に乗っ取って茶を口にした。

「確かに美味い」

道牛も慶次郎に倣う。兼続は仕方がないと笑みを浮かべる。

「かような席でなんじゃが、上方では内府が専横を重ね、前田に続いて宇喜多まで屈服させる気らしいではないか」

不快感をあらわに慶次郎は問う。

九月、家康は暗殺計画をでっちあげ、戦う勇気のない前田利長から母の芳春院（まつ）を人質にとって跪かせ、宇喜多家の内部紛争を煽った。そのお陰で、浮田左京亮や戸川逵安らの重臣は大坂城下の屋敷に立て籠り、主君の秀家と対立した。

「よう、ご存じで」

兼続は受け取った茶碗を湯で洗いながら答えた。

「他人事ではあるまい。次は上杉にちょっかいを出してこようぞ」

道牛は頰を綻ばせて言う。

「そう嬉しそうに申されても。されど、ご懸念には及びません。当家はどのような相手にも膝を屈することはありません。挑んでくれれば戦うのみ」

「さすが山城、気骨がある。会津に来たかいがあったわ」

慶次郎は膝を打って喜ぶ。

「どこで戦うのじゃ。関東に攻め入るのか」

上野出身の道牛は、身を乗り出して問う。

「まずは、守りを固めた上で戦うことになろう。城の北や西が弱いの」

慶次郎は指摘する。先の領主だった蒲生氏は会津を整備しきれぬうちに移封となってしまった。

「無論、領内の仕置はこれからですが、当家は決して戦を望むものではありませぬ」

兼続はあくまでも受けの姿勢だ。

「おぬしは、そう申すが、向こう（家康）は戦を前提に思案していよう。敵は多勢。後手に廻れば勝てる戦も勝てぬぞ」

道牛は兼続を煽る。鶴ヶ城から半里ほど北西、神指の地に新たな城を築くことを決めていた。

「治部少輔との話はどうなっておるのじゃ？　いくら上杉でも単独は厳しかろう」

「挟み撃ちか。かような大掛かりな兵略。これまではなかろう。胸の空くことじゃが、少し距離がありすぎるの。綿密に手筈を整えぬと絵に描いた餅になろうぞ」

「お二方とも気が早い。戦のことよりも、新たな家族を持ってはいかがですか」

道牛は藤姫と離縁してから嫁を娶ってはいない。藤姫の娘は娘を産んだことが伝わっていた。

慶次郎も前田家を出奔してから独り身のままである。妻の於せいも嫡子の正虎も加賀におり、娘は戸田方勝、北条庄三郎に嫁いでいた。

「そなたの奥方のような良き女子がいれば考えるがの」

慶次郎が茶化すと、道牛も続く。

「天下の山城を手玉にとる女子など二人とおるまい」

兼続の正室は上杉家の重臣・直江景綱の娘・於船である。兼続は景勝の命令で樋口家から養子に入った。於船は才女で、直江家のみならず、上杉家の奥向きの補佐をしていた。

「されば、我らは死ぬまで独り身ということじゃ。戦いしか生き甲斐がない」

そのために会津に来たと慶次郎は言う。

「人の世の半分は女子でござるぞ。今少し広く見られてはいかがか」

「それゆえ関東に攻め入ろうぞ」

道牛も同じ穴の狢である。

「やれやれ」

お手上げだと言いたげな兼続であるが、戦を推す二人との会話を楽しんでいた。

一

都の二条の柳馬場は俗にいう遊廓である。陽が落ちて籠提灯に火が灯されると、笛や鼓の音がしはじめてくる。途端に男の往来が多くなった。

遊廓が都で公認されたのは、足利義満が金閣寺を造営した応永四年（一三九七）、九条の里とされている。年を経て応仁の乱ののち二条柳町に移された。

道牛は桃源という遊廓が馴染みで頻繁に通っていた。但し、最近は疎まれていた。

「山上様、申し訳ありませんが、そろそろ、つけを払って戴きませぬと」

小太りで猪のような顔の店主が揉み手しながら玄関を潜ったところで告げる。

「儂を信用できぬのか」

このところ道牛は銭欠で、百二十両（約七百二十万円）ほどのつけがあった。

一人で遊女を指名して静かに酒を呑んでいれば、それほど高額な支払いにはならぬが、他の遊女のみならず、新造、禿までを呼んで祭さながらにどんちゃん騒ぎをするので支払いは滞り、借財ばかりが増えていた。

「銭（金）は天下の廻りもの」というのが道牛の持論であるが、牢人しているので収入がない。それでも舌は酒の味を忘れられず、夜になると女子の柔肌が恋しくなり、否が応でも遊廓に足を運んでしまう。「なるようになる」というのが、このころの道牛の口癖であった。

佐野家に仕えていた道牛であるが、世が平和になると、厄介者扱いされた。そこへきて、房綱は豊臣家で奉行を務める富田一白の息子の信種を先代・宗綱の娘に養子として迎え、佐野信吉と名乗らせて佐野家の当主に据えた。房綱は隠居として佐野家を支えている。

居場所がなくなった道牛は牢人し、諸国を巡り歩いた。

ちょうど無一文になった時、一度目の朝鮮出兵いわゆる文禄ノ役が始まったので、道牛は宇喜多秀家の下で参陣。異国の地で戦陣を駆け、奮戦したので、帰国後は多少の路銀を持っていたが、半年余で全てを使いきってしまった。

「信用しておらぬわけではありませぬが、手前どもも商いゆえ、毎回つけというわけにも」

言いにくそうに店主は告げる。道牛の勇猛さは遊廓にも伝わっていた。

「安堵致せ。今宵は懐が温かい」

道牛は懐から膨らんだ巾着の銭袋を出し、掌の上でぽんぽん撥ね上げた。

「これは失礼致しました。さればお上がりください」

店主は掌を返し、道牛を慇懃に扱った。

部屋に通された道牛は酒を喰らいながら新造に笛を吹かせ、鼓を叩かせ、または踊らせ、自身も得意の幸若舞を舞いながら、馴染みの椿太夫を待っていた。

「椿太夫はまだか」

催促すると、店主が血相をかえて現われた。

「山上様、これはいかな戯れ事でございますか」

店主は道牛が渡した銭袋を差し出した。袋の中身は銭ではなく、碁石を詰めたものであった。

「これは鹿塩利賢（利玄坊とも）からもらった碁石じゃ。一千両にもなる宝ぞ」

鹿塩利賢は本能寺の変の前夜、信長の前で対局を披露した囲碁の名人である。

「そうかもしれませぬが、まずは鹿塩様が所有していたという証がなく、しかも、遊廓の中では銭（小判）で払うのがしきたりにございます。碁石では困ります」

「困ったのは儂じゃ。これでも今までの借銭をちゃらにし、こののちの先払いができると思うていたのだが、できぬとあらば仕方ない。我が命で返すしかない。肴を所望。腹を切る」

肴とは脇差のこと。道牛は上半身裸になり、居住まいを改めた。

「山上様に腹を召されても、手前どもの借銭は消えませぬ。他の思案をなされませ」

冷めた口調で店主は言う。

「困ったのう」

残った盃の酒を呑み干しながら道牛が告げた時、一人の武士が部屋の前で立ち止まった。

「今宵の支払いは某が致そう」

歳は四十代の後半ぐらいで、中肉中背だが、肩幅が広く胸板も厚い、袖から見える腕も太い。あさ黒い素肌で一文字の眉、眼光鋭く、角張った面持ちであった。

(はて、どこかで見たような)

記憶を辿るが、思い出せなかった。

「それは有り難いが」

文無しの道牛としては願ってもないが、只より高いものはない。道牛は警戒した。

「ご安心召され。首塚を三度築いた豪勇を騙したり、はめたりする才能は某にはござらぬ。申し遅れました。某の名は上泉主水泰綱。常陸介秀胤の息子でござる」

笑みを向け上泉泰綱は名乗った。この年四十七歳になる。生まれは小田原である。

「おう、秀胤殿のご子息か。どうりで、どこかで会ったような気がしたが、そうか秀胤殿の」

山上城での対戦を思い出し、道牛は秀胤と泰綱を重ね合わせた。

「確か秀胤殿は国府台の戦いで」

「鉄砲に当たって命を落としました」

過ぐる永禄七年(一五六四)一月七日と八日に安房の里見義弘、武蔵の太田資正らと、北条氏政による合戦が下総の国府台で行われた。北条軍に参じていた上泉秀胤は激戦を極めた戦いの中で負傷し、この傷が元で二十三(十六とも)日に死去した。

因みに剣聖・上泉伊勢守秀綱（武蔵守信綱）は天正十年（一五八二）に死去している。

「惜しい武士を亡くされた。儂は一度もお父上を圧したことがなかった」

「道牛殿にそう言って戴ければ父も泉下で喜んでいると思います」

寂しそうであるが、泰綱は誉められたのでどことなく嬉しいようでもあった。

「小田原が落ちたのち、いずこかに仕官なされたのか」

「武者修行をしたのち、昨年、上杉家に仕官致しました」

「ほう上杉か。剣聖の血を引く貴殿には似合いの武家じゃが、嘗ての敵に仕えるのも因果な巡り合わせじゃのう」

道牛自身も上杉家とは戦い、同陣したこともあるので、他人事ではなかった。

「仰せのとおり。某は組外衆として直江山城守（兼続）の下で働いております」

「筆頭家老の下ならば、新参でも出世は望めそうじゃの。加増もあろうし」

この慶長三年（一五九八）正月、上杉景勝は越後から会津百二十万石に移封を命じられた。蒲生秀行が家の内紛を押さえられなかったので、秀吉はこれを危惧してのこと。会津は江戸の徳川家康と、岩出山の伊達政宗を押さえる重要な地なので、戦に強く、忠義心に篤い武将でなければならなかった。秀行は九十二万石から宇都宮十八万石に減らされ移封させせられた。

「左様です。そこで、山城守は道牛殿に、是非とも当家に仕えて戴きたいと申しております」

「なんと、儂に!? 儂は随分と上杉家の家臣を討っておるぞ」

「未だ衰えぬ道牛殿の武勇は、誰よりも承知しております。さればこそと申しております」

まさかの誘いに道牛は感動を覚えた。上杉景勝は五人の年寄（大老）の一人である。

秀吉は晩年に十人衆いわゆる五年寄、五奉行を制定し、豊臣政権の運営を託した。

年寄は当初、徳川家康、前田利家、毛利輝元、小早川隆景、宇喜多秀家、上杉景勝の六人であったが、隆景が死去したので五人になった。奉行は石田三成、浅野長政、長束正家、増田長盛、徳善院（前田）玄以である。

関白だった秀吉は朝鮮出兵に際して、甥の秀次に関白を譲り、自らを太閤と称するようになった。秀次は秀吉に秀頼が誕生すると、難癖をつけられて自刃に追い込まれている。

もっか日本は慶長ノ役と呼ばれる朝鮮出兵の最中で、西国の諸将は渡海して物資不足で、飢えに苦しみながら戦っていた。

「今宵は好き酒が呑めそうじゃ。酒を持て」

喰い詰めの牢人が声をかけてもらえるだけで有り難い。道牛は顔を綻ばせ、禿に要求した。

翌日、道牛は上泉泰綱と共に伏見の上杉屋敷を訪ねた。同所は一際広い敷地ではあるが、城下の西の外れにある。年寄（大老）衆の居屋敷としては遠い。秀吉は景勝の実直さを評価しつつも、媚びぬ態度が気に入らなかったのか。あるいは、二年前の大地震で一度、伏見城は倒壊しているので、最悪の場合の避難所と考えていたのかもしれない。

屋敷の一室で待っていると、六尺豊かな武士が入ってきた。軍神、上杉謙信の薫陶を受け、幼馴染みの景勝が全面的な信頼を置いている直江山城守兼続である。上座に腰を下ろした。

「お待たせ致した。直江兼続でござる。ご足労戴き、感謝してござる」

兼続は気さくに告げた。謙信死後に勃発した上杉家の家督争い、俗に言う御館の乱では内外に活躍して景勝の勝利に貢献し、織田信長にも徹底抗戦して退かず、本能寺の変後は失地の回復から石高の増産、領内整備に至るまで指揮をして上杉家を立て直した武将である。

「こちらこそ」

「聞いていると思われるが、当家は山上殿を必要としてござる。当家に仕官願えませぬか」

改めて兼続は道牛を求めた。

上杉家が名の有る武士に誘いをかけるのは、石高が増えただけではなく、秀吉が定めた掟の中に、百姓を移動させてはならぬ、というものがある。いわゆる兵農分離である。上杉家の家臣の大半は半士半農なので、四割近くを越後に残していかなければならない。人口の多い畿内であればすぐに兵の補充も利くが、遠い陸奥では難しい。戦力の低下を防ぐためにも、積極的に声をかけざるをえないのが実情であった。

「殿下に認められた貴殿に言われれば、嫌とは言えぬ。儂のほうこそお願い致す」

道牛は頭を下げた。

秀吉をして「陪臣にして直江山城守、小早川左衛門佐（隆景）、堀監物（直政）などは天下の仕置するとも仕兼間敷ものなり（失敗しないであろう）」と言わしめただけではなく、「会津百二十万石のうち三十万石は山城守にやったつもりだ」とも言わせるほど兼続は評価されていた。

「まだ移封前なので石高を明言できぬのはご了承願いたい」

「構わぬ。毎日、飯が喰えて酒が呑めればよい。足りねば功で増やす所存」

「さすが山上殿。して、鹿塩の碁石は本物でござるか」

上泉泰綱から報告を受けているようであった。

「信じる者には本物となろう。信じぬ者には偽物となる」

道牛の悪戯心を察し、兼続は笑みを作った。

「これまではそれでも構わぬが、我がお屋形様は、左様な戯れ言は好まぬゆえ控えられよ」

「承知致した。ところで山城守殿は、鹿塩の碁石を幾らで買ってくれるか」

「某に、まがい物を売りつける所存か」

「それほど高価なものではござらぬ。今一度、遊廓で呑めて、借銭を返せるだけでよい」

「あとで用意致そう。ほどほどになされよ」

やれやれといった顔で兼続は応じた。

「そういえば、前田慶次郎も前田家を出奔しておる。声はかけられぬのか」

「ご助言、忝のうござる」

兼続の笑みを見て、話はついているのだと、道牛は察した。

（晩年は楽しく暮らせそうじゃの。戦もありそうじゃしの）

伊達政宗と徳川家康に挟まれ、なにもないとは思えない。道牛は戦場に立つことを期待した。

その後、兼続に連れられて景勝に挨拶をし、道牛は正式に上杉家の家臣となった。

安田能元ら数人の重臣たちが仇を見るような目で睨んできたが、道牛は大手を振って桃源に行けるので、嬉しくてならなかった。

「貴殿が都にいると、数日で一年分の扶持を呑んでしまいそうなので、早々に会津に向かわれよ。我らも残務が終わり次第に向かう所存。新たな町造りをせねばならぬので、目が廻るほど忙しくなりましょう。扶持分は働いてもらいますぞ」

「人使いの荒い家のようでござるの」

兼続の言葉に頷き、道牛は上泉泰綱らと伏見を発った。会津に到着したのは三月上旬のこと。

「寒うございますな」

れた。

吉蔵が肩を竦めて言う。日陰にも雪は残っていた。改めて北の国であることを思わされた。

山に囲まれた盆地の中ほどに鶴ヶ城（若松城）が築かれている。平城が堀と美しい石垣と高い土塁に守られていた。中心には五層七階の天守閣が築かれている。蒲生氏郷が安土や大坂城に憧れ、また、天下を狙っていたためとも言われている。

町は伊勢の松坂を参考に碁盤の目のように区画し、周辺の道は曲がりくねらせ、さらに寺院を置いて防衛拠点とする。武士と商人、町人を分けた町造りがなされ、川の流れも変更して天然の惣濠とした。用水路も通したので新田開発が進み、石高はさらに増える見込みがあった。

「百二十万石の城下としては狭いの」

佐野家時代、町割りなどにも携わっていたので、道牛は指摘した。

続々と上杉家の家臣が越後から会津に移ってくる中の三月十四日、兼続も入国した。兼続と肩を並べる坊主頭の傾奇者がいた。前田慶次郎である。

「やはり上杉家に仕官なされたか」

慶次郎を見た道牛は笑みを湛えた。

「上杉家ならば、面白き余生を送らせてもらえそうゆえ」

笑みを返す慶次郎が言うのは、茶や読書に浸るものではなく、戦場のことである。道牛は直に会うことはできないが、遊廓で呑んでいると、秀吉の衰えが進んでいるという噂をよく耳にした。

　異国で戦をしている状況で秀吉に万が一のことがあれば、虎視眈々と天下を狙う徳川家康が黙っているはずがない。さらに二度も秀吉に咬みついて所領を減らされてきた伊達政宗も天下取りの機会を窺っている。豊臣政権内部にも亀裂はあり、争乱の火種はあちらこちらに燻っていた。国内に残っている武将ならば、備えるのが常識である。

「お互いに」

　道牛も来たる日を楽しみにした。

　領内の整備は蒲生家が領有していた時代からも中途で、上杉家は新たに普請をし直さなければならないことが多々あった。家臣たちは石高が増えたと喜んでばかりもいられず、若松城下のみならず、それぞれ与えられた地を整えるために、会津と所領の間を行き来した。道牛らの組外衆も同じで、直江兼続が支配する米沢と会津の間を往復する日が続いた。

　上杉家が会津に移封してから半年と経たぬ八月十八日、丑ノ刻（午前二時頃）、太閤豊臣秀吉は伏見城で死去した。享年六十二。

　卑賤の身から従一位・関白・太政大臣にまで上り詰めた英雄の死は、明・朝鮮と交戦中なので秘されたが、上杉家は日本一とも言われる忍び集団・軒轅を抱えているので、八月中には会津に報せが齎された。さらに、豊臣政権を事実上切り盛りする兼続の親友である石田三成の使者もほぼ同じ頃、会津を訪れている。

「殿下が死んだか、これで大きな戦の歯車が動き出しそうじゃの」

道牛は戦を予感して身震いした。

二

秀吉が死去し、朝鮮から諸将が帰国すると、国内に蔓延していた憤懣が一気に噴出し、豊臣政権は加藤清正、福島正則らの武闘派と、石田三成らの吏僚派に割れ、一触即発の状況になった。大きな争乱はなんとか押さえられていたものの、慶長四年（一五九九）閏三月三日、秀頼の傅役を務めていた前田利家が死去すると爆発した。

これまで専横を続けていた家康は不満を利用して清正らを焚きつけて三成を追い、遂には隠居させた。さらに前田家、宇喜多家を揺さぶった。

大坂城の西ノ丸を占拠した家康は同丸を天守閣に造り替えるなどやりたい放題。慶長五年（一六〇〇）が明けると、上杉家に謀叛の疑いがあると上洛を要請。上杉家は領内の川に橋を架け、道を広げ、牢人を数多召し抱えているのが謀叛の理由だという。

上杉家は岡定俊、齋道二、堀兵庫、河原喜右衛門、安部久右衛門……などを召し抱えていた。いずれも各地で名を馳せた者たちである。兵農分離によって会津に移動した家臣が減ったので、増やしたのは当然のことであった。

景勝は謂れない要求を拒否した。会津移封にあたり、三年間の上洛免除を秀吉から許可されていたことによる。さらに、同じ年寄の家康に命じられる筋合いはなかった。

これを不服とした家康は家臣の伊奈昭綱と増田長盛の家臣・河村長門を、これに豊光寺の長老・西笑承兌が記した兼続への詰問状を持たせて会津に向かわせた。

伊奈昭綱と河村長門は四月十三日に鶴ヶ城に到着して景勝に問い質した。

詰問に対し、景勝は一笑に付した。

十六日、主君の意を受け、兼続はいわゆる「直江状」を記し、伊奈昭綱らに渡した。

内容は家康を非難し、時には馬鹿にし、最後は戦場で白黒つけよう。追記では文句があるならば会津に来い、口ではなく弓矢で勝負しよう、という挑発をした。あくまでも西笑承兌への返書であるが、誰が読んでも明らかな家康への挑戦状であった。

兼続から「直江状」を受け取った伊奈昭綱は夜を日に継いで大坂を目指した。

四月も半ばになると会津でも躑躅が満開になり、さまざまな色彩が目を楽しませる。

「我らの主はやるのう。天下を相手に戦か。腕が鳴るわ」

七十歳になる道牛は米沢城の中庭で諸肌となり、薙刀を素振りしていた。

「まさに。さて、敵の先陣は誰かのう。加藤か福島か。纏めて討ち取ってやろうぞ」

隣では諸肌の慶次郎が朱柄の鑓を振っていた。

「賤ヶ岳七本鑓か。相手にとって不足はないが、隣国の曲者が先に仕掛けるやもしれぬ」

道牛は噂に聞く、弦月の前立をつけた政宗の兜を思い浮かべながら斬り下げた。

「独眼龍か。十分にありえるの。この米沢の隣は山形の最上。こちらが先やもしれぬな」

慶次郎も負けずに鐺を突き出した。

「お二方とも体だけを見れば、三十そこそこの武士に見えますぞ」

吉蔵が二人を見ながら言う。

「戯け、二十歳の若者と申せ」

道牛が窘める。既に白髪に染まっているが、まだ体の筋肉の張りには自信があった。

「二十歳ですか。逸らねばよろしいですが」

「まあ、周囲は敵ばかり。楽しくなりそうじゃ」

今度は最上義光の黒漆塗総覆輪筋兜を斬り上げた。

「それはそうと、こたびは二十万余の敵を迎え撃つことになろうぞ。そちは会津にいていいのか」

道牛は吉蔵に問う。吉蔵も髪が黒いところは少しもなかった。

「この歳で今さらどこに行けと申されます？ それに殿の首拾い、某以外にする者はおりますまい。この世に別れを告げる時がくれば、地獄で鬼の首拾いを致す所存」

半世紀以上も一緒にいるので、離れて暮らすことなどはありえない。吉蔵は道牛に対し、主従の関係とは違い、刀と鞘のような感覚を持っているのかもしれない。

「極楽で天女たちの衣でも拾うと申せ」

告げると吉蔵と共に慶次郎も声を出して笑った。

道牛は慶次郎の勧めで薙刀の柄を朱に染めていた。朱柄は主君に許された戦功の証。

通常、家中では一人か二人ほどであるが、上杉家では士気を上げるため、求める者には許されていた。組外衆は功を上げた者が多いので、実績に裏打ちされたものである。

五月三日、伊奈昭綱から渡された「直江状」を読み、激怒した家康は会津攻めを叫んだ。

ただ、昭綱が大坂に到着する前の四月二十五日、家康は内々で長岡忠興、福島正則、加藤嘉明らに会津攻めの先陣を命じている。上杉家が上洛を拒否することを見越していたようである。

それでも増田長盛、長束正家、前田徳善院らの三奉行と、堀尾吉晴、生駒親正、中村一氏ら三中老が延期を申し出たので、家康は一度は堪えて、景勝に上洛を求めるが、景勝は無視した。

六月六日、家康は諸大名を大坂城の西ノ丸に集め、上杉討伐の部署を定めた。

白河口は徳川家康・秀忠。関東、東海、関西の諸将はこれに属す。

仙道口は佐竹義宣（岩城貞隆、相馬義胤）。

信夫口は伊達政宗。

米沢口は最上義光。最上川以北の諸将はこれに属す。

津川口は前田利長、堀秀治。越後に在する諸将はこれに属す。

全てが出陣すれば秀吉の小田原討伐に匹敵する二十万を超える軍勢だった。

これに対し、上杉家は越後に残った上杉旧臣に一揆を放棄させて西を押さえ、佐竹義宣、相馬義胤らと与して奥州道中(街道)を北上する家康らの軍勢を挟撃する策を立てた。

その場所は陸奥と下野国境に近い革籠原の湿地帯である。備えは次のとおり。

先陣の安田能元、二陣の島津忠直は小峰城に入る。

三陣となる本庄繁長、木戸元斎、上倉元春、中条三盛、山浦景国らは小峰城から一里半(約六キロ)ほど南東の関山に陣を敷き、進軍する敵の横腹を突く。

直江兼続は弟の大国但馬守実頼が城将を務める鴫山城に入城したのちに、西から迂回するように根子鷹助から白坂に出て敵の西側面を攻撃する。

大将の景勝は長沼城に入り、関山の東を通って敵本隊の背後に出て突き入り、徳川親子を谷田、西原の深沼に追い込んで討ち取る。

佐竹義宣は棚倉城に入り、麾下を含めた一万数千の軍勢が東から攻める手筈になっている。

他には甘粕景継が城将を務める白石城には登坂勝乃、豊野又兵衛、登坂新左衛門、大崎三次、葛西長三郎、鹿子田右衛門、南右馬允ら一千が備える。

道牛らの組外衆は福島城で伊達政宗への押さえが命じられた。

「上杉の思案は古いのか。傾奇者が信用できぬらしい」

家康軍と戦えると思っていただけに、道牛は失意を感じながら吐き捨てた。

「僅か数年で奥羽の大半を掌握した独眼龍こそ、一番油断できぬ敵やもしれぬ」

「傾奇者は親友（兼続）に丸め込まれたか」

「まあ、左様なところ。他家で功を上げても、我らは当家では只飯喰らい。功を上げて信頼を勝ち取らねば、安心して使えぬのも道理」

「仕方ない。独眼龍の首を挙げ、返す刀で内府の狸首を刎ねようぞ」

　道牛は憤懣を吐いた。

　組外衆は猪苗代湖の北側を通り、出立から二日後に福島城に到着した。同城は阿武隈川の北岸に築かれた平城で、広大な敷地を有している。

「伊達は全力で仕寄せて来ると思われるか」

　福島城の本丸櫓から北側を眺め、道牛は慶次郎に問う。

「おそらくの。本気になれば、一万七、八千の兵は集められよう。この地は伊達の旧領ゆえ、百姓、地侍が加わり、あるいは今少し多くなるやもしれぬ」

　伊達家の石高は五十八万五千石。家康は出陣に際し、百石に三人の軍役を命じていた。さらに家康は政宗に対し、五十万石近くの成功報酬、いわゆる百万石のお墨付を出すことになり、既に口約束を受けている政宗は勇んでいるという。

「対して我らは三百余。毒蛇狩り甲斐があるというもの」

　息巻くが現実は厳しいことを道牛は理解していた。

　七月十二日、帰郷した伊達政宗は上杉領攻めの前線基地となる北目城に入ると、梁川の郷民に金銀を与えて一揆を蜂起させた。一揆勢は刈田の古塁に立て籠り、辺りを焼き払った。

報せはすぐさま福島城に届けられた。

「一揆勢か。まずは様子見といったところか。伊達奴、思いのほか慎重ではないか」

秀吉に二度も楯突いた政宗なので、一気呵成に攻めかかってくると思っていたが、どうやら違うらしい。道牛は、物足りなくて仕方がなかった。

「小狡い策で天下は取れぬこと、思い知らせてやろうぞ」

慶次郎も同調する。

「されば伊達の前に一揆勢を蹴散らそうぞ」

この軍勢の指揮を執る上杉譜代の本村親盛は号令を発した。

「うおおーっ！」

道牛らは鬨で応え、闘志満々福島城を出立した。久々の出陣なので、晴れやかな気持であるが、歳のせいかどことなく馬脚が重いような気がした。

(気のせいじゃ。そうでなくば馬のせいじゃ)

道牛は気にしないようにして馬脚を進めた。

福島城から刈田の古塁まではおよそ八里(約三十二キロ)。同塁近くに到着した時、白石城番の鹿子田右衛門が番替で米沢に戻ろうと城を出たところで顔を合わせた。

「なにごとでござるか？」

鹿子田右衛門が本村親盛に問う。

「これより我らは、刈田の古塁に立て籠った一揆勢を討ちに行くところ」

「せっかくじゃ、我らも合力致そう」

刈田の古塁は白石城から一里半（約六キロ）ほど南に位置している。鹿子田右衛門を加えた組外衆は古塁に向かった。

「あれじゃな」

古塁は土塁と堀に守られ、林が生い茂る平城である。

道牛らが接近すると、野伏頭の小室総次郎をはじめ、齋藤喜右衛門、同吉左衛門、半沢彌兵衛など名のある地侍二十人と兵数百が出陣してきた。戦国時代の一揆は、竹槍を手にする江戸時代の百姓一揆とは違い、鉄砲を所有する軍勢である。

「我らを寡勢と見て侮っているようじゃ。一人残らず討ち取れ！」

「うおおーっ！」

本村親盛が獅子吼すると、道牛らは大音声で応え、改めて鐙を蹴った。

互いの距離が二町（約二百十八メートル）ほどになると両軍から鉄砲の轟音が響き渡り、矢が宙を舞う。

「左様に腑抜けた矢玉など当たらぬわ」

矢玉が飛び交う中、道牛は吐き捨て、栗毛の駿馬を疾駆させる。

「儂は山上道牛。儂に遭うたことを後悔致せ」

言うや否や、道牛は右肩に担いだ薙刀を袈裟がけに振り下ろした。長身の男は鑓を突き出してくるが、鑓の柄ごと両断し、血飛沫が宙を染めた。ただ、首は飛ばなかった。

「まだまだ、我が薙刀は飢えておるわ」

道牛は勢いのままに斬り上げて胴丸と首筋を裂いた。途端に血柱が上がるが首は落ちない。

（遠かったか）

違和感を覚えながらも道牛は次の敵に向かい、鉢金ごと頭を割り、腕を撥ね上げ、足を切断し、首元を串刺しにし、瞬く間に数人を骸に変えた。

近くでは慶次郎も豪快に敵を血祭に上げている。新陰流の嫡流の上泉泰綱は、素早い足捌きで敵に近づくや、一合も交えず流水のごとく通り過ぎ、鑓で敵を死に追いやっている。

（さすが剣聖の嫡流。今の儂では勝てぬのう）

手練の鮮やかな鑓技に道牛は感嘆するばかりだ。

勇者が揃う上杉家の組外衆は、瞬く間に敵を圧すと、忠義心など持ち合わせない一揆勢は我先にと退きはじめた。

「逃すな。追い討ちをかけよ！」

本村親盛が怒号すると、道牛らは嵩にかかって追撃を行った。道牛らの豪勇が追うと、道には屍が累々と山になった。この追撃戦で小室総次郎のほか、齋藤源右衛門なども五賀峠、小原村で討ち取り、道牛らは満足の体で帰城した。

即座に兼続から労いの書が送られた。

その晩、福島城は酒宴に沸いたが、道牛は今ひとつ酔えなかった。

「いかがした？　いつも陽気な貴殿にしては珍しい。敵の中に知り合いでもいたのか？」

慶次郎が酒瓶と盃を持って道牛の隣に座した。

「敵は倒したが一刀で首は飛ばなんだ。間合いの摑み方が鈍っているようじゃ」

「貴殿も歳だということか？」

遠慮なく慶次郎は問う。

「おそらくの。戦後の心地よい疲労はなく、体が鉛のように重い。負け戦のような気分じゃ」

しみじみと道牛はもらした。

「我ら戦人は戦えなくなれば身を引くしかない。貴殿は十分に戦った。潮時やもしれぬ」

「そうかもしれぬが、目の前で見目麗しき女人が誘っているのに、逃げる戯けがいようか。戦人の死に場所は畳の上にあらず。戦場しかない」

「敵を女人に喩えるとは、さすが山上殿じゃ。儂も見習おう」

盃を呷り、慶次郎は笑みを浮かべた。

慶次郎の助言を否定したことで、道牛は生涯現役の覚悟を新たにした。

道牛らが福島城に戻ったこともあり、七月二十四日、政宗は城将の甘粕景継が留守であることを知って一万の軍勢で白石城を攻め、翌二十五日には攻略した。

すぐに報せは届けられ、福島城は緊張した。

「独眼龍を討てば我らは内府との戦に参じられる。白石城を取り返そうではないか」

報せを受けた道牛は豪気に告げる。

「白石城奪還の下知は出ておらぬ。ここは城を固く守り、次に備えるしかない」

本村親盛は道牛らに自制を促し、城を固め、敵の様子を探ることに努めた。

白石城を攻略した政宗は同城に在して普請を始め、七月二十七日には駒ヶ嶺城主の桜田元親に兵を預け、阿武隈川沿いに兵を進ませて伊達郡の河俣、大館を占領させた。

「河俣、大館は白石とは違い、ここに近い。この城に対する拠点になる。このままでは、いずれここに仕寄せてくる。今のうちに叩いて奪い返すのじゃ」

後詰の一千二百が到着したこともあり、本村親盛は大音声で叫び、城に僅かな守りを残して組外衆は城を出立した。

桜田元親は二千ほどの兵で両所を制圧し、兵を二分割している。

道牛ら福島在番衆の一千五百は兵を分散せず、一つになって河俣砦に向かった。同砦は曲がりくねった広瀬川の東岸の丘上に築かれた砦であった。

「奪ったばかりで壊れた箇所は直っておらぬのう。奪い返すのは容易きこと」

南から河俣砦を眺め、道牛は言い放つ。

「かかれーっ！」

本村親盛は怒号し、東を除く三方面から福島在番衆は攻め上がる。

道牛ら組外衆は南から砦に向かう。傾斜もそれほど厳しくはないので、竹束を前にしながらも前進できた。殺到した道牛らは普請途中の防壁を打ち壊し、砦の中に雪崩れ込んだ。

「喰らえ！」

飛び込むや薙刀を袈裟がけに一閃。見事に敵の首が刎ね飛んだ。

「いける。今日は違うぞ」

酒を呑んで覚悟を決め直したせいか、体が軽くなった気がする。道牛は新たな敵を求めて薙刀を振い、次々に屍の山を築いていった。慶次郎や上泉泰綱らも案山子を倒すように敵を討つ。

「此奴らは人ではない魔物じゃ」

桜田勢は驚愕して東から逃亡しはじめる。こうなれば、砦を支えることはできなかった。福島在番衆は一刻とかからず河俣砦を取り戻した。

「逃すな。追え！」

間髪を容れずに本村親盛は叫び、道牛らは広瀬川沿いを北に進みながら追撃する。臆病風に吹かれた桜田勢は反撃するような余裕はなく、ただ逃げるばかりで、骸は累々と連なった。

河俣砦から大館砦までおよそ五里（約二十キロ）。道牛らは三刻（約六時間）とかからず到着した。

大館砦は急造なので堅固な砦ではなかった。しかも河俣砦から逃れた兵は及び腰。道牛らが殺到すると、ろくな抵抗もせずに、砦を放棄して白石城方面に逃げていく。

福島在番衆は阿武隈川を北に渡り、瀬ノ上で敵に追いつき、さんざんに敵を討ち取った。

「口ほどにもないの。次は独眼龍じゃ」

残照を浴びながら鬨が響く中、道牛は次の戦いを楽しみにした。

三

七月二十三日、家康の本隊は下総の古河に到着。その晩、摂津三田城主の山崎家盛の使者が、西軍となる毛利輝元が大坂城西ノ丸を奪取。同じく長束正家らが「内府ちかひの条々」という弾劾状を諸将に送って挙兵。さらに長岡家のガラシャ夫人殺害、伏見城攻撃などの報せを伝えた。

翌二十四日、家康は下野の小山に着陣。その晩、鳥居元忠が遣わした浜島無手衛門が本多正純に右と同じ報告をした。

二十五日、家康は小山に諸将を集め、北進するか西上するかの評議を開いた。俗にいう小山会議である。事前に黒田長政らに説かれた福島正則が、家康に味方して西上することを主張。これによって西進が決まり、諸将は続々と反転しはじめた。

家康は佐竹義宣の許に茶の師である古田織部を送り、上杉家との関係を問い、無関係ならば人質を出すように迫った。義宣は気概を見せて人質の件を拒んでいる。

「千載一遇の好機、内府に追い討ちをかけましょう」

鳴山城にいた兼続は長沼城に駆けつけ、景勝に迫った。

「ならぬ。戦わず逃げる敵を追うのは『義』に反する。国家の存亡興廃は時節じゃ。不信の名を負うことは末代までの恥辱。今、内府を追えば、首は取れずとも、立ち直れぬほどに討ち負かせよう。また、内府を討てば、徳川家臣は死にもの狂いで我らに向かってこようぞ。国を空ければ伊達、最上に蹂躙される。ここは守りを固めるべきである」

景勝は家康の追撃を許さなかった。

これらの報せが八月になってから少しずつ福島城に届けられた。

「お屋形様は内府を追われなんだか。これでは治部少輔が勝利せねば上杉は滅ぼう」

報せを受けた道牛は天井を仰いだ。上杉軍と会津討伐軍が干戈を交える前に挙兵するとは、完全なる軽挙と言わざるをえない。ガラシャ夫人の死で東軍と呼ばれる福島正則らの西上軍の意志を一つに纏めてしまった。

「嘆いてもはじまるまい。治部少輔には、良き策があると期待するしかない」

慶次郎は前向きだった。

「そうあればよいが」

戦に長けた慶次郎が納得しているとは思えない。やはり失意を感じざるをえなかった。

八月十二日、兼続が福島城を訪れた。やはり難しい表情をしている。

「こたびは御苦労でござった。さぞ失望してござろうな」

兼続は慶次郎らに対して労うと共に、詫びるような口調で告げる。

「家老の思案と我らの思案は違う。気にするな。それより、このまま伊達を抛ってはおけまい」

慶次郎が問う。

「おそらく内府が戻れば、伊達も帰国しましょう。その上で白石城を取り戻す所存」

「伊達は曲者ゆえ気をつけよ。平気で盟約を結ぼうと申してくるぞ」

「それはそれで当家にも好都合。まあ、暫くは様子見でござる」

安心させるように兼続は言うが、扇子で何度も膝を叩くところから見て、心中は穏やかでないことが窺えた。道牛も憂えている。

十四日、兼続が指摘したように、家康の帰城を知った伊達政宗は、自分一人ではどうにもならぬと、白石城を石川昭光に預けて帰城している。

政宗に倣い、山形城に集結した最上川以北の諸将も帰城の途に就いた。

十八日、寄騎の者たちに退かれた最上義光は、上杉軍に攻撃されては敵わぬと、兼続に対して、人質を送るなどと卑屈なほど謙った書状を送ってきた。

実は上杉家を欺くためのものであった。

数日後、出羽・土崎湊城主の秋田実季が庄内に兵を進めた。これに義光も呼応し、一千の兵を加勢させた。予て欲していた地ではあるが、家康の内命を受けたとも言われている。庄内は上杉家にとっては飛び地で、秋田、最上、村上家に挟まれている地であった。

「最上を討て。彼奴の表裏許しがたし！」

憤りをあらわに景勝は命じた。即座に兼続は米沢に戻った。

二十五日、守山城に入っていた本庄繁長は福島城に戻り、上泉泰綱ら新参衆は最上攻めに参じるために米沢に移動した。既に慶次郎は先発して米沢にいた。

「徳川がおらぬのに、上杉に兵を進めるとは秋田や最上は戯けなのでしょうか」

吉蔵が横を歩きながら尋ねた。吉蔵の顔の皺もかなり多くなっていた。

「さあのう。北の者の思案は判らぬ。首を刎ねる前に聞いてみようぞ」

また、戦える。道牛は次の戦闘を楽しみにした。

九月三日の評議で、上杉軍は六方面から最上領に向かうことが決まった。

萩野中山口は直江兼続、水原親憲、春日元忠、色部光長、上泉泰綱と組外衆、色部衆。
小滝口は倉賀野綱元、色部衆。
大瀬口は吉益家能、土橋維貞、荒砥衆。
栃窪口は北條高能、赤見外記、中条三盛。
掛入石中山口は本村親盛、横田旨俊。

庄内口は志駄義秀、下吉忠。

右の部将で万石以上の石高を得ているのは兼続、横田旨俊、中条三盛の三人。高い禄を得ている主力は関東攻めのために温存していた。

八日、二万の兵を集めた上杉勢は米沢城を出立し、威風堂々最上領に向かった。

十二日、直江、倉賀野、吉益、北條の四軍勢は、米沢城から十里（約四十キロ）北西に位置する山形城の西を守る畑谷城を包囲した。兼続は城から半里ほど南の片倉山に本陣を布いた。

畑谷城は城山（標高五一九メートル）の山頂に築かれた山城で、山の下には空堀が幾重にも巡らされていた。

城主は江口光清（光堯、道連とも）で、弟の小吉や甥の松田久治と籠っていた。

豪勇で知られる光清は、義光から山形城に撤退するよう命じられたが、「危うきを見て退くは男子に非ず」と断り、一千ほどの兵と城に在していた。

光清は城の西を流れる鶍川を塞き止め、弱点である南を冠水させて水堀とした。

城方の第一陣は山形城からの援軍で新貝又右衛門、小野田与八郎ら、第二陣は谷地盛伯耆、川熊讃岐、白岩肥前守ら、第三陣は延沢光昌、江口光清らである。

兼続は降伏勧告を行ったが、城方は応じなかった。

「致し方ない。押し立てよ」

兼続は攻撃命令を出した。

まずは上泉泰綱が率いる組外衆らが、城の西から鉄砲を放って接近する。城方も西には三重の堀切を築き、鉄砲衆を集めて応戦した。

その間に北と東から春日元忠や鮎川与五郎が攻めはじめると、城方の防備が手薄になった。この期に道牛らは堀切を迂回して北西から城に迫った。

「さすがに山登りはしんどいの」

急峻なので馬は使えず、道牛は徒で薙刀を担ぎ、城門を目指した。

「敵を追い返せ！」

一ヵ所でも突破されると陥落に繋がるので、城方は城門を開いて打って出た。

「好機じゃ。討ち取れ」

出撃してくれたので道牛としては助かった。坂を駆け登りながら、薙刀を車の構えにする。

「喰らえ！」

道牛は右から左に廻し斬りにし、先頭の敵を胴丸ごと斬り裂いた。血が噴き出す前に道牛はその背後にいる敵に向かい、袈裟がけに斬りつけた。

「ぎゃっ」

悲鳴を後ろに聞きながら、道牛は次なる敵に襲いかかる。下から股を斬り上げ、首を薙ぐ。敵の鑓を躱し、あるいは撥ね上げ、柄を両断しながら敵を斬った。

（動ける。まだ儂の体は動く）

息は多少上がるが、永年の経験のせいか敵の動きがよく見え、自身の体も素早く反応した。

「左様な形では儂を討てぬぞ！」

怒号しながら道牛は敵に身を晒すように仁王立ちとなり、近づく者を屍に変えていった。

道牛らが敵を圧している間に、他の上杉勢も出撃した敵を圧すので、一陣の新貝又右衛門、小野田与八郎らは支えきれずに後退した。二陣の白岩肥前守らは兵を纏めて反撃を試みるが、道牛らは雪崩れのごとく蹴散らしたので、同様に退却することになった。

寄手の猛攻を受けて三陣も浮き足立った。

「退くな！　退くでない！」

三陣の部将の一人の延沢光昌は声を嗄らして叫ぶが、城兵の闘争心を取り戻すことはできなかった。三陣の兵は城内ではいずれ討死は必至と見たのか、山中に逃亡を図った。

「山中に深追いはするな」

上泉泰綱が命じるので、道牛らは城に向かう。

城方も守るのに必死で、なんとか城門を閉ざし城内への侵入を阻止した。

ほどなく陽が落ちたので、兼続からの命令が出され、道牛らは攻撃を止めて帰陣した。

「今少しであったものを」

酒を呷りながら道牛は悔しがるが、体が動くので安心もしていた。

寄手は夜のうちに水堀の堰を崩して水を抜いたので、朝には南からの攻撃も可能になった。

翌十三日、兼続は改めて降伏勧告を行うが、城主の江口光清は拒否した。

「総懸かりにする。かかれーっ！」

一気に決しようと、兼続は総攻撃を命じた。寄手は四方から一斉に城を目指す。南はまだ泥濘であるが、一応は進めた。道牛らの組外衆は東に移動し、大手口に迫った。

江口光清の方も一発逆転を狙ってか、搦手から光清自ら七十余人の麾下と出撃し、兼続を誘い出して虜にしようとした。

「敵の俄攻（奇襲）じゃ」

直江勢の高濱弾正、劔持市兵衛、駒木根右近らが発見し、鉄砲衆が轟音を響かせ、二十余人を打ち倒した。露見すれば急襲は成功しない。

「追え」

別働隊の慶次郎らは江口勢を追撃する。江口勢は総崩れとなって城に退く。

この間に道牛らは大手口を破り、城内に突入した。

「我が薙刀を喰らえ」

道牛は一振りの下に敵を斬り伏せ、あるいは斬り倒して奥に奥にと進む。

勢いに乗る寄手は怒濤の勢いで攻撃し、三ノ丸、二ノ丸を相次いで攻略した。

「あとは本丸のみじゃ」

組外衆のみならず、ほかの上杉勢も本丸に迫った。

江口光清は残る兵を纏めて出撃するが衆寡敵せず。江口小吉は上泉泰綱が討ち取った。残り僅かとなり江口光清は本丸に戻って自刃した。なお、『關原軍記大成』によれば蒲生旧臣の志賀五郎右衛門が光清を討ち取ったという。

いずれにしても畑谷城は陥落した。『最上合戦記』によれば上杉方が討った首は五百七十余。最上方は上泉一門の又次郎ら百五十余人だった。

畑谷城の周囲には二十一の館があり、上杉勢は翌日までに続けて落とし、三千四百七十の首を挙げた。道牛も数を覚えていないほどである。

「山形まで今少しじゃの。ぜひとも出羽侍従（最上義光）と干戈を交えたいものじゃ」

宴の席で道牛は盃を呷り、さらなる激戦を楽しみにした。

四

九月十五日、兼続らの主力は畑谷城から二里と十町（約九・一キロ）ほど南東に位置する長谷堂城を遠巻きに包囲した。同城は山形城から一里半ほど南西の距離にある。

長谷堂城は独立丘陵（標高二二八・四メートル）の山頂に築かれた山城で、城の南から東を流れる本沢川を天然の堀とし、土塁を築いて守りとしていた。外周十町（約一・一キロ）ほどとそれほど大きな山ではないが、傾斜が急で登るのは非常に困難であった。

城主は志村高治で、籠る兵は一千。兼続が降伏勧告を行っても応じなかった。

「されば致し方ないの」

兼続は篠井弥七郎、坂田采女ら五百を様子見がてら城に向かわせた。

これを見た志村高治は、次男の義親、三男の清水氏満、由利豊前守らを出撃させた。

双方は城のすぐ北の柏倉で遭遇し、互いに鉄砲を放った。咆哮が下火になると、坂田采女が由利豊前守勢に突撃し、櫛田嘉兵衛、高濱弾正らが続くと最上勢は圧された。

「敵を城内に逃がすな」

ちょうど道牛ら組外衆も到着したので、上泉泰綱が敵を見て怒号する。

「退くな。儂と勝負致せ。儂は山上道牛じゃ」

馬上で名乗りを上げ、道牛は敵中に乗り込むや、袈裟がけに薙刀で斬り捨てた。三人斬り倒すと、柾木大膳、上泉泰綱、須田満統らも加わりさらに上杉勢は圧していく。

劣勢であるが城方も奮戦したので、上杉方では井上主膳、村上刑部、高岡大隅守らが討死した。陽が落ちたので兼続は兵を退かせ緒戦は終了した。

翌十六日、兼続は長谷堂城から十町ほど北の菅沢山に本陣を布き直した。麓の前線には春日元忠、上泉泰綱を置き、水原親憲は少し北の戸上山（戸神山）の東に布陣させ、攻撃の下知を出した。

春日、上泉勢は一斉射撃を始め、周辺を灰色に染める。耳鳴りがするほど轟音を響かせるが、敵も北側に全力を集めて応戦するので、簡単に一角が崩れるといった具合にはならなかった。

「思いのほか仕寄せづらい城ですな」

吉蔵がもらす。

「こんもりとした山の形が敵には幸いしているようじゃ」

道牛らも城に迫るが、敵の鉄砲に阻まれて傾斜を登ることができなかった。

仕方がないので、兼続は昼夜を問わず鉄砲を咆哮させ、城兵に睡眠を取らせない作戦に出た。それでも城方はふんばり、寄手の侵攻を防いでいた。

寄手は攻めあぐねた。

この間、大瀬口から侵攻した吉益家能、土橋維貞らは鳥屋ヶ森砦を攻め落とし、左沢城へ向かった。また、栃窪口から進んだ北條高能、赤見外記らは八ッ沼城を攻略した。庄内口から進撃した志駄義秀、下吉忠らが谷地城、白岩城を陥落させると、寒河江、山野辺、長崎、若木などの砦や城に籠る兵は、それらを捨てて山形城に逃亡している。

上山城に向かった本村親盛、横田旨俊らは城守の里見越後守・同民部の反撃に遭い、九月十七日、親盛は激戦の末に討死した。

上杉軍の圧力に押され、もはや単独では勝てない。そう判断した最上義光は、九月十五日、嫡男の義康を北目城に派遣し、伊達政宗に援軍を乞うた。

「これは好機。直江に勝たせましょう」

宿老の片倉景綱は政宗に勧めた。

「最上には母上がおられる。最上を潰して母上の悲しむ姿を見とうはない」

政宗は母の実家を危惧して後詰を送り、二十二日、城下の小白川に布陣した。

「伊達か。小賢しい真似を。いっそのこと伊達を先に潰せばいいものを」

道牛は吐き捨てるが、挟撃されるので現実的でないことは承知していた。

伊達の援軍が到着したこともあり、長谷堂城の攻防戦は停滞状態になった。


膠着状態を打破するため、九月二十九日の申ノ刻（午後四時頃）、兼続は湖水（溜め池）の堰を切り、水を断つよう麾下に命じた。

城方はすぐに水切り策であると察し、出撃して戦いとなった。

「貴殿は加勢しながら仲間を引き戻されよ」

兼続は上泉泰綱に下知した。

「我に続け」

上泉泰綱は周囲にいた二十余名の配下に告げ、戦闘場所に向かう。道牛も従った。

南東の戦闘地に到着すると、三十余の味方に対し、敵は二百ほど出撃していた。

「おう、討ちがいがあるではないか」

自分たちを含めて四倍の敵を見た道牛は、全身の血が沸いた。

「うおおーっ！」

雄叫びを上げた道牛は、矢玉が掠めても気にせずに敵中に馬を乗り入れ、薙刀で斬り捨てる。敵の鑓を撥ね上げて首を裂き、斬り上げて脇を両断する。

乱戦の中で馬を乗り廻し、敵を斬り倒していくが、包囲は狭まり、ほどなく馬が潰れた。

「おのれ」

道牛は跳ね起きると、砂塵をあげて敵中に突撃して斬り上げ、血飛沫を浴びた。具足の破片が飛び散る中、隣の敵を薙ぎ、腕を斬り落とし、首を裂く。

「くそっ」

斬っても斬っても敵は減らず、敵は群がってくるばかりである。

「やはり四倍は厳しいかの」

劣勢になり、敵の刃が近づき、危機感を覚えるが、道牛は生きている実感を味わっていた。

「待たせたの」

味方の数が減る中、慶次郎らの別働隊が到着した。

「我が功を横取りする気か？　致し方ないゆえ、少し恵んでやろう」

老いた救世主に笑みを向け、敵を斬り落とした。

慶次郎らは、飢えた野獣のごとく獲物に飛びかかり、次々に仕留めていった。

援軍で油断したわけではなかろうが、鑓衾が上泉泰綱を襲い、何本かが肉体を抉った。

その中の一本は金原加兵衛（七蔵とも）だという。

「主水殿」

誰よりも華麗に戦い、敵を倒していた上泉泰綱が討たれ、道牛は驚愕した。

「殿！」

上泉泰綱の最期を目撃した家臣の大高七右衛門（おおたかしちえもん）は敵中に突撃して討死した。

そこへ兼続が出した芋川正親（いもかわまさちか）、山浦景国（やまうらかげくに）の後詰が到着し、兵の数が逆転すると、形勢も比例し、城方は城内に退却。寄手はぎりぎりまで追撃を行って多数の首を挙げた。

組頭である上泉泰綱の死因は、高濱弾正ら組衆が出陣を知りながら参じなかったこともある。

道牛よりも慶次郎の怒りは治まらず、上泉麾下の高濱弾正らの陣に押し入った。

「汝（うぬ）らは大将を捨て殺しにした。男は大高七右衛門しかおらぬわ！」

その晩、上泉泰綱の死を悼んで、道牛らは涙酒を呷った。

翌日も寄手は城攻めをするが、芳しい効果は上げられず、陣は行き詰まりを見せていた。

沈滞する最中の九月三十日申ノ刻（午後四時頃）、兼続の許に関ヶ原合戦の報せが齎された。

「治部少輔が僅か半日で敗れたのか……」

報せを聞いた道牛は愕然（がくぜん）とした。家康と三成を比べれば、武将の差は歴然としているものの、さすがに半日で敗北するとまでは読めなかった。

一瞬、考え込んだ兼続であるが、すぐに撤退を決断した。

兼続は即座に反町大膳、竹田舎人、馬場入道、柏崎刑部左衛門ら士卒二千八百余人を動員して退路の整備に当たらせた。次に谷間を縫って走る狐越街道を見下ろす峰々に月岡八右衛門ら六百の鉄砲衆をそれぞれ配置した。

「我らが関ヶ原の結果を知ったとすれば、敵も知ったはず。熾烈な追い討ちをかけられよう」

退却の用意をしながら道牛は言う。

「殿軍だけはご免ですな」

吉蔵はぶるぶると首を横に振る。

「そうは甘くあるまい。新参者は一番つらい役を命じられるものじゃ」

「左様に嬉しそうに申さないでください。殿の申すことは真実になり易いのですから」

拝むような口調で吉蔵はもらした。

十月一日の早暁、兼続は春日元忠を先頭に軍を十三組に分けた。

殿軍は芋川正親。その次に鉄砲衆を率いる水原親憲、溝口勝路。旗本の殿軍は田村宮内。大将にも拘わらず、兼続は最上攻めの責任を取るつもりらしく、最後尾に近い位置にいた。勿論、道牛も慶次郎もいる。

「これでは、上泉泰綱を失った組外衆は兼続の直属となった。勿論、道牛も慶次郎もいる。

「これでは、殆ど殿軍ではありませぬか。殿が余計なことを申すゆえ真実になったのですぞ。どうせならば、無傷で帰城できると申してください」

顔を顰めて吉蔵は訴える。

「嘘はつけぬが、まあ善処致そう」

緊迫感の中にあるが、縋るような吉蔵を見ると、頬が緩む道牛であった。

上杉勢は陣屋に火を放って撤退を開始した。進路は二つで、春日元忠らは柏倉から鬼越峠を間道伝いに移動させ、小滝口に撤収させる予定である。殿軍から直江勢までは狐越街道を通ることによって、こちらに敵の攻撃を集中させる策である。退却ほど難しいことはない。上下に至るまで皆は緊張した面持ちで歩を進めた。

寄手の最上義光は志村高治、鮭延秀綱を先陣として追撃を命じ、自身も出撃して上杉軍を追う。これに伊達勢も加わった。

餓狼となって群がる敵に対し、芋川正親は踏み止まるどころか前進して最上勢を押し返す。芋川勢に疲れが見えると、水原親憲の鉄砲衆が轟音を響かせて後退させる。

「さて儂らの番じゃ」

組外衆の道牛は馬を下りて薙刀を担いだ。

「ああ、夢であってくれ」

道牛に従う吉蔵は、奈落の底にでも落ちていくような落胆した表情でもらした。

「夢の中で戦うと思え。さすれば斬られても、撃たれても死ぬことはあるまい。行くぞ！」

尻を叩いた道牛は、水原の鉄砲衆に代わって元来た道を戻るように最上勢に挑む。

「儂は山上道牛じゃ。我と思わん者はかかってまいれ！」

水原勢に威嚇されて崩れかかる敵勢に突撃し、正面で鑓を持つ敵を袈裟がけに斬り捨てた。途端に血飛沫が宙を朱に染める。敵の血を浴びながら道牛はさらに進み、首を薙ぐ。

「最上は弱兵ばかりか」

愚弄すると、一人が鑓を突き出してきた。道牛は敵鑓の柄を叩き斬り、返す刃で斬り上げると見事に首が飛んだ。刹那、血柱が上がる。

「彼奴は皆で同時にかかれ」

最上勢の組頭らしき者が声を嗄らして下知すると、三人が同時に鑓を繰り出してきた。

「左様な腑抜けた鑓で儂が討てると思うてか」

言い放つや、道牛は一歩下がって一本の鑓を上から両断、そのまま二本目を斬り上げ、三本目を弾いて車がけに右から纏めて三人を斬り倒した。さらに一人を斬り落とし、続いて抉る。

道牛がかぶる鹿角の兜も、黒糸威の具足も敵の血で怪しく輝いていた。

阿修羅のごとき戦いで最上兵を骸に変える道牛であるが、敵は無尽蔵に湧いてくるので、さすがに疲弊してきた。

「ご老体、お疲れが見えるようで」

声をかけてきたのは慶次郎と、水野重俊ら朱柄の鑓を持つ四人衆であった。

「幾らも歳は変わるまい」

道牛は肩で息をしながら答えた。そのまま戦っていたら後れをとっていたかもしれない。

「いや、十歳は若い。少し我らにも働きの場を譲られよ」

実際は五歳ぐらいか。慶次郎は笑みを浮かべて前に出る。

「致し方ない。暫し譲ろう」

道牛は大きく息を吐き、慶次郎らと交代した。朱柄の面々は喜び勇んで戦いだした。

竹筒の水を呑み、一呼吸すると、疲労感も薄れていくようであった。

「さて、今一度、敵を葬ってくれるか」

薙刀を担いで前進しようとした時、数発の轟音が響き、道牛の体を貫いた。

「ぐっ」

胴丸との隙間を貫通した玉は腹を直撃、右肩と左足も撃ち貫かれた。さすがの道牛も倒れた。

「殿」

吉蔵が駆け寄って道牛の上半身を起こす。

撃たれた箇所は、落雷にでもあったように痺れ、激痛が走る。とめどなく血が溢れてくる。

「血とはかように熱いものとは思わなんだの」

初めて鉄砲を受けた道牛の感想である。手足はまだしも腹の痛みは尋常ではなかった。

「腹を抉られては、もう助からぬの」

「なにを仰せです。殿は首を刎ねても死にはしませぬ。さあ、退いて手当てを致しましょう」

目に涙を溜めて吉蔵は宥め、道牛を移動させようとするが、一人では無理であった。

「やめよ。儂に構わず、そちは早う逃れよ。さもなくばそちも深手を負うぞ」

「殿あっての某です。一人で逃れるわけにはいきませぬ」

高齢でもあり、小柄な吉蔵が大柄の道牛を動かせないが、それでも尽力している姿は、道牛には嬉しくてならず、思わず目頭が熱くなった。

そこへ影が忍び寄った。万事休す、と思うと、農民の姿をした老人であった。

「蛇ノ目か。まだ生きておったか。そちも歳をとったの」

「殿ほどではありませぬ。まずは」

蛇ノ目は道牛の肩を担ぎ、吉蔵とともに後方の茂みの中に逃れさせた。すぐ近くで戦闘が行われているのに、喧噪は遠くのように聞こえた。

「申し遅れましたが、某にも孫がおります」

止血をしながら蛇ノ目は言う。

「左様か。それで老けておるのか」

「殿も老けております。もうすぐ曾孫もご誕生なされます」

「ほう、儂に曾孫か。そうか、儂の戯けた血は繋がれたか。男か女子か」

鈍痛となった腹の傷を押さえ、道牛は頬を綻ばせた。

「……男でございます」

一瞬の間は、蛇ノ目の気遣いであろう。

「左様か、男か。されば、薙刀、いや、これからは鑓か。馬も弓も教えねばの」

道牛は目を閉じ、嘗て宗綱を教育していた姿を思い浮かべる。

「仰せのとおりにございます。それゆえ、お気を確かに」

そのまま目を開かないと感じたのか、吉蔵は声を荒らげて言う。

「そういえば、儂はどのぐらいの兜首を討ったかのう」

「百は優に超えておりましょう」

「左様か。たしか佐野の屋敷には、木彫りの仏がそれぐらいあったのう。あれをもって首塚とし、供養しよう。儂に万が一のことあれば、そちが代わって行ってくれ」

既に袴は川にでも飛び込んだかのように血にまみれていた。

「なにを申されます。殿自らせねば、討たれた者も浮かばれますまい」

「そうじゃの。されば、今ひと働き致すか。曾孫の顔を見ねばならぬしの」

道牛は起き上がろうとするが、一人では起きられない。目で訴えると、二人は肩を貸して起こしてくれた。吉蔵は咽び泣いている。

「戯け、四つ目の首塚を築きにまいるのじゃ。家臣ならば察しよ」

言うと、蛇ノ目は馬を曳いてきた。道牛は二人に跨がらせてもらった。

「よう見ておけ。儂は命ある限り戦う。山上道牛じゃ」

二人に笑みを向けた道牛は最後の力を振り絞って鐙を蹴った。

「儂は山上道牛じゃ。我と思わん者はかかってまいれ!」

死を覚悟した道牛は敵に向かって突撃した。途端に、轟音が響いた。二発、三発、四発……。

血煙を上げながらも道牛は落馬せず、大軍に吞み込まれた。

ただ、誰も道牛の屍を見たものはいない。

首塚を三度築いた闘将は鬼神となって皆の前から消えていった。

兼続が行った撤退戦は「繰引」というもので、多数の兵を帰城させている。兼続も慶次郎も。

のちに家康は、兼続の作戦を賞讃した。勿論、道牛の活躍があったことは言うまでもない。

終章　闘将との約束

夕暮れになり、籠提灯に火が灯されはじめた。周りは赤い格子のような柵に囲まれている。城門のような豪華な門を潜ると、目の前には三間ほどの幅の通りがまっすぐ一町（約百九メートル）以上も延び、通りの左右には格子のついた店先が並び、華美な着物に身を包んだ女性がいた。

ただ、この日は前日とは少々違う。目ぬき通りの中央に二間四方の櫓が組まれ、柱や手すりは紅白の布で巻かれていた。周囲には狸や狐の面をかぶって形態を模写する者、蜻蛉返りや後方宙返りをする身軽な者や、口から火を吐く者などの芸人が、それぞれの芸を見せている。

櫓には雅びな着物を身に纏った綺麗どころが数人上り、笛や太鼓、三絃の音に合わせて優雅な舞いを披露していた。その中央には虎革の袴に豹柄の小袖を身につけ、首には二寸（約六センチ）ほどの数珠を首から下げ、諸肌をぬいで扇子を片手に躍る傾き者がいた。

北の関ヶ原の戦いから二年後、慶次郎は二条柳馬場の傾城屋にいた。

「今日は親友の三回忌。儂の奢りじゃ。派手にやってくれ」

慶次郎は大音声で叫び、祭さながらに遊女や客を囃したてた。

「見えるか道牛、そなたのために、旧友たちも集まってくれたぞ」

櫓の側には岡定俊、齋道二、堀兵庫、河原喜右衛門、安部久右衛門など関ヶ原合戦前に上杉家に召し抱えられた剛勇たちが顔を揃えた。

残念ながら車斯忠は、佐竹義宣が出羽の湊（秋田）への移封が決まり、その支度をしている隙をつき、常陸の水戸城を奪い取る企てをしたが失敗して捕らえられ、この七月、磔にされた。

「前田氏、いつから、かように羽振りがよくなったのじゃ？　前田の当主にでもなるのか？」

酒瓶を片手に岡定俊が問う。定俊は会津に返り咲いた蒲生家に再仕官していた。慶長五年（一六〇〇）十月六日に行われた陸奥の松川合戦において、定俊は伊達政宗と一騎討ちをし、政宗の太刀を折り、伊達勢を後退させる活躍をした。

「安心しろ。貴殿に集ったりはせぬ。踊れ。踊れ。踊れ」

慶次郎は扇子で煽る。

家康が会津征伐を宣言した時、上杉家は移封したてで金銭に困っていると、利殖が巧みな岡定俊は財貨を上杉景勝に献上し、同僚には無償で貸し与えた。上杉家が米沢に移封となった時、同僚への借財の証文は破り捨てた器の大きい武将である。

「まさか傾城屋で法要を行うとはの。木魚の代わりが笛に太鼓。経の代わりに歌と舞いか。さすが傾き者の考えることは違う。こう楽しげでは道牛もそうそう三途を渡れぬの」

姿を見せたのは明石掃部助全登である。全登は宇喜多家の宿老格の一人で、関ヶ原の戦いにおいては、杭瀬川の戦いで活躍し、本戦では福島勢を相手に奮闘し、討死覚悟で小早川勢に突撃しようとした主君の秀康を宥め、逃したあとで代わりに戦場に踏み止まった闘将でもある。全登は東軍の追撃を躱して戦場を離脱したのちは、同じキリシタンで同郷の黒田如水に庇護されていた。

道牛は文禄ノ役で宇喜多家の陣に間借りしていたので、明石全登とは昵懇の間柄である。

「いやいや、決めつけるのはまだ早い。かように賑やかにしておれば、そのうち、ひょっこりと顔を出そう。されば、貴殿も女子にまざって踊られよ」

慶次郎は明石全登も櫓の下の輪の中に誘い込んだ。

そこへ、萌黄色の袴に富士山の絵をあしらった白い小袖を着た大柄の武士が現われた。数は少ないが身辺警護の侍が周りを囲んでいる。身分が高いことが一目で判る。

「おう、これは、貴公のような身分の御仁が、かようなところに来ていいのか」

懐かしさをかみしめながら、慶次郎は笑みを向ける。

「しーっ。話は奥で」

唇に右の人差し指を当て、素性を明確にするなという仕種をするのは、下総の結城郡を含む越前北ノ庄七十五万石の大名となった参議の結城秀康である。

結城秀康は家康の次男に生まれたが、身分の低い母を持ち、誕生時には双児でさらに色が黒かったことで家康から疎まれ、対面すら叶わなかった。そのせいで、最初は豊臣秀吉に、続いて結城晴朝の養子に出された。世を憂えた秀康は遊廓に入り浸り、そこで慶次郎と会って意気投合した。その関係で道牛や直江兼続とも親しくなった。

武の家、上杉家を敬愛する秀康であるが、関ヶ原合戦の時には、上杉家の南下を押さえるために下野の宇都宮を守らされた。秀忠、忠吉ら二人の弟が西上し、関東に取り残された秀康は戦功を欲して昵懇の直江兼続に挑戦状を送ったほどである。北ノ庄に移封されたのち、姓を松平に変更した。関東に入る際、唯一、鉄砲の所持を許されている特別の大名でもあった。

「恥ずかしがる歳でもあるまい。遊廓に足を踏み入れた時から身分も血筋も関係ない。男は牡になって牝を求めて遊ぶのみ」

慶次郎は松平秀康も引っ張り込んだ。

「随分と賑やかな三回忌ですな。道牛殿にすれば極楽浄土やもしれませんが」

笑みを浮かべて告げたのは直江山城守兼続である。長身なので人の頭ごしでも判る。

「遅いぞ山城」

「これでも予定を変更して先に上洛した次第ですが」

「江戸で胡麻摺りか？　らしくない。大坂城に入って采を握るほうが似合ておるぞ」

「いくら遊廓の中でも左様な戯れ言は止められませ」

兼続はちらりと秀康を見て告げる。

「いいのう。山城殿が大坂で采を握るならば、儂も同行しようぞ」

躍りながら秀康も冗談につき合う。

「左様なことを申していると、まこと勘当されますぞ」

兼続も腰を曲げ、両手を交互に返しながら笑みで言い返す。

「暴れ足りぬ。戦い足りぬのじゃ。なにゆえ山城殿は最上に攻め入った？　なにゆえ我が父に挑まなかったのじゃ？」

躍りを止めて秀康は問う。

「宰相（秀康）殿、手が止まっておりますぞ」

場が白けぬように兼続は勧めた上で続ける。

「内府殿は強大。当家が勝てるわけがありません。それに上杉は目的を持って移動した軍の背を突く軍法はありません。最上は、先に当家に仕掛けてきたゆえ兵を向けたにすぎません」

兼続は家康に気を遣い、「逃げる敵を」とは口にしなかった。

「誰かが大坂を仕寄せたらいかに？　山城殿が大坂に入れば、儂は万余のキリシタンを集めよう」

明石全登も乗ってくる。

「ここは、男の誰もが憧れる傾城屋、物騒な話をするところではないはず。左様な話をしていると道牛殿が成仏できずに化けてきますぞ。さあ、道牛殿のぶんも楽しみましょう」

話が危険な方向に進むので、兼続は逸らして自ら舞った。

「ははは、うまく逃れたわ。されど、部屋では逃さぬぞ」

傾城祭をしたあとは、みな、それぞれ部屋に入り、馴染みの太夫や遊女と席をともにする。

「山城、呑め、呑め。呑み比べじゃ」

慶次郎は兼続の大盃になみなみと酒を注ぎこみ、自らも喉に流しこむ。

「某を酔わしてもなにも出ませぬぞ」

「道牛の供養じゃ。さあ、今日は無礼講。方々も身分など忘れ、呑み明かそうぞ」

慶次郎は酒を呑み干すと大盃を笠がわりに頭に載せてまた踊る。踊り疲れると、酒を注ぎ込んで呑み、また踊る。

「道牛よ。そなたと、かように呑みたかったぞ」

慶次郎は、なにかを払拭するように呑み、踊った。

「某も、酒はいけぬほうではないが、慶次郎殿には叶わぬ」

さすがの兼続も白旗を上げる。

翌日、兼続が起きると、慶次郎や顔馴染みの諸将の姿はなかった。呑みすぎて頭が痛い。

「二日酔いとは久しいの。それだけ昨晩が楽しかったということか。儂も歳かの」

兼続もこの年四十三歳になっていた。

「お目覚めでございますか。すぐに朝餉を用意致しますか」

番頭が廊下から声をかける。

「いや、水で結構」

兼続は水を持ってこさせ、喉を鳴らして飲み干した。

「くうっ、酔い覚ましの水が旨いゆえ酒を止められぬと申すが、真実のようじゃの」

声をもらしてしまうほど、水が五臓六腑に染み込んでいくようであった。

「あの、これを前田様から、直江様へと」

番頭は申し訳なさそうに、支払いの証文を兼続に差出した。

「！　なんじゃ、この二千三十両（約一億二千百八十万円）というのは」

一瞬、兼続は声を詰まらせた。と同時に頭痛が増す。頭の中で銅鑼を叩かれているようである。

「へい、昨晩、直江様がこの傾城屋を貸しきりになされたと前田様が申されました」

「慶次郎奴にしてやられたか」

舌を出してにやける慶次郎のふざけた顔が目に浮かぶ。舌打ちした兼続は、証文をめくりながら首を折る。

「ここは、一合（百八十ミリリットル）の酒で一両（約六万円）もとるのか」

「極上の酒を用意しろと前田様が申されましたので」

「慶次郎奴、儂一人では払えぬ。みなにも請求せねばの。むっ、この三十両というのは？」

最後に別口の請求があったので、兼続は問う。

「これは百合太夫を一晩、貸し切った証文にございます」

「山上とあるが、昔の道牛殿の呑み代か？」

首を捻りながら兼続は尋ねた。

「いえ、昨晩、百合太夫は祭にも参じず、部屋におりました。お客様と二人で」

「なに！　道牛殿が来たのか。生きていたのか？」

頭痛を忘れたかのように、兼続は声を荒らげた。

「判りません。誰も見た者はおりません。ただ、懐かしい関東の鼻歌を聞いたと、禿が申しておりました」

「左様か」

もしかしたら、馴染みの太夫が、兼続の奢りをいいことに、一人でひっそりと供養をしていたのかもしれないと、兼続は思った。

（されど、道牛殿の首も朱柄の薙刀も見つかってはおらぬ。死んだという証はない。あまりにも皆が騒ぐゆえ、ひっそりと楽しんでいたのかもしれぬな）

生きていても不思議ではない。兼続は首を見るまでは道牛の死を認めるつもりはなかった。

（一度、百合太夫に聞いてみるか。いや、当分、遊廓には来られぬの）

百二十万石から三十万石に減封された上杉家の財政は逼迫していた。

「さて、皆から呑み代を回収せねばの。さて、まずは慶次郎からじゃな」

兼続は借用証に名を書き、傾城屋を後にした。

参考文献

【史料】

『大日本史料』『浅野家文書』『伊達家文書』『上杉家文書』『豊太閤真蹟集』東京大学史料編纂所編『岩淵夜話』大道寺友山編『豊公遺文』日下寛編『増訂織田信長文書の研究』奥野高廣著『豊臣秀吉文書集』名古屋市博物館編『豊臣秀吉の古文書』山本博文・堀新・曾根勇二編『徳川家康文書の研究』中村孝也著『新修　徳川家康文書の研究』徳川義宣著『戰國遺文　後北条氏編』杉山博・下山治久編『戰國遺文　武田氏編』柴辻俊六・黒田基樹編『戰國遺文　古河公方編』佐藤博信編『戦国文書聚影　武田氏編』戦国文書研究会編『新編甲州古文書』荻野三七彦・柴辻俊六編『新編改訂相州古文書』貫達人著『新編武州古文書』杉山博・萩原龍夫編『甲斐武田氏文書集』高島緑雄編『真田家文書』米山一政編『眞田家文書集』藤澤直枝編・小林計一郎解題『佐竹古文書』千秋文庫編『歴代古案』羽下徳彦ほか校訂・続群書類従完成会編『群書類従』塙保己一編　続群書類従完成会『續群書類従』塙保己一編、太田藤四郎補　続群書類従完成会『續々群書類従』国書刊行会編纂　続群書類従完成会『史籍雑纂』国書刊行会編『當代記　駿府記』続群書類従完成会編『寛永諸家系図伝』斎木一馬・林亮勝・橋本政宣校訂『新訂寛政重修諸家譜』高柳光寿・岡山泰四ほか編『尾張群書系図部集』加藤國光編『干城録』林亮勝・坂本正仁校訂『系圖綜覧』山田安榮・伊藤千可良ほか校訂・国書刊行会編

『系図纂要』岩沢愿彦監『越佐史料』高橋義彦編『越中史料』富山県編『加賀藩史料』前田育徳会編『加賀藩史稿』永山近彰著『改定　史籍集覧』近藤瓶城編『覚上公御書集』東京大学文学部蔵『家忠日記』竹内理三編『多聞院日記』辻善之助編『武家事紀』山鹿素行著『上杉家御年譜』米沢温故会編『徳川實紀』黒板勝美編『太閤史料集』桑田忠親校注『家康史料集』小野信二校注『武田史料集』服部治則・清水茂夫校注『上杉史料集』井上鋭夫校注『北条史料集』萩原龍夫校注『伊達史料集』小林清治校注『関八州古戦録』中丸和伯校注『奥羽永慶軍記』今村義孝校注『新編藩翰譜』新井白石著『関ヶ原合戦史料集』藤井治左衛門編著『信長公記』奥野高広・岩沢愿彦校注『信長記』小瀬甫庵撰・神郡周校注『國史叢書』黒川眞道編『上杉三代軍記集成』黒川眞道編『上野國志』毛呂權蔵著『上野志料集成』樋口千代松・今村勝一編『群馬県史料集』山田武麿・荻原進編代『越中資料集成』高瀬保・新田二郎編『上杉家御書集成』上越市史専門委員会中世史部会『越佐叢書』今泉鐸次郎・今泉省三・真水淳編『伊達治家記録』平重道責任編『伊達政宗卿伝記史料』藩祖伊達政宗公顕彰会編『仙台叢書』鈴木省三編『会津資料叢書』会津資料保存会編『綿考輯録』細川護貞監修『甲陽軍鑑大成』酒井憲二編『通俗日本全史』早稲田大学編輯部編『前田氏戰記集』日置謙校訂『常山紀談』菊池真一編『定本常山紀談』湯浅常山著・鈴木棠三校注『定本　名将言行録』『名将之戦略』以上、岡谷繁実著『武辺咄聞書』菊池真一編『滋野通記』真田町教育委員会編『日本庶民生活史料集成』原田伴彦・竹内利美・平山敏治郎編『醒睡笑』安楽庵策伝・鈴木棠三訳『米

澤古誌類纂』米沢古誌研究会『小田原編年録』間宮士信編著

【研究書・概説書】

『日本戰史』参謀本部編『伊達政宗』『真説【戦国北条五代】』『決戦関ヶ原』『驀進豊臣秀吉』『風雲伊達政宗』『疾風上杉謙信』『奮闘前田利家』『戦国武心伝』『激震織田信長』『本能寺の変』『関ヶ原の戦い』『軍事分析 戦国の城』以上、歴史群像シリーズ・学習研究社編『前田慶次』今福匡著『奥羽の驍将 最上義光』誉田慶恩著『最上義光』佐藤清志著『上杉謙信』『新編上杉謙信のすべて』『上杉景勝のすべて』『直江兼続のすべて』『前田利家のすべて』『佐々成政のすべて』以上、花ヶ前盛明編『新編武田信玄のすべて』柴辻俊六編『豊臣秀吉のすべて』桑田忠親編『槍の又左前田利家』池田公一著『戦国前田一族』能坂利雄著『戦国合戦大事典』戦国合戦史研究会編『日本城郭大系』児玉幸多ほか監修・平井聖ほか編『戦国大名家臣団事典』山本大・小和田哲男編『豊臣平和令と戦国社会』藤木久志著『戦国大名後北条氏の研究』杉山博著『後北条氏家臣団人名辞典』下山治久編『小田原合戦』『戦国北条氏五代の盛衰』以上、下山治久著『北条氏康と東国の戦国世界』『戦国大名北条氏文書の研究』以上、山口博著『北条氏康』青木重數著『定本北条氏康』藤木久志・黒田基樹編『戦国・北条一族』相川司著『北条氏康の子供たち』黒田基樹・浅倉直美編『戦国大名と外様国衆』『戦国期東国の大名と国衆』『戦国期山内上杉氏の研究』『戦国北条一族』『戦国北条氏五代』『北条氏年表』『古河公

方と北条氏』『戦国関東の覇権戦争　北条氏VS関東管領・上杉氏55年の戦い』以上、黒田基樹著『上野武士団の中世史』『室町・戦国期上野の地域社会』以上、久保田順一著『豊臣秀吉研究』桑田忠親著『戦国大名の権力構造』藤木久志著『石田三成』今井林太郎著『真田昌幸』柴辻俊六著『伊達政宗』『奥羽仕置と豊臣政権』以上、小林清治著『前田利家』岩沢愿彦著『藩制成立史の綜合研究』藩政史研究会編『藩制成立史の基礎的研究』小村弌著『織田信長家臣人名辞典　第2版』『信長の親衛隊』『織田信長合戦全録』『信長軍の司令官』『信長と消えた家臣たち』『信長の天下所司代』『信長と将軍義昭』『殿様と家臣』『秀吉戦記』以上、谷口克広著『信長の戦国軍事学』『本能寺の変』以上、藤本正行著『信長は謀略で殺されたのか』鈴木眞哉・藤本正行著『鉄砲隊と騎馬軍団』『鉄砲と日本人』『天下人の条件』『戦国鉄砲・傭兵隊』『刀と首取り』『戦国15大合戦の真相』『戦国合戦の虚実』『謎とき日本合戦史』『戦国軍事史への挑戦』『〈負け組〉の戦国史』『戦国時代の大誤解』『戦国武将・人気のウラ事情』『戦国時代の計略大全』以上、鈴木眞哉著『織田信長』『真説　本能寺』『真説関ヶ原合戦』以上、桐野作人著『定本上杉謙信』『上杉氏年表』以上、池享・矢田俊文編『家康傳』中村孝也著『直江兼續傳』木村徳衛著『正伝直江兼続』渡邊三省著『直江兼続とその時代』渡辺三省著『直江兼続伝』渡部恵吉・小野栄・遠藤綺一郎共著『上杉景勝伝』小野榮著『上杉景勝』児玉彰三郎著『川中島先陣　柿崎景家』室岡博著『関ヶ原合戦の深層』谷口央編『日本武道全集』今村嘉雄・小笠原清信・岸野雄三編『新編武術叢書』武道書刊行会編『日本武道大系』今村嘉雄ほか編『増補大改訂　武芸流派大事典』綿谷雪・山田忠史編『正傳新陰流』柳生厳長著『日本剣豪100選』綿谷雪著『上毛剣術史』諸田政治著『上毛剣豪史』小西敬次郎著『上毛剣客史』下島稚子一著『上州合戦記』山崎一著『出羽諸城の研究』沼舘愛三編著『戦国時代の終焉』齋藤慎一著『栃本と佐野氏の歴史』石崎英雄著『佐野氏の系譜と佐野庄』柳田貞夫著『下野の中世を旅する』江田郁夫著『長尾氏の研究』勝守すみ編著『続下野の武将たち』毎日新聞宇都宮支局編『戦国期下野の地域権力』栃木県立文書館編著『栃木の城』下野新聞社編著『唐沢山城と佐野氏』佐野市郷土博物館編『戦国関東名将列伝』島遼伍著『織豊政権と東国大名』粟野俊之著『織豊政権と東国社会』竹井英文著『戦国期東国の権力と社会』荒川善夫著『北関東の戦国時代』江田郁夫・簗瀬大輔編『桐生佐野氏と戦国社会』桐生文化史談会編『桐生地方史』岡部赤峰著『教材　群馬の文化財』群馬県教育委員会編『群馬県古城塁址の研究』山崎一著『上野人物志』岡部福蔵著『中世東国の支配構造』『続中世東国の支配構造』『古河公方足利氏の研究』『中世東国　足利・北条氏の研究』以上、佐藤博信著『葛西城と古河公方　足利義氏』葛飾区郷土と天文の博物館編『大いなる謎・関ヶ原合戦』『織田信忠』『前田慶次郎』『前田慶次郎と直江兼続』『直江兼続と妻お船』『片倉小十郎景綱』『伊達成実』『北条戦国記』『武田家臣団』『慶長・元和大津波　奥州相馬戦記』『伊達の企て』『直江山城守兼続』以上、近衛龍春著

【地方史】
『宮城県史』『山形県史』『福島県史』『新潟県史』『群馬県史』『栃木県史』『愛知県史』『岐阜県史』『滋賀県史』『仙台市史』『米澤市史』『米沢市史』『山形市史』『会津若松市史』『会津若松史』『会津史』『塩澤町史』『佐野市史』『足利市史』『近代足利市史』『田沼町史』『勢多郡誌』『前橋市史』『高崎市史』『新編高崎市史』『太田市史』『桐生市史』『沼田市史』『松井田町誌』『箕郷町誌』『新里村誌』『粕川村誌』『子持村誌』『上里町史』『古河市史』『行田市史』『小田原市史』
各県郡市町村の史編纂委員会・史編集委員会・史刊行会・史談会・教育会の編集・発行ほか

【雑誌・論文等】
『戦況図録関ヶ原大決戦』新人物往来社編
「中世の佐野荘と佐野氏―上佐野をめぐって―」江田郁夫『栃木県立文書館研究紀要』七
「中世下野鍋山衆の成立と終焉」江田郁夫『栃木県立文書館研究紀要』三

本書は、二〇一六年九月に小社より刊行された単行本『戦って候　不屈の武将・山上道牛』を大幅に加筆修正のうえ、改題して文庫化したものです。

兵、北の関ヶ原に消ゆ

前田慶次郎と山上道牛

近衛龍春

令和５年 ４月25日　初版発行

発行者●山下直久

発行●株式会社KADOKAWA
〒102-8177　東京都千代田区富士見2-13-3
電話　0570-002-301（ナビダイヤル）

角川文庫 23634

印刷所●株式会社暁印刷
製本所●本間製本株式会社

表紙画●和田三造

ISBN 978-4-04-113752-9　C0193

◇◇◇

角川文庫発刊に際して

角川源義

第二次世界大戦の敗北は、軍事力の敗北であった以上に、私たちの若い文化力の敗退であった。私たちの文化が戦争に対して如何に無力であり、単なるあだ花に過ぎなかったかを、私たちは身を以て体験し痛感した。西洋近代文化の摂取にとって、明治以後八十年の歳月は決して短かすぎたとは言えない。にもかかわらず、近代文化の伝統を確立し、自由な批判と柔軟な良識に富む文化層として自らを形成することに私たちは失敗して来た。そしてこれは、各層への文化の普及滲透を任務とする出版人の責任でもあった。

一九四五年以来、私たちは再び振出しに戻り、第一歩から踏み出すことを余儀なくされた。これは大きな不幸ではあるが、反面、これまでの混沌・未熟・歪曲の中にあった我が国の文化に秩序と確たる基礎を齎らすためには絶好の機会でもある。角川書店は、このような祖国の文化的危機にあたり、微力をも顧みず再建の礎石たるべき抱負と決意とをもって出発したが、ここに創立以来の念願を果すべく角川文庫を発刊する。これまで刊行されたあらゆる全集叢書文庫類の長所と短所とを検討し、古今東西の不朽の典籍を、良心的編集のもとに、廉価に、そして書架にふさわしい美本として、多くのひとびとに提供しようとする。しかし私たちは徒らに百科全書的な知識のジレッタントを作ることを目的とせず、あくまで祖国の文化に秩序と再建への道を示し、この文庫を角川書店の栄ある事業として、今後永久に継続発展せしめ、学芸と教養との殿堂として大成せんことを期したい。多くの読書子の愛情ある忠言と支持とによって、この希望と抱負とを完遂せしめられんことを願う。

一九四九年五月三日

角川文庫ベストセラー

幕末 開陽丸
徳川海軍最後の戦い
安部龍太郎

鳥羽・伏見の戦いに敗れ、旧幕軍は窮地に立たされていた。しかし、徳川最強の軍艦＝開陽丸は屈することなく、新政府軍と抗戦を続ける奥羽越列藩同盟救援のため北へ向うが……。直木賞作家の隠れた名作！

佐和山炎上
安部龍太郎

佐和山城で石田三成の三男・八郎に講義をしていた八十島庄次郎は、三成が関ヶ原で敗れたことを知る。徳川方に城が攻め込まれるのも時間の問題。はたして庄次郎の取った行動とは……。（『忠直卿御座船』改題）

維新の肖像
安部龍太郎

日露戦争後の日本の動向に危惧を抱いていたイェール大学の歴史学者・朝河貫一が、父・正澄が体験した戊辰戦争の意味を問い直す事で、破滅への道を転げ落ちていく日本の病根を見出そうとする。

平城京
安部龍太郎

遣唐大使の命に背き罰を受けていた阿倍船人は、突如兄から重大任務を告げられる。立ち退き交渉、政敵との闘い……数多の試練を乗り越え、青年は計画を完遂できるのか。直木賞作家が描く、渾身の歴史長編！

燕雀の夢
天野純希

戦国時代を戦い抜いた英傑たちと、その父の姿を、圧倒的な筆致で描く歴史小説。織田信秀、木下弥右衛門、松平広忠、武田信虎、伊達輝宗、長尾為景、歴史に埋もれてしまった真の父子の姿が明かされる。

角川文庫ベストセラー

角川文庫ベストセラー

実朝の首	葉室　麟	将軍・源実朝が鶴岡八幡宮で殺され、討った公暁も三浦義村に斬られた。実朝の首級を託された公暁の従者が一人逃れるが、消えた「首」奪還をめぐり、朝廷も巻き込んだ駆け引きが始まる。尼将軍・政子の深謀とは。
秋月記	葉室　麟	筑前の小藩、秋月藩で、専横を極める家老への不満が高まっていた。間小四郎は仲間の藩士たちと共に糾弾に立ち上がり、その排除に成功する。が、その背後には本藩・福岡藩の策謀が。武士の矜持を描く時代長編。
散り椿	葉室　麟	かつて一刀流道場四天王の一人と謳われた瓜生新兵衛が帰藩。おりしも扇野藩では藩主代替りを巡り側用人と家老の対立が先鋭化。新兵衛の帰郷は藩内の秘密を白日のもとに曝そうとしていた。感涙長編時代小説！
さわらびの譜	葉室　麟	扇野藩の重臣、有川家の長女・伊也は藩随一の弓上手・樋口清四郎と渡り合うほどの腕前。競い合ううち清四郎に惹かれてゆくが、妹の初音に清四郎との縁談が。くすぶる藩の派閥争いが彼女らを巻き込む。
蒼天見ゆ	葉室　麟	秋月藩士の父、そして母までも斬殺された臼井六郎は、固く仇討ちを誓う。だが武士の世では美風とされた仇討ちが明治に入ると禁じられてしまう。おのれは何をなすべきなのか。六郎が下した決断とは？